LOUIS GREENBERG

DIE BEDROHUNG

Thriller

Aus dem Engl
von Frank Da

WILHELM HEYNE VERLAG
MÜNCHEN

MIX
Papier aus verantwortungsvollen Quellen
FSC® C083411

Verlagsgruppe Random House FSC® N001967

Vollständige deutsche Erstausgabe 12/2018

Printed in Germany
Umschlaggestaltung: Studio Botschaft, München,
unter Verwendung von © Plainpicture / Cultura / Rebecca Nelson;
Adobe Stock / valerybrozhinsky
Redaktion: Tamara Rapp
Satz: Fotosatz Amann, Memmingen
Druck und Bindung: CPI books GmbH, Leck
ISBN: 978-3-453-43938-2

www.heyne.de

I

1

Davids Stimme war nichts weiter als ein merkwürdiges, gedämpftes Echo, das einer leisen, undeutlichen Simulation glich. Ich wickelte mir das straff gespannte Telefonkabel um den Finger und lauschte nach einer unterschwelligen Sprachmelodie, um mich zu vergewissern, dass es tatsächlich David und keine Zeroth-Simulation war.

»Was, wenn es zu spät ist?«, fragte er. »Ich meine, was, wenn sie inzwischen tot ist? Wenn ein Kind verschwindet, und es … na ja, innerhalb der ersten Stunden nicht gefunden wird …«

Diese verrauschte Abfolge ängstlicher, unsicherer Worte klang so gar nicht nach dem Mann, den ich mal dermaßen angehimmelt hatte, dass ich ihn heiratete. »So was darfst du nicht denken«, sagte ich. »Dazu gibt es keinen Anlass.« Ich hatte seit acht Jahren nichts mehr von David gehört und in dieser Zeit kaum an ihn gedacht. Die Nachricht, dass Kira vermisst wurde, kam mir seltsam unwirklich vor. Ich begriff einfach nicht, was dieser Umstand zu bedeuten hatte. »Wann hast du sie das letzte Mal gesehen? Ich meine, in der Wirklichkeit?«

»Äh …« David zögerte. »Ich bin mir nicht sicher. Ich glaube, gestern Abend. Aber was spielt das für eine Rolle – ob in der wirklichen Welt oder woanders?«

Fabian trat in den Türrahmen des Arbeitszimmers und warf mir einen besorgten Blick zu. Ich hob die Hand und formte mit den Lippen die Worte *Alles in Ordnung*, dann rollte ich mit dem Stuhl zur Tür und stieß sie mit dem Zeh ein Stück zu. Dabei spannte sich das Hörerkabel, sodass der Apparat hinter mir klirrend und polternd über den Schreibtisch rutschte.

»Vielleicht auch gestern Morgen«, fuhr David fort. »Ich bin mir sicher, dass ich gesehen habe, wie sie etwas gegessen und sich dann auf den Weg zum Mathecamp gemacht hat. Aber ich kann auch in den Protokollen nachschauen.«

Was David als Nächstes sagte, ging in dem heftigen Rauschen unter, und ich drückte den Hörer fester ans Ohr. Eigentlich hätte man meinen können, dass die Zeroth Corporation – oder was von ihr noch existierte – wenigstens in der Lage war, eine anständige Telefonverbindung zustande zu bringen. Das Rauschen wurde schwächer, und am anderen Ende der Leitung stöhnte David: »Oje. Meine kleine Zara. Was soll ich jetzt bloß tun?«

»Zara? Sie heißt Kira. Es ist doch Kira, die verschwunden ist, oder?« Vielleicht war das Ganze nur eine Verwechslung – und überhaupt nicht mein Problem.

»Ja, richtig«, erwiderte er, begleitet von erneutem Rauschen. »Zara ist eine von den anderen. Es ist nicht leicht ... nicht leicht, den Überblick zu behalten, was –«

»Ja?«, fragte ich. »Du wurdest unterbrochen.«

»Manchmal ist es schwer zu sagen, was real ist.«

»Du *musst* dich erinnern, David. Es ist wichtig, dass du dich an jede Einzelheit erinnerst, damit ich dir helfen kann.«

»Ich werd's versuchen.«

Ich drehte mich um und warf durch den Türspalt einen Blick in den Flur, wo ich Fabians Schatten sehen konnte, der eine beschützende Haltung eingenommen hatte. »Kannst du mich reinholen?«, murmelte ich in die Sprechmuschel. »Jetzt sofort?«

»Nach Green Valley?« Er machte eine Pause. »Das geht nicht. Das weißt du doch, Lucie«, fuhr er dann in einem bedächtigen Tonfall fort, als würde er einem kleinen Kind irgendetwas erklären, als wäre *ich* diejenige, die den Verstand verloren hatte. »Green Valley ist eine abgeschlossene Enklave. Da kommt niemand rein oder raus.«

»Das stimmt nicht, David«, sagte ich eindringlich. Vielleicht wollte ich auf diese Weise bloß meine Sorge um Kira verdrängen. Aber das Einzige, was mir spontan durch den Kopf schoss, war: Was für eine Chance sich Sentinel hier bot. Ich durfte mir diese Gelegenheit auf keinen Fall entgehen lassen. »Ihr werdet mit Vorräten versorgt. Seit Green Valley von der Außenwelt abgeriegelt wurde, gehen dort Lieferanten ein und aus. Ich weiß, dass du eine Möglichkeit finden kannst. Jemand von außerhalb sollte versuchen, die Sache zu klären.« Inzwischen hatte sich Fabian in die Küche zurückgezogen. Ich konnte hören, wie er eine Flasche aus dem Kühlschrank nahm – trotzdem sprach ich immer noch mit gedämpfter Stimme. »Du brauchst mich. Kira braucht mich.«

»Okay«, sagte David schließlich. »Ich kann dafür sorgen, dass man dich reinlässt.« Dann fügte er hinzu, als wollte er sich selbst davon überzeugen: »Ich bin hier eine wichtige Persönlichkeit. Also komm ins Verbindungsbüro. Ich sag dort Bescheid.«

»Jetzt sofort? Kann ich heute noch vorbeischauen?«

»Ich werde alles Nötige veranlassen.«

»Geh nicht dorthin, Lucie.« Fabian trat aus der Küche auf mich zu, als ich das Arbeitszimmer verließ. »Du weißt, was Green Valley ist.«

»Nein. Nicht wirklich«, sagte ich.

»Aber du weißt, was es *nicht* ist«, sagte er. »Es ist nicht real.«

Realität, Wahrhaftigkeit, Essenz. Nach der Wende waren das nur noch leere Schlagworte, die genauso bedeutungslos waren wie die Schlagworte, die sie ersetzt hatten. Inzwischen waren zwölf Jahre vergangen, seit die Bürger der Industriestaaten die Regierungen und Unternehmen entmachtet und in einer analogen Revolution die Auswüchse und Übergriffe der digitalen Tyrannei zurückgeschlagen hatten. Überall auf der Welt hatten neue technikfeindliche Parteien wie Omega das Ruder übernommen und die digitale Wirtschaft zerschlagen. Das führte hier in Stanton schließlich dazu, dass sich die Überreste der Zeroth Corporation vier Jahre später in Green Valley vor der Außenwelt abschottete.

»Ich muss da rein. Man braucht meine Hilfe.«

»*David* braucht deine Hilfe.« Fabian folgte mir in unser Schlafzimmer und warf einen Blick hinaus auf den Himmel, über den dunkle Wolken jagten.

Während ich mir andere Sachen anzog, ging ich im Geist eine Liste mit den Punkten durch, die für meinen Besuch wichtig waren – die Schwachstellen im Überwachungssystem der Enklave, ihr Stromnetz, die Lieferwege und Abfallentsorgung und der Aufbau ihres Kommunikationssystems; außerdem fragte ich mich, welche Sachen ich mit hineinnehmen und was ich möglicherweise herausschmuggeln konnte. Nach unseren jahrelangen unentwegten Bemühungen standen wir kurz davor, als Gegenmaßnahme unser eigenes Überwachungssystem in Betrieb zu nehmen. Ursprünglich hatte Sentinel einen riskanten Einbruch in Green Valley geplant, um das dafür erforderliche Bauteil aufzutreiben, aber jetzt konnte ich direkt durch den Vordereingang dort hineinmarschieren. Mein Ausflug nach Green Valley konnte mir einen Karriereschub verschaffen. Als ich Fabian nicht antwortete, bohrte er nach.

»Ja – *David.* Dein Exmann, der dich verlassen hat, um sich in dieser massenüberwachten Echokammer mit Gleichgesinnten den sektenartigen Freuden von Green Valleys virtueller Realität hinzugeben.«

Ich drehte mich zu ihm um. Vor der stilvollen Eleganz der Wohnung, eingerahmt von schicken weißen Regalen voller revolutionärer Schriften, zeichnete sich die Silhouette von Fabians fein geschnittenem Profil ab; sein Blick war von einem unerschütterlichen Selbstvertrauen erfüllt, und ich fühlte mich in seiner Gegenwart so sicher wie bei unserer ersten Begegnung. Fabian war der zweite wichtige Mann in meinem Leben. Er hatte mir geholfen, meine dunkle Vergangenheit hinter mir zu lassen. David war der erste gewesen, und ich wusste, dass ich keine dritte Chance bekommen würde. Ich wollte mich nicht mit Fabian streiten, also versuchte ich, ihn zu beschwichtigen.

»Ich weiß, dass du dir meinetwegen Sorgen machst, und ich nehme an, du bist ... verunsichert? ... beunruhigt? ... weil ich mich nach all den Jahren jetzt mit David treffe. Vertrau mir, Fabe, wegen David musst du dir wirklich keine Sorgen machen.«

»Seinetwegen mache ich mir auch keine Sorgen, sondern deinetwegen. Du weißt nicht, was für Zustände dort herrschen.«

»Aber du, ja?«, sagte ich.

»Nein, natürlich nicht, bloß –«

»Na also. Bist du denn gar nicht neugierig? All die Jahre hast du das, wofür Green Valley und Zeroth stehen, bekämpft, und jetzt willst du nicht mal wissen, was daraus geworden ist?«

»Ich glaube, dass sie immer noch das sind, was sie schon immer waren: ein heimtückisches Virus, das die Gesellschaft infiziert.« Er strich sich wütend die Haare aus der Stirn, sodass das Armband seiner schweren Uhr klimperte. »Während der Wende haben Zeroth und all die anderen ihr wahres Gesicht gezeigt. Ich weiß nicht, warum wir überhaupt zulassen, dass sie dort bleiben …«

In diesem Punkt waren wir völlig unterschiedlicher Meinung – offensichtlich blieben selbst die besten Beziehungen von so etwas nicht verschont. Fabian hasste Green Valley, die Beweggründe dahinter und das, wofür es stand: digitale Überwachung, Missbrauch von Persönlichkeitsrechten, kriminelle Machenschaften und Verschwörung. Offiziell war Fabian Tadic Kunstkurator, doch in Wirklichkeit war er noch sehr viel mehr – er war einer der größten Geldgeber und Unterstützer von Omega und einer der führenden Köpfe ihrer Denkfabrik. Die Omega-Partei und die neue politische Elite hatten sich ganz dem Kampf gegen die Überreste von Green Valleys gefährlichem Zukunftsentwurf verschrieben. Wenn Fabian gewusst hätte, womit ich in Wirklichkeit meine Zeit verbrachte – dass ich mit illegalen Computerprogrammen andere Menschen ausspionierte … Er hätte mich, genau wie die Leute in Green Valley, als Feind betrachtet.

Nicht *alles*, was ich Fabian über meine Arbeit erzählt hatte, war gelogen, tröstete ich mich. Zum Großteil war er darüber im Bilde. Er wusste, dass ich für die Polizei arbeitete – nicht *bei* der Polizei, wie ich mir immer wieder in Erinnerung rufen musste. Als beratende Analytikerin. Allerdings glaubte er, dass ich mich um ungeklärte Fälle und die Archivierung von Daten kümmerte. Tatsächlich war ich dafür ursprünglich eingestellt worden. In den vergangenen zwei Jahren jedoch hatte sich mein Zuständigkeitsbereich auf das Sentinel-Projekt verlagert, und davon durfte Fabian nichts wissen. Dieses Geheimnis vergiftete unsere Beziehung.

»Wegen der Menschenrechte?«, fragte ich schließlich. »Und der Verfassung, nehme ich an? Aber ihnen gehört das Grundstück, und sie tun nichts Verbotenes.«

»Soweit wir wissen.«

»Tja, jetzt habe ich die Gelegenheit, mich dort mal umzusehen und Bericht zu erstatten. Würdest du nicht gerne deine Vermutungen überprüfen?«

»Schon, nur verstehe ich nicht, warum *du* nach Green Valley gehen musst. Das ist vielleicht gefährlich. Die Stadt könnte eine Sondereinheit dorthin entsenden.«

»Aber man hat *mich* gebeten zu kommen und keine Sondereinheit. Herrgott, Fabe, wir können noch ewig darüber diskutieren ... Ich muss jetzt los.«

Während ich meine Jacke aus dem Wandschrank holte und anzog, redete er hinter mir weiter. »Wer ist Kira?«

Ich erstarrte und beschloss, dass ich ihn lange genug angelogen hatte.

Ohne ihm in die Augen zu blicken nahm ich meine Tasche und öffnete die Tür. »Kira ist meine Tochter.«

2

»Sind Sie sicher, dass ich nicht warten soll?«, fragte der Taxifahrer, als ich aus dem Wagen stieg. »Falls Ihr Treffen nicht stattfindet.«

»Nein danke«, sagte ich und gab ihm ein großzügiges Trinkgeld. Ich war von Fabians Wohnung direkt zum Revier gefahren, um Barbra Reeve, die Leiterin von Sentinel und meine inoffizielle Chefin, auf den neusten Stand zu bringen und ihre Anweisungen entgegenzunehmen. Von den vier Taxis, die ich vor dem Revier angehalten hatte, war der Fahrer dieses Wagens als Erster bereit gewesen, mich hier rauszufahren. Jetzt nickte er mir zu und brauste davon. Von der riesigen Betonmauer aus beobachtete ich, wie sich der gelbe Wagen auf der verlassenen Straße Richtung Stanton entfernte. Ich war nicht zum ersten Mal hier, aber die Mauer kam mir jedes Mal aufs Neue unfassbar hoch vor; sie ragte zweiunddreißig Meter in die Höhe und ging oben nahtlos in ein Betondach über.

Zu Beginn meiner Tätigkeit für die Polizei hatte ich dabei geholfen, in einer Art algorithmischem System ihre Fallakten zu archivieren, in einer analogen Version des alten digitalen Systems, das die Behörde hatte vernichten müssen. Am College hatte ich nach einer Phase der Orientierung als Hauptfächer Geschichte und Rechnungswesen belegt und zeigte ein gewisses Talent für die Datenanalyse. Da die Polizei dringend Zugang zu ihren eigenen Fallakten benötigte, nachdem die Idioten an den Wahlurnen beschlossen hatten, dass die Computer abgeschaltet werden sollten, bekam ich direkt nach meinem Examen dort einen Job. Das Internet und Intranet waren unverzichtbar gewesen, um Informationen zu speichern und abzurufen, und nun musste die Polizei als staatliche Behörde nach der Wende plötzlich darauf verzichten, genau wie die Krankenhäuser, Bibliotheken, Schulen und sämtliche Ministerien. Plötzlich gab es einen gewaltigen Bedarf an Leuten wie mir – Spezialisten für analoge Datenverarbeitung. Die Supersekretärinnen, wie die Presse uns nannte. Im Laufe der Zeit wurden die fähigsten unter den Datenanalysten von Sentinel angeheuert.

Offiziell hatte Sentinel als verdeckte Einheit operiert, die Zeroth und andere Technologieunternehmen überwachte, um das Wiederaufleben des digitalen Terrors zu verhindern, aber nach und nach erweiterte sich ihr Aufgabenbereich. Die Einheit wurde von zweifelhaften politischen Kräften und Lobbyisten finanziert und unterstützt, die wussten, dass Omega nicht auf Dauer an der Macht bleiben und nach ihrem Sturz erneut der Ruf nach einer schlagkräftigen Sicherheits- und Polizeibehörde laut werden würde. Diese Leute waren der Ansicht, dass der Sicherheitsapparat trotz politischer Umwälzungen weiterhin reibungslos funktionieren musste.

Auf der Fahrt hier raus hatte ich an Kira denken müssen. Die Zeit mit ihr kam mir wie die Erinnerung an ein anderes Leben vor, wie die Geschichte eines anderen Menschen. Das war einer der Gründe dafür, warum ich Fabian nicht von ihr erzählt hatte; ihre Existenz war nicht etwa ein großes, dunkles Geheimnis. Aber das war eine Lüge, die ich irgendwann selbst zu glauben begonnen hatte. Ich redete mir lieber ein, dass es mir nicht schwergefallen war, Kira zu verlassen. In Wirklichkeit hatte ich Jahre gebraucht, meine Entscheidung zu akzeptieren. Und jetzt, wo ich zu einer gewissen inneren Ruhe gefunden hatte, war sie verschwunden. Ich wollte mir lieber nicht ausmalen, wo sich das kleine Mädchen gerade befand, wer bei ihr war (schon gar nicht, was diese Person mit ihr anstellte) und wie sie sich dabei fühlte, falls sie – ich bekam Angst – überhaupt noch etwas fühlte. Da mich derartige Überlegungen nur in einen Zustand lähmender Panik versetzt hätten, wandte ich mich pragmatischeren Dingen zu und fragte mich, wie ich Fabian all das erklären sollte: meinen Entschluss, das Kind auszutragen, nachdem ich ungewollt schwanger geworden war, weil David das Baby unbedingt behalten wollte; wie ich ihm Kira bereitwillig überlassen hatte, als er sie mit nach Green Valley nehmen wollte; wie ich in den zehn Monaten mit diesem entzückenden kleinen Kind festgestellt hatte, dass ich keinerlei Muttergefühle empfand, und dass ich in den darauffolgenden Jahren irgendwann aufgehört hatte, mir deswegen Vorwürfe zu machen und in meiner eigenen emotional verkümmerten Kindheit nach Gründen dafür zu suchen.

Aber ich bereute nichts: Kira war ein Teil meines Lebens, der sich zum Guten entwickelt hatte. Mir war damals klar gewesen, dass sie bei David besser aufgehoben war, dass er sich in dem luxuriösen Umfeld von Zeroths vorstädtischer Traumwelt liebevoller um sie kümmern würde, als ich es je getan hätte. Zumindest hatte ich das bis vor ein paar Stunden geglaubt.

Der Wind wehte Müllreste über den Asphalt; das Taxi war inzwischen verschwunden, und ich starrte ins Leere. Ich wusste, dass ich Kira nicht helfen konnte, solange mich meine

Panik fest im Griff hatte. Ich musste mich zusammenreißen und *handeln.*

Zu meiner Linken befanden sich die verbarrikadierten Geschäfte, verlassenen Häuser und der menschenleere Park jenes Bereichs, den wir als Sperrgebiet bezeichneten. Es handelte sich um die Ausläufer eines ehemaligen Mittelklasse-Vororts, von dem aus man früher einen Blick auf das üppig begrünte Gelände der Zeroth Corporation gehabt hatte. Doch nach dem Bau der Betonmauer, für die das Unternehmen dank seiner gut gefüllten Kriegskasse im Eilverfahren eine außerordentliche Baugenehmigung erhalten hatte, verlagerte sich das Leben in Stanton ein paar Straßen weiter, fort von Green Valley.

Die Luft im Schatten der Mauer war kühl und stickig. Es schien hier nichts Lebendiges zu geben, nicht mal ein paar Vögel oder Ratten. Auf der gesamten Betonfläche, die für die Sprayer aus der Stadt eigentlich eine ideale Leinwand abgab, konnte ich lediglich zwei oder drei hastig hingesprühte Graffitis entdecken. Diese wirren Schmierereien zeugten allerdings weniger von jugendlichen Sprayern, sondern mehr von den unsichtbaren Geistern, die sie verscheucht hatten. Soweit ich wusste, wagten es nicht einmal die Obdachlosen, die leer stehenden Häuser in Besitz zu nehmen. Der Schatten der Mauer war wie ein Fluch.

Fröstelnd hüllte ich mich in meine dünne Jacke, rückte meinen Rucksack zurecht und lief zu der Tür, die kaum von der Betonfläche zu unterscheiden war.

Es war eine kleine Tür aus Drahtglas, die wie ein ganz normaler Firmeneingang wirkte. Darauf stand in dem typischen Zeroth-Schriftzug, den man früher an jeder Ecke sehen konnte: Green-Valley-Büro für externe Kontakte. Ich ignorierte die Tatsache, dass ich gleich ein riesiges Grabmal betreten würde, und tat so, als würde es sich bei meinem Besuch um einen simplen, alltäglichen Geschäftsbesuch handeln. Ich musste mir ins Gedächtnis rufen, dass Zeroth sich an die Gesetze hielt. Egal, was Stantons Bürger sich in ihrer Fantasie ausmalten, Zeroth war immer noch eine Software- und Kommunikationsfirma, und die Bewohner von Green Valley hatten ihre Häuser auf einem Grundstück errichtet, das ihnen gehörte, mochte die Anlage auch noch so befremdlich erscheinen. In Stanton und dem Rest des Landes gab es jede Menge riesiger Einkaufszentren, Hotels und Bürokomplexe – warum sollte man Green Valley also anders behandeln? Es gab keinerlei Beweise dafür, dass die Enklave von Verbrechern, Zombies, Vampiren oder Mördern bewohnt wurde.

Hör auf, dir Gedanken zu machen, sagte ich mir und drückte den Klingelknopf.

Nach ein paar Sekunden öffnete sich mit einem Summen die magnetische Türverriegelung, und ich betrat den nach Weihrauch stinkenden Empfangsbereich des Büros. Darin befanden sich ein geschwungener Sperrholztresen sowie ein ausgeblichener Teppichboden mit Zeroths lindgrünem Augensymbol auf einem beruhigenden, himmelblauen Untergrund. Der Raum wirkte weniger wie ein Büro und mehr wie ein Wohnzimmer. Auf dem Tresen standen mehrere gerahmte Fotos, und die Zeroth-Plakate an den Wänden – »Zeroth: besser als die Nummer eins« – waren mit folkloristischen Gegenständen behängt. Von der Ecke eines ausgeschalteten Fernsehschirms spannte sich eine Kette mit Weihnachtsbeleuchtung in Form von Flamingos zu einem Aktenschrank, der mit einem feuerroten Batiktuch und einer japanischen Vase voller Plastikorchideen dekoriert war.

Ich warf einen Blick über die Schulter Richtung Tür, als wollte ich mich vergewissern, dass ich tatsächlich im richtigen Zimmer war. Aber daran bestand kein Zweifel. Ich wusste nur zu gut, dass es keine weitere Tür gab. Erst jetzt bemerkte ich eine Frau, die Jeans und ein adrettes rosafarbenes Sweatshirt trug. Sie war barfuß und saß auf einem der Sofas, die in den verblassten Blau- und Grüntönen der Firma bezogen und mit Überwürfen und Häkeldecken drapiert waren. Die Frau nippte an einem rosafarbenen Plastikbecher und sah mich neugierig an.

Ich nickte ihr zu, ging zum Tresen und reckte verlegen den Hals auf der Suche nach einer Glocke oder einer Empfangsdame.

Die Frau hinter mir auf dem Sofa leerte geräuschvoll ihren Becher und sagte nach einem Moment: »Ich komme.«

Ich drehte mich um. Die Frau rekelte sich, als hätte sie gerade geschlafen. Mit selbstbewusstem Gang, das Kinn in die Höhe gereckt und den Blick nach vorne gerichtet, trottete sie zum Ende des Tresens. Auf einmal erschien sie mir nicht mehr träge, sondern auf elegante Weise gelangweilt. Während sie an mir vorbeilief, bemerkte ich, dass sie wunderschöne Füße hatte und ihre Zehen grell lackiert waren. Sie trug ein Fußkettchen und zwei Zehenringe. Ihre Haare waren geschmackvoll gefärbt, und sie hatte glatte, gesunde Haut. Aufgrund ihrer Augenfältchen schätzte ich sie auf fünfundvierzig, aber sie wirkte jünger. »Dann lassen Sie mich mal sehen«, sagte sie und schaltete den klobigen Computer auf dem Schreibtisch an, der mich an meine Kindheit erinnerte.

Während der Rechner hochfuhr, schaute sie mir in die

Augen und musterte mich mit professionellem Blick, um die Identitätsmerkmale in meinem Gesicht mit dem Foto in ihrer Datei zu vergleichen.

»Für heute war Besuch angekündigt. Ich wusste nur nicht genau, für wann. Offensichtlich sind Sie diese Person.«

»Ja. Mein Name ist Lucie Sterling«, sagte ich und streckte meine Hand aus.

Sie gab mir einen kräftigen Händedruck und taxierte mich mit ihren grünen Augen. »Ich heiße Gina Orban und bin zuständig für externe Kontakte.« Sie wandte sich wieder dem eingeschalteten Bildschirm zu und tippte etwas auf der Tastatur. Dann verzog sie das Gesicht. »Sind Sie David Sterlings Schwester? Aber ich schätze, das geht mich nichts an.«

»Ich bin seine Frau. Er wollte mich sehen«, sagte ich.

Gina Orban runzelte die Stirn. »Aber Mr. Sterling ist bereits verheiratet. Mit Eloise Parsons.«

Verheiratet? Ich gab mir größte Mühe, meine Überraschung zu verbergen – heirateten die Leute hier überhaupt? »Seine Exfrau. Ich bin seine Exfrau«, sagte ich.

»Geht mich ja eigentlich nichts an. Aber wir bekommen nicht oft Besuch hier, darum stelle ich so viele Fragen.« Mit zusammengekniffenen Augen, als wäre sie weitsichtig, starrte sie auf den Bildschirm und hob eine Augenbraue. »Der Besuch wurde von einem der Subwizards persönlich bewilligt.«

»Was ist ein Subwizard?«

»Ach, das ist Programmierersprache. Als Green Valley entwickelt wurde, waren die Computerleute alle noch kleine Jungs. Wahrscheinlich fanden sie es cooler, sich Wizard zu nennen als König oder Gott oder was auch immer. Mr. Sterling ist das, was man normalerweise als Gemeindevorsteher bezeichnet. Oder er war es. Ich weiß nicht genau. Ich bin nicht mehr auf dem neusten Stand.«

Ihr Tonfall – war sie respektlos, aufmüpfig oder illoyal? – überraschte mich. Ich hatte nicht damit gerechnet, im Empfangsbüro eines Unternehmens, das wir Außenstehende im Grunde für eine radikale Sekte hielten, auf ein derartiges Verhalten zu treffen.

»Wie auch immer«, sagte Gina Orban und trottete hinter dem Empfangstresen hervor. »Sind Sie mit dem Ablauf vertraut? Waren Sie schon mal hier?«

»Nein.« Sie wusste natürlich, dass ich zum ersten Mal hier war.

»Wir müssen Sie mit dem I ausstatten. Ich habe keine Ahnung, was Sie darüber wissen, aber es handelt sich um eine komplizierte Vorrichtung, und es ist ziemlich aufwendig, sie anzubringen. Darum ist es recht ungewöhnlich, dass man Ihnen eine Genehmigung für einen derart kurzen Besuch erteilt hat. Man kommt in Green Valley nicht einfach auf einen Tee vorbei. Ich vermute, dass der Besuch wichtig ist.«

»Ja«, sagte ich. »Allerdings.«

»Geht mich ja nichts an. Ich bin nur neugierig. In diesem Büro kommt nicht viel an.« Ich wusste nicht, ob sie Informationen oder Menschen oder irgendetwas anderes meinte.

Ich wollte endlich rein nach Green Valley, aber ich wollte auch nicht unhöflich sein. Sämtliche Informationen, die diese unbekümmerte, offensichtlich etwas einsame Mitarbeiterin ausplauderte, konnten nützlich sein. »Keine Sorge. Ist schon okay«, sagte ich. »Was muss ich tun?«

Sie führte mich durch eine der Türen am hinteren Ende des Empfangsraums. »Ich möchte, dass Sie all Ihre Sachen ausziehen und in eines der Schließfächer legen, zusammen mit elektronischen Geräten, Kontaktlinsen, Schmuck und Gepäck, also praktisch alles außer sich selbst. Bedecken Sie sich mit dem Handtuch aus dem Schließfach und klopfen Sie, wenn Sie fertig sind. Dann fangen wir an.«

Angesichts ihres sachlichen Tonfalls hatte ich das Gefühl, dass ich in ein Wellness-Hotel eincheckte – oder aber in einen Schlachthof. Ich protestierte: »Nach allem, was ich aus der Zeit weiß, bevor ihr ... bevor eine Mauer um Zeroth gezogen wurde, handelt es sich bei dem I um eine Vorrichtung, die man im Auge trägt, eine Art Computerbildschirm. Ich weiß nicht, warum Sie mich bitten, meine ...«

Sie lächelte. Es war ein wächsernes Lächeln; sie bewegte nur die Lippen, während der Rest ihres Gesichts vollkommen reglos blieb. »Computerbildschirm«, sagte sie spöttisch. »Wizard Weißbart würde es gar nicht gerne hören, dass man seine visionäre Arbeit als *eine Art Computerbildschirm* bezeichnet. Jedenfalls wurde die Vorrichtung weiterentwickelt. Nur damit funktioniert Green Valley als Ganzes. Im Grunde *ist* diese Vorrichtung Green Valley. Um sich dort aufhalten zu können, benötigt man das I.«

Wir wussten, dass die Technologie weiterentwickelt und verbessert worden war, und hatten sämtliche unserer Informationen dazu ausgewertet. Allerdings hatte ich nicht alle diese Informationen zu Gesicht bekommen, und es gab keinen einzigen Analytiker, der die Funktionsweise dieser Vorrichtung vollkommen verstand. Ich sagte mir, dass ich nicht verstehen muss, wie sie funktionierte, um sie zu benutzen, und plapperte damit im Geist den selbstgefälligen Spruch nach, der seit der Wende verpönt war. Früher hatten wir damit unser Gewissen beruhigt, uns von jeder Verantwortung freigesprochen und unser Schicksal in die Hände fremder, verführerischer Kräfte gelegt, jener Wirtschaftsunternehmen, von deren Wohlwollen wir mit gewissem Recht überzeugt waren.

Gina bemerkte mein Zögern. »Niemand zwingt Sie dazu. Sie müssen da nicht reingehen. Sie können Ihrem Mann – Ihrem Exmann – auch auf anderem Weg eine Nachricht zukommen lassen.«

Ich holte tief Luft. Ich hatte einen Auftrag zu erledigen. »Nein, natürlich will ich. David hat mich hergebeten. Außerdem bin ich neugierig, wie es da drin aussieht.« Ich sagte das auch, um mir selbst gut zuzureden, denn ich spürte, wie sich mein Herz verkrampfte. Ungeachtet der Chance, die mir dieser Besuch bot, fragte ich mich plötzlich, worauf zum Teufel ich mich da bloß eingelassen hatte.

»Also schön«, sagte sie, führte mich zum Umkleideraum und reichte mir ein verschnörkeltes Messingglöckchen – wahrscheinlich aus Tibet oder Persien, keine Ahnung. »Läuten Sie damit, wenn Sie fertig sind.«

Wie im Empfangsbüro hatte man die unpersönlichen Einrichtungsgegenstände im Umkleideraum etwas freundlicher gestaltet. Die vier Spinde waren pastellfarben gestrichen – in Mintgrün, Zartlila, Pfirsichorange und Himmelblau – und mit Hippie-Blümchen verziert. Auf der Lamellenbank aus Holz lagen arabische Kissen, und auf den Waschbecken standen Flaschen mit parfümierter Handcreme sowie Flüssigseife und Kerzen, von denen eine angezündet war. An dem breiten Spiegel über den Becken klebte ein handgeschriebenes Kärtchen: *Was du hinter dir siehst, liegt nicht vor dir.* Ich war nicht sicher, was das zu bedeuten hatte. Wahrscheinlich handelte es sich um eine Art aufmunternden Kalenderspruch, aber für mich klang es irgendwie bedrohlich, als würde man mir eine Warnung zuraunen, die ich nicht verstand.

Ich entschied mich für den pfirsichfarbenen Spind. Die rostigen Scharniere quietschten beim Öffnen. Offensichtlich kamen nur wenige Leute hierher. Gina Orban wirkte ziemlich angeödet, und ich fragte mich, welche Auswirkungen dieser Zustand anhaltender Langeweile auf ihren Geisteszustand hatte. Mehrere handgemalte Gänseblümchen leuchteten mir entgegen, während ich meinen Rollkragenpullover auszog, und als ich meinen Hosenknopf öffnete, sah ich am Rand meines Blickfelds einen Schatten aufblitzen. Ich fuhr herum und blickte in den Spiegel. Da war nur ich, aber irgendwo in diesem Raum war immer noch der Schatten. Die Kerzenflamme flackerte und zuckte, als wäre etwas daran vorbeigehuscht.

Ich bin allein, sagte ich mir. Es ist sonst niemand hier. Dennoch trat ich an den Spiegel, drückte das Gesicht dagegen und schirmte es mit den Händen ab, um zu sehen, ob mich von der anderen Seite aus jemand beobachtete. Nachdem ich mich vergewissert hatte, dass sich hinter dem Spiegel nur eine weiß geflieste Wand befand, zog ich mich rasch bis auf die Unterwäsche aus und griff nach dem großen Handtuch. Als ich es auseinanderfaltete, stieg eine kleine Wolke muffigen weißen Baumwollstaubs auf. Wahrscheinlich war das Handtuch nie benutzt worden und hatte dort eine Ewigkeit gelegen. Ich schüttelte es aus und wickelte es um meinen Körper, legte meine Sachen in den Spind und klopfte an die Tür.

»Den müssen Sie auch ausziehen«, sagte Gina beim Betreten des Raums, während sie einen flüchtigen Blick auf meinen BH-Träger warf. »Ich hab das alles schon gesehen.«

Widerwillig öffnete ich meinen BH und zog meine Unterwäsche aus. Das ist der Preis, den ich zahlen muss, um nach Green Valley zu gelangen, sagte ich mir. Aber er war bereits jetzt höher, als mir lieb war.

Gina hängte einen Kleiderbügel mit einem grün gesäumten himmelblauen Trainingsanzug an den Spind und stellte ein neues Paar Turnschuhe darunter. »Sobald ich Sie präpariert habe, können Sie das hier anziehen und reingehen. Nicht gerade der letzte Schrei, aber das spielt da drin keine Rolle. Die Leute können Sie nicht sehen, sie sehen nur Ihren Avatar.« Aus einem Schränkchen neben den Spinden nahm sie ein Tablet und ließ einen Finger darübergleiten, dann drehte sie es in meine Richtung. Darauf erschien das Bild einer Frau mit durchschnittlicher Statur. Sie trug eine blaue Hose, eine weiße Bluse sowie Schuhe mit flachen Absätzen und hatte glatte blonde Haare, die ihr bis auf die Schultern reichten. Ihr Gesicht war ebenmäßig geschnitten, sie hatte volle Lippen und eine kleine Nase, und ihre Augen waren etwas größer als die der meisten Menschen.

»Wer ist das?«

»Sie sind das.«

»Ich?«, sagte ich, obwohl ich wusste, was sie meinte. Trotzdem wollte ich, dass sie es mir erklärte. Aus Prinzip: Man durfte einem Menschen nicht einfach einen neuen Körper verpassen, ohne das zu erläutern.

»Das ist Ihr Avatar. So werden die Leute in Green Valley Sie sehen. Sie können Ihren Avatar gerne nach Ihren Vorstellungen gestalten, aber wir haben nicht viel Zeit.«

»Ist schon in Ordnung. Mir ist egal, wie er aussieht«, sagte ich, obwohl das nicht stimmte. Denn tatsächlich erregte mich die Vorstellung, für einen Tag diese imaginäre Blondine zu sein. Würden mich die Leute dann anders behandeln?

»Ich nenne sie Plain Jane«, sagte Gina. »Um ehrlich zu sein, ich hätte gerne ihre Figur, ihr Modelgesicht und ihre widerspenstigen Möpse. Sie ist natürlich ein Werk der Wizards.«

Der Sarkasmus ihrer Worte und ihre unverhohlene Feindseligkeit waren – wie vorhin, als sie Jamie Egus als »Wizard Weißbart« bezeichnet hatte – kaum zu überhören.

»Eine Frage, Gina«, sagte ich. »Warum sind Sie hier? Es scheint, als würden Sie ... na ja, nicht voll hinter der Philosophie von Zeroth stehen.«

Sie lachte mit einem heiseren, ausdruckslosen Rasseln; es klang wie ein Echo, das durch ein verlassenes Haus hallte. »Legen Sie sich flach auf den Bauch, damit ich anfangen kann.«

Ich tat, was sie verlangte, und sie kniete sich neben mich und öffnete den Reißverschluss einer Aktentasche. »Ich wirke wohl extrem zynisch«, sagte sie. »Was Green Valley betrifft und Ihre Welt da draußen, in Stanton ... Ich gehöre in keine von beiden.« Sie schlug das Handtuch zurück und rieb mein Kreuz mit einer kalten Flüssigkeit ein. »In der Blütezeit von Zeroth, bevor es wirtschaftlich bergab ging, war ich dort als Ergotherapeutin beschäftigt. Als das I entwickelt wurde, durfte ich einen Testlauf damit absolvieren, und danach zeigte ich so heftige Symptome von Übelkeit und Abneigung, dass mich das Team als Versuchskaninchen benutzte. Mit meinem Einverständnis natürlich. Man hätte mich nie dazu gezwungen, und ich wurde sehr gut bezahlt. Damals brachte die Firma einfache Virtual Reality Interfaces auf den Markt – erweiterte soziale Netzwerke, Gruppenspiele und Anwendungen für megarealistischen Cybersex. Aber der Hälfte der potenziellen Kunden wurde dabei schlecht, und statt sich zu amüsieren, kotzten sie auf das Bild ihres virtuellen Sexpartners oder des

Drachen, gegen den sie gerade kämpften.« Sie rieb meinen Rücken weiter oben mit der Salbe ein, worauf meine Wirbelsäule zu kribbeln begann. Dann ritzte sie etwas in meinen Nacken und steckte mehrere Haarsträhnen an meinem Kopf fest. »Diese Leute litten unter einem Phänomen, das man Akzeptanzlücke nennt«, fuhr sie fort. »Mitten in ihrem virtuellen Urlaub in den Tropen wurden sie von einer urzeitlichen Panik befallen; alles wirkte unglaublich real, aber ihre Großhirnrinde wusste, dass es sich nur um eine Illusion handelte. Auf einer urzeitlichen, instinktiven und zellulären Ebene signalisierte ihnen der Bereich ihres Gehirns, der sich nicht täuschen ließ, dass man ihnen etwas vorgaukelte, dass sie in Todesgefahr waren. Das war eindeutig nicht gut fürs Geschäft und hinderte die Kunden daran, sich an die neuen Geräte zu gewöhnen. Die Entwicklungsabteilung ging davon aus, dass sie in neunundneunzig Prozent der Fälle die Symptome beseitigen konnte, wenn es ihr gelang, *mich* davon zu befreien. Und das hat tatsächlich geklappt. Ich bin eines der Versuchskaninchen, mit deren Hilfe Zeroth im Bereich der virtuellen Realität zum Marktführer aufstieg. Zwar führte das bei mir zu gewissen ... Nebenwirkungen, aber man hat mich anständig behandelt, und ich kann hier ein ruhiges Dasein fristen.«

Im nächsten Moment rammte Gina mir etwas Spitzes ins Kreuz, und ich wollte schon aufschreien, als ich merkte, dass ich keinerlei Schmerzen empfand. Stattdessen breitete sich von der Stelle rasch ein kaltes Kribbeln aus, und durch meine Wirbelsäule jagte ein elektrischer Impuls. Ich spürte, wie mein Körper sich aufbäumte und krümmte, bis das Pulsieren wieder verflogen war. Ich stöhnte auf. »Was zum Teufel war das?«

»Tut mir leid. Der Lumbaltransponder ist immer ein bisschen unangenehm.«

Bevor ich nachfragen konnte, bohrte sie mir erneut etwas in den Nacken, und ich konnte mich nicht mehr rühren. Wieder fühlte ich dieses rhythmische, kalte Vibrieren, aber entweder war mein Körper nicht in der Lage, sich zu bewegen, um es auszugleichen, oder ich spürte nicht, wie er sich krümmte. Ich bekam lediglich vage mit, wie die Kissen von der Bank fielen und Ginas Hände sie wieder hinlegten, damit ich etwas bequemer lag, und wie gedemütigt ich mich fühlte, als ich unter der Bank meine zusammengeknüllte Unterwäsche sah. Falls ich hier sterben sollte, dachte ich undeutlich, führte den Gedanken jedoch nicht zu Ende, denn in diesem Moment wurden mehrere Krallen zwischen meine Haare geschoben und an meinem Kopf festgehakt. Ich nahm zwar auch diesmal keine Schmerzen wahr, aber instinktiv wurde in meinem Körper eine schmerztypische Reaktion ausgelöst, und er brüllte: *Hier stimmt was nicht, unternimm was! Hau ab! Sonst stirbst du!* Doch ich konnte mich nicht bewegen und verspürte kaum das Bedürfnis, etwas zu unternehmen. Um ehrlich zu sein, ich fühlte mich gut. *Ich weiß nicht, wovor du Angst hast, entspann dich.* Beim Anblick der zusammengeknüllten Unterhose musste ich an mein Kinderzimmer denken und daran, wie ich als Mädchen, umgeben von Abfällen, auf meinem Bett gelegen hatte, während das blecherne Scheppern meiner Kopfhörer mir Trost spendete. Dort war ich sicher und geborgen und hatte für einen kurzen Moment den Eindruck, dass ich einfach überhaupt nichts tun musste.

Dann ein Keuchen, eine Art Aufprall und ein Brennen in meinen Adern, und als ich die beruhigende Wärme von Ginas flacher Hand auf meinem Rücken spürte, wurde mir mit einem Mal wieder bewusst, dass ich nackt auf der Bank lag. »Okay«, sagte sie. »Das Kalibrieren dauert zehn Sekunden. Bleiben Sie liegen.« Sie rieb mir, wie eine Mutter ihrem weinenden Kind, mit ihrer warmen, weichen Hand über den Rücken. »Fertig. Wie fühlen Sie sich?«

Kurz darauf konnte ich den Kopf wieder drehen und sah, wie Gina auf das Tablet starrte. Ich schaute in die andere Richtung und bewegte Arme und Beine. Abgesehen davon, dass sich mein Kreuz und mein Nacken ein wenig schwerer anfühlten und ich in meinen eingeklemmten Haaren ein Ziehen spürte, ging es mir gut. Ich griff nach dem Handtuch, das jetzt meinen Unterkörper bedeckte, und zog es nach oben. »War's das? Kann ich jetzt in diesen Overall schlüpfen?«

»Sicher. Warten Sie eine Minute, dann können Sie versuchen aufzustehen. Falls Sie Gleichgewichtsprobleme haben, nehme ich eine Feinabstimmung vor.«

Ich stemmte mich in die Sitzposition hoch und schlang das Handtuch noch enger um meinen Körper. Obwohl diese Frau lediglich tat, was ich verlangt hatte, fühlte ich mich missbraucht und war wütend. Aber sie hatte so weiche, einfühlsame Hände, dass ich nicht länger wütend bleiben konnte, selbst wenn ich es gewollt hätte. Dabei versuchte ich es. Ich dachte an all die Dinge, die mich sonst immer wütend machten – an Machos, Schläger, unerwünschte Anrufer und Stromausfälle –, aber das Gefühl jagte wie ein Schnellzug an mir vorbei, ohne dass ich es schaffte aufzuspringen, und dann war es fort. Da es mir nicht gelang, Wut darüber zu empfinden, dass mein Gehirn von einem Gerät kontrolliert wurde, versuchte ich es mit Angst. Ich dachte an eine Gruppe betrunkener Männer auf einer verlassenen Straße, an das Geräusch von splitterndem Glas und Fußgetrappel mitten in der Nacht. Ich spürte, wie meine Nebennieren Adrenalin ausschütteten, doch es verflüchtigte sich sofort wieder. Ich probierte es mit Empörung und Scham – nichts. Ich versuchte, etwas komisch zu finden. Versuchte zu lachen, aber die Laute erstarben, bevor sie mir über die Lippen kamen.

»Wir versetzen unsere Besucher in den vollen SSRI-Modus. Besonders, wenn sie nur kurz hier sind. Sie haben keine Zeit, sich an die Umgebung zu gewöhnen, darum balancieren wir Ihre Gefühle aus, indem wir mithilfe von Nanorobotern Ihren Serotonin- und Dopaminspiegel kontrollieren. Das kommt Ihnen vielleicht etwas merkwürdig vor. Aber ich habe gehört, dass es gleichzeitig eine beruhigende Wirkung hat. Es handelt sich um ein elektronisches Opiat. Fühlt es sich gut an?«

»Ich will nicht, dass es sich gut anfühlt«, sagte ich und brachte es endlich fertig, mich hinzustellen. Eigentlich wollte ich ihr gegenüber nicht so ehrlich sein, aber aus irgendeinem Grund … konnte ich nicht anders.

»Prima. Ihr Gleichgewichtssinn funktioniert bestens.« Gina wandte den Blick ab und verstaute ihre Ausrüstung diskret in ihrer Aktentasche, während ich in den Trainingsanzug stieg. Ich faltete meine Unterwäsche zusammen und legte sie in den Spind. Dabei vergewisserte ich mich, dass das Päckchen, das ich mitgebracht hatte, immer noch tief in der Innentasche meines Mantels steckte. »Was ich als Nächstes tun werde, empfinden einige Leute als ziemlich unangenehm, fürchte ich. Es tut mir leid, aber es ist notwendig: Wir müssen Ihre Aversionslevel überprüfen. Setzten Sie sich bitte bequem hin.«

»Aversionslevel?«

Gina nahm mit dem Tablet in der Hand neben mir Platz.

Darauf waren mehrere Skalen zu sehen. »Anfangs haben die Besucher in Green Valley versucht, die Vorrichtung von Hand abzuschalten. Vielleicht litten sie unter Übelkeit, vielleicht waren sie überwältigt von all den Eindrücken - wer weiß. Vielleicht waren sie auch einfach nur gelangweilt. Einige von ihnen hielten es trotz der eindringlichen Warnung, sich nur in diesem Raum hier ordnungsgemäß trennen zu lassen, für angebracht, das I auszustöpseln und sich das Interface vom Körper zu reißen. Die Auswirkungen waren, sagen wir mal, weniger schön. Oder ›suboptimal‹, um es mit den Worten der Entwicklungsabteilung zu sagen. Man musste eine Möglichkeit finden, um das zu verhindern, also nutzten sie dafür die physiologischen Prozesse, die bei Usern ausgelöst werden, wenn sich wie bei mir die Großhirnrinde der virtuellen Welt widersetzt. Sie entwickelten ein Aversionssignal, das immer dann, wenn sich jemand an dem System zu schaffen macht, aktiviert wird. Es sorgt dafür, dass der Besucher physiologisch nicht in der Lage ist, die Vorrichtung zu entfernen. Außer in diesem Raum.«

»Eine Art elektronisches Hundehalsband?«, fragte ich. Soeben war mir schmerzlich bewusst geworden, dass sie meinen Körper mit einem gefährlichen elektronischen Schaltkreis verbunden hatte. »Eines, das dem Hund einen Stromschlag verpasst, sobald er das Grundstück verlässt?«

»Ja.« Gina zog die Mundwinkel zu einem kühlen Lächeln nach oben. »So was in der Art.« Und dann, ohne Vorwarnung, begann sie erneut, mich zu quälen.

Irgendwo im unteren Teil meines Kopfes, der tiefer hinabreichte, als es eigentlich möglich war, fing ich an zu zittern. Es fühlte sich an, als würden lauter kleine Wesen in Todesangst durch die Tunnel jagen, die plötzlich durch mein Gehirn führten. Und während sie sich, erfüllt von panischem Entsetzen, meinem Wahrnehmungszentrum näherten, begann ich zu ahnen, wovor sie flohen. Alles, was ich und diese unzähligen flüchtenden Schatten je gefürchtet hatten, hatte sich wie eine Faust zu einer einzigen Masse zusammengeballt. Sie bewegte sich so schnell, dass sie mich beim Aufprall zerschmettern würde; und bevor ich auch nur einen Schrei ausstoßen konnte, war sie da, und ich zersprang in tausend Scherben. Jede von ihnen brannte vor Furcht, und ich musste mich erleichtern.

Doch dann zog sich die Masse wie eine Explosion im Weltall, die vom Vakuum verschluckt wird, blitzartig wieder in sich zusammen.

Ich bemerkte das schwache Licht, das durch meine Augenlider drang, vorbei an meinen Fäusten, die ich gegen mein Gesicht gepresst hatte. Ich lag wie ein Embryo zusammengerollt auf dem Boden und spürte meine verkrampften Muskeln. Schließlich entspannte ich mich und hörte, wie mein Schrei von den Wänden widerhallte. Allmählich konnte ich mich wieder bewegen. Als ich die Arme lockerte und den Hals hob, sah ich auf dem blauen Linoleumboden eine Pfütze meines eigenen Urins.

»Die Aversionslevel sind kalibriert«, sagte Gina.

Ich hievte mich zurück auf die Bank, unfähig zu sprechen, unfähig, die Frau, die mich so quälte, anzuschreien. Wäre ich dazu in der Lage gewesen, hätte ich ihr die Hände um den Hals gelegt und das Leben aus ihr herausgepresst. Aber noch während ich das dachte, verflog dieses Gefühl wieder. Denn in einem verborgenen, umnebelten Bereich meines Verstands wusste ich, dass das nicht richtig war, und außerdem war ich ihr dankbar, weil sie es mir ermöglichte, meine Familie zu besuchen. Vor meinem geistigen Auge erschien Kiras kleines Babygesicht. Ich stellte mir vor, wie sie lächelte und kicherte.

Schließlich konnte ich meinen Mund wieder öffnen und mit den Lippen ein Wort formen. »Warum?«, war alles, was ich herausbrachte.

»Das I *ist* Green Valley«, wiederholte Gina. »So funktioniert das Ganze. Ich möchte Sie noch mal daran erinnern, dass das ein Vorgeschmack auf das war, was Sie erwartet, wenn Sie in Green Valley an dem I herumfummeln. Sollten Sie also irgendwelche Probleme haben und die Verbindung unterbrechen wollen, kommen Sie einfach her. Sagen Sie mir Bescheid, wenn Sie nicht mehr weiterwissen.«

»Dann müssen Sie mir Ihre Nummer geben. Aber nehmen die Münztelefone hier überhaupt normales Geld?«

Gina blieb stehen und starrte mich an, und für einen Moment kam ich mir wie eine Idiotin vor. Natürlich gab es in Green Valley keine Münztelefone und auch keine Telefonnummern. »Benutzen Sie einfach das I. Fragen Sie einen der Betreuer, wenn Sie drin sind. Ich könnte Ihnen das jetzt zwar alles erklären, aber wir sollten uns besser beeilen. Ihre Besuchszeit endet um fünf. Sie wollen doch nicht den ganzen Tag damit verbringen, sich mit mir zu unterhalten, oder?«

Ich schüttelte den Kopf. Mir war zwar klar, dass mein Tag angenehmer verlaufen würde, wenn ich kehrtmachte und direkt wieder nach Hause zurückfuhr, aber jetzt hatte ich es schon so weit geschafft ...

»Also schön«, sagte Gina. »Fehlen nur noch die Linsen, dann können Sie rein.« Sie betrachtete die Pfütze vor meiner Hose auf dem Boden. »Ich werde Ihnen ein paar saubere Sachen holen. Damit hätte ich rechnen müssen«, murmelte sie und ließ mich auf der Bank sitzen, während ich versuchte, wieder gleichmäßig zu atmen.

Die Linsen waren die ältesten und bekanntesten Komponenten der I-Ausrüstung, und Barbra Reeve und Bill Schindler von Sentinel hatten mich beauftragt, eine davon in meinen Besitz zu bringen.

Zur Blütezeit von Zeroth trugen achtzig Prozent von Stantons Einwohnern das I – man benötigte es zur Kontoführung, für Gehaltszahlungen und zur Jobsuche, um seinen Punktestand in der Verkehrssünderkartei abzufragen, die öffentlichen Verkehrsmittel zu benutzen, Eintrittskarten zu kaufen und um überall bargeldlos zu bezahlen. Sicher, es gab Milliarden von Menschen, die ohne das I auskamen, aber sie waren arm und für die Marketingleute nicht von Interesse, und nur wenige von denen, die die Wahl hatten, entschieden sich bewusst dafür, eine Existenz am Rande der Gesellschaft zu führen.

Damals trug man in einem Auge eine Linse, die die Wirklichkeit mit einer zusätzlichen Ebene überlagerte – es handelte sich eher um eine erweiterte Form der Realität und weniger um eine virtuelle Alternativwelt. Als ich nach der Universität meinen ersten Job bekam, kaufte ich mir ein eigenes I, und für mehrere Jahre besaß ich stets die vorletzte Version davon. Wir wussten zwar, dass mir das weiterentwickelte I in Green Valley nichts Neues zeigen würde, aber natürlich war uns klar, dass vor allem die ausgeklügelten Signale an meine Seh-, Hör-, Geruchs- und Geschmacksnerven die Faszination dieser virtuellen Welt ausmachten. Barbra und Schindler vermuteten, dass die weiterentwickelte Linse auf die alte, bewährte Technologie zurückgriff, die am ehesten überflüssige Informationen enthielt und damit anfällig für einen Hackerangriff war. Dort würden sie wahrscheinlich, hinter veralteten Verschlüsselungsprogrammen, auf einen neuen Code stoßen. Außerdem war eine Linse klein genug, um sie zu verstecken und nach draußen zu schmuggeln. Darum hatte man mir eine falsche Linse und einen signalgeschützten Beutel mitgegeben. Niemand bei Sentinel hatte etwas von dem Spinaltransponder gewusst, den Gina an meinem Körper angebracht hatte. Ich vermutete, dass er meinen Tastsinn und meine Bewegungen minutiös kontrollierte. Die Unannehmlichkeiten der Installation und selbst die demütigende Panik, die ich während des Aversionstests empfunden hatte, waren nur noch eine vage Erinnerung, und ich sah meinem Besuch in Green Valley voll freudiger Erregung entgegen.

Verglichen mit dem Rest des Is verlief das Einsetzen der Linsen schmerzlos. Wie die Exemplare, die ich bereits kannte, glitten sie ohne größere Unannehmlichkeiten über meine Iris. Ich spürte kaum, wie sie sich an meine Augen anpassten, es war mehr eine Ahnung. Beim Einsetzen vibrierten sie kaum merklich, und ich fürchtete, dass gleich ein stechender Schmerz durch mein Gehirn jagen würde, doch sie schmiegten sich so perfekt an, dass ich sie gar nicht mehr spürte.

Gina führte mich zum Ausgang, auf dessen dunkler Tür die Worte »Green Valley Marktplatz« standen. »Ich hole Sie um fünf wieder ab«, sagte sie. »Genießen Sie Ihren Aufenthalt.«

3

Ich hatte das Gefühl, in der Erde zu versinken. Obwohl ich wusste, dass ich festen Boden unter den Füßen hatte, lief ich auf Zehenspitzen, als würde ich mir meinen Weg durch ein Sumpfgebiet bahnen. Ich stellte mir vor – oder spürte ich es tatsächlich? –, wie das Dröhnen meines Gehirns und das Knirschen meiner Knochen meine Ohren erfüllten, während sie die neuen Eindrücke verarbeiteten und sich darauf einstellten. Vor mir lag der Marktplatz, und zu meiner Überraschung sah er noch genauso aus wie damals, bevor man die Mauer um Green Valley gezogen hatte. Früher war in der Mitte der Touristenbroschüre für Stantons Bewohner und für die Besucher aus dem ganzen Land ein Foto davon abgedruckt gewesen: *Besuchen Sie die wunderschöne Anlage der weltberühmten Zeroth Corporation in Stanton, der wir ME Music, Z-Play und das I verdanken. Die umweltfreundlichen Büroparks und das Wohndorf zeugen von den schonenden, innovativen Technologien, für die Zeroth bekannt ist.*

Die Broschüre stammte aus der Zeit, bevor Green Valley unter Beton begraben wurde, und ich musste mir ins Gedächtnis rufen, dass der strahlend blaue Himmel und die Schäfchenwolken nur eine Illusion waren, die von einer Hardware in meinem Körper in meine Sinneszellen eingespeist wurde. Aber das Sonnenlicht *fühlte* sich warm an, wie echtes Licht. Ich machte ein paar vorsichtige Schritte unter den frühlingsgrünen Erlen – tatsächlich, in dem gesprenkelten Licht war es warm und im Schatten ein wenig kühler. Das war nicht möglich, aber genauso fühlte es sich an. Ein Vogel zwitscherte und flog davon, während ein Kind auf einem Skateboard an mir vorbeirollte.

Das Kopfsteinpflaster unter meinen Füßen war in den Broschüren als Beispiel für die beschauliche Atmosphäre in Green Valley angepriesen worden: *Kleinstadtidylle in einer modernen Welt.* Aber ich wusste, dass ich mich auf einer flachen, harten Fläche bewegte. Dass ich mich hier, direkt hinter der Mauer, ein gutes Stück abseits des Marktplatzes befand – oder abseits der Stelle, wo er früher einmal gewesen war. Plötzlich spürte ich ein flaues Gefühl in der Magengrube, und mir wurde schlagartig klar, dass der Marktplatz womöglich überall war, überall dort, wo der Nutzer ihn sehen wollte.

Nein, sicher nicht. Ich klopfte mit meinen Fingerknöcheln gegen einen Baum – er war massiv und aus Holz. Ich griff nach oben, zupfte eines der Blätter ab und rieb es zwischen meinen Fingern. Es riss auseinander und hinterließ eine grüne Flüssigkeit auf meiner Handfläche. Ich hätte schwören können, dass der Baum und das Blatt echt waren. Ich ging in die Hocke und fuhr mit den Fingerspitzen über den Boden, und obwohl ein Teil von mir wusste, dass dort nur nackter Asphalt war, *spürte* ich die geriffelte Oberfläche und die Kanten des kühlen Kopfsteinpflasters. Ich kratzte etwas Sand aus einer Ritze, und er blieb unter meinen Nägeln und an den Fingerspitzen hängen. Zugleich hatte ich das Gefühl, alles leicht verzögert wahrzunehmen, als würden die Schaltkreise in meiner Wirbelsäule eine Nanosekunde brauchen, um die Sinneseindrücke wiederzugeben. Nun, wahrscheinlich war ich einfach nur paranoid. Ich richtete mich wieder auf, brach ein Stück Rinde vom Baum ab und steckte es in meine Tasche.

Aber es ist nicht *deine* Tasche, meldete sich eine Stimme in meinem Innern zu Wort. Es ist die Tasche der Kleidung, die Zeroth dir geliehen hat.

Auf einmal tauchten am Rand meines Sichtfelds mehrere Schatten auf, und mein Magen fing an zu rumoren. Mir wurde schlecht. Aber ebenso plötzlich, wie die Panik begonnen hatte, verflog sie auch wieder, und als ich den Blick nach oben richtete und tief Luft holte, war meine Angst nur noch eine flüchtige Erinnerung. Ich dachte an die Nanoroboter, die meinen Organismus kontrollierten und zwischen meinen Synapsen und in meiner Wirbelsäule Signale übermittelten, und erneut empfand ich ein vages Gefühl der Dankbarkeit, weil sie mir halfen, meine Eindrücke zu verarbeiten.

Ich setzte mich in Bewegung und kam an jungen Müttern mit Kinderwagen und Personen mittleren Alters vorbei, die ihre Hunde Gassi führten. Ein Pärchen joggte vorüber; die beiden trugen Trainingsanzüge und hörten Musik aus Playern, die an ihre Oberarme geschnallt waren. Sie lächelten mich an. Ich lief zu dem weiß getünchten Pavillon hinüber, der auf einer viertelkreisförmigen Rasenfläche stand, und spähte über das Geländer. Vor mir befand sich die Ladenzeile der Main Street, die in den Artikeln über Green Valley angepriesen worden war, und die anderen drei Seiten des Platzes wurden von den eleganten Reihenhäusern gesäumt, um die wir die Leute hier so beneideten.

Erst in diesem Moment bemerkte ich, dass die Mauer verschwunden war. Beim Verlassen des Verbindungsbüros hatte ich mich nicht umgedreht, und jetzt erstreckte sich an der von Bäumen überschatteten Straße, wo eigentlich die Mauer hätte sein müssen, eine Häuserzeile und darüber der blaue Himmel. Autos waren keine zu sehen. Die Leute gingen zu Fuß, joggten oder fuhren mit dem Fahrrad.

In meinen Ohren ertönte eine sanfte Melodie, und vor mir materialisierte sich ein Mann. »Lucie?«, sagte er. Der Mann mittleren Alters hatte einen konservativen Haarschnitt und trug einen grauen Büroanzug und glänzende Slipper. Dazu ein weißes Hemd und eine blau gestreifte Krawatte, die von einer silbernen Krawattennadel geziert wurde. David hatte sich nie auf diese Weise gekleidet – seine Aufmachung war ihm nie wichtig gewesen; er betrachtete das Ganze als eine lästige Notwendigkeit, und dieser elegante, traditionelle Stil war viel zu zeitaufwendig und ausgefallen für ihn. Aber sein Gesicht mit den attraktiven, unverwechselbaren Zügen und der glatten Haut sah immer noch so aus, wie ich es in Erinnerung hatte. Um mein Entsetzen über seinen konservativen Aufzug zu zerstreuen, richtete ich meinen Blick auf sein Gesicht.

Als ich vortrat, um ihn zu umarmen – diese selbstverständliche Geste der Vertrautheit hatte mein Körper seit Jahren vermisst –, schwebte David von mir fort, und ich begriff, dass es sich bei dem Bild meines Exmanns um einen Avatar handelte und dass er, was auch immer sich für ein Körper hinter dem Bild verbarg, nicht hier war; dies war ein Telefonanruf.

»Hi, David. Kannst du mich hören? Kannst du mich sehen?«, sagte ich, während rechts oben in meinem Blickfeld ein Bild der blonden Plain Jane erschien. Sie war von einem leuchtenden Kreis umgeben, der offensichtlich anzeigte, dass eine Verbindung zustande gekommen war.

»Du bist also hier«, sagte David. »In Green Valley.«

Mit einem verlegenen Blick auf die Blondine, die mich repräsentieren sollte, stieß ich hervor: »Das bin nicht wirklich ich, aber ich schätze, du weißt, dass ich es bin.«

»Keine Sorge, ich versteh schon«, sagte David abwesend und ohne zu lächeln. »Hör zu ... äh, Lucie. Hier steht, dass ich dich hergebeten habe. Danke, dass du gekommen bist, aber ich weiß nicht, ob das ... Ich kann mich nicht mehr erinnern, warum du hier bist.« Auf dem Gesicht des Avatars spiegelte sich teilnahmslose Leere.

»Herrgott noch mal, David.« Ich trat erneut vor, worauf das Bild zurückschwebte, ohne seine Größe zu verändern. »Ich bin hier, um dir bei der Suche nach Kira zu helfen.«

»Ach ja«, sagte er. »Ich kann mir so schlecht etwas merken.«

»Es ist schrecklich, was dieser Ort aus dir gemacht hat«, stieß ich hervor und versuchte, über diese schwache Verbindung all meine Gefühle der letzten acht Jahre zum Ausdruck zu bringen. »Du bist immer stärker gewesen als ...«

Aber er hörte nicht mehr zu. Er fuhr herum und warf einen Blick auf etwas hinter sich, etwas, das ich nicht sehen konnte. Seine computergenerierten Augen waren von Angst erfüllt. »Nein, ich bin nicht –«, sagte David, bevor die Verbindung unterbrochen wurde und er verschwand. Der Kreis, der Plain Jane umgab, leuchtete rot auf, dann verschwand das kleine Bild ebenfalls.

Ich starrte immer noch auf die Stelle, wo David gerade zu sehen gewesen war. Eine Frau, die mit einem kleinen Kind an der Hand an mir vorbeilief, nahm offensichtlich keine Notiz davon – oder es war ihr egal –, dass ich mit verwirrtem Gesichtsausdruck mitten auf dem Gehweg stand und ins Leere starrte.

Gina Orban hatte irgendwelche Betreuer erwähnt. Ich musste einen von ihnen aufsuchen und fragen, wie ich David zurückrufen oder ausfindig machen konnte.

»Entschuldigen Sie«, rief ich der Mutter mit dem kleinen Kind hinterher. Sie drehte sich um und lächelte, während das Kind zu mir hochschaute und an seinem Finger knabberte. »Können Sie mir sagen, wie ich –«

Ich wurde von einer Melodie und einer sanften Stimme in meinem Kopf unterbrochen. Sie klang überaus vertraut, aber ich brauchte einen Moment, um sie einzuordnen. Dann fiel es mir wieder ein – es war die Stimme von Clara, der persönlichen digitalen Assistentin von Zeroth, eine von drei Stimmen, die man auf dem I auswählen konnte. Vor der Wende hatten Millionen von Menschen morgens nach dem Aufwachen vertrauliche Gespräche mit ihr geführt. Als hätte sich seitdem überhaupt nichts verändert, sagte sie: »Ich habe einen Termineintrag für Lucie Sterling.« Dann war Davids aufgezeichnete Stimme zu hören, und auch diesmal klang sie völlig ausdruckslos: »Ich treffe mich mit dir in fünf Minuten im Asbury Café.« Darauf fragte die Computerstimme: »Wollen Sie sich jetzt zum Asbury Café begeben?«

»Ja?«, sagte ich unsicher. Ich bemerkte, dass die Mutter auf dem Gehweg noch immer geduldig auf mich wartete, während das kleine Kind an ihrem Ärmel zerrte. Rasch schüttelte ich den Kopf und gab ihr mit meinem Gesichtsausdruck zu verstehen, dass alles in Ordnung sei, denn ich wollte nichts sagen, was den Computer durcheinanderbringen konnte. Die Frau nickte und lief weiter.

»Wie wollen Sie sich zum Asbury Café begeben?«

Ich hatte keine Ahnung, wie ich es in fünf Minuten dorthin schaffen sollte. Ich hatte bisher weder ein Auto noch ein

Taxi noch einen Bus gesehen. »Wie weit ist es bis zum Café?«, fragte ich, als mir wieder einfiel, wie wir das I früher benutzt hatten; man sprach mit der Stimme, als handelte es sich um einen menschlichen Assistenten.

»Das Asbury Café befindet sich zweihundertdreiundsiebzig Meter von Ihrem derzeitigen Standpunkt entfernt. Die geschätzte Reisedauer unter den momentanen Verkehrsbedingungen beträgt eine Minute und zwanzig Sekunden.«

»Dann werde ich laufen.«

»Zeige Wegbeschreibung an. Zu Fuß. Zum Asbury Café«, sagte Clara, und vor mir erschien eine Karte mit einem blinkenden Pfeil und der Route über den Marktplatz.

Das Café befand sich direkt in der Main Street, und hinter einer Glasscheibe konnte ich junge Berufstätige sehen, die an Holztresen vor einer unverputzten Backsteinwand saßen oder an den großen Tischen ihrer Arbeit nachgingen. Alles sah genauso aus wie ein Bild aus der Zeroth-Werbung von vor zehn oder fünfzehn Jahren, und ich war mir sicher, dass ich einen Hipster mit einem Laptop neben seiner grünhaarigen Partnerin daraus wiedererkannte, sowie einen kahlköpfigen Mann mit der Statur eines Wrestlers in einem weißen T-Shirt, der an einem großen Tisch weiter hinten einen Proteinshake trank. Ich drückte die leichtgängige Tür auf und ließ meinen Blick über die Kunden wandern, und während ich beobachtete, wer zu mir aufschaute, versuchte ich vergeblich herauszufinden, wer von ihnen real war und wer zum Inventar gehörte. Sie wirkten alle so real wie die Menschen in den Cafés auf der anderen Seite der Mauer. Nur dass die Leute in Stanton mit Stiften auf Papier schrieben, Hautunreinheiten, Tränensäcke und dünnes Haar hatten und sich in der Regel unterhielten oder ein Buch lasen, statt auf elektronische Geräte zu starren.

Ich setzte mich an den Tresen neben dem Fenster, sodass David mich sehen würde, und ein extrem durchtrainierter Mann in einem engen Hemd trat zu mir, um meine Bestellung aufzunehmen.

»Ich warte nur auf jemanden.«

»Sicher«, sagte er und lächelte, sodass seine makellosen Zähne zum Vorschein kamen. »Sagen Sie Bescheid, wenn Sie was bestellen möchten. Wir haben frisch gebackene Muffins.« Mir stieg der intensive, warme Duft von Schokoladen- und Erdbeermuffins in die Nase. Oder besser, er wurde *direkt in* meiner Nase abgesondert, denn ich hatte ihn ganz bestimmt noch nicht gerochen, bevor der Kellner etwas gesagt hatte. Ich war hungrig und durstig; aber es war ein angenehmes Gefühl, denn ich wusste, dass ich hier meine Bedürfnisse befriedigen konnte. Ich ertappte mich dabei, wie ich über die Holzoberfläche des Tresens kratzte, um zu überprüfen, ob ich eine Kerbe hinterließ. Ich ritzte ein grobes L hinein, und es bohrten sich ein paar Späne unter meine Nägel, die inzwischen ziemlich schmutzig waren. Ich wusste nicht, ob das bedeutete, dass der Tresen real war oder das Produkt einer erstklassigen Software, doch ich verdrängte diese Frage – oder sie wurde für mich verdrängt.

Schließlich trat David durch die Tür und signalisierte mir, ihm zu einer Nische im hinteren Bereich des Cafés zu folgen. »Nicht dass das irgendeinen Unterschied machen würde. Die können uns überall sehen«, sagte er, während wir in die Nische rutschten. Das war das Intelligenteste, was er gesagt hatte, seit er mich draußen angerufen hatte – das Intelligenteste, was ich seit acht Jahren von ihm zu hören bekommen hatte. Tatsächlich klang das ganz nach David, und bevor er noch mehr sagen konnte, streckte ich die Hand nach ihm aus. Da er im Gegensatz zu seinem Telefonavatar nicht davonschwebte, packte ich ihn mit beiden Händen an den Schultern und nahm ihn in den Arm. Er fühlte sich so fest, so warm und real an wie ich selbst, und sein Hals roch nach Kölnischwasser, etwas, das er früher nie benutzt hatte. Die Haut an seinem Hals war zwar faltenlos, aber sie bewegte sich, als ich dagegendrückte.

»Schön, dich zu sehen, David«, sagte ich. »Du hast mir gefehlt.«

Nachdem ich ihn eine Weile gehalten hatte, befreite er sich schließlich aus meiner Umklammerung und strich sich über den Unterkiefer, dessen glatte Umrisse wie mit Airbrush nachgezogen waren. Er runzelte die Stirn, und auf seinem Gesicht machte sich jener nichtssagende Ausdruck breit, der einen zur Verzweiflung bringen konnte. »Es gibt so vieles, das ich dir gerne erzählen würde, aber wir haben nicht viel Zeit.«

Ich griff in meine Tasche und zog eine Packung Papiertaschentücher und einen Taschenspiegel heraus. Ich klappte den Spiegel auf und rang nach Luft, als ich die freche Blondine darin erblickte. Ich betupfte ihre Augen. »Was soll das heißen: *Die können uns überall sehen*. Wer sind *die*?«

»Die Beobachter«, sagte er.

»Wonach halten sie Ausschau? Hast du Angst vor ihnen? Bist du in Gefahr?«

»Nein. Sie halten nur nach ungewöhnlichen Aktivitäten Ausschau, die den Fortbestand von Green Valley gefährden könnten. Sie sind hier, um uns zu beschützen.«

Das war ein PR-Spruch, und ich hakte nach. »Wovor beschützen, David?«

»Willst du einen Muffin?«

»Ich will keinen beschissenen Muffin, David. Deine Tochter – unsere Tochter ist verschwunden. Ich bin hier, um dir bei der Suche zu helfen«, sagte ich. Allerdings hatte ich tatsächlich Lust auf einen Muffin und einen großen Becher Kaffee. David hatte den Kellner bereits herbeigewinkt, und ich gab meine Bestellung auf. Während ich dem davoneilenden Mann hinterherschaute, sagte ich: »Er ist nicht real, oder?«

David zuckte mit den Achseln. »Schwer zu sagen. Vielleicht hat ihn irgendjemand kreiert. Vielleicht hat er sich aber auch selbst kreiert.«

Da ich nicht mehr wusste, worüber wir uns eben noch unterhalten hatten, ging ich zur Toilette, um mir vor dem Essen die Hände zu waschen. Einige der Männer, an denen ich vorbeilief, warfen einen Blick in meine Richtung und bewunderten das Werk der Wizards. Die geschlechtsneutrale Toilette mit ihren glasierten Sichtbacksteinen und Kupferwaschbecken erinnerte mich an eine Toilette, die ich mal in einer Zeitschrift gesehen hatte. Als ich mich gerade hinsetzte, um zu pinkeln, öffnete sich die Kabinentür, und ich sprang auf und zog meine Hose wieder hoch. Aber dort war niemand – ich hatte die Tür nur nicht richtig verriegelt. Das Schloss war nicht eingerastet. Mein Blick fiel auf meine Reflexion im Toilettenspiegel, auf eine blonde Frau, die ihre Jeans herunterschob. Und für einen Moment spürte ich den weichen Stoff der Trainingshose unter meinen Daumen. Dann geschah eine unmerkliche Veränderung, und ich fühlte den Jeansstoff, hartes Kunstleder und Metallnieten zwischen meinen Fingern. Ich verriegelte erneut die Tür, diesmal richtig, und erleichterte mich. Ich hockte auf dem angewärmten, frisch gesäuberten Toilettensitz, der sich an meinen Körper schmiegte, und spürte das Ziehen des Spinaltransponders.

Als ich mir mit der schwach parfümierten Schaumseife

aus dem automatischen Spender unter warmem Wasser die Hände wusch, betrachtete ich im Spiegel Plain Janes Gesicht. Ihre Mimik stimmte haargenau mit meiner überein: ein Lächeln, ein Stirnrunzeln, die Zunge, die über ihre roten Lippen glitt, die gefletschten Zähne, ein stummer Schrei. Ich schaute ihr in die Augen und hatte für einen Moment das Gefühl, das mich jemand anstarrte. Hinter ihr bewegte sich etwas, und zu meinem Entsetzen sah ich für eine Sekunde einen großen, dunklen Umriss, über den mehrere Bilder flimmerten. Mein Blick zuckte nach oben, dorthin, wo das Gesicht hätte sein müssen, aber ich konnte es nur unscharf erkennen - anstelle von Mund und Nasenspitze war dort nur ein Fleck wie von kohlenschwarzer Pastellkreide und anstelle der Augen ein dunkler Schatten. Doch als ich herumfuhr, war hinter mir niemand zu sehen, und sobald ich mich wieder dem Spiegel zuwandte, starrte mich von dort lediglich die verängstigte Jane an. Noch während ich sie betrachtete, nahm ihr Gesicht einen zufriedenen, unbestimmten Ausdruck an, mein Herz schlug wieder langsamer, und ich beruhigte mich. Ich hatte das gesichtslose Wesen zwar nicht vergessen, aber es interessierte mich nicht mehr.

Mein leichter Anflug von Angst hatte mir ins Gedächtnis gerufen, dass ich aus einem bestimmten Grund hier war, und als ich sah, wie der durchtrainierte Kellner mit David sprach und dieser daraufhin lächelte, wusste ich, dass ich ihn ebenfalls daran erinnern musste.

Ich setzte mich, warf dem Kellner einen Blick zu, und er stellte unsere Bestellungen ab und schlenderte zur Bar zurück. Ich nahm den Muffin und biss davon ab, und für den Bruchteil einer Sekunde spürte ich statt des krümeligen, frischen Teigs einen fauligen, schimmeligen Brei im Mund. Instinktiv wollte ich ihn wieder ausspucken, doch bevor ich das tun konnte, wurde das I aktiviert und erzeugte einen brotartigen, köstlichen Geschmack von Himbeeren und Schokolade. Ich schluckte irritiert, nahm dann aber genüsslich einen weiteren Bissen und spülte ihn mit dem starken, duftenden Kaffee herunter. Er war wirklich gut.

»Was wolltest du mir über Kira erzählen?«, sagte ich zu David, der mich jedoch nur fragend ansah. »Kira, David«, flüsterte ich eindringlich und beugte mich zu ihm vor. »Sie ist verschwunden. Du hast mich hergebeten, weil du glaubst, dass ich dir helfen kann. Was willst du mir sagen?«

David verzog das Gesicht, runzelte noch stärker die Stirn und schaute zur Seite. Offenbar versuchte er fieberhaft, sich zu erinnern. Doch dann streckte er den Rücken und nickte. »Ja. Ja, natürlich. Aber ich weiß nicht mehr ...«

»Gib mir zunächst die wichtigsten Informationen. Hast du ein Bild von ihr?«

»Sicher«, sagte David und nickte. In meinem Blickfeld erschien ein Bild, und ich rang nach Luft. Das lächelnde, braun gebrannte Mädchen mit dem lässig aus der Stirn gestrichenen Haar hatte Davids Gesicht: seine katzenartigen, eingefallenen Wangenknochen, die zum Kiefer hin breiter wurden. Das Mädchen war eine genetische Kopie des Mannes, den ich einmal geliebt hatte ... und von mir.

»Sie ist wunderschön. Sie müsste jetzt neun sein.«

David schaute auf seine Hände, und dann begann der technische Marketingchef mitten in der Enklave der Zeroth Corporation, das Alter seiner Tochter an den Fingern abzuzählen. »Neun. Ja ... neun. Das stimmt.«

Eine Einblendung unter Kiras Bild fragte mich, ob ich das Bild speichern wolle. Ich blinzelte ein Ja. »Ist sie ... glücklich?

Ich wusste nicht mal, dass du wieder geheiratet hast.« Es gab so vieles, was ich nicht wusste. Über die Jahre hinweg hatte ich eine Menge Vermutungen angestellt, ohne je irgendetwas zu erfahren. »Wer ist die Frau?«

»Eloise. Wir ... wir kannten uns bereits, bevor Green Valley abgeschottet wurde.«

»Als du noch mit mir zusammen warst?«

»Ja.«

»Oh«, war das Einzige, was mich das I sagen ließ. Ich spürte, wie das Entsetzen und die Wut in meiner Magengrube unterdrückt und vertrieben wurden. Auf diese Weise war ich immerhin in der Lage, mich auf den Grund meines Kommens zu konzentrieren. »Wo hast du Kira zuletzt gesehen?«

»Zu Hause. Sie wurde aus ihrem Schlafzimmer entführt.«

David wurde durch irgendetwas abgelenkt, er warf einen Blick über die Schulter, und ich beugte mich zu ihm vor. »Hast du es mit eigenen Augen gesehen, David? Hast du gesehen, wie sie entführt wurde?«

»Nein. Nicht direkt. Nur Aufnahmen davon. Es ist schwer zu erklären.«

»Kannst du mir das Zimmer zeigen? Könnte es vielleicht hilfreich sein, wenn du mir zeigst, *wo* sie entführt wurde?«

»Ich halte es für keine gute Idee, mit dir das Haus aufzusuchen.«

»Warum nicht, David? Was ist dort? Kannst du dich daran erinnern, was passiert ist? Ich kann dir nicht helfen, wenn du mir nicht davon erzählst«, sagte ich.

»Eloise ist dort. Sie ist heute nicht im Büro. Sie arbeitet zu Hause. Sie wäre nicht ... erfreut, wenn sie wüsste, dass ich dich hergebeten habe.«

»Will sie Kira denn nicht wiederfinden? Eigentlich hätte

ich erwartet, dass sie ebenfalls zu diesem Treffen kommt und wie du ein Interesse daran hat, deine Tochter wiederzufinden.« Ich hatte meine Stimme erhoben und machte meiner Eifersucht Luft, die das I nicht schnell genug unterdrücken konnte. »Statt zu Hause zu hocken und zu tun, was auch immer sie gerade tut.« Sollten die computergenerierten Leute ruhig herüberstarren. Sie konnten sowieso jedes Wort hören, das ich sagte. So funktionierte diese Technologie, so funktionierte Zeroth, so funktionierte Green Valley. Darum hatte sich Stanton davon verabschiedet – damit die Menschen wieder eine private Unterhaltung führen konnten.

»Entspann dich«, sagte David und hob seine Hände. »Okay. Ich werde dich zum Haus bringen.« Während er aufstand, versuchte ich, mir meine Wut zu bewahren, die sich über die Entsorgungskanäle meines limbischen Systems bereits wieder verflüchtigte. Echte Wut und Angst waren in Green Valley ein seltenes Gut, und mir wurde klar, dass sie eine nützliche Waffe sein konnten.

4

Davids Haus befand sich ein paar Straßenecken von der Main Street entfernt, weiter Richtung Zentrum, abseits der Stelle, wo sich das Verbindungsbüro befand, als ich es verlassen hatte. Ich versuchte, mir die Position dieses Zugangs zur Realität zu merken, um einen Anhaltspunkt zu haben, aber während wir die sanft geschwungenen Vorstadtstraßen entlangliefen, verlor ich rasch die Orientierung.

Ich kannte diese Straßen aus den Artikeln, die vor der Wende erschienen waren, damals, als sich Zeroths Zukunftsvision noch großer Beliebtheit erfreute – die Straßen mit ihren breiten, sauberen Gehwegen, den gestutzten Rasenflächen und üppigen subtropischen Pflanzen, die in dem einzigartigen Mikroklima von Green Valley prächtig gediehen. Die Stämme uralter Bäume wurden von Louisianamoos überwuchert, und in den Obstbäumen blitzten Blüten und umherflatternde Vögel auf. All das konnte man in den Videos sehen, die die Leute früher von Green Valley aufgenommen hatten, und ich konnte nicht glauben, dass es sich seitdem nicht im Mindesten verändert hatte. Ich fragte mich, ob die Anlage, selbst mit den modernsten Methoden der Hydrokultur, tatsächlich acht Jahre in einem Betonbunker hatte überdauern können. Ich fragte mich, was Illusion und was real war. Da sämtliche Sinneseindrücke durch das I gefiltert wurden, ließ sich das kaum unterscheiden. Mich schauderte, als mir bewusst wurde, dass ich bereits in jenen selbstzufriedenen, schwammigen Begriffen dachte, die Davids frustrierende Lebensweise bestimmten.

Und noch etwas anderes beschäftigte mich. Wenn diese Vögel, diese Bäume und die strahlend weiß gestrichenen Häuser im Kolonialstil mit ihren Veranden nur eine digitale Kulisse waren, warum durften die Bewohner dann nicht ihre eigenen Entwürfe anfertigen? Warum gestalteten sie ihre Häuser nicht selbst und passten ihre Avatare ihren Wünschen an? Sie konnten sich in eine Fee mit sieben Flügeln verwandeln und in einer schwebenden Wasserblase voller Delfine leben, wenn sie wollten – oder in einer Mondlandschaft in einem Iglu hausen. Warum hielten sie an der menschlichen Gestalt und dem realistischen, zehn Jahre alten Design von Green Valley fest? Ich bat David, es mir zu erklären.

»Jamie dachte, das sorgt für eine gewisse Kontinuität, und das Kollektiv sah das genauso. Uns war klar, dass die Bewohner Probleme mit der Entscheidung haben könnten, hierzubleiben und Green Valley nicht zu verlassen. Die Umgebung erscheint ihnen vertrauter, wenn wir an bestimmten Gestaltungsprinzipien festhalten.« Es war mir nicht entgangen, dass David in einen selbstbewussten, professionellen Tonfall verfiel, wenn er von Zeroth redete. Als ich mich später an diesen Tag erinnerte, sollte mir der Grund dafür klar werden. Das I war Teil von Davids Bewusstsein; er hatte sich so sehr an seine Unterstützung gewöhnt, dass es seine Fähigkeiten zur Gänze kanalisierte und prägte. Als wäre es seine eigentliche Aufgabe, mithilfe des Is von Zeroths Vision zu erzählen, und als wäre sein Versuch, das Rätsel um seine verschwundene Tochter aufzuklären, eine Abweichung von dieser Aufgabe, wie sie vom I nicht unterstützt wurde.

»Und du bist Teil dieses Kollektivs«, fragte ich, »zusammen mit Jamie Egus und anderen leitenden Angestellten von Zeroth?«

»Ja«, erwiderte er. *Ich bin hier eine wichtige Persönlichkeit*, hatte er am Telefon gesagt. Durch die dünne, verrauschte Leitung, mit seiner zweifelnden Stimme, hatte das nicht sehr überzeugend geklungen, eher wie die Äußerung eines Kindes, das nach Bestätigung suchte. Aber da er zusammen mit Jamie Egus für die Gemeinschaft wichtige Entscheidungen traf, war das offensichtlich die Wahrheit. Ich wandte mich zur Seite und sah David an – oder vielmehr seinen Avatar –, und obwohl ich mir Mühe gab, mich von seiner Aufmachung nicht blenden zu lassen, war ich von seiner gestriegelten, geschäftsmäßigen Erscheinung beeindruckt. Ich empfand Stolz und einen Anflug von Ehrfurcht.

Doch als wir in die Auffahrt eines der makellosen Kolonialhäuser bogen, krümmte er die Schultern und drosselte das Tempo. Er führte mich die fünf Stufen zur Veranda hinauf und klopfte zaghaft an die Tür – an seine eigene Haustür. »Eloise? Elle, bist du da?«

Als niemand aufmachte, drehte David den Knauf und öffnete die Tür.

»Du schließt sie nicht ab«, sagte ich. »Das ist ja toll.« Aber noch während ich es aussprach, wurde mir klar, wie albern das klang, und der verständnislose Blick, den er mir zuwarf, als er mich ins Haus bat, bestätigte mich darin.

Das offene Wohnzimmer war stilvoll, aber nüchtern eingerichtet und in Taubengrau und verschiedenen Weißtönen gehalten; es gab gebleichte Bodendielen und einen kunstvollen Fransenteppich, und der Kamin, der von einer weiß getünchten Steinwand umgeben war, sah aus, als wäre er nie benutzt worden. Selbst die wenigen Gegenstände, die die Ordnung störten, wirkten sorgfältig arrangiert, wie in einem Katalog, der ein glückliches Familienleben suggerieren sollte. Am Rand des Couchtisches stand ein grüner Keramikteller mit einem dekorativen Tomatenblatt und einem Käsesandwich mit drei vollkommen halbkreisförmigen Bissabdrücken. Neben einem rot-blauen Holzlaster waren ein paar schlichte, umweltfreundliche Bauklötze verstreut. Und mitten auf dem makellosen taubengrauen Teppich lag eine einzelne getigerte Socke.

»Sie ist wahrscheinlich in ihrem Arbeitszimmer«, sagte David. Er warf einen Blick auf eine geschlossene Tür links vom Wohnzimmer, aus der ein tiefes Brummen drang, und seine Schultern und sein Gesicht entspannten sich.

»Warum hast du Angst vor ihr?«

Er drehte sich um und lächelte. »Angst? Ich habe doch keine Angst vor Eloise. Um ehrlich zu sein, ich glaube, mir ist die Situation ein wenig peinlich. Ich wollte dich ihr nicht vorstellen. Sie ist in letzter Zeit so ... merkwürdig. Ich dachte, du würdest einen falschen Eindruck von mir bekommen. Aber sie ist beschäftigt und wird uns nicht bemerken. Ich kann dir also das Haus zeigen.«

David führte mich durch das Wohnzimmer und weiter einen kurzen Flur hinunter. »Das hier ist Kiras Zimmer«, sagte er und öffnete eine Tür. »Hier war sie, als man sie entführt hat.«

Als wir das Zimmer betraten, schauten drei identisch aussehende Mädchen im Alter von etwa fünf Jahren zu uns auf; sie saßen in kleinen, hellen Korbstühlen an einem weißen Tisch und malten. Im Gegensatz zu Kira hatten ihre Gesichtszüge für mich nichts Vertrautes an sich. Sie waren hübsch und hatten bezaubernde, ungestüme Löckchen; sie trugen alle das gleiche blau gestreifte T-Shirt und einen niedlichen orangefarbenen Strickschal mit einer Kapuze in Form eines Fuchskopfes. Alle drei hoben gleichzeitig den Kopf und sagten: »Hallo, Daddy.« David nickte gedankenverloren, verzog den Mund und lief wortlos an ihnen vorbei zum Bett. Als wären sie Spiegelbilder voneinander, schauten sie ihrem Vater mit ihren großen Augen hinterher.

Ich konnte nicht zulassen, dass David die Mädchen einfach ignorierte. Also ging ich vor dem Tisch in die Hocke und sagte in einem übertrieben fröhlichen Tonfall: »Hi! Ich bin Lucie. Euer Dad ist ein ... Freund. Habt ihr gemalt?« Ich warf einen Blick auf die Blätter, die vor ihnen lagen, aber sie waren leer. Die Mädchen drehten die Köpfe in meine Richtung und starrten mich aus identischen Augenpaaren an.

»Beachte sie einfach nicht, Lucie. Bitte. Sie sind nicht real. Eloise hat sie vor einigen Jahren angefertigt, als sie noch Zeit für derlei romantische Gesten hatte. Sie sind schlecht programmiert, aber es würde Eloise' Gefühle verletzen, wenn ich sie einfach löschen würde. Sie werden sowieso bald fortgehen.«

»Wohin werden wir gehen, Daddy?«, fragten die Mädchen. »Fahren wir in Urlaub?«

»Ja, so was in der Art«, murmelte David und öffnete den Nachttisch.

Die Mädchen wandten sich wieder ihren leeren Blättern zu, und ich spürte, wie sich mir der Magen umdrehte. Als ich mich erhob, schoss das Blut zurück in meine Beine, und mir wurde schwindelig. Ich taumelte nach hinten gegen die Wand, worauf ein hohler Schlag ertönte, der nicht von einer massiven Backsteinwand kommen konnte. Ich spürte ein Ziehen, während das I versuchte, meinen Organismus zu justieren, und nach einer Minute fühlte ich mich wieder normal.

»Alles in Ordnung?«, fragte David.

»Ja. Ich bin nur zu schnell aufgestanden.« Ich wandte mich von den drei Mädchen ab und trat zu David, der sich über den Nachttisch beugte. Als er sich wieder aufrichtete, verströmte seine rechte Hand einen schwachen violetten Schein.

»Das Laken war nass«, sagte David. »Und die Bettwäsche lag auf dem Boden. Sie hat mit ihm gekämpft.«

Ich legte ihm eine Hand auf die Schulter. »Siehst du, es fällt dir wieder ein. Vorhin warst du dir noch nicht sicher.«

»Wenn ich hier bin, kann ich mich besser erinnern«, sagte er und runzelte die Stirn. »Darum habe ich dich hergebeten. Vielleicht fällt dir irgendwas auf, was mir entgangen ist.« Er hob die Hand und öffnete sie, sodass ich das leuchtende Rechteck darin sehen konnte. Auf dem dunkelvioletten Untergrund prangte das verschnörkelte, leuchtende Bild eines gelben Hahns mit geschwellter Brust in spanischem oder portugiesischem Design. »Das hat er hiergelassen.«

»Was ist das? Eine Kreditkarte?« Wie viele Leute in Stanton trug ich seit der Wende immer noch ein paar dieser deaktivierten Karten mit mir herum. Ich hatte keine Ahnung, warum – vielleicht als Talisman gegen die Vergangenheit oder weil die Fächer in meinem Portemonnaie davon schon ganz ausgeleiert waren und meine Leihscheine aus der Bücherei und die Lochkarten für mein Konto herausfallen würden, wenn ich die Karten entfernte. Der Hahn begann, sich wie eine Zeichentrickfigur zu bewegen, stolzierte nach rechts und streckte die Brust heraus, bevor er einen stummen Schrei ausstieß. »Ach, das ist ein Bildschirm«, sagte ich, »ein superschmales Handy, oder?«

Zur Antwort hob David das Ding in die Höhe und ließ es los. Das leuchtende Rechteck schwebte zwischen uns, und der Hahn war erneut im Profil zu sehen. Ich streckte einen Finger aus, um die Karte zu berühren, aber er glitt durch die Projektion hindurch.

»Das ist eine speziell angefertigte V-Card. Sie stammt nicht von Zeroth.«

»Eines dieser albernen Dinger, die wir uns vor der Wende zugeschickt haben? Ein animiertes Emoji?«

»Genau. Diese Dinger.«

David warf mir einen Blick zu, als würde er sich an unsere gemeinsame Vergangenheit erinnern.

Der gelbe Hahn auf dem violetten Rechteck hatte sich wieder erhoben und stolzierte auf und ab. Erneut streckte ich einen Finger nach der V-Card aus und war trotz besserem Wissen überrascht, dass sie nicht herumwirbelte oder zur Seite schwebte, sondern dass mein Finger einfach hindurchglitt. »Warum sollte die Person ... warte, du hast gesagt ›*er* hat es hiergelassen‹. Woher weißt du, dass es ein Mann war? Hast du ihn gesehen?«

»Nein. Ist nur eine Vermutung.«

Doch auch für mich kam nur ein Mann als Täter infrage. Die Entführung eines Mädchens, ein stolzierender Hahn – all das schien auf einen Mann hinzudeuten. Andererseits war mir klar, dass die Hinweise, aus denen ich meine Schlussfolgerungen zog, allzu offensichtlich waren. »Warum sollte er Kira entführen und eine personalisierte Karte zurücklassen?«

David zuckte mit den Achseln. »Er hat sie nicht absichtlich zurückgelassen. Es handelt sich um die Überreste eines alten Programms.«

»Was meinst du damit?«

»Er hat sich in Green Valley eingehackt und seine Anwesenheit verheimlicht. Bloß ist ihm das nicht ganz gelungen. Die Karte war mit einem veralteten Code verschlüsselt. Darum habe ich sie überhaupt gefunden.«

Ich starrte auf den Cartoon-Hahn und begriff, dass es sich dabei lediglich um den Teil eines ungeschützten Codes handelte, den das I aus einem alten, vergessenen Datensatz in der Akte des Eindringlings zutage gefördert hatte. »Da wir alle Avatare sind«, fuhr ich fort, »gibt es im System bestimmt eine Aufnahme der Entführung. Ihr könntet sie doch zurückspulen, oder? Und den Ablauf rekonstruieren.«

»Das haben wir getan. Wir haben sie uns angeschaut, aber auf dem Bild war niemand zu sehen. Nur Kira, wie sie sich auf dem Bett schreiend zur Wehr setzt. Außer ihr war sonst niemand im Zimmer. Als wäre der Täter unsichtbar.«

»Kannst du mir die Aufnahme zeigen?«

»Das Kollektiv hat beschlossen, sie zu löschen.«

»Warum?«

»Abweichungen vom gewohnten Ablauf könnten das Vertrauen der Bewohner untergraben.« Ich starrte Davids Avatar an, während ich versuchte, mir auf seinen Tonfall einen Reim zu machen. Wo warst du, als deine Tochter geschrien hat?, hätte ich ihn am liebsten gefragt, aber ich wusste es natürlich. Eingeklinkt in seine eigene persönliche Wirklichkeit, wie all die anderen Bewohner hier auch.

»Wir haben ein Bild von ihm gemalt, Daddy«, meldeten sich die drei Mädchen zu Wort.

»Zeigt es uns«, sagte ich, worauf sie sich umdrehten und die leeren Blätter in die Höhe hielten.

»Hört auf damit«, sagte David.

»Ist es möglich, dass sie irgendwas wissen?«, fragte ich. »Dass sie irgendwas gesehen haben?«

»Nein. Sie sind nichts weiter als primitive programmierte Objekte. Sie verfügen lediglich über ein kleines Arsenal vorgegebener Reaktionen, die abgerufen werden, wenn man etwas Bestimmtes tut oder sagt.« David gähnte. »Ich bin müde.«

»Gute Nacht, Daddy«, sagten die Mädchen und verschwanden.

»Siehst du? Jetzt verstehst du, was ich meine.«

Aber das tat ich nicht. Ich konnte mich nicht erinnern, dass wir irgendetwas gesagt hätten, was die Mädchen zu der Bemerkung veranlasst hatte, dass sie *ein Bild von ihm gemalt* hätten. Wie hätte man diese Reaktion programmieren sollen? Allerdings war mir klar, dass hier die Grenze zwischen Realität und Illusion schnell verschwimmen konnte.

»Wir sollten jetzt gehen. Bevor Eloise hier auftaucht«, sagte er und führte mich aus Kiras Zimmer.

»Ich würde sie gerne kennenlernen«, sagte ich. Natürlich wollte ich Davids neue Frau kennenlernen.

»Nein. Wirklich. Lieber nicht.« Er versuchte, mich Richtung Haustür zu schieben, aber ich tauchte unter seinem Arm hindurch und eilte zu der Tür, auf die er beim Betreten des Hauses einen flüchtigen Blick geworfen hatte. Das Brummen war jetzt lauter und wurde von einem Rauschen begleitet.

»Nein, Lucie, halt«, sagte David hinter mir. »Bitte.« Aber ich drehte den Türknauf und betrat das Zimmer.

Auf einer grünen Wiese in einem blauen Bürostuhl neben einem blauen Swimmingpool saß ein dünner, nackter Mann. Vor ihm in der Luft schwebten vier Bildschirme, über die eine Reihe Datensätze und Bilder liefen. Aus dem Hintern eines leuchtend weißen Pferdes zu seiner Linken ergoss sich ein

Wasserfall in den Pool und erzeugte das tiefe Brummen. Nein, es war kein Pferd, bei genauerem Hinsehen stellte ich fest, dass es sich um ein Einhorn handelte.

»Sie sollte nicht solche Bilder erzeugen«, murmelte David. »Das verbraucht nur unnötig Energie. Falls der Rest des Kollektivs davon erfährt, verbannt man sie womöglich in die Randbezirke.«

Ich lachte. Angesichts dieser Oase verrückter Kreativität wurde mir klar, was Zeroths freudloser, steriler Firmenvision fehlte: Humor. Die Technologieunternehmen waren immer so verdammt humorlos gewesen; tatsächlich hatten wir alle schon vor Jahren oder Jahrzehnten unseren Sinn für Humor verloren. »Das versteh ich nicht«, sagte ich, während ich den Wasserstrahl bestaunte, der aus dem Hintern des Einhorns schoss. »Sie *müssen* davon wissen. Das ist doch alles online.«

»Sie programmiert effektive Subnetze.« Offensichtlich fand David das hier überhaupt nicht witzig. »Und sie kann sich auf meine Diskretion verlassen.« Er machte sich nicht die Mühe, leise zu sprechen; er redete über Eloise, als wäre sie gar nicht da, als könnte sie uns nicht hören.

Einen Moment lang empfand ich Davids offenkundige Verachtung für die Frau, die meine Stelle in seinem Leben eingenommen hatte, als Kompliment. David hatte sie bereits kennengelernt, bevor er nach Green Valley gezogen war. War die Person, die diese irrwitzige Szene programmiert hatte, neben dem einflussreichen Job und der Zukunft seiner Tochter der Hauptgrund gewesen, mich zu verlassen und in dieser Enklave zu leben? Meine Verbitterung darüber währte nur eine Sekunde, und an den Eloise-Mann gewandt, sagte ich: »Warum sind Sie nicht in der Arbeit? Haben die Leute hier keine Jobs? Geht ihr nicht mehr ins Büro?« Obwohl der

Marktplatz und die Vorortstraßen die Illusion von Normalität vermittelten, wusste ich rein gar nichts über den Alltag in Green Valley.

David schürzte die Lippen, als Eloise sich auf ihrem Bürostuhl, der mitten in der Wiese stand, herumdrehte und ihre dürren, behaarten Beine spreizte, sodass sich der kleine Bauch über ihre struppigen schwarzen Schamhaare, ihren schlaffen Schwanz und ihre Eier wölbte. Ich unterdrückte ein erstauntes Kichern.

»Sie scheißt auf die Regeln«, sagte David. »Sie wird uns noch in Schwierigkeiten bringen.«

»Wie hast du es geschafft, sie hier reinzuholen?«, fragte sie David, während ihr Avatar sich in eine leger gekleidete Frau um die vierzig verwandelte; sie hatte natürliche Gesichtsfalten, und ein grünes Band hielt ihr das Haar aus der Stirn.

»Ich habe eine Sondergenehmigung beantragt. Sie hilft mir bei einem ... persönlichen Problem.«

Mir fiel wieder ein, wie das I funktionierte, und ich schickte David eine Nachricht: *Sie weiß es noch nicht?!*

David schüttelte den Kopf. *Das wäre nicht hilfreich. Nicht in ihrem Zustand.*

»Hmm«, sagte Eloise. »Es handelt sich offensichtlich um ein bedeutendes Problem. Kann ich euch irgendwie helfen?«

David ignorierte ihr Angebot. »Wie läuft es bei dir?«

»Gut. Ich habe heute acht Bitcoins verdient und zu einem hohen Kurs umgetauscht.« Sie fuchtelte mit ihren Fingern herum und tippte vor sich in die Luft, dann wandte sie sich wieder zu uns um. Eloise musterte mich mit ihren nachdenklichen, intelligenten Augen – das waren nicht die Augen einer Verrückten. Ihr ruhiger Blick schien etwas wahrzunehmen, was ihr niemand verraten hatte, etwas, das ihr das I nicht übermittelte. Wusste sie etwa, dass Kira verschwunden war? Und wenn ja, warum war sie so ruhig? »Wie gefällt Ihnen unsere Stadt? Wie ich sehe, sind Sie als Jane hier. Ist nur ein kurzer Besuch, was?«

»Ja«, sagte ich. »Ihre Stadt ist erstaunlich ... real. Sie sieht noch genauso aus wie vor zehn Jahren. Ich habe David gefragt, warum man der Vorstellungskraft der Bewohner nicht etwas mehr Spielraum lässt. Warum gibt es nicht mehr von ... so was hier?« Ich deutete auf die Umgebung.

Sie zuckte mit den Achseln. »Mangelnde Vorstellungkraft? Mangelndes Selbstvertrauen? Zu wenig Ressourcen? Die nackte Angst? Wer weiß. Wahrscheinlich fürchtet das Kollektiv, dass die Straßen von Drachen und Außerirdischen bevölkert werden, wenn man den Lambdas freie Hand lässt, oder dass jeder mit einer Horde Hydras in einem Jacuzzi voller rosa Champagner Gruppensex hat.«

»Herrgott«, murmelte David.

Sie zuckte erneut mit den Achseln. »Sie hat mich gefragt, Liebling. Außerdem ist das alles nur eure Schuld«, fügte sie an mich gewandt hinzu. »Ihr da draußen seid so misstrauisch, dass ihr die Zukunft des Internets zerstört habt. Wie läuft es denn da draußen? Reitet ihr wieder auf Kühen und malt mit Kohle auf Wände?«

»Da geht jetzt ein bisschen die Fantasie mit Ihnen durch«, sagte ich. »Nicht alle Leute sind so. Schauen Sie hier keine Nachrichten?«

»Ich hab den Nachrichten nie getraut.«

Nach der Wende dachten alle, dass wir eine endgültige Einigung erzielt hätten und auf politische Winkelzüge verzichten könnten. In Wahrheit herrschte dort draußen jedoch eine erdrückende Atmosphäre, die sich jeden Augenblick in einer Explosion entladen konnte. Aber das sagte ich Eloise besser nicht. »Verstehe ich. Wahrscheinlich interessiert es Sie gar nicht, was dort draußen geschieht.« Ich zeigte auf die Tür, auf die Welt jenseits der Mauer – oder der nächsten Wand in ihrem eigenen Haus. Ich blickte ihr erneut in die Augen und glaubte, darin eine Reaktion zu bemerken. David versetzte mir mit dem Handrücken einen Klaps gegen die Hüfte, damit ich den Mund hielt. Fürs Erste musste ich seinen Grund dafür respektieren, Eloise die Wahrheit zu verschweigen, also wechselte ich das Thema. »Wer sind diese Lambdas, und wo kann ich sie finden? Das scheinen interessante Leute zu sein.«

»Das sind Leute, die sich nicht an die Regeln des Kollektivs halten. Sie dürfen außerhalb von Green Valleys Grenzen, in den konzeptionellen Randbezirken, ihr eigenes Ding machen. Das ist wohl eine nette Umschreibung dafür, dass sie verbannt wurden.«

»Komm schon, Eloise«, schnaubte David. »Du weißt genauso gut wie ich, dass es sich um eine einvernehmliche Regelung handelt. Sie haben dieselben Freiheiten wie wir.«

»Sogar mehr, würde ich sagen.« Eloise zuckte mit den Schultern. »Außerdem gibt es diese einvernehmliche Regelung nur, weil das Kollektiv sie nicht rauswerfen *kann*. Denn dann würden sie den Höhlenmenschen da draußen unsere schmutzigen Geheimnisse anvertrauen.«

David schnalzte verärgert mit der Zunge. »Du schwingst zwar große Reden, aber du würdest dort ja wohl nicht leben wollen, oder? Denn auf die Annehmlichkeiten, die durch die Regeln garantiert werden, willst du nicht verzichten. Wenn du eine Nummer wie diese hier in den Randbezirken abziehen würdest, würde man dich für einen Dummkopf halten und dich sogar aus der Verbannung verbannen. Aber du hältst dich ja für so cool.«

Eloise zuckte mit den Schultern und wandte sich wieder den Bildschirmen zu.

»Darum wollte ich nicht, dass du sie triffst«, sagte David zu mir, während er zwischen zwei goldenen Bäumen nach der Tür suchte. »Sie ist so eine Angeberin.«

5

Als ich mich von David verabschiedete, erklärte ich ihm, dass ich möglichst viel in Erfahrung bringen und mich bei ihm melden würde, sobald ich etwas wusste. Insgeheim fragte ich mich allerdings, ob er sich bei meinem nächsten Anruf überhaupt noch erinnern würde, wer Kira war.

Ich sagte ihm, dass ich direkt das Verbindungsbüro aufsuchen würde, um mich dort vom I trennen zu lassen und nach Hause zu fahren, und dass ich den Weg zum Büro kennen würde. Aber das war gelogen.

»I-Map«, sagte ich, als mir die Befehle einfielen, die wir vor all den Jahren benutzt hatten, »zeige die Route zu den Randbezirken.«

»Keine Route gefunden«, erwiderte die sanfte Stimme. »Bitte wählen Sie ein zulässiges Ziel aus.«

»I-Map«, sagte ich und erinnerte mich, wie frustriert wir damals gewesen waren, bis wir uns schließlich daran gewöhnt hatten, »zeig mir den Weg an den Stadtrand von Green Valley.«

»Welche Richtung wollen Sie einschlagen?«

»Weg von hier«, murmelte ich.

»Bitte wählen Sie ein zulässiges Ziel aus.«

»Vorgang abbrechen«, wies ich die Frauenstimme an und lief einfach los. Ich wusste, wie groß die Enklave war, und weder das I noch all die virtuellen Grafiken konnten Green

Valley größer erscheinen lassen, als es tatsächlich war. Wenn ich meinen linken Fuß einen Meter vor den rechten setzte, das Gewicht verlagerte und meinen rechten Fuß vor den linken setzte, würde ich mich mit meinem Körper über die Fläche bewegen, die von einer Betonhülle umgeben war. Auf diese Weise hätte ich nach einer Stunde die Enklave einmal durchquert. Sollte ich den Randbezirk nicht als solchen erkennen, würde ich jedenfalls irgendwann auf eine Mauer stoßen und konnte so lange daran entlanglaufen, bis ich auf die Leute traf, von denen Eloise erzählt hatte.

Mit entschlossenen Schritten marschierte ich zur Main Street zurück, wo ich eine andere Richtung einschlug. Erneut tauchte der Junge auf dem Skateboard auf und fuhr ratternd über das Kopfsteinpflaster, während das durchtrainierte junge Paar mit seinem Hund eine weitere Runde um den Platz drehte. Musste der Junge nicht zur Schule oder sonst irgendwohin? Ich vermutete zwar, dass der Stadtrat von Green Valley – das Kollektiv – weiterhin Schulen und andere öffentliche Einrichtungen betrieb, aber ich war mir nicht sicher. Ich würde David beim nächsten Mal danach fragen.

Als ich an dem Café vorbeilief, in dem ich mich mit David getroffen hatte, warf ich einen Blick durchs Fenster. Der muskulöse Kellner bot den freiberuflichen Kreativkräften an dem Gemeinschaftstisch seine Muffins an, und der Bursche mit dem roten Computer und das grünhaarige Mädchen saßen auch noch dort. Garantiert hockte am hinteren Ende des Tisches der kahlköpfige Wrestlertyp und unterhielt sich, begleitet von ausladenden Gesten, mit jemandem auf seinem Bildschirm. Entweder hatten diese Leute viel Zeit, oder sie nutzten das Café als Büro und zahlten die Miete in Kaffeebechern.

Daneben befand sich ein Feinkostgeschäft, das Bioprodukte

und Steaks von Freilandtieren anbot. Ich wusste, dass Green Valley mit Lebensmitteln beliefert wurde, aber wir hatten keine Informationen darüber, was sie einkauften. Zeroth hatte mit Farmern von außerhalb, die ihre Geschäfte im Verborgenen abwickelten, lukrative Exklusivverträge abgeschlossen. Auch das nahm die Polizei gleichgültig hin: Solange diese Leute nichts Verbotenes taten, gab es keinen Grund, ihre legitimen Geschäftspraktiken unter die Lupe zu nehmen. Markenrecht, Patente und mühsam ausgehandelte Verträge mit Kunden, die anonym bleiben wollten, waren nichts Neues, und seit der Wende bestand die Bevölkerung darauf, dass die Polizei ihre Nase nicht in fremde Angelegenheiten steckte. Immerhin hatten wir endlich unsere Privatsphäre zurückerlangt.

Ich lief weiter die Main Street hinunter, die einen Bogen vollführte und in eine geschwungene Kurve mit Wohnhäusern mündete, die genauso aussahen wie die Gebäude in Davids Straße. In den üppig sprießenden Bäumen, die so von Leben erfüllt waren, dass sie sich sanft auf die makellosen Blumenbeete hinabneigten, zwitscherten Vögel; irgendwo bellte ein Hund, und etwas näher hörte ich Kinder lachen. Von der anderen Straßenseite aus, hinter den Blumenflächen, beobachteten die Häuser mich stumm. Der Hund bellte erneut – wuff, wuff-wuff-wuff; wuff, wuff-wuff-wuff –, und ich erkannte einen bestimmten Rhythmus, als eines der Kinder synchron zum dritten Bellen einen höheren Schrei als die anderen ausstieß. Etwas später passierte es erneut, und dann noch einmal. Ich zog den Reißverschluss meines Oberteils weiter zu, denn zum ersten Mal, seit ich Green Valley betreten hatte, war mir kalt.

Da ich offenbar im Kreis zum Stadtzentrum zurücklief, versuchte ich, mich neu zu orientieren, aber nach ein paar weiteren Kurven wusste ich nicht mehr, in welche Richtung ich mich überhaupt bewegte. Instinktiv widersetzte ich mich dem Bedürfnis, die Karte aufzurufen. Wenn ich der Karte erlaubte, meinen Standpunkt zu ermitteln, würden *die* meinen Aufenthaltsort kennen. *Die* – jene einflussreichen, im Verborgenen agierenden Wirtschaftskräfte, denen wir draußen in der vernünftigen, freien Welt den Rücken gekehrt hatten. Verlass dich auf deine natürlichen Instinkte, ermahnte ich mich vergeblich und suchte am künstlichen Himmel nach einem Anhaltspunkt.

Ich wollte schon aufgeben und die Karte aufrufen, als hinter mir ein knirschendes Geräusch die Stille zerriss. Ich fuhr herum und sah auf der anderen Seite der Hecke den Oberkörper eines Mannes, der mit einem Kinderhelm auf dem Kopf vorbeiglitt. Kurz darauf kam er ganz zum Vorschein und fuhr auf seinem Tretroller die Auffahrt hinauf, in die ich mich verirrt hatte. Vor der Veranda stieg er mit einer Showeinlage vom Roller, indem er den Fuß in den Asphalt stemmte, sodass das kleine Hinterrad wie bei einem Rennwagen ausscherte.

»Hübsches Fahrgestell«, sagte ich.

»Hi«, sagte der Mann und öffnete den Riemen seines Helms. Dabei musterte er mich eingehend und kniff die Augen zusammen, weil er mich offensichtlich nicht genau erkennen konnte oder kein einwandfreies Signal von mir empfing. Sein Blick wanderte unruhig hin und her. »Sind Sie auch wegen der Geburtstagsparty hier?« Er deutete vorsichtig mit dem Kopf auf das Haus. Eine Geburtstagsparty. Etwas so Alltägliches war das Letzte, womit ich hier gerechnet hätte. An seiner Stelle wäre jeder Erwachsene einer fremden Person vor einem Haus, in dem ein Kind seinen Geburtstag feierte, mit

Misstrauen begegnet. Erst recht in einer kleinen, eng vernetzten Gemeinde wie Green Valley, wo kürzlich ein Mädchen verschwunden war. Zumindest nahm ich an, dass er davon gehört hatte.

»Nein. Ich bin nur zu Besuch hier. Ich suche nach jemandem.«

»Wir haben nicht oft Besucher hier«, sagte er. »Wissen Sie, wie man die Karte benutzt?«

»Der Ort, den ich suche, ist nicht aufgeführt.«

»Oh.« Er verzog das Gesicht. »Merkwürdig. Eigentlich wurde die ganze Stadt kartografiert.«

Eigentlich lief es mir zuwider, einem Fremden von meinen Angelegenheiten zu erzählen, aber ich konnte förmlich spüren, dass er immer misstrauischer wurde. Ich stellte für sein Kind eine mögliche Bedrohung dar, und als er eine andere Körperhaltung einnahm und mir das Gesicht zuwandte, während seine Finger vor Anspannung zuckten, begriff ich, dass er gleich auf mich losgehen würde. Also rückte ich mit der Sprache heraus. »Jemand hat mir von einem Ort erzählt, wo die Leute nach ihren Vorstellungen Dinge entwerfen können. Außerhalb der Stadtgrenze von Green Valley. Er nannte das die konzeptionellen Randbezirke. Aber das ist wahrscheinlich kein richtiger Ort.«

Der Mann nahm wieder eine entspannte Haltung ein. »Ach so, ja. Die Randbezirke. Das ist schon so was wie ein Ort. Früher sind viele Touristen hergekommen, um sich die Gebäude dort anzusehen. Das war, bevor ... na, wie gesagt, inzwischen gibt es kaum noch Besucher. In den Randbezirken ist nicht mehr viel los, aber vielleicht werden Sie dort trotzdem fündig. Das hier sind die Koordinaten des östlichen Außenpostens.« In der oberen Hälfte meines Blickfelds leuchtete etwas auf: *Nachricht von Tim Keevy erhalten.* »Er müsste jetzt auf Ihrer Karte markiert sein. Aber es gibt keinen direkten Weg dorthin, es sei denn, Sie können fliegen.« Sein Gesicht verriet nicht, ob er einen Witz gemacht hatte. »Es ist nicht ungefährlich, einfach so in der Gegend herumzumarschieren. Man kann sich dabei verlaufen.« Er lächelte zaghaft und nickte mir zu, dann drehte er sich um und stieg die Treppe zur Haustür hinauf. Erst als die Kinder wieder zu kreischen anfingen, wurde mir klar, dass sie mucksmäuschenstill gewesen waren, während ich mich mit Tim Keevy unterhalten hatte. Als hätte er sie abgeschaltet.

Ich rief die Karte auf und folgte der Wegbeschreibung zu einem Geflecht namenloser Straßen im übernächsten Quadranten. Drei Blocks von meinem Zielort entfernt bog ich in eine Straße, die wie ein Schneckengehäuse gewunden war. Nachdem ich die Hälfte der Strecke zurückgelegt hatte, leuchtete sie plötzlich rot auf. Ich drosselte das Tempo und schaute mich um. Obwohl ich mir die Pflanzen vor dem Haus mit der Geburtstagsparty nicht genauer angesehen hatte – die exakte Position der riesenblättrigen Pfeilblätter und der rot gesprenkelten Rhododendren oder die Wölbung der Gartenlaube vor den wachsamen Fenstern auf der anderen Straßenseite –, war ich überzeugt, dass ich wieder an meinen Ausgangspunkt zurückgekehrt war. Doch das blinkende Symbol auf der Karte, das Symbol, von dem sich früher Milliarden von Menschen zu ihrer Wohnung hatten lotsen lassen, zeigte mir an, dass ich mich in einem anderen Viertel befand. Bestimmt lag es daran, dass hier alle Gebäude gleich aussahen.

Dann hörte ich es.

Wuff, wuff-wuff-wuff. Wuff, wuff-wuff(Schrei)-wuff.
Wuff, wuff-wuff-wuff. Wuff, wuff-wuff(Schrei)-wuff.

Ein Gefühl der Panik jagte durch mein Hormonsystem und wurde sogleich wieder unterdrückt. Träge und teilnahmslos lief ich auf die rote Fläche vor mir zu. Beim Näherkommen stellte ich fest, dass sie aus vollkommen runden, scharlachroten, tennisballgroßen Kreisen bestand, die sämtliche Oberflächen bedeckten: den Asphalt, den Bordstein, den gepflegten Rasenstreifen neben dem Gehweg, die Pflastersteine und sogar die Sträucher vor dem Haus. Von meinem Standpunkt aus wirkte die Anordnung der Kreise besonders gleichmäßig und makellos. Plötzlich begannen sie, sich zu teilen und zu vervielfachen, und drängten zu allen Seiten des Flecks nach außen; sie überzogen die Veranda des Hauses, glitten über seine Fenster und hinauf zum Dach. Dabei folgten sie einem bestimmten Muster, und ich fragte mich, ob sie auch den Himmel bedecken würden, wenn ich nur lange genug zuschaute, und woran sie sich wohl festklammern würden, um ihn zu erreichen.

Dieser Gedanke verflüchtigte sich, als die Punkte meine Beine hinaufglitten, kurz innehielten, sich dann mit einer pulsierenden Bewegung vermehrten und weiter an mir hochkrochen, bis sie auf meiner Brust zusammenströmten. Da es sich um zweidimensionale Objekte handelte, hätten sie eigentlich nichts wiegen dürfen, aber sie kratzten, drückten und pulsierten. Allerdings fühlte es sich weniger an, als würden sie auf mir herumkrabbeln, sondern mehr wie eine sanfte Massage. Ich wollte mich dieser Empfindung widersetzen, aber die warmen, pulsierenden Flecken bedeckten meinen Körper, erkundeten und liebkosten ihn und erfüllten mich mit einem Gefühl rauschhafter Lust, bis ich im Nacken meinen Herzschlag spüren konnte. Mehrere Flecken reagierten darauf und bahnten sich ihren Weg unter mein Haar, wo sie wie ein Liebhaber meinen Hinterkopf umklammerten, um zu verhindern, dass ich zum Höhepunkt kam.

Obwohl ich mich bewegen konnte, hatte ich das Gefühl, gefesselt zu sein. Wie erstarrt stand ich da und sah dem krönenden Abschluss dieser Umarmung entgegen.

Aber dazu kam es nicht. Plötzlich hielten die Punkte inne – sie waren ja nur eine Illusion und nicht mal aus so etwas wie echter Farbe –, und ich fand mich, gedemütigt und zutiefst beschämt, allein mitten auf der Straße wieder.

»Wir geben uns dem projizierten Licht hin, nicht wahr?«, sagte eine heisere Stimme. Ich spähte in die Richtung, aus der die Stimme kam – irgendwo vom Straßenrand –, und nach und nach löste sich aus den scharlachroten Punkten und dem Asphalt im Rinnstein ein Umriss. Die grau gesprenkelte Gestalt schien halb in die Oberfläche der Straße gepresst. Jetzt hob sie den Kopf und schaute mich an, dann stemmte sie sich hoch, bis sie aufrecht stand. »Sie wollten mit dieser Simulation zum Höhepunkt kommen, nicht wahr? Sie wollten, dass sie Sie packt, Sie in Besitz nimmt und Ihren Körper in Ekstase versetzt, Sie wollten sie spüren, obwohl Sie nicht darum gebeten haben, nicht wahr?«, fragte die Frau.

Ich nickte. Von der Asphaltfrau rieselten scharlachrote Flecken wie welke Blätter zu Boden, und auch neben meinen Füßen häuften sich leere Kreise.

»Tja, Sie müssen es selbst zu Ende bringen, mein Mädchen«, sagte sie. »Finden Sie sich selbst, aus eigener Kraft, und verlassen Sie sich nicht auf das projizierte Licht.«

»Wenn Sie so denken, warum sind Sie dann hier, in Green Valley?«, fragte ich. »Die Menschen draußen haben längst kein Vertrauen mehr in die Simulationen. *Sie* tun alles ... mit den Händen.«

Wie in Gedanken versunken hob die Frau eine ihrer grauen Hände an den Mund, während sie ihre kleinen schwarzen Augen auf einen bestimmten Punkt richtete. Dann schnippte sie mit den Fingern, und plötzlich färbten sich die Punkte um sie herum alle gelb und leuchteten so hell, dass sie mich blendeten. Jeder einzelne Kreis erlebte seine eigene Apokalypse, und alle implodierten wie tote Sterne am Ende des Universums, während sie sich in den Spektralfarben kräuselten. Ich konnte erst wieder hinsehen, als es vorbei war, und da war die Vorstadtstraße nur noch eine Vorstadtstraße, auf der eine alte Frau in einem grauen Wollkaftan stand und mit mir redete. »Es ist eine verführerische Welt. Ich lebe hier, und man kann sie nicht verlassen.«

»Können Sie mir mehr über diesen Ort erzählen? Wer lebt hier sonst noch?«

»Hier ist man geschützt vor der allgegenwärtigen Kontrolle. Die Menschen, die hierherkommen, probieren gerne etwas Neues aus.«

»Glauben Sie, dass sie etwas dagegen haben, wenn ich mich mal umschaue?«

Sie verzog das Gesicht und schien zu lächeln. »Vielleicht treffen Sie noch andere Leute. Einige von uns geben sich zu erkennen, andere nicht.«

Sie deutete auf die Stelle, wo sie stand, als wollte sie mich ermutigen, meinen Weg fortzusetzen, und da ich nicht mehr viel Zeit hatte, bedankte ich mich bei ihr und lief weiter.

Das Ende der Straße mündete in eine T-Kreuzung. Abgesehen von der Main Street und den Straßen, die um den Marktplatz herumführten, war dies der geradeste Straßenabschnitt, den ich bisher gesehen hatte. Laut Karte befand ich mich am äußersten Rand der Enklave – hinter der dicken Linie, die die

Mauer und damit die Grenze von Green Valley markierte, wurde nichts angezeigt. Links und rechts von mir erstreckten sich die Bögen eines Bauwerks, das ursprünglich vielleicht als Aquädukt oder Viadukt entworfen worden war. Über einigen hingen Schilder, und davor standen Tische und kleine Aufbauten. Das Ganze wirkte wie der gentrifizierte Künstlermarkt einer wohlhabenden Stadt in der realen Welt, und jetzt, wo ich die Fantasiewelt der Frau mit den Kreisen betreten hatte, fragte ich mich, warum selbst die Leute, die gegen die architektonischen Beschränkungen in Green Valley rebellierten, sich bei der Anordnung ihrer Stände an die räumlichen Gesetzmäßigkeiten hielten. Vielleicht handelte es sich um ein Relikt aus jener Zeit, als noch Touristen kamen, als Touristen aus Fleisch und Blut und Cyber-Touristen hier in Scharen einfielen und von Green Valleys kreativen Köpfen digitale Kunst, Comics und Spiele, Entwürfe und Software kauften. Wahrscheinlich wussten die Touristen die vertraute Umgebung eines typischen Marktes zu schätzen, und wahrscheinlich wollten die Künstler sie nicht vergraulen.

Aber da die Mauer nun schon seit acht Jahren existierte, war ich enttäuscht, dass man hier seiner Fantasie nicht einfach freien Lauf ließ. Waren wir Menschen tatsächlich nicht in der Lage, uns unseren Zwängen zu entziehen, weil die Vorstellung von völliger Freiheit uns mit Angst erfüllte? Offensichtlich sehnten wir uns nach klaren Grenzen und dem festen Boden unter unseren Füßen.

Doch als ich mich nach links wandte und auf die Verkaufsstände zuging, löste sich die renovierte Industriefassade auf dem vorderen Grundstück langsam auf und verwandelte sich in eine sehr viel verrücktere Umgebung. Während ich näher trat und ins Halbdunkel spähte, stolperte ich über eine schmutzige Matratze, die aus der Tür des benachbarten Ateliers ragte. Ein weiches, offensichtlich mehrere Tage altes Spiegelei glitt über die Matratze auf ein gerupftes Hühnchen in Frauenunterwäsche zu. »Ich zeig dir, wie das passiert ist«, sagte das Hühnchen. Ein massives Haus aus Holzresten und Trümmern, in dem es von Plastikkrebsen wimmelte, tauchte auf; eine verchromte Mickey Mouse drückte Donald Duck auf einen Verkaufstisch hinunter, und eine als Vogel verkleidete Frau flog immer wieder in ein Fenster. Obwohl die Künstler die Technologie dazu genutzt hatten, ihre Werke weiterzuentwickeln und mit Leben zu erfüllen, wirkten sie steril. Das Ganze erinnerte an eine Kunstausstellung von vor etwa zwanzig Jahren. Es wirkte irgendwie vertraut und war nichts weiter als ein müder Abklatsch. Natürlich war es nicht verwunderlich, dass Green Valley dem Untergang geweiht war, nachdem man es von der Außenwelt abgeschottet hatte. Der Gedanke deprimierte mich. Vielleicht hatte ein Teil von mir an ihre Vision glauben wollen und ihren Mut bewundert; vielleicht hatte ich mir einreden wollen, dass sie ihr Vorhaben erfolgreich in die Tat umgesetzt hatten.

Während das I die Ausschüttung eines Hormons unterdrückte, das mich sonst in eine tiefe Depression gestürzt hätte, leuchtete eine Nachricht auf: *Anruf von Gina Orban*. Im Gegensatz zu dem Videoanruf von David vorhin erschien in meinem Sichtfeld nur ein kleines Standbild von Ginas Gesicht. »Hallo, Lucie. Ihnen bleibt noch eine halbe Stunde. Schaffen Sie es zurück ins Büro, oder soll ich Sie abholen?«

»Ich komme ins Büro, danke. Bis gleich.« Ich rief auf der Karte meinen Standort auf und gab als Ziel das Verbindungsbüro ein. Als ich mich umdrehte und Richtung T-Kreuzung zurücklief, bemerkte ich plötzlich ein grelles Licht, das aus dem ersten Atelier in der Reihe kam. Ich warf einen Blick durch den breiten, gewölbten Eingang und sah, dass die Wände und der Boden mit glänzenden weißen Fliesen bedeckt waren. Am Eingang stand ein hübscher schwarzer Schafbock mit spiralförmigen Hörnern, der witternd die Nase in die Luft hielt und mit dem Huf unruhig auf den Fliesen scharrte, sodass ein dumpfes, leises Klopfen ertönte. Neugierig trat ich näher und erhaschte einen Blick auf eine flache weiße Rinne, die zu einem Abfluss in der Mitte des Bodens führte.

Ich wandte mich ab, worauf der Schafbock in einem altertümlichen Akzent das Wort an mich richtete: »Komm rein. Du weißt, dass du es willst. Ich lass dich das Messer schwingen.«

Trotz der blank geputzten Fliesen war der Raum von einem intensiven, fauligen Verwesungsgeruch erfüllt. Offenbar war das I nicht in der Lage, die Bilder von geronnenem Blut aus meinem Kopf zu vertreiben. Ich schüttelte den Kopf und versuchte davonzulaufen, doch irgendetwas hielt meine Beine fest. Ich sah, dass meine Knöchel von schmalen, klebrigen Lederriemen mit rostigen Schnallen umschlungen waren, und im nächsten Moment wurde ich in den gefliesten Raum gezogen.

»Das war keine Bitte, Lucie«, sagte der Bock. »Die Opfergabe ist kein freiwilliger Akt. Du bist gekommen, um herauszufinden, was wir hier tun.«

Was auch immer an den Riemen zerrte, war stärker als ich. Ich versuchte, mich dagegenzustemmen, um nicht hinzufallen, aber es zog jetzt noch schneller und kräftiger an mir. Ich knickte um und geriet ins Straucheln, knallte auf den Boden und wurde die letzten zehn Meter im Liegen zur Mitte des

Raums geschleift. Während sich der Eingang in eine vierte geflieste Wand verwandelte, wurde ich an den Knöcheln in die Höhe gehievt und an einen Haken in der Decke gehängt. Ich glaube, dass ich schrie, jedenfalls wäre das eine normale Reaktion gewesen. Gleichzeitig fühlte ich mich müde und schwach, als ich an den Füßen zwischen einer Reihe von aufgehängten Schafskörpern baumelte, aus deren Hälsen Blut hervorquoll. Was für ein hübscher Anblick, dachte ich vage, als ich von oben beobachtete, wie aus jeder Ecke des inzwischen rot gesprenkelten weißen Raums ein makelloses Rinnsal Blut zum Abfluss in der Mitte strömte. Das ist alles, was wir sind, dachte ich, oder es wurde mir suggeriert – oder ich hörte es meine eigene Stimme in meinem Kopf sagen. Was auch immer, es klang völlig einleuchtend.

Das I hatte Probleme, meine Gefühle – eine Mischung aus Entsetzen und Verdrängung – wieder ins Gleichgewicht zu bringen. Außerdem schoss mir das Blut in den Kopf, sodass ich einen heftigen Druck verspürte, der sich unbedingt Luft verschaffen wollte.

Der Schafbock kam zu mir herübergetrottet und strich mit seinen weichen Zotteln über meine Stirn.

»Das tun wir hier«, sagte er, und ich wurde in den fauligen Gestank Millionen Toter gehüllt. »Wir bringen Opfer.«

Das Blut rieselte wie ein Regenschauer neben mir herab.

»Sieh genau hin, Lucie«, sagte der Bock, und ich öffnete die Augen.

Der Schafbock mit den dürren Beinen richtete sich auf und verwandelte sich in einen Mann und dieser in einen Riesen. Er war in einen Schatten gehüllt, der von einem Licht verdrängt wurde – von den unzähligen Lichtern unzähliger Bildschirme, über die unzählige Albträume flimmerten. Ich versuchte, den Blick abzuwenden, aber der Mann war das Einzige, was ich sehen konnte. Als ich mich an seinem Gesicht festhalten wollte, war es plötzlich verschwunden, und es war nur noch ein unveränderlicher Fleck zu sehen, der wie Schlamm am Grund eines Flusses umherwaberte. Der Mann zwang mich, nach unten zu sehen, um mich für einen der Albträume zu entscheiden, die er gesammelt hatte.

»Ist schon faszinierend, was man da zu sehen bekommen kann, was?«, sagte Gina.

Ich wollte mich aufrichten und ihr eine Ohrfeige verpassen – und das war ein gutes Zeichen. Denn das bedeutete, dass ich wie geplant in die Wirklichkeit zurückkehrte. Allmählich fühlte ich mich wieder wie ich selbst. Als die Transponder entfernt wurden, konnte ich spüren, dass sich mein Körper jetzt nicht mehr automatisch ins Gleichgewicht brachte. Den ganzen Tag über war ich angespannter als sonst gewesen, weil ich unbewusst versucht hatte, mich der Kontrolle durch das I zu entziehen. Mir war klar, dass ich mich wieder neu justieren musste – aber auf eine analoge, menschliche Weise. Ich musste warten, bis die Nachwirkungen verflogen waren, und mir Zeit lassen, um mich davon zu erholen.

Ich war froh, dass Gina mich in den Randbezirken aufgelesen hatte. Ich fand meinen Besuch ein wenig langweilig und enttäuschend, und ich war zu müde gewesen, um mir mithilfe der Karte erneut meinen Weg durch die Stadt zu bahnen. Für einen Tag hatte ich genug gesehen.

Gina verließ den Raum, damit ich mich anziehen konnte. Ich war nach dem langen Tag immer noch verspannt; meine Knöchel schmerzten vom Laufen, und meine Muskeln waren steif von dem Adrenalin, das mein Körper aufgrund der zahlreichen neuen Eindrücke ausgeschüttet hatte. Ich hatte heftige Kopfschmerzen und konnte mich an vieles offensichtlich nicht mehr erinnern. Allerdings wusste ich noch, warum ich hier war, und überprüfte meine Jackentaschen – niemand hatte darin herumgewühlt. Der signalgeschützte Beutel war noch da. Ich verstaute die rechte Linse des Is in dem Beutel und ersetzte sie in Ginas Etui durch meine alte. Sie war deaktiviert und übertrug keine trügerischen Bilder mehr.

II

6

Fabian lag auf dem Sofa am Erkerfenster, in der einen Hand ein Weinglas, in der anderen einen Roman. Wortlos verzog er den Mund, um zu signalisieren, dass er mein Eintreten bemerkt hatte, dann wandte er sich wieder seinem Buch zu. Normalerweise ließen wir den anderen sein Kapitel noch zu Ende lesen, aber heute hielt ich mich nicht daran. Ich legte meine Sachen auf den Esstisch und lief direkt zu ihm, schob seine Beine zur Seite und zwängte mich aufs Sofa. Dann nahm ich ihm das Glas aus der Hand und stellte es auf dem Couchtisch ab, steckte ihm meine Zunge in den Mund, packte ihn und zog ihn zu mir herüber, bis er auf mir lag. Ich erzitterte unter dem Gewicht seines Körpers; ich wollte, dass er mich zerquetschte, mich verschlang. Ich betrachtete sein Gesicht, als er sich von mir abwandte. Mit einem verschmitzten Grinsen hielt er das Buch über uns und versuchte aus den Augenwinkeln, die Seite zu Ende zu lesen.

Ich bearbeitete mit meinen Fingern den Stoff seiner Hose und drückte mein Gesicht gegen seinen Hals, saugte seinen Geruch ein, bis mein ganzer Körper davon erfüllt war, um die sterile, elektronische Luft zu vertreiben; ich atmete ihn ein, knabberte an seiner Haut und wollte fest zubeißen, ihn meinerseits verschlingen, mir seinen Körper einverleiben. Ich wollte über und über von ihm bedeckt werden, wollte in ihm sein, bis ich keine Luft mehr bekam. Ich sehnte mich nach einer heftigen, brutalen und schmerzhaften körperlichen Erfahrung, bis ich schrie und blutete, um mich endlich wieder real zu fühlen.

Als ich mich schließlich wieder spüren konnte, blieb ich auf ihm liegen und schaute durch das Fenster auf die Erlen, von denen im gelben Schein der Wohnung auf den drei Stockwerke tiefer gelegenen Gehweg die Blätter rieselten. Halb nackt und mit verdrehten Armen und Beinen, den Hals zur Seite geneigt, lag ich da. Ich genoss diese unbequeme Haltung, während Fabian eine Decke über uns ausbreitete und mit seinen Fingern über meine Wirbelsäule strich.

»Was war denn das gerade?«, fragte er.

»Du hattest recht. Green Valley ist total am Arsch.«

»Hm«, sagte er und schmiegte sein Kinn an mein Haar.

»Wegen vorhin, das tut mir leid.«

»Schon in Ordnung.«

»Ich hätte dich wenigstens ausreden lassen sollen.«

»Du hättest sowieso getan, was nötig gewesen wäre.«

»Ja«, sagte ich und lachte.

Ich nahm eine seiner Hände und führte sie zu den Stellen an Lende und Hals, wo Gina Orban die Transponder eingeführt hatte. Als ich nach meiner Rückkehr in die Wirklichkeit im Verbindungsbüro mein Spiegelbild betrachtet hatte, konnte ich kaum erkennen, wo sie sich befunden hatten; auf jeder Seite waren lediglich drei winzige Löcher zu sehen sowie ein roter Saugabdruck, der bereits verblasst war und sich geglättet hatte. Ich presste Fabians Fingerkuppen gegen mein Kreuz, als könnte er sehen, was ich gesehen hatte, wenn ich sie nur fest genug dagegendrückte.

»Ich bin froh, dass du wohlbehalten zurückgekehrt bist«, sagte er und gab mir einen Kuss auf den Kopf. Ich rechnete damit, dass er mich nach meiner Tochter fragen würde, die so plötzlich in unser Leben getreten war. Aber zu meiner Erleichterung würde er wohl auf den richtigen Augenblick warten, sodass wir die Abenddämmerung genießen konnten. Unsere Reflexion in der Fensterscheibe erinnerte mich an eine Pietá: Der heilige Fabian hielt mich fest umschlungen in seinen Armen und beschützte mich. Betrauerte mich. In diesem Bild war nur Platz für uns zwei.

Ich schmiegte mich fester an seinen warmen Körper. Wenn David sich in Green Valley so angefühlt hätte, hätte das vielleicht die acht Jahre, in denen wir uns nicht gesehen hatten, ungeschehen machen können, aber unser unbeschwerter Umgang von damals war durch elektronische Geräte unterdrückt worden, die unsere künstlichen Körper stimulierten. »Schon nach ein paar Stunden in Green Valley habe ich das Gefühl, als würde ich mich ... auflösen, als wäre ich nur noch zur Hälfte real. Ich kann mir nicht vorstellen, wie es ist, wenn man ständig dort lebt.«

Fabians Körper spannte sich, er drückte sich nach oben und lehnte sich nach hinten. »Sie gewöhnen sich irgendwann daran, schätze ich. Der Mensch ist in der Lage, alles Mögliche als Normalität zu akzeptieren.« In seiner Stimme lag ein Anflug von Verachtung. Er machte aus seiner Abneigung für die Leute in Green Valley kein Geheimnis; er nannte sie *Geevees*, wenn er glaubte, dass ich ihn nicht hörte – auf Partys und bei den Telefonaten mit seinen Freunden von Omega. »Es war ihre freie Entscheidung.«

Ich setzte mich auf, strich mein Hemd glatt und lehnte mich mit verschränkten Armen abwehrend gegen das hintere Ende des Sofas. »Das ist Jahre her. Was, wenn sich die Situation verändert hat? Was, wenn sie ihre Entscheidung inzwischen bereuen? Müssen sie dann den Rest ihres Lebens darunter leiden?« Eigentlich hätte ich das David fragen sollen.

»Soweit wir wissen«, sagte Fabian – das königliche *Wir*, das Omega-*Wir* –, »gibt es weder hier draußen noch ein von Green Valleys Kollektiv erlassenes Gesetz, das die Leute zwingt zu bleiben. Wahrscheinlich sind sie so sehr in ihrer Welt gefangen, so abhängig von diesem System, dass sie dem Leben draußen gar nicht mehr gewachsen sind.«

Es war mir peinlich, dass sich meine Augen mit Tränen füllten. Ich senkte den Kopf, um sie fortzublinzeln, und hielt beschämt Ausschau nach meinem Slip. Nachdem ich ihn entwirrt hatte, zog ich ihn wieder hoch. Dann setzte ich mich auf und blickte demonstrativ aus dem Fenster, auf die Autos in der Dunkelheit und die Leute, die unten vorbeiliefen.

Reuevoll massierte Fabian mit dem Fuß meinen Oberschenkel. »Erzähl mir mehr, Luce. Wie war es dort?« Er fragte mich das nur, um das Schweigen zu durchbrechen, nicht weil er sich für Green Valley interessierte. Aber ich liebte ihn dafür, dass er es wenigstens versuchte. »Und wenn wir schon dabei sind – wir müssen über deine Tochter reden.«

Ich schüttelte den Kopf, und obwohl mir nichts Gutes schwante, sagte ich in einem möglichst besänftigenden Tonfall: »Ich muss die Sache erst mal verdauen, dann erzähle ich dir davon.« Er konnte seine Erleichterung kaum verbergen. Im Nu war er auf den Beinen, und während er in seine Hose schlüpfte, entspannte er sich wieder. Dann ging er in die Küche, um das Abendessen zuzubereiten.

Fabian lag mit dem Rücken zu mir im Bett und schlief, und ich drückte mich an ihn und spürte die warme Berührung seines Körpers. Als ich mich jedoch herumwälzte, drehte er sich nicht um, um sich erneut an mich zu schmiegen. Und in dieser Nacht wälzte ich mich unablässig hin und her. Jedes Mal, wenn ich die Augen schloss, hatte ich das Gefühl, als würde ich durch einen Vorhang aus grauem Nebel wieder in Green Valley hineinsinken, während durch meinen Kopf all die Gesichter und Gegenstände geisterten, die ich dort gesehen hatte. Kaum nickte ich ein, wurde ich von einem Albtraum wieder geweckt und sah in der Dunkelheit den Abglanz flackernder Lichter, die mir irgendein Leid zufügen wollten.

Bevor ich zu Bett gegangen war, hatte ich Barbras Büroanschluss angerufen und eine Nachricht hinterlassen. Außerdem hatte ich es unter Jordans Dienstnummer versucht, für den unwahrscheinlichen Fall, dass er noch auf dem Revier war, aber es ging niemand dran. Anschließend rief ich im Empfang an und hinterließ dort ebenfalls eine Nachricht. »Hi, Jordan«, diktierte ich dem Polizeibeamten, der die Anrufe entgegennahm. »Ein neunjähriges Mädchen wird vermisst. Falls ihr eines findet, sagt bitte Bescheid. Ich bin zu Hause.« Meine vage Nachricht würde Jordan nicht veranlassen, mich zurückzurufen, bevor wir uns am nächsten Morgen auf dem Revier trafen, aber mehr konnte ich nicht preisgeben. Ich durfte auf keinen Fall Green Valley, David, Kira oder Zeroth erwähnen, und es gab für mich keinen plausiblen Grund, Nachforschungen im Zusammenhang mit irgendwelchen vermissten Mädchen oder einer anderen Sache anzustellen. Ich betrachtete Jordan als meinen Freund. Seine Herkunft aus bescheidenen Verhältnissen passte irgendwie zu seiner nüchternen, pragmatischen und ehrlichen Art, die ich so an ihm schätzte; vielleicht glaubte ich, mal wie er zu werden, wenn ich es schaffte, mich selbst nicht mehr ganz so ernst zu nehmen. Er seinerseits schien mich zwar zu mögen oder mit einer gewissen grimmigen Belustigung zu tolerieren. Dennoch konnte ich mich telefonisch nicht mit einer persönlichen Bitte an ihn wenden. Jordan wusste zwar, dass ich für das Revier als Spezialermittlerin tätig war, doch für ihn war ich nichts weiter als eine Filing Supervisorin.

»Soll er Sie nur während der Dienstzeit anrufen oder jederzeit?«, fragte der Polizist.

»Jederzeit bitte. Ich bin, wie gesagt, zu Hause. Es ist ziemlich dringend.«

Ich konnte förmlich hören, wie der Beamte mit den Schultern zuckte. »Wollen Sie vielleicht mit den diensthabenden Detectives sprechen? Das sind Brydon und, lassen Sie mal sehen ... Rahman.«

Nein, ich musste mit Jordan sprechen. Da er der dienstälteste Detective der Kriminalpolizei war, hatte man ihm den Fall mit den Kindern aus Green Valley aufs Auge gedrückt. In den letzten fünf Jahren waren mehrere nicht registrierte Kinder, die vermutlich aus Green Valley stammten, tot in Stanton aufgefunden worden. Man erwartete von Jordan, dass er zu jedem von ihnen einen Aktenvermerk machte und die Sache wieder vergaß. »Ich werde morgen früh noch mal nachfragen, ob Jordan irgendwas weiß.«

»Okay, schlafen Sie gut«, hatte der Polizist in einem demonstrativen Tonfall gesagt. Ein Filing Supervisor hatte um diese Uhrzeit einfach nicht mehr auf zu sein und den Beamten unnötige Arbeit aufzuhalsen.

Um drei Uhr war ich vom aufdringlichen Ticken des Weckers so genervt, dass ich den Versuch zu schlafen aufgab, meine Klamotten vom Stuhl im Schlafzimmer nahm und ins Arbeitszimmer ging.

Ich lebte zwar seit sechs Jahren mit Fabian zusammen, hauste in seiner Wohnung aber immer noch wie ein Gast. Das heißt, eigentlich erinnerte ich mehr an eine der Kunstinstallationen, die er ausgestellt hatte: primitive Stöckchenfrau in zivilisiertem Einmachglas. Die Wohnung war perlmuttfarben gestrichen und hatte hohe, kunstvoll abgeschrägte Decken, von denen die Geräusche widerhallten. Die großen, doppelverglasten Fenster boten einen Blick auf mehrere üppig wuchernde Baumkronen und tauchten das blank geschliffene Hartholzparkett in ein helles Licht. Das Wohnzimmer wurde von maßgefertigten Bücherregalen gesäumt, die mit Traktaten über die Aufgabe der Kunst und politische Theorien vollgestopft waren. Die Küchenausstattung bestand aus poliertem Marmor und Stahl, und die Betten und Sofas waren mit Mohair- und Kaschmirstoffen bezogen. Mein Elternhaus, das ich im Geiste immer noch bewohnte, war ein schäbiger Ort gewesen, von dem aus man einen begrenzten, verstellten Blick auf rostiges Eisen und den mit Kaugummi übersäten, unkrautüberwucherten Gehweg hatte. Manchmal kam es mir so vor, als hätte man mich in diese elegante, kultivierte Umgebung versetzt, damit die feine Gesellschaft von außen beobachten konnte, wie ich hilflos darin herumirrte.

Aber das waren nur meine neurotischen Gedanken, Fabian hatte nichts damit zu tun. Er akzeptierte, tolerierte und – ja – liebte mich mit einem wohlwollenden, zurückhaltenden Gleichmut, den wahrscheinlich nur jemand mit seiner privilegierten Herkunft aufbringen konnte, jemand, der nie um Zuwendung und Essen hatte betteln müssen.

Wenn Fabian zu Hause arbeitete, breitete er normalerweise seine Unterlagen auf dem Esstisch aus; das Arbeitszimmer hatte er mir überlassen. Das Zimmer beherbergte zwar seine prachtvollen Bildbände und seine Vitrinen voller Kunstschätze, aber mein kleiner Schreibtisch passte genau zwischen Wand und Fenster. Auf seiner glatten, makellosen Oberfläche lag ein Stapel Notizbücher neben einem Telefon und einer Holzablage mit Briefen und Dokumenten.

Nachdem ich die Tür geschlossen hatte, zog ich den signalgeschützten Beutel aus der Innentasche meiner Jacke. Obwohl ich überzeugt war, dass Sentinel technisch in der Lage war, das Signal zu blockieren – und die Tatsache, dass ich es geschafft hatte, ihn unbemerkt aus Zeroths Verbindungsbüro zu schmuggeln, bewies ja, dass er funktionierte –, stellte ich mir vor, wie die Radiowellen die Schutzvorrichtung des Beutels überwanden, in Windeseile ihren Weg zu Zeroth fanden und mich verrieten. Je schneller ich den Beutel bei den Forensikern ablieferte, desto besser. Ich würde mich danach um einiges leichter fühlen. Aber da ich immer noch nichts von Sentinel gehört hatte, musste ich ihn bis Montag aufbewahren.

Nicht zum ersten Mal dachte ich voller Wehmut an die Zeit vor der Wende, als man jemanden auf dem Handy anrufen und direkt mit ihm sprechen konnte. Oder als man noch davon ausgehen konnte, dass Angestellte in untergeordneten Positionen am Wochenende mitten in der Nacht ihre E-Mails abfragten. Dieser ketzerische Gedanke faszinierte mich. Ging es uns nach der Wende wirklich besser? Hatte es sich vielleicht doch gelohnt, dass wir damals unsere persönliche Freiheit für diese lang anhaltende Phase des Friedens geopfert hatten, die längste in der westlichen Welt? Aber in dieser Richtung brauchte ich gar nicht weiterzudenken. Natürlich lohnte es sich *nicht*, seine Freiheit aufzugeben. Außerdem war der Frieden in der westlichen Welt auf Kosten der Arbeiter gegangen, der Entwicklungsländer und der armen Regionen, jener Regionen, die von Unternehmen wie Zeroth halbherzig erschlossen worden waren, nur um sie anschließend ihrem traurigen Schicksal zu überlassen, während die Technologielücke immer größer wurde und die unteren Bevölkerungsschichten von dem utopischen Gesellschaftsentwurf ausgeschlossen wurden. Einem repressiven Gesellschaftsentwurf für digitale Bürger ohne Entscheidungsfreiheit, in der jeder Widerspruch unterdrückt wurde und die Kreativität in vorgegebenen Bahnen verlief. In meinem Kopf hörte ich mich jetzt fast schon wie Fabian an, und er hatte recht – keiner wollte die Vergangenheit wiederaufleben lassen. Aber gleichzeitig mussten wir lernen, eine eigene Perspektive zu entwickeln; denn einige der technikfeindlichen, konservativen Kräfte von Omega verweigerten sich jeder Veränderung, selbst als sich die Möglichkeit für einen Neubeginn, für eine bessere Zukunft bot.

Nachdem ich mich vergewissert hatte, dass die Tür geschlossen war, verstaute ich den Beutel in einer Geldkassette, die in meiner Schreibtischschublade befestigt war. Ich wusste zwar, dass Fabian einen gesunden Schlaf hatte, aber momentan hatte ich mehr Angst davor, dass *er* mir eher auf die Schliche kam als ein Mitarbeiter von Zeroth. Ich wählte die nächste Nummer auf meiner Liste, jene Nummer, die ich vorhin nicht hatte wählen wollen. Ich rechnete zwar nicht damit, dass sich jemand meldete, und würde morgen aus dem Büro sowieso eine Nachricht schicken, aber ich fand, dass es einen Versuch wert war, da ich sonst garantiert die nächsten Stunden nervös auf und ab marschieren würde. Die Wählscheibe schnurrte wie eine Katze, während sie über die Ziffern glitt.

»Pathologie Stanton, ja bitte?«

»Hi, Maya. Hier ist Lucie Sterling. Ich hatte nicht damit gerechnet, dich zu erreichen.«

»Ich hab Spätschicht. Ich spiele heute Abend den Babysitter.«

»Für wen? Was meinst du damit?« Für einen Moment glaubte ich, sie hätte einen geschmacklosen Witz gemacht. Maya Kanté, die intelligente Assistenzärztin, die für ein Taschengeld die Schichten im Leichenschauhaus übernahm, hatte inzwischen den derben Humor der Leichenbeschauer übernommen, aber sie ging normalerweise nicht so weit, sich über den Tod von Kindern lustig zu machen. Sie war jung und hatte sich bis jetzt das Feingefühl und den Anstand bewahrt, die in diesem Beruf normalerweise irgendwann auf der Strecke blieben.

»Jordan ist auch hier«, sagte sie.

»Ach ja? Warum ist er noch auf?«

»Er geht den Bericht der Polizeistreife zu dem kleinen Mädchen durch, das gefunden wurde.«

Ich setzte mich aufrecht hin. »Welches kleine Mädchen?«

»Hast du die Rohrpost nicht bekommen? Er hat sie vor ein paar Stunden verschickt.«

»Bleib mal dran.« Ich stand auf und lief in Fabians Bereich des Arbeitszimmers, wo sich seine Station für die Rohrpost befand. Ich öffnete die Klappe, aber das Fach war leer. Da lag kein Transportbehälter, und es war auch nicht das saugende Geräusch der Vakuumpumpe zu hören. Seit Wochen war die Pumpe an der Verbindungsstelle weiter die Straße hinunter außer Betrieb. Vergeblich drückte ich auf den Knopf, bevor ich zum Telefon zurückkehrte. »Offensichtlich gibt es eine Störung. Was steht denn drin?«

Es knisterte, und außer Mayas gedämpfter Stimme konnte

ich jetzt ihren Herzschlag hören – ein gleichmäßiges, ruhiges Pochen. Ich vernahm ein paar undeutliche Gesprächsfetzen, dann hob Maya den Hörer wieder von der Brust, an die sie ihn offensichtlich gedrückt hatte. »Er sagt, dass du herkommen sollst, wenn du nach einem kleinen Mädchen suchst. Wir haben hier eins … sie sieht zwar aus wie sechs oder sieben, aber wir glauben, dass sie älter ist.«

Ich stand auf und fragte: »Habt ihr einen Ausweis?«

»Nein. Die meisten siebenjährigen Mädchen tragen keinen Pass oder Führerschein bei sich.«

Früher konnten wir jemanden mithilfe der Gesichtserkennung identifizieren, aufgrund der gespeicherten Daten zu Gebiss, Netzhaut und Fingerabdrücken. Alles nur zur persönlichen Sicherheit der Bürger. Jetzt stand mir zum Abgleich nur meine Erinnerung an das digitale Foto von Kiras Gesicht zur Verfügung. »Ich bin gleich da.«

»Jordan sagt, du sollst dich beeilen. Die Außendienstmitarbeiter werden sie wahrscheinlich morgen gleich als Erstes abholen. Und sie zusammen mit den anderen verschwinden lassen.«

»Warum?«

»Das Mädchen ist unterernährt und … krank. Sie ist anämisch und blass. Ihre Muskulatur ist unterentwickelt, und die Augen sind völlig hinüber. Mein Gott, an einigen Stellen ist der Körper mit Pilzgeflecht überzogen. Es gibt nur einen Ort, wo die Kleine herkommen kann.«

7

Jedes Mal, wenn ich von Fabians Wohnung – *unserer Wohnung, Lucie, deinem Zuhause* – durch Stantons Innenstadt zu meinem Büro in der Hauptwache lief, wurde ich daran erinnert, wer ich wirklich war. Wie immer nahm ich den direkten Weg, vorbei an dem Mietshaus, in dem ich aufgewachsen war, mit dem Claymarket Hole Nachtclub im Keller, vorbei an dem Waschsalon und dem Eet Mor, einem Vierundzwanzig-Stunden-Geschäft, in dem einer von Raj Khans Söhnen immer noch hinter dem Tresen stand, wenn nicht viel los war. Heute Nacht hatte Bobby Khan die Schicht übernommen; er saß zusammengesunken auf einem Hocker und hatte die Füße auf den Tresen gelegt. Geschickt balancierte er seinen Körper und blätterte eine Surf-Zeitschrift durch. Als ein Kunde mit einer Katze auf dem Arm sowie einer großen Milchpackung und einer Tüte Chips an die Theke trat, hob Bobby den Kopf und bemerkte, wie ich im Vorbeilaufen in den Laden spähte. Er lächelte mich an und winkte mir kurz zu. Angesichts der nichtssagenden Perfektion der Stammkunden in Green Valleys Asbury Café hatte ich mir hier noch nie so wohlgefühlt – beim Anblick von Bobbys schiefen, gelben Zähnen, der Dunstwolke aus altem, würzigem Bratfett und dem ramponierten Neonschild mit dem Schriftzug NON ST P GEÖFF ET, auf das unablässig das Kondenswasser der Klimaanlage tropfte.

Meine Kindheit war eine jener typischen betrüblichen Geschichten, wie sie sich in jedem Problemviertel ereigneten, nichts, was man an die große Glocke hängen oder beklagen musste. Auch Fabian rieb ich meine traurige Geschichte nicht ständig unter die Nase, nur um sein Mitleid zu erregen. Ich war das Kind einer unverheirateten Mutter, und mein drogenabhängiger Vater hatte sich irgendwann aus dem Staub gemacht. Das war alles, und vielen erging es ähnlich.

In meinem Arbeitszimmer in der obersten Schublade meines Schreibtisches bewahrte ich in einem Notizbuch zwei Fotos von mir auf. Sie waren beide in der Schule aufgenommen worden, denn zu Hause hatten wir nie eine Kamera besessen. Eines zeigte mich mit einer verrückten Apparatur, nachdem ich den Technikwettbewerb des Bezirks gewonnen hatte, und das andere, als ich beim regionalen Debattierwettbewerb den zweiten Platz belegt hatte. Jedes Mal, wenn ich diese Bilder betrachtete, sah ich nur den Geist meiner Mutter, wie sie stolz und entkräftet hinter der Kamera stand. Obwohl sie sich wirklich abrackerte, hatte sie das Gefühl, dass sie nicht hart genug arbeitete, damit ihre Tochter ihre Möglichkeiten voll ausschöpfen konnte. Sie hielt so lange durch, wie es nötig war, und verausgabte sich dabei bis zur Erschöpfung. Nachdem ich mein Studium begonnen hatte, starb sie schließlich, weil ihr jedes Ziel abhandengekommen war. Das bedeutete es für mich, eine Mutter zu sein, und ich hatte mir geschworen, nie so zu werden wie sie.

Aber ich hatte es hier rausgeschafft, oder? Obwohl die Erfahrungen in Claymarket und die schreckliche Leere, die meine Mutter hinterlassen hatte, immer noch schwelende Wunden tief in meinem Innern waren, gab es Zeiten, in denen ich das Gefühl hatte, dass dieser trostlose Ort keinen Einfluss mehr auf mich hatte. Mein Leben war inzwischen sehr viel reicher geworden. Meine Kindheit in Claymarket, mein Büro und meine Arbeit, die Wohnung in der begrünten Straße neben dem Museum und der Salonrevoluzzer, der mir ein Gefühl von Geborgenheit vermittelte – all das war jetzt einfach ein Teil von mir. Ich hatte mich zwar nicht verändert, aber ich hatte mein Umfeld erweitert.

Während ich meine Schlüssel aus der Kuriertasche zog und die farblich gekennzeichneten Anhänger durchsah, war mir das Klirren und Rasseln, das durch die nächtlichen Straßen hallte, nur allzu schmerzlich bewusst. Schließlich hatte ich die drei Schlüssel für das Sicherheitstor und die Tür in der Vorhalle gefunden. Nach der Wende hatten verschiedene Elektrounternehmen angeboten, ihre Systeme so umzubauen, dass sie über einen geschlossenen Stromkreis betrieben wurden und keinerlei Informationen aufzeichneten oder übermittelten, sondern einfach nur die Türen entriegelten, wenn man die richtige Schlüsselkarte benutzte. Aber dieser Vorschlag konnte sich nicht durchsetzen. Die Menschen wollten nicht glauben, dass die Firmen tatsächlich darauf verzichteten, heimlich Informationen zu speichern und weiterzuleiten. Und wer konnte es den Leuten nach dem Missbrauch und den dreisten Lügen der digitalen Wirtschaft verdenken? Schlüssel aus Metall und Schlösser aus Zylindern und Stiften dienten wieder als der zuverlässige, geräuschvolle Torwächter. Im Gegensatz zu früher, zu den sorglosen Gesetzesverstößen im großen Stil, musste man heutzutage schon jemanden überfallen oder beschatten, um sich Zugang zu einem Gebäude zu verschaffen.

Ich musste an Daniela denken, eine ehemalige Mitschülerin, die zur Hochphase der Wende ausgeraubt und vergewaltigt worden war. In einer Seitengasse, in der im Gegensatz zu den meisten Straßen der Stadt keine Überwachungskameras angebracht waren. Daniela war zwar nicht gerade meine Busenfreundin, aber sie war ein nettes Mädchen. Sie war eine liebenswürdige Erscheinung inmitten der rauen Atmosphäre der Highschool gewesen, und wir hatten uns nach der Schulzeit jedes Jahr ein paarmal getroffen. Ich fand es besonders grausam, dass von allen Frauen ausgerechnet Daniela so etwas passierte. Heute wie damals bin ich davon überzeugt, dass die Polizei und die Gerichte Beweise für die Richtigkeit ihrer Aussage gehabt hätten, wenn in der Gasse Kameras angebracht gewesen wären; man hätte den Mann, der anstelle des Jungen auftauchte, mit dem Daniela dort verabredet war, identifizieren und zur Rechenschaft ziehen können. Aufgrund dieser ketzerischen Überlegungen fühlte ich mich immer noch ein wenig mit den Menschen in Claymarket verbunden und in Fabians luxuriöser, idealistischer Welt nicht ganz zu Hause.

Nachdem ich das Tor und die Tür zur Eingangshalle wieder verriegelt hatte, wandte ich mich der Innentür zu und drückte die Klinke herunter. Zu meiner Überraschung war diese Tür ebenfalls abgeschlossen; normalerweise war sie offen, wenn ein Pathologe im Haus war. Ich zog erneut meinen Schlüsselbund hervor, suchte den richtigen Schlüssel heraus und trat ein. Abgesehen von dem Licht der Notbeleuchtung war es im Flur dunkel.

»Hallo?«, rief ich. »Maya? Jordan? Seid ihr da?«

Es hätte mich gewundert, wenn sie gegangen wären, nachdem ich ihnen gesagt hatte, dass ich vorbeikommen würde. Ich hatte schließlich nicht länger gebraucht als angekündigt.

Meine Augen gewöhnten sich langsam an die Dunkelheit, und ich erkannte den Linoleumboden aus mintgrünen, weiß schraffierten kleinen Platten, der sich den langen Flur hinunter erstreckte. Zu meiner Linken befanden sich die vier breiten Türen der Untersuchungszimmer und zu meiner Rechten die acht schmaleren der Büros und Lagerräume. Am hinteren Ende führte ein Quergang nach rechts in den Mitarbeiterbereich, die Bibliothek und zu den Arbeitszimmern der Assistenzärzte – und nach links zum Lieferanteneingang und dem Kühlraum.

Maya arbeitete normalerweise im dritten Untersuchungsraum unter der Leitung von Dr. Rossetti, aber da Jordan hier war, hielten sie sich vielleicht im Gemeinschaftsraum auf. Ich eilte den Flur hinunter, vermied es jedoch, durch die Bullaugen in die dunklen Labore zu spähen, und bog dann nach rechts.

Aus dem Arbeitszimmer der Assistenzärzte drang Licht, und ich konnte Stimmen hören.

»Mein Gott, Maya«, sagte ich, als ich das Büro betrat. »Warum antwortest du nicht, wenn ich dich rufe? Und du solltest das Licht –«

In diesem Moment stieg mir der Gestank von Schafsfett und geronnenem Blut in die Nase, und ich bekam kaum noch Luft. Der Raum drehte sich auf den Kopf, und ich wurde mit einem Seil an meinen Fußknöcheln an einen Haken gehängt, während ich darauf wartete, dass das Messer herabsauste. Ich starrte in die schmalen Augen des schwarzen Schafbocks. Und über einen Bildschirm flimmerten die verschwommenen Aufnahmen von einer Frau in einem weißen Mantel und einem Mann in einer gefütterten Jacke, die irgendetwas mit dem Körper eines kleinen Mädchens anstellten. Dann grelle, gelbe

Lichter und Blut, das unablässig auf die Fliesen spritzte und in geronnenen Klumpen daran herunterrutschte. Ein riesiger Mann mit verschmiertem Gesicht, in dem gelbe Schlitzaugen funkelten. Schließlich gaben die Riemen an meinen Knöcheln nach, und ich spürte, wie die Schnallen zitternd aufsprangen. Ich fiel zu Boden und knallte mit dem Kopf auf die scharlachroten Fliesen.

Es war ein sanfter Aufprall.

Ein Paar kräftiger Hände packte mich unter den Armen und lehnte mich gegen die Kante eines Sessels.

Mir wurde Wasser ins Gesicht gespritzt.

»Alles in Ordnung«, murmelte ich. »Alles in Ordnung.« Ich blinzelte.

»Komm«, sagte Jordan. »Setz dich richtig hin.« Mühelos zog er mich nach oben auf den Sessel, stopfte mir ein Kissen in den Rücken und ein zweites hinter den Kopf.

Ich nahm das Wasser, das Maya mir hinhielt. »Bist du sicher, dass es dir gut geht? Du bist hier durch die Gegend gewankt …«

»Mir geht's gut. Tut mir leid«, sagte ich, und als ich mich umsah, bemerkte ich, dass der Flur hell erleuchtet war und dass in einem der Labore eine Radiosendung mit Höreranrufen lief. Es gab nichts mehr, wovor man sich fürchten musste. »War das Licht die ganze Zeit eingeschaltet?«

Maya verzog das Gesicht samt Piercings und Tattoos zu einem ungläubigen, schiefen Grinsen, als wäre ich nicht ganz dicht. »Äh, ja. Also, heute Nacht schon. Nicht seit Anbeginn der Zeit, schätze ich.«

»Aber als ich gekommen bin, war es aus. Ich habe nach dir gerufen, und es hat niemand geantwortet. Du warst definitiv nicht in Labor drei.«

Maya warf Jordan einen Blick zu, der darauf sagte: »Wir haben gesehen, wie du den Raum betreten hast. Du wirktest leicht weggetreten. Wir haben dich angesprochen, aber du bist einfach an uns vorbeigelaufen. Als würdest du schlafwandeln. Bist du sicher, dass du dich nicht ein bisschen ausruhen willst?«

Ich schüttelte den Kopf. »Nein, nein.«

Jordan, der jetzt offenbar überzeugt war, dass ich nicht noch einmal das Bewusstsein verlieren würde, setzte sich auf den Stuhl mir gegenüber.

Doch ich schenkte ihm keine Beachtung, denn ich fragte mich, ob Gina womöglich einen Teil des Is nicht entfernt hatte. Das hätte die Doppelbilder und Bildüberlagerungen erklärt. Bei diesem Gedanken wurde ich von Panik erfasst, und diesmal wurde sie nicht von einer Substanz unterdrückt, die mein Bewusstsein kontrollierte. »Scheiße«, stöhnte ich.

»Was ist denn?«, fragte Jordan und beugte sich vor.

Ich wusste, dass ich ihm von meinem Besuch erzählen musste, aber nicht jetzt. »Schon gut«, sagte ich, rieb mir mit der Hand übers Gesicht und presste sie gegen meine Augen, dann stemmte ich mich vorsichtig vom Sessel hoch. Langsam bekam ich einen klaren Kopf und konnte wieder stehen. »Kann ich einen Blick auf die Leiche werfen, Maya?«, fragte ich, ohne mir anmerken zu lassen, dass dieses Kind für mich womöglich mehr war als nur ein Fall, eine verwaltungstechnische Angelegenheit. Vielleicht gelang mir das auch deshalb so gut, weil ich es mir selbst nicht eingestehen wollte.

»Sicher«, sagte sie, und während Jordan in seinem Stuhl sitzen blieb, eine Akte vom Schreibtisch nahm und darin zu blättern begann, führte sie mich aus dem Gemeinschaftsraum und weiter den Flur zum Kühlraum hinunter.

Als Maya die Schublade des rechten Kühlfachs herauszog, richtete ich den Blick fest auf die grünen Wandfliesen, die matten Chromarmaturen und den stumpfen rostfreien Stahl, ließ meine Finger darübergleiten und klopfte mit den Knöcheln gegen die kalten Oberflächen. Das hier ist real, sagte ich mir, das Schlachthaus des Schafbocks ist nur eine Computergrafik. Das hier ist mein wirkliches Leben, diese Sinneseindrücke werden durch echte Gegenstände ausgelöst; das andere sind nur virtuelle, künstliche Reize. Obwohl ich bei meinem Besuch in Green Valley die Hölle durchgemacht hatte, war ich auch dort in Wirklichkeit nur in einem realen Atelier aus Backsteinen, Holz und Metall in den Randbezirken gewesen, in einem realen Raum unter einem Betongehäuse, das tatsächlich existierte.

Maya zog das Tuch über der Mädchenleiche halb zurück und legte eine Aktenmappe auf die Stahlplatte über ihrem Kopf. Obwohl ich versuchte hatte, mir das Foto von Kira genau einzuprägen, rang ich beim Anblick des Gesichts nach Luft. Erst nachdem ich das Foto, das auf der Vorderseite der Pathologieakte befestigt war, mit dem fleckigen Gesicht des toten Mädchens verglichen hatte, wurde mir klar, dass es sich nicht um meine Tochter handelte. Das Mädchen, das friedlich dalag, hatte glattes braunes Haar, das zu beiden Seiten aus seiner grün verfärbten Stirn gestrichen war.

Meine Knie zitterten vor Erleichterung, und ich musste die Hände ausstrecken, um das Gleichgewicht zu halten. Ich griff nach Mayas Akte, damit sie nicht merkte, dass ich schwankte, und blätterte zu einem Foto, das die Leiche am Fundort zeigte. Die Haare des Kindes waren verfilzt, und seine Kleidung passte ihm nicht richtig; die abgewetzte grüne Cordhose wurde auf Hüfthöhe von einem dicken Seil zusammengehalten, und unter einem schmutzigen, rosafarbenen T-Shirt waren auf dem eingesunkenen Bauch mehrere Streifen zu erkennen. Die spitzen Hüftknochen ragten deutlich hervor. Es war ein befremdliches Gefühl, ein Kind in diesem Zustand zu sehen.

Ich schaute von der Leiche auf das Foto und erneut zu dem Kind, während ich gegen meine Benommenheit ankämpfte und versuchte zu akzeptieren, dass es tot war. Ich zwang mich, einen Blick auf die Y-förmigen Einschnitte auf dem Oberkörper zu werfen, die sich unter der breiten Naht kräuselten; die tiefen Schnitte waren jetzt nicht mehr von Blut bedeckt. Das kleine ovale Gesicht des Mädchens machte einen friedlichen Eindruck, auch wenn es keine engelsgleiche Ruhe verströmte; es wirkte erschöpft, jetzt nachdem man seiner Verzweiflung ein jähes Ende bereitet hatte.

Dieses Mädchen ist real, dachte ich. »Darf ich ...?« Ich streckte die Hand nach ihm aus.

Maya nickte, drehte sich um und reichte mir dann ein Paar Chirurgenhandschuhe. »Zieh erst die hier an.« Sie schlug das Tuch über der Leiche ganz zurück.

Ich zog die Handschuhe an, und als erneut Stille eingekehrt war, berührte ich sanft den Arm des Mädchens, als könnte ich es auf diese Weise wieder aufwecken. An seiner Stelle hätte auch Kira hier liegen können. Möglicherweise war sie in demselben Zustand wie dieses Mädchen.

»Warst du bei der Autopsie dabei?«, fragte ich Maya.

»Ja. Der Prof hat sie durchgeführt.«

»Habt ihr die Todesursache feststellen können? War es ... wurde sie ermordet?«

Maya schüttelte den Kopf, sodass die Piercings in ihrer Nase und in den Ohren klimperten. »Nicht dass wir wüssten. Es gab Anzeichen für multiples Organversagen und einen Zusammenbruch der Vitalfunktionen. Es handelt sich um einen völlig natürlichen Prozess – allerdings bei einem Achtzigjährigen, nicht bei einem siebenjährigen Kind.«

»Was könnte die Ursache dafür sein?«

Erneut klimperte es in ihrem Gesicht. Das Geräusch war viel zu fröhlich für diesen bedrückenden Ort. »Wir wissen es nicht. Professor Rossetti vermutet – aufgrund ihres Wohnorts –, dass es sich womöglich um die Folgen eines Entzugs handelt. Aber der erste Tox-Screen war ohne Befund.«

»Sie hat also keine Drogen genommen?«

»Nein.«

Ich ließ meinen Blick über den Körper des Mädchens wandern, über ihr friedliches Gesicht, ihre abgekauten Fingernägel und die abgewetzten, bunt lackierten Zehennägel. Wenigstens hatte man diesem jungen Menschen keine Drogen verabreicht und auch nicht all die schrecklichen Dinge angetan, die damit verbunden waren.

»Und ihr habt auch keinen Ausweis.«

»Wie gesagt, nein.«

Maya, die auf der anderen Seite der Platte stand, sah unter dem geraden Rand ihres dunklen Ponys zu mir herüber und beobachtete mit ihren schwarz umrandeten Augen hinter ihrer schwarz umrandeten Brille, wie ich mit meinen Gefühlen kämpfte. Ich ließ meine Finger unterhalb des Haaransatzes des Mädchens entlanggleiten, über ihre Schläfe, vorbei an ihrer Augenhöhle, über ihren Wangenknochen, weiter nach innen und dann nach außen über ihren Kiefer. Schließlich berührte ich erneut ihren Arm, ihr totes Fleisch, das keinerlei Widerstand leistete. Aus ihrem Körper war zwar jegliches Leben gewichen, aber sie war real.

Ich zog die Handschuhe aus und bedankte mich mit einem

Nicken bei Maya. »Habt ihr ihre Kleidung? Ihre Sachen? Ich würde gerne einen Blick darauf werfen.«

»Jordan hat sie«, sagte Maya, und während sie das Mädchen zurück in das Fach schob, verließ ich den Raum, um erneut Jordan aufzusuchen.

Er saß im Gemeinschaftsraum über die Akte gebeugt und machte sich mit seiner krakeligen Linkshänderschrift eine Notiz. Als ich eintrat, hob er den Kopf. »Ist es das Mädchen, nach dem du suchst?«

»Nein.« Ich setzte mich ihm gegenüber an den Schreibtisch, und er runzelte die Stirn. Stanton war nicht gerade die friedlichste Stadt auf diesem Planeten, aber ein totes *und* ein verschwundenes Mädchen am selben Tag … das konnte einen erfahrenen Detective wie Jordan Martinez schon ins Grübeln bringen. Bislang waren ein oder zwei Kinder aus Green Valley pro Jahr gefunden worden.

Jordan musterte mich, dann legte er seinen Stift fort. »Was ist los?«

Ich beschloss, ihm endlich die Wahrheit zu sagen. Ich konnte ihm vertrauen, und es war klar, dass die Sache ernst war und ich seine Hilfe benötigte. »Meine Tochter ist verschwunden.« Ich stieß einen Seufzer aus, erleichtert darüber, dass ich jemandem davon erzählen konnte, der sich wahrscheinlich auch dafür interessierte.

Er richtete sich auf und starrte mich an. »Deine was? Du hast keine Tochter.«

»Sie ist neun Jahre alt. Ich habe sie mit David zusammen gehen lassen, als wir uns getrennt haben.«

»Ist das dein Ex? Nur damit ich das richtig verstehe: Dein Mann, der dich verlassen hat, um ein Geevee zu werden?«

»Genau der.«

»Und du hast zugelassen, dass er deine Tochter dorthin mitnimmt«, stellte er in einem abschätzigen Tonfall fest. Er warf mir einen finsteren Blick zu, und ich kam mir wie eine Verdächtige vor. Als ich nicht antwortete, fügte er hinzu: »Deine Tochter wird vermisst, aber du wirkst kein bisschen niedergeschlagen.« Er glaubte mir immer noch nicht.

»Die Sache ist kompliziert. Ich habe sie sehr, sehr lange nicht gesehen. Eigentlich war die Sache für mich längst erledigt«, log ich, »bis David angerufen hat.« Und ich fügte hinzu: »Ich bin gestern in Green Valley gewesen.« Ich wusste nicht genau, warum ich das erzählte – vielleicht um ihm zu beweisen, dass ich die Wahrheit sagte, oder um mir in Erinnerung zu rufen, wie ernst ich Kiras Verschwinden nahm. Jedenfalls hatte meine Aussage eine durchschlagende Wirkung.

»Du warst *was*?« Jordan warf sich auf seinen Stuhl zurück und sein Gesicht nahm eine besorgniserregende violette Färbung an. »Was zum –«

Ich hob die Hände. »Halt, halt. Bevor du weiterredest, hör mich an.«

»*Green Valley*?! Mein Gott. Im Ernst, was –«

»Würdest du mir bitte zuhören, Jordan?«

Er beruhigte sich wieder und murmelte irgendetwas vor sich hin, aber dann hielt er schließlich den Mund.

»Danke«, sagte ich. »Ich weiß, was du von Green Valley hältst.« Jordan war bei der Polizei mein Ansprechpartner gewesen, wenn ich Fragen zur Vorgehensweise hatte oder zu einem Fall im Archiv Informationen heraussuchen musste. Wir hatten in den letzten fünf Jahren eine Menge Zeit miteinander verbracht und waren Freunde geworden – wir gingen ab und zu gemeinsam was trinken und freuten uns normalerweise darauf, den anderen am Montag wiederzusehen. Aber wir hatten einander nie nach Hause eingeladen. Schon bei dem Gedanken daran zuckte ich innerlich zusammen: Der ungepflegte, nach Qualm stinkende Jordan würde sich in Fabians Wohnung wie ein Aschefleck vorkommen. Andererseits – vielleicht hätten sich die beiden aufgrund ihrer Ansichten über die Geevees auch gut verstanden. »David hat mich gebeten, nach Green Valley zu kommen«, sagte ich. »Er dachte, dass ich ihm bei der Suche nach unserer Tochter helfen könnte.«

»Und?«, sagte Jordan, während er mich mit seinen dunkel umränderten Augen durchbohrte. »Bist du an diesem verlogenen Ort auf irgendwelche Antworten gestoßen?« Ich durfte nicht vergessen: Er hatte gerade erst die Leiche eines Kindes entdeckt, das offensichtlich aus Green Valley stammte, und er hatte allen Grund zu der Annahme, dass die Enklave und das, was dort passierte, schuld am Tod dieses Mädchens war. »Hast du gefunden, wonach du gesucht hast?«

Ich warf ihm einen Blick zu. Wusste er womöglich, aus welchem Grund ich noch in Green Valley gewesen war? Nein, bestimmt nicht. Er wusste nichts von Sentinel oder über die Linse, die ich herausgeschmuggelt hatte. »Es gab mehr Fragen als Antworten«, sagte ich. »Aber David hat mir etwas gezeigt, das der Entführer neben Kiras Bett zurückgelassen hat. Das könnte ein brauchbarer Hinweis sein. Eine Art Visitenkarte.«

»Wo ist sie?«

»Es handelte sich nicht um einen Gegenstand, den ich mitnehmen konnte. Außerdem bin ich nicht sicher, ob die Karte … wirklich existiert.«

Jordan schüttelte den Kopf und grinste spöttisch. »Dieser

Ort ist völlig im Arsch, man verschwendet dort nur seine Zeit. Nichts ist real. Die Leute dort leben alle in einer Traumwelt. Ich weiß nicht, warum du dich überhaupt mit dieser Sache beschäftigst.«

Ich drückte meine Brust heraus und sah ihn herausfordernd an. »*Wir* beschäftigen uns damit«, erklärte ich, denn es war jetzt auch Jordans Fall, »weil ein kleines Mädchen gestorben ist. Ein kleines Mädchen aus Fleisch und Blut. Wir müssen rauskriegen, wie es heißt und woher es stammt. Und wer ihm das angetan hat.« Plötzlich konnte ich meine Gefühle nicht länger verbergen und spürte, wie mir meine Gesichtszüge entglitten und sich verkrampften; aus irgendeinem dämlichen Grund war ich kurz davor, in Jordans Gegenwart in Tränen auszubrechen. »Ich erwarte weder von dir noch von der Polizei in Stanton eine Sonderbehandlung, aber vielleicht ist meine Tochter so tot wie das kleine Mädchen in dem Kühlfach. Nicht nur, weil ...« Ich verstummte und fragte mich, wann wir Kiras Leiche finden würden, während ich mir gleichzeitig das dünne, schmutzige Mädchen in der Leichenhalle mit Davids hübschem Gesicht vorstellte. Ich sprang von meinem Sessel auf und wandte mich Richtung Tür.

»Tut mir leid«, sagte Jordan. »Das war gedankenlos von mir. Manchmal steht mir alles bis hier. Wir waren die ganze Nacht auf den Beinen und haben ihr Chaos beseitigt, obwohl diese Leute uns nie um Hilfe gebeten haben.«

»Ich weiß«, sagte ich, wischte mir über die Augen und drehte mich wieder zu ihm um. Es war anständig von ihm, sich zu entschuldigen. »Verstehe. Die offizielle Linie ist konsequent: Überlassen wir die Freaks in Green Valley ihrem eigenen Schicksal – das Schicksal, das sie selbst gewählt haben. Aber wir haben hier ein totes kleines Mädchen. Und deshalb bitte ich dich um Hilfe, nicht nur wegen Kira – obwohl ich dir nicht mal ansatzweise sagen kann, wie sehr mich die Sache mitnimmt –, sondern wegen dieses kleinen Mädchens, das hier gelandet ist. Es ist kein Freak, es ist keine Simulation. Diese Kinder gehen uns sehr wohl was an.«

Jordan nickte und schürzte ernst die Lippen.

»Maya hat gesagt, dass du ihre Sachen hast.«

»Ja«, sagte er und deutete auf einen kleinen runden Tisch im hinteren Bereich des Raums. »Ich vergleiche sie gerade mit der Liste der Polizeistreife. Der Captain will als Erstes gleich einen Kurzbericht haben. Darum muss ich heute auf meinen Schönheitsschlaf verzichten.«

»Kann ich sie mir mal ansehen?«

»Ansehen schon, aber nicht anfassen.«

Ich ging zum Tisch hinüber und betrachtete die wenigen Habseligkeiten des Mädchens, die dort aufgereiht waren. Eine Kaugummipackung, in der noch zwei Streifen steckten – Strawberry Mint. Anderthalb Dollar in Kleingeld. Ein zusammengeknülltes Papiertaschentuch. Ein schmutziges Stück Schnur, das zu einer kleinen ausgefransten Schlaufe zusammengeknotet war, die sie offensichtlich als Armband getragen hatte. Drei billige Haarspangen aus Plastik sowie drei glänzende, ziemlich neue Gummibänder, wie man sie im Dutzend in jeder Drogerie bekam. Man hatte das Kind sich mehr oder weniger selbst überlassen. Erging es Kira gerade genauso, oder war sie bereits tot?

Ich vertrieb diesen Gedanken und ging zu den Kleidungsstücken des Mädchens hinüber. Dort lag das Seil, mit dem die Hose zusammengebunden war; es handelte sich um eine Art Glockenzug oder die Kordel eines kunstvollen, schweren Vorhangs. Außerdem waren da die zu große grüne Cordhose, die an den Knien durchgescheuert war, ein Paar ausgetretene Leinenschuhe und eine schmutzige Unterhose mit blauen Punkten, die früher mal weiß gewesen war. Dazu das schlichte rosafarbene T-Shirt, jene Art von Shirt, wie man sie im Dreierpack bekam.

»Was ist das da auf dem Shirt?«, fragte ich Jordan, der ein paar Schritte hinter mir stand, um sich zu vergewissern, dass ich auch ja nichts anfasste. Das T-Shirt war mit einer dicken Pulverschicht besprenkelt, und als ich erneut einen Blick auf die Sachen warf, bemerkte ich, dass auch die Sitzfläche der Hose und die Schuhabsätze damit bedeckt waren.

»Mehl«, sagte er.

»Mehl?«

»Zum Brotbacken, vermuten wir. Die Forensiker analysieren es noch.«

»Wie kommt es dahin?«

»Die Leiche wurde in einer Bäckerei in Claymarket gefunden. Dort ist das Mädchen allerdings nicht gestorben.«

8

Die Tür der Bäckerei, die auf eine Seitengasse hinausging, war mit Polizeiband abgesperrt. Trotzdem versuchte ich, die Klinke herunterzudrücken. Aber sie war fest verschlossen. Von den rostigen Leitern und Balkonen über mir rieselte Wasser. Ich warf einen Blick auf das rechteckige Stück Himmel, um zu sehen, ob es regnete, aber er wirkte grau und völlig unbewegt. In der kalten Nachtluft bildete der Nebel vom Meer Kondenswasser, das sich um mich herum als braune Tropfen absetzte. Über die Pfützen tänzelten die gelben Lichtstreifen aus den wenigen erleuchteten Fenstern hoch über mir, während der eisige Wind unerbittlich durch die Gasse fegte.

Ich hätte Jordan einfach bitten können, mir den Fundort bei Tageslicht zu zeigen, statt mitten in der Nacht alleine hier herumzuschleichen. Doch noch während ich mir das sagte, stieg ich auf einen Müllcontainer. Aufgeschreckt durch meine Bewegung und den Lärm, huschten mehrere Tiere dahinter hervor. Ich spähte durch die verkrusteten Schlitzfenster in das Hinterzimmer der Bäckerei. Normalerweise waren die Fenster um fünf Uhr morgens beschlagen und von einem warmen Licht erfüllt, während dahinter weiß gekleidete Gestalten umherwuselten aber nach dem Leichenfund hatte man den Laden geschlossen. Mit jeder Stunde, die die Bäckerei geschlossen blieb, würde Cubby Rosenior Verluste einfahren, und er würde jedem, den er kannte, sein Leid klagen.

Vor mir befanden sich die Haltebucht für die Lieferanten und Müllwagen, der Umkleideraum, die Spülküche und der Verkaufsraum – irgendwo dort hatte man die Leiche entdeckt. Um über die wackeligen Deckel auf den nächsten Müllcontainer zu gelangen, drehte ich mich um und schob meinen Fuß weiter vor, bis ich eine Vertiefung in dem dünnen Blech fand. Als es eingedrückt wurde, dröhnte es wie ein riesiger Gong. Erneut rührte sich etwas, diesmal etwas Größeres. Gefolgt von einem deutlich vernehmbaren Stöhnen, einem geräuschvollen, kränklichen Atmen.

Das ist ein Obdachloser, sagte ich mir. Er hat dort geschlafen, und ich habe ihn geweckt.

In diesem Moment ertönten auf dem Asphalt hinter mir, am Eingang der Gasse, Schritte: laute, selbstbewusste Schritte. Sie stammten von neuen, teuren Schuhen und nicht von irgendwelchen ausgetretenen Latschen. Klick-klick-klack. Sie kamen in aller Ruhe die Gasse herunter. Das sind nur neue Schuhe, sagte ich mir, keine Hufe. Keine Hufe.

Ich holte tief Luft und schloss die Augen, dann öffnete ich sie wieder und wandte mich um.

Vor mir stand ein Polizeibeamter in einer adretten Uniform, die Hand an seinem Pistolenhalfter. »Kann ich Ihnen helfen, Ma'am?«

»Ja, danke«, sagte ich. »Können Sie mir runterhelfen?«

Er kam herüber, streckte mir seinen linken Arm entgegen, und ich hielt mich an seiner Schulter fest, um von dem Container zu springen. Nachdem ich mich aufgerichtet hatte, nahm ich den Beamten in Augenschein. Es war Officer Richard Prentice von der Streife. Sein Gesicht war genauso faltenlos wie seine Uniform; und seine blonden Haare, die wie seine polierten Schuhe hell glänzten, fielen ihm in einer akkurat frisierten Tolle in die Stirn. »Das ist ein Tatort, Ma'am«, erklärte er halbherzig, weil ihm klar war, dass jemand, der sich um fünf Uhr morgens hinter einer geschlossenen Bäckerei umschaute, genau wusste, dass es sich um einen Tatort handelte. »Was haben Sie hier zu suchen?«

»Mein Name ist Lucie Sterling, ich bin Sonderberaterin bei der Kriminalpolizei von Stanton.« Betont langsam griff ich nach meiner Brieftasche mit dem Ausweis, während der Officer mich genau beobachtete. Immerhin stellte ich für ihn keine so große Bedrohung dar, dass er das Feuer auf mich eröffnet hätte.

Er betrachtete eingehend die Karte und verglich mein Gesicht mit dem Foto, dann gab er sie mir wieder zurück. Die Bezeichnung »Sonderberaterin« war absichtlich vage gehalten; sie konnte sich auf alle möglichen Tätigkeiten beziehen und klang nichtssagend genug, damit niemand Fragen stellte. »Okay, trotzdem dürfen Sie nur in Begleitung eines Detectives einen Tatort betreten.«

»Ich weiß. Ich habe mich nur mal umgesehen.«

Er funkelte mich wütend an. »Sie können den Tatort nur mit einem zuständigen Detective aufsuchen!«

Als ich begriff, dass ich sonst nichts weiter tun konnte, wurde ich plötzlich von einer Woge der Erschöpfung erfasst. Seit vierundzwanzig Stunden war ich voller Adrenalin, und jetzt wurde es fortgespült und hinterließ eine bittere Brühe in meinem Körper. Das Büro von Sentinel öffnete nicht vor acht Uhr, und es brachte nichts, für ein paar weitere Stunden hier auszuharren und mit Officer Tolle ein wenig zu plaudern. Es war eine verlockende Vorstellung, in einer der hinteren Sitznischen in Verla's Café ein paar Kaffees zu schlürfen und mein Buch zu Ende zu lesen, aber ich wusste, dass Fabian sich

Sorgen machen würde. »Officer«, rief ich. Prentice, der mit polternden Schritten bereits wieder Richtung Straße lief, drehte sich genervt um, weil ich immer noch keine Ruhe gab.

»Ja, Ma'am.«

»Haben Sie ein Funkgerät dabei, das ich mir kurz ausleihen kann?«

»Nein, Ma'am. An der Ecke Onyx und Nymph gibt es eine Telefonzelle«, sagte er, ebenfalls nur halbherzig. Ihm war genauso klar wie mir, dass keine der öffentlichen Telefonzellen in Claymarket funktionierte. Ich wusste, dass dieser Mistkerl ein Funkgerät hatte, aber ich konnte ihn schlecht dazu zwingen, es herauszurücken. Also würde ich von Verla's Café aus telefonieren.

Beim Verlassen der Gasse war ich mir der umherhuschenden Geister bewusst, die ich dort zurückließ; einige von ihnen griffen nach mir und bohrten ihre Klauen in meinen Körper. Ich versuchte, mich nicht umzudrehen, und spürte, dass mich der blutverklebte Schafbock wenigstens im Moment nicht verfolgte. Ich konnte nur hoffen, dass das, was seit meinem Besuch in Green Valley durch meinen Kreislauf jagte, sich irgendwann wieder verflüchtigen würde.

»Wo hast du gesteckt, Luce?«

Ich legte meine Hände um den Hörer und ließ von der kleinen türlosen Kabine aus den Blick über die Gäste wandern, die sich so früh am Morgen in Verla's Café eingefunden hatten: todmüde Arbeiter, die gerade ihre Schicht beendet hatten, ein paar Frühaufsteher, die neue Energie für den Tag tankten, und mehrere ausgemergelte, geisterhafte Gestalten, die ihre Batterien wieder aufluden, während sie von einem Job zum nächsten hetzten, bevor alles wieder von vorne begann. Jeder von ihnen saß allein, zwischen sich einen leeren Platz, und jeder war mit den Gedanken in seiner eigenen Welt. Keiner würde sich für die Geschichte einer Fremden interessieren, und ich sprach mit leiser Stimme, um sie in ihrer Einsamkeit nicht zu stören.

»Ich konnte nicht schlafen und bin spazieren gegangen«, sagte ich. Die Tatsache, dass ich am Telefon flüsterte, ließ mich wie eine Lügnerin erscheinen, und das zu Recht.

»Okay«, sagte Fabian. »Ist alles in Ordnung? Kann ich irgendwas tun?«

»Nein, nein. Es ist nur ... Seit meinem Besuch in Green Valley bin ich völlig durch den Wind. Ich musste erst mal wieder runterkommen.«

»Und, geht es dir jetzt besser?«

»Ja.

»Wie wär's, wenn du wieder nach Hause kommst?« Er sagte das, als ob das so einfach wäre.

»Es lohnt sich kaum. Wenn ich da bin, muss ich gleich wieder los zur Arbeit.«

Fabian schwieg, und für einen Moment hing meine Lüge zwischen uns in der Leitung. Ich fragte mich, ob er etwas ahnte. Eigentlich wäre ich erleichtert gewesen, wenn er mich durchschaut hätte. Aber er sagte nur: »Du verausgabst dich noch.«

Ich seufzte. »Ich weiß.«

»Lucie, wir müssen reden«, sagte er. »Über Kira. Das lässt sich nicht vermeiden.«

»Ich weiß. Dann bis später.«

Fabian würde mich nicht bitten, es ihm zu versprechen. Dafür waren wir zu erwachsen.

9

Um fünf vor acht trat ich, im Magen den fettigen Toast und den Kaffee aus Verla's Café, zu einer Gruppe Verwaltungsangestellter, die an der Vordertür des Reviers darauf warteten, dass man sie einließ. Ich begrüßte Paul Mercer und Jeanne Fenton, zwei Mitarbeiter aus dem Archiv, bevor ich meine Kapuze über den Kopf zog und mich in eine windgeschützte Ecke des Eingangs drückte, bis die Sicherheitsleute uns öffneten.

Obwohl die Schicht der Verwaltungsangestellten erst um neun begann, durften wir bereits eine Stunde früher das Gebäude betreten, allerdings keine Minute früher als acht. Die Stadtverordnung von Stanton untersagte unnötige Tätigkeiten außerhalb der Dienstzeiten; diese Regelung war nach der Wende in Kraft getreten. Übertriebener Arbeitseinsatz und Vierundzwanzig-Stunden-Schichten galten als ein weiteres repressives Element der digitalen Wirtschaft, der wir den Rücken gekehrt hatten. An einem Tag wie heute, wenn Mitarbeiter wie Barbra Reeve oder Jordan, die als unentbehrlich galten, die Büros nutzten, um sich dringender Probleme anzunehmen, musste ich bis acht draußen warten. Ich war zwar eine von Barbra Reeves wenigen Auserwählten, aber offiziell war ich lediglich eine Verwaltungsangestellte, und Verwaltungsangestellte hatten sich nur um Angelegenheiten zu kümmern, die bis zu den normalen Dienstzeiten warten konnten.

Als ein Mann, der einen großen schwarzen Schirm in den Wind stemmte, um die Ecke gebogen kam, zuckte ich zusammen, und mein Herz schlug mir bis zum Hals, weil ich erneut den Schafbock vor mir sah. Dabei war es mir gerade erst gelungen, die Erinnerung an ihn zu vertreiben und mich davon zu überzeugen, dass es sich lediglich um die Überreste eines elektronischen Traums handelte. Aber nun verwandelte sich jedes vorbeifahrende Auto in einen bedrohlichen Schatten. Als die Tür endlich geöffnet wurde, war mein Kiefer so verkrampft, dass er wehtat, und durch meine Muskeln strömte kalte Säure.

Vor der Wende hätte ich die Polizeistation durch eine verriegelte Eingangstür betreten, die meine Position erfasste und mit den Überwachungskameras in der Eingangshalle vernetzt war. Ich wäre an einem Scanner vorbeigelaufen, der jedes Signal der I-Linsen, meines Handys und jeder früheren Version des Is oder eines Konkurrenzprodukts registriert hätte. Ihre Radiowellen und unverschlüsselten WLAN-Anfragen wären miteinander abgeglichen worden und hätten ebenfalls meine Identität bestätigt. Außerdem hätte man Informationen zu den Geräten erhalten, die ich benutzte, und darüber, was ich meinen Freunden, Followern und OpenIs über meine Stimmungslage, Ernährung und Zukunftspläne gepostet hatte, Informationen zu den Veranstaltungen, die ich besuchte, den Nachrichten, die ich gelesen hatte, zu meinen Urlaubszielen und meinem Kontostand, dazu, was ich wo zum Frühstück gekauft, bei wem ich mich in einer E-Mail entschuldigt, wem ich eine verschlüsselte Nachricht geschickt und welchen Porno ich mit wem gestern Nacht gesehen hatte. Und jedes Mal wäre meine Akte um ein paar Millionen Bytes angewachsen.

Jetzt hingegen betrat ich einfach das Gebäude, begrüßte die diensthabenden Sicherheitsleute, trug mich in der Liste am Empfang ein und fuhr, die Linse von Zeroth in der Tasche, mit dem Aufzug in den vierten Stock, wo sich die Büros der Kriminalpolizei befanden.

Jordan saß hinter seinem Schreibtisch und tippte pfeifend auf seiner leichtgängigen Schreibmaschine, die er wegen Problemen mit seinen Handgelenken vor Kurzem angefordert hatte. Als er mich bemerkte, hielt er inne, schaute auf und rieb über die schwarzen Bandagen an seinen Gelenken. »Hast du ein bisschen geschlafen?«

»Nein.«

»In der Gasse war es wohl etwas unbequem.« Ich schürzte die Lippen. Der überkorrekte Prentice hatte es wirklich eilig gehabt, seinen Vorgesetzten Bericht zu erstatten. »Ich hab dir doch gesagt, dass ich dich dort hinbringe, falls du dich umsehen willst.«

»Ja, danke. Ich werde darauf zurückkommen. Aber ich wollte mir alleine einen Eindruck verschaffen.«

»Das ist eine ziemlich gefährliche Gegend.«

»Das musst du mir nicht sagen, Jordan.«

»Wie auch immer, die Schlapphüte haben nach dir gefragt.«

Ich warf einen Blick auf meine Uhr. »Sind sie schon da?« Es beunruhigte mich keineswegs, dass Jordan die Chefs von Sentinel als Schlapphüte bezeichnete. Die Abteilung agierte in aller Öffentlichkeit, allerdings nur scheinbar. Und das war genau der Punkt. Wie früher wusste jeder, wo die CIA oder der MI5 seine Büros hatte, und wie früher schlenderte man dort nicht einfach hinein und warf einen Blick in streng geheime Akten. Alle Mitarbeiter der Kriminalpolizei wussten, dass hinter der großen, grauen Tür Geheimaufträge durchgeführt wurden, aber keiner wusste etwas Genaues – unter den Mitarbeitern wurde spekuliert, dass Sentinel für politische Zusammenarbeit oder interne Ermittlungen zuständig war oder Überwachungsmaßnahmen durchführte, klassische Spionagetätigkeiten, doch falls einer der Detectives auch nur die leiseste Ahnung hatte, was hinter dieser Tür wirklich geschah, behielt er seine Vermutungen für sich.

»Man will dich offensichtlich dringend sprechen«, sagte Jordan und imitierte spöttisch Barbra Reeves Oberschichtakzent, indem er in seinem Mund eine imaginäre Erbse hin und her rollte.

Während Jordan weiter seinen Bericht tippte, lief ich zum hinteren Ende des Flurs, wo Bert Halstrom, der Pförtner von Sentinel, hinter einem leeren Tresen stand und die Tür bewachte. »Ma'am«, sagte er mit einem Nicken, als ich näher trat. Ich legte meine Kuriertasche auf den Tisch und öffnete sie, damit Bert ihren Inhalt inspizieren konnte. Sorgsam leuchtete er mit seiner hellen kleinen Taschenlampe, die gleichzeitig als Lesestift diente, in die dunklen Ecken. Als er fertig war, spreizte ich die Beine und streckte die Arme aus, damit er mich abtasten konnte. Falls das I irgendwelche Signale aussandte, hatte Berts Lesestift sie nicht registriert. Der Beutel war offensichtlich gut isoliert.

Ich schirmte mit meinem Körper die Tastatur des Kombinationsschlosses ab, tippte den Code ein, und mit einem Klicken öffnete sich die Türverriegelung. Ich trat ein und schloss die Tür hinter mir, dann wandte ich mich der zweiten der drei Türen zu und gab erneut einen Code ein. Für die neugierigen Augen eines Außenstehenden sah die Vorrichtung bloß aus wie eine weitere Tastatur für ein Kombinationsschloss, aber sie erfasste außerdem meine Fingerabdrücke und glich sie mit der Datenbank ab, bevor sich die Verriegelung ebenfalls mit einem Klicken öffnete. Ich schloss die Tür hinter mir und ließ in diesem zweiten, schwach beleuchteten, nichtssagenden Vorzimmer ein Lesegerät meine Handflächen und meine Netzhaut scannen, worauf die explosionsgeschützte, luftdichte Kunststofftür vor mir zur Seite glitt und den Blick auf den Gemeinschaftsraum von Sentinel freigab. An vier Tischgruppen saß etwa ein Dutzend Analytiker vor mehreren Bildschirmen. Die Analytiker, die konzentriert auf die Monitore starrten, und das rasche Wechselspiel zwischen ihren geschulten Augen und den Bildern und Daten, erinnerte mich an Eloise, nur dass die Leute hier noch alle ihre Kleidung anhatten. Außerdem wirkte die perlmuttfarbene schlichte Einrichtung um einiges nüchterner als der regenbogenfarbene Wasserfall und das Einhorn von Davids nackter Frau.

Barbra Reeve und Bill Schindler traten aus einem der Konferenzräume. »Haben Sie sie?«, fragte Schindler.

»Morgen, Lucie«, sagte Barbra und schnitt mir absichtlich das Wort ab. Sie wollte Schindler eine Lektion in Sachen Manieren erteilen, obwohl sie wie er darauf brannte, die Linse endlich in den Händen zu halten. »Kommen Sie bitte mit in mein Büro.«

Sie führte mich und Schindler die Treppe zu ihrem Büro im Zwischengeschoss hinauf, schloss die Tür und sorgte mit einem Knopfdruck dafür, dass sich die Glaswand verdunkelte. Obwohl ich das bereits kannte, war ich immer noch fasziniert davon, wie sich das Glas – oder genauer gesagt, die Wärmeschicht zwischen den beiden Scheiben – kaum merklich eintrübte und die Beleuchtung im Zimmer allmählich heller wurde, sodass man nie richtig mitbekam, wann der Gemeinschaftsraum draußen nicht mehr zu sehen war.

Ich fragte mich, was die wahlberechtigten Steuerzahler von diesem Fenster halten würden. Allein die Tatsache, dass es elektronisch gesteuert wurde und sich in einem Polizeibüro befand, hätte ihr Misstrauen geweckt. Selbst wenn sie gewusst hätten, dass es sich bei dem Fenster nicht um eine Überwachungsvorrichtung handelte, sondern um eine elegante, zweckdienliche Zukunftstechnologie, hätte das an ihrer reflexhaften Paranoia nichts geändert. Nein, die Leute würden es für Teufelswerk halten und es mit Mistgabeln und Fackeln bekämpfen. Obwohl ich ihre Reaktion auf den Missbrauch vor der Wende verstehen konnte, fand ich, dass aufgrund der strengen Regulierung von Geräten in Behörden und Wirtschaftsunternehmen – was insgesamt ein Sieg für die Allgemeinheit war – der ästhetische Fortschritt auf der Strecke blieb. Wahrscheinlich deckten sich meine scheinheiligen Ansichten mit denen von Zeroth und waren – wenn ich den Gedanken zu Ende dachte – der Grund dafür, warum ich jetzt in Barbra Reeves Büro stand.

»Danke«, sagte Barbra und lehnte sich gegen die Vorderseite ihres Tisches. »Und? Haben Sie sie?«

Nun konnte ich endlich den Beutel aus meiner Tasche ziehen. Ich legte ihn auf den Tisch, erleichtert, mich seiner zu entledigen. Irgendwie wurde ich das Gefühl nicht los, dass die Linse immer noch die biometrischen Daten um meine aktuelle Position nach Green Valley übermittelte und die Wizards im Verborgenen diese Informationen sammelten und überwachten, während sie darauf warteten, dass ihre Zeit gekommen war. Diese Befürchtungen waren das Ergebnis meiner eigenen Wahnvorstellungen; darin war ich genau wie all die anderen Bürger. »Es ist mir, wie erhofft, gelungen, eine Linse rauszuschmuggeln. Allerdings habe ich keine Ahnung, ob sie Ihnen irgendwelche brauchbaren Informationen liefert. Die Technologie des Is, das wir kennen, wurde stark weiterentwickelt. Mehr, als ich gedacht hätte.«

»Machen Sie sich deswegen keine Sorgen«, sagte Schindler, streckte den Arm aus und ließ die Linse aus dem Beutel in einen durchsichtigen Behälter gleiten. »Wir haben alles im Griff.« Er hielt die Linse gegen das Licht, drehte sie hin und her und begutachtete sie eingehend, während sich auf seinem Gesicht ein Lächeln breitmachte. Dann drehte er sich zu Barbra um. »Darf ich?«

»Nur zu«, sagte sie.

Schindler steckte den Behälter in seine Tasche und ging zur Tür. »Gute Arbeit, Sterling.«

Nachdem er die Tür hinter sich geschlossen hatte, sagte Barbra: »Sein Team ist auf Abruf, um sie zu analysieren. Wenn es eine Möglichkeit gibt, nach Green Valley zu gelangen, werden seine Leute sie finden. Das ist ihre Aufgabe.«

»Was glauben Sie, wie lange es dauern wird?« Je länger wir warten, desto mehr kühlt die Spur ab, wollte ich sagen, aber natürlich konnte ich ihr nicht von Kira erzählen – man würde mich umgehend von dem Fall abziehen, und ich hätte keinen Zugang mehr zu den Informationen.

Sie lehnte sich zurück und verschränkte die Arme. Ich stand immer noch in der Mitte des Büros. Trotzdem forderte sie mich nicht auf, Platz zu nehmen. »Sie wissen, dass es um sehr viel mehr geht als um das tote Mädchen, oder?«, sagte Barbra. Offenbar war sie mir längst auf die Schliche gekommen und wusste, dass ich ein persönliches Interesse an dem Fall hatte. Aber glücklicherweise hatte sie die falsche Schlussfolgerung gezogen. »Wir haben jetzt, was wir brauchen. Man hat uns aufgrund eines Vorwands die Erlaubnis erteilt, Green Valley aufzusuchen, und wir haben die Linse herausschmuggeln können. Es geht dabei nicht wirklich um das Mädchen.«

Ich habe Green Valley aufgesucht, wollte ich sagen, *ich* habe die Linse herausgeschmuggelt. Und meine Tochter ist kein *Vorwand.* Aber ich konnte ihr nicht von meiner Beziehung zu Kira erzählen, denn dann würde man mich dazu verdonnern, erneut Akten zu wälzen, noch bevor ich überhaupt den Mund geschlossen hatte. Stattdessen holte ich tief Luft und sagte: »Wir sollten dennoch versuchen, die ungelösten Fragen zu klären. Ich könnte Detective Martinez zwar bitten, mit mir den Fundort aufzusuchen, aber es wäre hilfreicher, wenn ich mir mal eine der Überwachungsaufnahmen von Sentinel ansehen könnte. Niemand in der Stadt hat ein Interesse daran, dass es noch mehr ungelöste Todesfälle gibt.« Während ich dieses Durcheinander aus Vorwänden und Bitten vorbrachte, klang ich wie ein kleines Kind, das um Süßigkeiten bettelt. Aber das schien Barbra völlig kaltzulassen. »Falls irgendein Journalist zufällig Wind von der Sache bekommt«, ergänzte ich, »gibt das kein gutes Bild ab.«

Sie neigte den Kopf zur Seite und starrte mich an. »Warum sollte das passieren?«

»Sie wissen doch, wie das läuft. Es gibt viel Gerede. Wenn die Leute irgendwas mitkriegen, wollen sie, dass die anderen davon erfahren, und sie haben nicht dieselben Möglichkeiten wie früher.«

Sie musterte mich einen Moment, und ich dachte, ich wäre zu weit gegangen. Barbra Reeve war die letzte Person, der ich drohen sollte. Doch dann entspannte sich ihr Gesicht zu einem Lächeln, und sie nickte. »In Ordnung. Ich verstehe, dass Ihnen diese Kinder wichtig sind, und das ehrt Sie, auch wenn die Fälle nicht in unsere Zuständigkeit fallen.« Damit hatte ich nicht gerechnet, und ich biss mir auf die Zunge. »Ich gewähre Ihnen Zugang zu unseren Ressourcen, aber nur bis Bills Team den Code geknackt hat. Betrachten wir das Ganze als eine Art Übung. Und anschließend gilt Ihr volles Augenmerk den Informationen, die Bill zutage gefördert hat. Dann kümmert sich ausschließlich die Kriminalpolizei um diese Kinder, sofern die Fälle in den Zuständigkeitsbereich von Stanton fallen. Abgemacht?«

»Danke. Wissen Sie, wie lange er brauchen wird?«

Barbra zuckte mit den Achseln. »Keine Ahnung. Es ist bestimmt nicht leicht, das Interface und den Verschlüsselungscode zu knacken, aber Bill verfügt über ein paar fähige Mitarbeiter. Ich denke, es wird nicht mehr als ein paar Stunden dauern. Nutzen Sie die Zeit. Sobald ich mich bei Ihnen melde, kommen Sie zurück.«

»Danke«, wiederholte ich und eilte aus dem Büro und weiter die Treppe hinunter zu meinem Arbeitsplatz im Gemeinschaftsraum. Das Fenster in Barbras Büro hellte sich wieder auf, während ich meinen Rechner hochfuhr; sie stand mit den Händen an den Hüften in ihrem Büro und beobachtete ihre emsigen Arbeitsbienen. Sie hatte allen Grund, zuversichtlich zu sein.

Als Erstes rief ich die Aufnahmen der Kamera auf, die an einem Laternenpfahl am Eingang der Gasse angebracht war, sowie die Bilder der Kamera am Ende der Straße. Sentinel hatte sie an einer defekten Laterne montiert, wo sie zwischen Gerümpel und Unrat nicht weiter auffiel. Niemand schenkte ihr Beachtung, genauso wenig wie jemand auf die Idee kam, die Pisse hinter den Müllcontainern aufzuwischen und für die Obdachlosen, die dort schliefen, ein Gewächshaus zu errichten. Die Gasse hinter Cubbingtons Bäckerei sowie der Großteil von Claymarket waren für Barbra Überwachungsbereiche von untergeordneter Priorität, aber die beiden Kameras waren durchaus nützlich und immer noch in Betrieb.

Ich spulte die Aufnahmen zu vorgestern Abend zurück, als die Leiche des Mädchens gefunden wurde, und spielte sie parallel ab. Jedes Mal, wenn eine Person die Gasse entlanglief, hielt ich an. Ich sah, wie Cubby Rosenior und ein anderer Mann die Bäckerei verriegelten und wie einige Zeit später jemand den Hintereingang des Ladens neben der Bäckerei aufschloss. Ich drückte auf Pause und warf einen Blick auf den Stadtplan – es handelte sich um Gandalf's Book Store. Dann verriegelte der Besitzer von Sweet Times sein Geschäft, verließ die Gasse und blieb an der Ecke Nile und Mildura Street stehen, wo er einen Bus der Linie 85 bestieg, der zu – ich stoppte die Aufnahme und sah nach – seiner Wohnung im Horizon Park fuhr. Eine halbe Stunde später kämpften zwei Katzen miteinander, die erst voneinander abließen, als von außerhalb des Sichtfelds ein Gegenstand aus einem Wohnungsfenster in einem der oberen Stockwerke geworfen wurde. Irgendwann fing es an zu regnen, und jemand, der wie ein Obdachloser gekleidet war, schlurfte in die Gasse und suchte an der Mauer Schutz. Er zündete sich eine Zigarette an und wartete, bis der Schauer vorüber war. Und dann, kurz vor zwei, passierte es.

Eine Gestalt mit einer gefütterten Jacke über einem dunklen Kapuzenshirt, einer Sturmhaube, regendichter Hose und dicken Arbeitsstiefeln betrat, ein großes Bündel auf den Armen, die Gasse. Es war kaum zu erkennen, wie die Person gebaut war, und ich konnte auf der grobkörnigen Aufnahme nur erahnen, wie sie einen Moment zögerte und zu überlegen schien. Schließlich vollführte der Mann eine leichte Drehung und legte das Bündel auf den Müllcontainer, den ich erst ein paar Stunden zuvor bestiegen hatte. Ich konnte jetzt die zerfetzten kleinen Turnschuhe des Mädchens sehen, die auf einer Seite der grauen Decke herausragten. Nachdem der Mann die Leiche vorsichtig abgelegt hatte, öffnete er das Vorhängeschloss am Gitter vor der Bäckerei und schob die zwei Riegel auf. Mit derselben Achtsamkeit wie eben nahm er die Leiche wieder auf und trug sie ins Innere. Fünfundzwanzig Sekunden später kam er wieder heraus, schloss ab und lief mit großen, eiligen Schritten, den Kopf unter der Kapuze nach unten geneigt, durch die Gasse zurück zu seinem Wagen auf der Nile Street. Um diese Uhrzeit hatte er einen Parkplatz direkt am Eingang der Gasse gefunden. Bei dem Wagen handelte es sich um einen unscheinbaren grauen Toyota Camry, dessen Kofferraum zwar genug Platz für die Leiche eines jungen Mädchens bot, aber nicht unbedingt die Art von Wagen war, in dem man von Kopf bis Fuß mit einem schwarzen Tarnanzug bekleidet durch die Gegend fuhr. Auf den Aufnahmen war deutlich das Nummernschild zu erkennen.

Obwohl die Bewohner nach der Wende eine gewisse Selbstzufriedenheit entwickelt hatten, war es ziemlich unwahrscheinlich, dass ein Krimineller so dreist war, mit einem gültigen Nummernschild herumzufahren. Doch zu meiner Überraschung gab es zu dem Kennzeichen einen aktuellen Eintrag. Der Wagen war nicht als gestohlen gemeldet. Offensichtlich gehörte er einem Mann namens Vidal Barrett, einem Anwalt, der am Rand von Claymarket wohnte. Ich notierte mir seine Büroanschrift und Privatadresse sowie seine Telefonnummern und Rohrpostkoordinaten und meldete mich von meinem Rechner ab. Dann eilte ich aus dem Büro direkt zu Jordan, der, über seinen Schreibtisch gebeugt, den Kopf auf eine Hand gestützt, in einem dicken Stapel Unterlagen blätterte.

»Hast du einen Moment für mich Zeit, Jordan? Hast du den Bericht schon?«

Er verdrehte lediglich die Augen in meine Richtung, sodass er den Kopf nicht heben musste. »Ja. Und jetzt muss ich dieses Beweismaterial für den Shing-Prozess durchsehen. Es geht um die Feinheiten kreativer Buchführung. Hol mich bitte hier raus.«

»Ich hab eine Spur. Die Person, die die Leiche des Mädchens in der Bäckerei deponiert hat, fuhr einen Wagen, der auf einen Namen und eine Adresse von hier zugelassen ist. Vielleicht sind die Angaben falsch, aber ich glaub's eher nicht.«

Jetzt richtete Jordan sich auf. »Wie hast du ...? Nein, vergiss es.« Er warf einen Blick zu der grauen Tür. »Was in Oz passiert, bleibt in Oz, nicht wahr?«

»Ich habe eine Adresse, die zu dem Wagen gehört, den die Person gefahren hat, und ich habe eine Sondergenehmigung für eine Inspektion.«

Jordan musterte mich mit zusammengekniffenen Augen. Er wusste, dass mit »Inspektion« die Durchsuchung der Wohnung gemeint war, und eine »Sondergenehmigung« bedeutete, dass ich den üblichen Dienstweg umgangen hatte.

»Ich hab nicht viel Zeit«, drängte ich. »Nur ein paar Stunden. Begleitest du mich?«

»Gott sei Dank«, sagte er. »Ich war kurz davor, einzuschlafen.«

10

Die Wohnung, die auf Vidal Barrett eingetragen war, befand sich in Highgate, einer einfachen Mittelklassegegend nördlich des Museumsviertels. Jordan parkte einen halben Block von der Adresse entfernt, und während ich mir die Kuriertasche vor den Bauch hielt, schlängelten wir uns durch den Verkehr über die Straße. Aus Barretts Akte wusste ich, dass er in den gentrifizierten Randbezirken von Claymarket eine kleine Kanzlei betrieb, die auf Familienrecht spezialisiert war. Außerdem war er geschieden und Vater einer sechzehnjährigen Tochter. Allerdings hatte die Mutter, Dierdra Smith, das alleinige Sorgerecht. Es war also wahrscheinlich niemand zu Hause, es sei denn, in der Wohnung hielt sich eine Putzfrau, eine Freundin oder ein Untermieter auf. Barrett war bisher weder verhaftet noch verurteilt worden; er hatte seinen Abschluss an einem College in Racino gemacht, das eine Autostunde von Stanton entfernt war. In den Akten befand sich lediglich sein Führerscheinfoto, und auf der grobkörnigen, zwanzig Jahre alten Aufnahme konnte ich nur erkennen, dass er gesunde Knochen, ein freundliches Lächeln und eine grauenvolle Frisur hatte. Auch wenn ich es während meiner Ausbildung anders gelernt hatte, begann ich, mir ein Bild von ihm zu machen – schäbiger Anzug, schütteres Haar, Alkoholiker, beengtes Büro und mit den Unterhaltszahlungen im Rückstand, obwohl er stets sein Bestes gab. Warum sollte so ein Mann mitten in der Nacht irgendwo tote Kinder abladen?

Hör auf damit, Lucie, ermahnte ich mich. Du weißt nicht das Geringste über diesen Mann, das ist unprofessionell. Du bist hier, um herauszufinden, wer unter dieser Adresse wohnt und in welcher Beziehung er zu dem toten Mädchen steht, und nicht, um irgendwelche haltlosen Schlüsse zu ziehen.

Das Gebäude verfügte über eine schicke Tür mit Messingrahmen und eine kleine, aber helle, marmorverkleidete Eingangshalle. Der Empfangstresen war nicht besetzt, aber darauf lagen ein Gästebuch und ein Roman neben einem Becher und einem kleinen Radio. Unbewusst suchte ich die Decke und die Oberseite der Wände nach verräterischen Anzeichen für versteckte Kameras ab – nach einer frisch gestrichenen Stelle, einem ungewöhnlichen Riss oder einem Loch in den Ecken. Häufig löste sich ein Stückt Putz, wenn die Techniker versuchten, unbemerkt einen winzigen Chip in die Wand einzuführen. Doch ich konnte nichts entdecken. Es war sowieso äußerst unwahrscheinlich, dass man in diesem unscheinbaren Gebäude schon einmal für einen anderen Fall Überwachungsvorrichtungen angebracht hatte.

»Lass uns gehen«, sagte Jordan, der fälschlicherweise glaubte, dass ich stehen geblieben war, weil ich mir Gedanken wegen des Portiers machte. »Wir können uns später eintragen, wie sich das für anständige Bürger gehört.«

Ich musste grinsen, während wir die Treppe in den dritten Stock hinaufstiegen. Jordan und ich kamen auch deshalb so gut miteinander aus, weil wir beide der Überzeugung waren, dass wir manchmal die Vorschriften umgehen mussten, um unsere Arbeit machen zu können. Dennoch würde das, was ich vorhatte, sobald wir die Wohnung betreten hatten, seine

Beziehung zu mir auf eine Probe stellen. Ich drückte die Tasche noch fester gegen meinen Körper, denn ich sah der Auseinandersetzung mit ihm voller Sorge entgegen. Der Flur war mit einem teuren Plüschteppich ausgelegt, der in der Mitte ein wenig ausgetreten war. Mehrere Wandleuchten mit Energiesparbirnen tauchten die Wände, die vor ein oder zwei Jahren das letzte Mal gestrichen worden waren, in ein trübes, kaltes Licht. Unter der dünnen Farbschicht konnte man Schmutzflecken und Kratzer erkennen.

Wir klopften dreimal an und warteten jedes Mal einen Moment ab. Doch im Innern rührte sich nichts, und auch in den vier anderen Wohnungen auf der Etage gab es kein Lebenszeichen. Es handelte sich um die Zwei- oder Dreizimmerwohnungen von Pendlern, von hart arbeitenden Menschen, die großem wirtschaftlichen Druck ausgesetzt waren. Darum war niemand zu Hause – sie waren entweder im Büro oder in einer Bar. Diese Menschen hatten nur kleine Familien oder waren alleinstehend, und es gab niemanden, der während ihrer Abwesenheit auf ihre Wohnungen aufpasste. Jordan zog seine Handschuhe über, holte ein Set Dietriche hervor und öffnete die Tür. Dies gehörte ebenfalls zu seinem speziellen Inspektionsservice. Eigentlich hätten wir auf den Portier warten und ihm einen Durchsuchungsbeschluss zeigen müssen, damit er den Vermieter oder Hausverwalter verständigte und dieser die Wohnung für uns aufschloss. Aber das hätte womöglich länger gedauert, als die Unterschrift eines Richters zu bekommen.

Leise schloss Jordan hinter uns die Tür. Das Erste, was mir auffiel, war ein frischer, blumiger Parfümduft, der zu einer jungen Frau passte. Die Wohnung war ordentlicher, als ich erwartet hatte – wir waren direkt in einen offenen Eingangsbereich getreten; hinter einem Tresen zu meiner Linken befand sich die Küche, und das Wohnzimmer reichte bis zu den Fenstern, die nach Süden zum Garten auf der Rückseite des Gebäudes hinausgingen. Der Rasen war gepflegt, musste aber mal wieder gemäht werden. Offensichtlich wurde der Garten von den Bewohnern regelmäßig genutzt, denn mehrere Plastikstühle waren säuberlich gegen einen Tisch gelehnt, aus dem ein gefalteter Sonnenschirm ragte; außerdem gab es dort eine Grillecke und ein flaches Planschbecken mit sauberem blauen Wasser. Ich trat vom Fenster fort und lief im Kreis durch das Wohnzimmer. Es gab hier ein Sofa mit einer handgemachten Patchworkdecke, drei vollgestopfte Bücherregale, auf denen mehrere zusammengewürfelte leere Vasen standen, und einen Stapel LPs, die Jordans Interesse geweckt hatten. Auf den Holzdielen lag ein hübscher, dicker blauer Teppich, und auf dem Couchtisch stand noch das Geschirr vom Frühstück. Neben einer Schüssel mit getrockneten, gelblich schimmernden Milchresten lag ein Notizblock, der über und über mit einer Mädchenhandschrift bedeckt war. Das Geschmiere, die Kritzeleien, die Zeichnungen, Namen und Zahlen deuteten drauf hin, dass hier jemand hastig seine Hausaufgaben erledigt hatte.

Mein Bild von dem erfolglosen, zweitklassigen Anwalt verflüchtigte sich und nahm eine ganz andere Gestalt an, als ich in die Kochnische trat und zwischen den durcheinandergewürfelten Magnetbuchstaben am Kühlschrank den Satz ICH HÄTTE HEUTE GERNE MILCH entdeckte sowie einen Souvenirmagneten aus Flamingo World und ein Foto, das einen Mann und ein Mädchen im Teenageralter zeigte. Der Mann darauf war glatt rasiert und muskulös und trug ein eng anliegendes T-Shirt; er lächelte wie auf dem Führerscheinfoto, aber sein kurzes schwarzes Haar war sehr viel besser frisiert. Der unbeholfene Teenager Vidal Barrett hatte sich in einen sehr attraktiven vierzigjährigen Mann verwandelt. Das Mädchen war fast genauso groß wie er und hatte den Kopf gegen seine Wange gelehnt, sodass ihr glattes, schwarzes, in der Mitte gescheiteltes Haar das Bild auf Barretts T-Shirt verdeckte.

Hinter der Kochnische führte ein kurzer Gang ins Badezimmer; auf dem Rand der Wanne standen diverse Schminksachen und ein Frauenshampoo neben geschlechtsneutralen Hautpflegemitteln und einer Dose Rasierschaum. In dem Schränkchen unter dem Waschbecken befanden sich Toilettenpapier, Seife, Bleichmittel und Tampons. Und in dem Spiegelschränkchen darüber frei verkäufliche Arzneimittel: Paracetamol, ein Fläschchen Säureblocker, eine Tube Hämorrhoidensalbe sowie Enthaarungsstreifen für die Augenbrauen. Das erste Schlafzimmer war kleiner als das andere; das Bett dort war gemacht und die Jalousie heruntergelassen. Auf dem Nachttisch lag ein Stapel Bücher, und im Wandschrank entdeckte ich drei Anzüge, mehrere Freizeithosen, T-Shirts und Sweatshirts. Im größeren Schlafzimmer am Ende des Gangs hatte man durch das große gewölbte Fenster einen Blick auf die Hügel dahinter. Vor einem der Fenster standen ein Schreibtisch sowie ein niedriges Bücherregal und an der Rückwand ein Stockbett. Auf der unteren Matratze türmten sich Kleidungsstücke, Bücher und knallbunte Accessoires, die bis über den Teppich verteilt waren. Die obere Matratze diente dem Mädchen zum Schlafen, und die Steppdecke und der Schlafanzug verströmten einen Gestank, der von dem lieblichen Parfüm nur unzureichend überdeckt wurde. Sofort fühlte ich mich in das wohlriechende kleine Schlafzimmer zurückversetzt, das ich vor zwei Jahrzehnten in Claymarket bewohnt hatte. In diesem vollgestopften Zimmer der sonst ordentlichen Wohnung hauste offensichtlich das Mädchen. Da überall Sachen von ihr herumlagen, kam sie garantiert nicht nur gelegentlich zu Besuch, und ich fragte mich, ob Mr. Barrett nicht gegen die Sorgerechtsregelung verstieß.

Ich wollte gerade den Wandschrank öffnen, als an der Eingangstür ein energisches Klopfen zu hören war. Für einen Moment sah ich vor mir ein Paar schmaler gelber Augen und ein Büschel verfilzter schwarzer Wolle, aber dann war der dunkle Schatten auch schon wieder verschwunden. Als ich das Wohnzimmer betrat, hatte Jordan bereits die Tür geöffnet und sprach mit einer uniformierten Beamtin.

»Ich habe eine wichtige Nachricht für Ms. Sterling«, sagte sie. »Die Direktorin will, dass Sie aufs Revier kommen.«

»Hast du ihr gesagt, wo wir sind?«, fragte Jordan und blickte mit finsterem Gesicht zwischen mir und der Beamtin hin und her.

»Ja«, log ich. Eigentlich war das nur halb gelogen, denn wenn man einen Rechner von Sentinel benutzte, wusste Barbra Reeve automatisch davon. »Bin schon unterwegs. Danke, Officer.«

Nachdem die Beamtin wieder verschwunden war, streifte ich ein Paar Gummihandschuhe über, öffnete auf der Arbeitsfläche in der Küche meine Tasche und stieg auf einen der Hocker.

»Was machst du da?«

»Du solltest jetzt besser wegschauen, Jordan«, sagte ich und begann, hinter der Küchenlampe ein kleines Loch in die Decke zu bohren.

»Lucie, was zum Henker ... Das war nicht abgemacht.«

»Ich habe gesagt, du sollst wegschauen. Geh aus dem Zimmer. Wenn du nichts davon weißt, brauchst du auch kein schlechtes Gewissen zu haben.«

Rasch installierte ich ein Mikrofon und eine fiberoptische Kamera, verband beides mit dem Steuermodul und stopfte alles in die Lampenfassung. Jordan warf mir einen finsteren Blick zu und öffnete den Mund, doch dann schüttelte er bloß den Kopf und trat in den Hausflur. In den Schlafzimmern brachte ich weitere Wanzen an. Ich hätte im Badezimmer ebenfalls Kameras installieren können, aber irgendetwas hielt mich davon ab. Vielleicht ein Gefühl von Anstand. Oder es lag daran, dass ich in Eile war.

Nachdem ich erneut durch die Wohnung gelaufen war, um mich zu vergewissern, dass alles so aussah, wie wir es vorgefunden hatten, ging ich zu Jordan und zog die Tür hinter uns zu. Ich überprüfte, ob das Schloss unbeschädigt war, dann marschierte Jordan vor mir die Treppe hinunter. In der Eingangshalle grüßten wir beiläufig den Portier, der uns kaum eines Blickes würdigte. Als ich Jordan schließlich einholte und den Wagen bestieg, hatte er bereits den Motor gestartet.

Für ein paar Minuten sagte er kein Wort, doch dann konnte er sich nicht länger zurückhalten. »Was zum Henker?!«, sagte er erneut. »Das kannst du nicht tun, Lucie. Du weißt, dass ich drei Beamte auf den Fall der vermissten Personen angesetzt habe, und das, obwohl wir in der Sache offiziell nicht ermitteln. Ich halte meinen Kopf für dich hin, also musst du mir gefälligst vertrauen. Falls sich deine Tochter in der Stadt aufhält, werden sie sie auch finden. Die Polizei weiß, wie sie ihren Job zu machen hat. Es ist mir egal, was ihr in eurem geheimen Reich hinter der Tür treibt, aber das hier draußen ist die Realität. Keine … beschissene Diktatur. Die Bürger haben Rechte.«

Angesichts dieser Heuchelei spannte sich mein Kiefer. Ich starrte geradeaus, darum bemüht, die Stimme nicht zu erheben. »Ich bin dir dankbar für deine Hilfe, Jordan. Aber falls dieser Mann meine Tochter entführt hat, werde ich alles in meiner Macht Stehende tun, um sie zu finden.«

»*Falls*, Lucie. *Falls*. Herrgott noch mal. Ich glaube nicht, dass du irgendwelche Beweise hast, sonst würdest du wohl kaum in seiner Abwesenheit seine Wohnung durchsuchen. Dann würden wir uns einen offiziellen Beschluss besorgen, sein Büro aufsuchen und ihn verhaften.«

»Falls er mit der Sache nichts zu tun hat«, blaffte ich zurück, »hat das keine Auswirkungen. *Falls* er unschuldig ist, wird niemand diese Aufnahmen zu Gesicht bekommen.«

»*Du* wirst sie dir ansehen«, murmelte er.

Ich hatte zwar damit gerechnet, dass wir uns streiten würden, aber es überraschte mich trotzdem, dass er sich dermaßen aufregte – und auch, dass ich ein furchtbar schlechtes Gewissen hatte, weil ich die Wohnung eines einsamen Mannes und seiner Tochter abhörte. »Ja, das stimmt«, sagte ich gereizt und unterdrückte meine Scham. »Aber ich bin nicht wichtig.«

Als ich aufs Revier zurückkehrte, führte mich Barbra Reeve in ihr Büro. Sie hatte ein breites Grinsen im Gesicht, wie ich es nie zuvor gesehen hatte, und fletschte auf merkwürdige Art die Zähne. »Wir haben das Ding geknackt. Wie erwartet, gab es in dem alten Code eine Schwachstelle, die sich unsere Programmierer zunutze machen konnten. Wir laden gerade die wichtigsten Datenströme von Green Valley auf unsere Rechner, darunter Egus' Accounts, die aktuellen Nutzerdaten, die Steuerungsdaten und so weiter.«

»Nur Nutzerdaten und Accounts? Sie haben also keinen Live-Zugang zum I? Sie können nicht sehen, was dort passiert?«

Barbra lächelte. »Es handelt sich zwar um eine gravierende Sicherheitslücke, aber nicht um das Gottesteilchen. Sicher, wir würden gerne alles und jeden rund um die Uhr überwachen. Doch selbst zu ihrer Glanzzeit waren Egus und seine Leute dazu nicht in der Lage. Obwohl nicht mehr viel gefehlt hatte.«

»Bekommt er davon sicher nichts mit?«, fragte ich. »Egus, meine ich.«

»Bill ist überzeugt, dass der Datentransfer ausreichend verschleiert wird und die Leute von Zeroth nicht merken, dass wir ihre Datenströme anzapfen. Unsere Mitarbeiter haben den Vorgang als einen von Zeroths Redundanz-Codes getarnt.« Sie hielt inne und schaute mir ins Gesicht. Und dafür all die Mühe, dachte ich. »Seien Sie nicht enttäuscht. Das ist eine ausgezeichnete Zugangsmöglichkeit. Mithilfe der Datenströme und der Informationen, die die Firma vor der Wende in den Nutzerprofilen gesammelt hat, können wir ziemlich aussagekräftige Profile und Verhaltensprognosen erstellen. Viele Leute wohnen noch unter ihrer früheren Adresse und haben ihre Angewohnheiten beibehalten.«

»Sie meinen, die Dokumente von Zeroth wurden nicht gelöscht? Aber ... war nicht genau das Sinn und Zweck der Wende?«

»Es ist etwas anderes, die Daten zu speichern, Lucie, als sie zu nutzen.« Sie lächelte mir wohlwollend zu, als wäre ich ihre Lieblingsschülerin. »Ich weiß, das ist ein langsamer, frustrierender Prozess – wir führen diesen Kampf jetzt schon so lange. Aber Sie haben großartige Arbeit geleistet. Die Linse, die Sie herausgeschmuggelt haben, hilft uns dabei, das Netz enger zu ziehen. Bald haben wir eine rechtmäßige Handhabe, und mithilfe dieser Daten können wir vielleicht einen genaueren Einblick bekommen. Darum müssen Sie sofort mit der Analyse beginnen – wir müssen schließlich verdammt viele Daten auswerten.« Sie legte mir eine Hand auf den Arm, was genauso merkwürdig und beunruhigend war wie ihr breites Grinsen. »Natürlich kann ich Ihnen keine offizielle Belobigung aussprechen. Aber Sie sollten stolz auf sich sein.«

Leider war ich nicht besonders stolz. Ich nickte und wandte mich ab, um meinen Schreibtisch ein halbes Stockwerk tiefer aufzusuchen. Doch etwas in mir sträubte sich dagegen. Da momentan nur ein einziger Verdächtiger für mich von Interesse war, hielt ich es für überflüssig, einen ganzen Vorort auszuspionieren. Ich blieb stehen und drehte mich erneut zu Barbra um, die gerade auf dem Stuhl hinter ihrem Schreibtisch Platz nahm und auf ihren Bildschirm starrte. »Können Sie mir sagen, warum wir diese Leute beobachten?«

Sie schaute zu mir auf. »Was meinen Sie damit?«

Ich zuckte mit den Schultern. »Warum?«

Sie runzelte die Stirn, während sie auf einem virtuellen Menü die verschiedenen Möglichkeiten durchscrollte. Schließlich entschied sie sich dafür, gegenüber jener Mitarbeiterin, die für ihre Operation gerade einen großen Coup gelandet hatte und offensichtlich erschöpft war, nachsichtig zu sein. Sie holte tief Luft und setzte ein besänftigendes, gönnerhaftes Lächeln auf. »Um für die Sicherheit der Leute zu sorgen. Alles, was diese Abteilung tut, dient der Sicherheit der Bürger. Das wissen Sie doch, Lucie.«

11

Ich versuchte, mich unauffällig hinter dem überdimensionalen Gipsabdruck einer minoischen Totenmaske zu verstecken, aber die Frau hatte mich bereits entdeckt. Obwohl ich sie einige Male auf einer von Fabians Veranstaltungen getroffen und mich mit ihr unterhalten hatte, konnte ich mich nicht mehr an ihren Namen erinnern oder daran, was sie sonst so machte.

»Ist sie nicht ... einzigartig?«, fragte sie mich.

Ich nickte.

Merk dir einfach ein, zwei Informationen zu den Leuten, hatte Fabian mir oft geraten, und sprich sie darauf an, dann kommt im Nu ein interessantes Gespräch in Gang. Du fühlst dich nur unwohl, weil du vergisst, das Vertrauen der Menschen zu gewinnen.

Eigentlich hätte mir das leichtfallen müssen. Schließlich war es mein Job, Informationen über Menschen zusammenzutragen und zu analysieren. Es war ja nicht so, dass ich mich nur zwischen meinen Akten wohlfühlte und mit echten Menschen nicht zurechtkam. Mit den Leuten im Bus oder auf dem Revier führte ich oft herzliche Gespräche, oder mit Bobby Khan und den Stammgästen im Hole – und ich konnte mich auch an ihre Namen erinnern. Aber gegenüber Fabians Kollegen, Freunden und Apparatschiks, oder wie er sie nannte, fühlte ich mich irgendwie gehemmt. Das lag wohl an meiner begrenzten Vorstellungskraft, denn diese Leute sahen für mich alle gleich aus und hörten sich auch alle gleich an. In der Gegenwart von Akademikern, Politikern, erfolgreichen Künstlern und Kuratoren wie Fabian kam ich mir dumm und unbedeutend vor.

Heute Abend fühlte ich mich besonders unwohl, denn ich war verschwitzt und müde und für eine Ausstellungseröffnung unpassend gekleidet. Außerdem war mir klar, dass ich das Gespräch mit Fabian nicht länger hinauszögern konnte. Er hatte es verdient, dass ich ihm die Wahrheit sagte. Ich konnte bereits spüren, wie es zwischen uns kriselte. Ich war auf seine Loyalität und Unterstützung angewiesen, und ich musste ihm reinen Wein einschenken, um mich weiterhin darauf verlassen zu können. Natürlich wusste ich, dass das ziemlich egoistisch war, und die Tatsache, dass ich direkt von der Arbeit ins Museum gekommen war, um mit Fabian zu reden, war keinesfalls eine Geste aufrichtiger Verbundenheit, auch wenn es vielleicht den Anschein hatte. Es ging mir vor allem darum, die Kontrolle zu behalten. Ich wollte den Zeitpunkt für unser Gespräch selbst bestimmen und es außerhalb seiner Wohnung führen. Also wollte ich ihn überrumpeln, damit er keine Gelegenheit hatte, mich mit seinen wohlüberlegten Argumenten runterzuputzen. Ich hatte tatsächlich gedacht, dann wäre ich im Vorteil, doch als ich das Museum betrat, wurde mir klar, dass ich bereits verloren hatte. Fabian, der sich gerade mit seinen in Seide gewandeten Geldgebern unterhielt, bemerkte mich sofort und lächelte verwundert, sodass ich ihm nicht mehr aus dem Weg gehen konnte. Ich saß in der Falle.

Jetzt nahm ich einen weiteren Schluck Wein und unterdrückte ein Gähnen. Der Schlafmangel forderte seinen Tribut.

Ich hatte den Rest des Nachmittags auf einen Bildschirm im Büro von Sentinel gestarrt und die Videoübertragung aus Barretts Wohnung im Auge behalten, während ich die Schwachstellenanalyse der Daten aus Green Valley durchforstete. Je länger Barretts Wohnung leer blieb, desto besorgter wurde ich. Ich hatte mich, wie in den Spielfilmen, unversehens in eine jener Mütter verwandelt, die glaubten, dass die Cops nicht genug unternahmen, und den Übeltäter am liebsten eigenhändig zur Strecke gebracht hätten. Trotzdem wusste ich, dass ich im Sentinel-Büro mit all der Technologie und den Kommunikationsmöglichkeiten, die mir dort zur Verfügung standen, am besten aufgehoben war. Ich würde es sofort erfahren, falls Barrett etwas unternahm oder einer von Jordans Streifenbeamten irgendetwas fand. Wenn ich ohne Anhaltspunkt und Funkgerät alleine durch die Stadt zog, wäre ich vollkommen verloren. Ich musste mich in Geduld üben. Jordans Streifenbeamte suchten fieberhaft nach Kira, während man im Büro mithilfe elektronischer Geräte nach ihr fahndete. Ich nutzte also all meine Möglichkeiten und tat mehr als irgendeine imaginäre Filmmutter.

Um sechs Uhr musste ich meinen Arbeitsplatz räumen und mich, wie versprochen, mit Fabian treffen. Jordan hatte die Nummer des Museums und würde anrufen oder eine Streife vorbeischicken, falls es Neuigkeiten gab. Ich musste ihm einfach vertrauen.

»Sie erinnert mich daran, wer wir wirklich sind ... dass wir aus Lehm geschaffen sind«, sagte die Frau, deren Namen ich vergessen hatte, voller Überschwang, in der einen Hand ein halb volles Weißweinglas und einen kleinen Teller mit drei leeren Fleischspießen, in der anderen eine Cocktailserviette, mit der sie sich jetzt den Mund abtupfte.

»Nicht aus Sternenstaub?«, fragte ich.

Ihr gefror das Lächeln im Gesicht, sie neigte den Kopf zur Seite, und nach einer Pause sagte sie schließlich: »Ganz genau. Wir bestehen nicht aus Sternenstaub – falls das bedeutet, dass jeder Mensch einzigartig ist und funkelt. Das ist genau die Art von Märchen, die uns die Software-Unternehmen erzählt haben. Der Kult um die Individualität hat uns kaputt gemacht und das Gemeinwesen zugunsten eines rücksichtslosen Wettbewerbs zerstört. Das war der Grund für die Wende, das dürfen wir nie vergessen. Gerade in unserer kurzlebigen Zeit ist die Sammlung Ihres wunderbaren Mannes so wichtig. Sie erinnert uns daran, dass wir aus Lehm gemacht sind – *nicht* aus Sternenstaub – und dass alle dasselbe Ende erwartet. Indem sie uns an unsere Sterblichkeit erinnert, offenbart sie unser *wahrhaftes* Wesen.«

Ich hatte eine unbedachte, spöttische Bemerkung gemacht und war froh, dass die Frau sie für einen diesem Ort angemessenen Gesprächseinstieg gehalten hatte. Mein Gott, war ich müde.

Glücklicherweise schwebte die Frau schon bald davon, um sich unter die Gäste zu mischen, und ich ließ meinen Blick durch die weiträumige Kellergalerie wandern, in der Fabian seine Ausstellung präsentierte. Er hatte sie fast zwei Jahre lang vorbereitet, hatte Grabbeigaben, Totems und Totenmasken aus aller Welt zusammengetragen und Künstler aus der Gegend damit beauftragt, eine eigene Version von einem der Stücke in einem Medium ihrer Wahl anzufertigen.

Eines der Gemälde, das ein totes Baby in einem Tragetuch von den Aleuten zeigte, war in einem groben pointilistischen Stil in sommerlichen Farben variiert worden, und die plastische Darstellung erinnerte mich an die gesprenkelte Frau, deren Werk ich in Green Valley betreten hatte. Ihr spontanes Kunstwerk rief einem das wahre Potenzial digitaler Kunst in Erinnerung, das die Software-Entwickler vor der Wende so angepriesen hatten, bevor Wirtschaftsinteressen, Werbung und Kitsch die Oberhand gewannen. Die Vision der gesprenkelten Frau hatte mich berührt, weil sie etwas zu sagen hatte. Ich fragte mich, ob sie es bereute, dass sie in Green Valley geblieben war, wo niemand die großartigen Welten sah, die sie erschuf. Wenn sie die Wahl gehabt hätte, wäre sie dann in die reale Welt zurückgekehrt, um dem Rest der Menschheit ihre Visionen zu zeigen? Dummerweise hätte man ihr bei uns nie erlaubt zu tun, was sie in Green Valley tat – und damit verschenkte die Gesellschaft in ihrer engstirnigen Technikfeindlichkeit nach der Wende die Chance, die menschlichen Fähigkeiten und unsere kreativen Rahmenbedingungen zu erweitern. Die Frage, die sich in diesem Zusammenhang gestellt hatte: Konnte man die Freiheiten und Fortschritte der Cybertechnik nutzen, ohne dass sie missbraucht wurden? Nein, lautete die allgemeine Meinung.

Eine weitere von Fabians Kolleginnen kam mit einem herausfordernden Lächeln auf mich zu, und ich wollte gerade so tun, als hätte ich sie nicht bemerkt, und nach oben gehen, um mich in einer der geschlossenen Galerien zu verstecken, als jemand gegen ein Weinglas schlug, um die Aufmerksamkeit der Gäste zu bekommen.

Pling pling pling. Die Anwesenden beendeten eilig ihre Gespräche.

Pling pling pling.

Inzwischen war das Publikum verstummt und wandte sich dem ersten Absatz der Haupttreppe zu, wo ein Mikrofon aufgebaut war. Marc Fernando, der Museumsdirektor, reichte einer jungen Frau sein Messer und sein Glas und ergriff das Wort. Ich trat näher an das Podium. »Ich heiße Sie zur aktuellen Ausstellung im Stantons Trust Museum, *Variationen über die Sterblichkeit*, herzlich willkommen! Heute Abend sind hier die vorausschauendsten Gönner unserer Stadt und unsere treusten und großzügigsten Unterstützer versammelt. Sie wissen, wie sehr das Museum und die Stadt Ihre unermüdlichen Anstrengungen zu schätzen wissen, die Kunst und unsere Tradition als lebenswichtigen Bestandteil unserer Gemeinschaft zu bewahren, obwohl die Öffentlichkeit oft andere Prioritäten hat. Ich weiß, dass Sie sich unbedingt weiter diese großartigen Arbeiten ansehen wollen. Sind sie nicht wunderbar? Aber schenken Sie zuvor für eine Minute Ihre Aufmerksamkeit dem Kurator dieser unglaublichen Ausstellung, Fabian Tadic.« Er hob sein Glas, und die Gäste hielten ihre Weingläser in die Höhe und applaudierten höflich. »Fabian, würdest du vielleicht ein paar Worte sagen?«

Fabian, der mit seinem schwarzen Anzug und seiner meergrünen Krawatte eine beeindruckende und elegante Figur abgab, trat hinter das Mikrofon und ließ seinen Blick über die Gesichter wandern, die zu ihm aufschauten. Als er mich unter den Leuten entdeckte, schenkte er mir ein Lächeln und zwinkerte mir dezent zu, sodass mir ganz warm ums Herz wurde. Obwohl in diesem Raum Stantons gesamte politische Elite, die Führungsriege von Omega, versammelt war, hielt Fabian nach mir Ausschau und hatte nur Augen für mich. Nach dieser Art von Anerkennung konnte man süchtig werden.

Während er zu den Leuten sprach und mit seinen eigenen Worten noch einmal die Einleitung des Ausstellungskatalogs wiederholte, blitzten mit jeder seiner ausladenden, eindrucksvollen Gesten die Manschettenknöpfe an seinen Handgelenken auf. Ich betrachtete ihn, ohne zuzuhören, und konnte spüren, wie sein selbstbewusstes Auftreten die versammelten Führungskräfte in seinen Bann zog, während sich ihre Gesichter, wie in das weiche Licht der Herbstsonne, in seine Richtung neigten. Das ist der Mann, dachte ich, zu dem ich jeden Abend heimkehre. Die Anwesenden brachten ihm ihren Respekt entgegen und fühlten sich in seiner Obhut genauso sicher wie ich.

Als ich ein Kribbeln seitlich an meinem Hals spürte, schenkte ich ihm zunächst keine Beachtung, erst als es zu stechen und brennen begann, drehte ich mich um und bemerkte einen Mann, der mich eingehend musterte. Ohne den Blick von mir abzuwenden, stupste er die Frau neben sich an und flüsterte ihr aus dem Mundwinkel etwas zu. Ihre Augen wanderten von Fabian auf dem Podium in meine Richtung, dann nickte sie dem Mann kurz zu und starrte mich penetrant an. Ich merkte erst, dass ich voller Stolz auf Fabian gelächelt hatte, als sich mein Lächeln verflüchtigte und mein Gesicht zu einem finsteren, abwehrenden Ausdruck erstarrte. Ich kannte den Mann; er war ein paarmal in Fabians Wohnung gewesen und hatte an den Lagebesprechungen von Omega teilgenommen, die dort abgehalten wurden. Der Mann war einer der Hauptgeldgeber der Gruppe, ein religiöser Technikfeind namens Daniel Jameson. Ich fragte mich, was er über mich erzählte. Ein Mann wie Jameson konnte alle möglichen Gründe haben, eine Frau wie mich zu hassen, doch plötzlich fürchtete ich, dass er von meiner Arbeit bei Sentinel wusste. Es wäre verheerend, wenn man mich inmitten dieser Ansammlung von Reformern als Verräterin entlarvte, für Fabian noch mehr als für mich.

Jameson murmelte seiner Begleiterin etwas zu und kam in meine Richtung gelaufen. Da ich keine Lust auf eine Auseinandersetzung hatte, tauchte ich hinter einem Kellner mit einem Tablett voller Häppchen ab, der in diesem Moment an mir vorbeilief, drehte mich um und eilte die Seitentreppe hinauf, während Jameson wie angewurzelt stehen blieb und mir hinterherschaute.

Ich lief an den stattlichen Betonwänden entlang, und nachdem ich dreimal um eine Ecke gebogen war, verlor ich die Orientierung und betrat durch eine Tür mit der Aufschrift *Privat: Nur für Mitarbeiter* den Verwaltungstrakt des Museums. Ich hatte Fabian gelegentlich in seinem Büro aufgesucht und kannte den Weg. Ich folgte einem spärlich beleuchteten Flur, in den durch die Milchglasscheiben der Büros ein trüber, schwacher Lichtschein fiel. Als ich die Mitarbeitertoiletten ansteuerte, konnte ich das dumpfe Surren der Druckerpressen hören, die unablässig Museumsbroschüren und Omega-Schriften ausspuckten.

Kurz darauf verlor ich in der Toilette offensichtlich das Bewusstsein. Denn ich kam dort auf dem Boden wieder zu mir. Da ich mich in einem der oberen Stockwerke befand, hatte mich niemand entdeckt, und ich war froh darüber. Das hätte nur einen Schatten auf Fabians Abend geworfen. Ich hatte mich zu dieser Veranstaltung geschleppt, um das Versprechen, das ich ihm gegeben hatte, einzulösen, und nicht, um eine Szene zu machen. Ich wollte nicht, dass die Gäste sich über mich statt über Fabians eloquenten Vortrag unterhielten.

Ich drückte mich nach oben, bis ich mit angewinkelten Beinen auf dem Boden hockte, und zog mich am Rand des Waschbeckens in die Höhe. Eine Minute lang blieb ich vornübergebeugt stehen, bewegte meine Beine und versuchte herauszufinden, was passiert war. Als ich schließlich in den Spiegel schaute, konnte ich ihn ganz deutlich erkennen, eingezwängt in die schmale Lücke zwischen der letzten Toilettenkabine und der Wand. Die Lichter, die ihn umspielten, und die zerstörten Existenzen, die er projizierte, schimmerten schwach auf seinem verfilzten Fell. Ich wollte mich nicht noch einmal umdrehen, nicht noch einmal hinfallen, aber er hob seinen Kopf, und für eine Sekunde sah ich im Spiegel ein Paar gelber Augen aufblitzen, bevor sie in den wabernden Fleck seines Gesichts gesaugt wurden. Ich konnte ihn hinter mir spüren und drehte mich um, aber in den Schatten war nichts mehr zu sehen.

Er ist mir näher gekommen, dachte ich, während die Erinnerung wie ein Traum verblasste. Jetzt hatte ich einige der Leben gesehen, die er mit sich herumtrug. Er verspottete mich, er verbarg sich in den Aufnahmen der Überwachungskameras, die unzählige Verbrechen und zerstörte Existenzen gefilmt hatten. Das war bloß eine Halluzination, ein lebhafter Tagtraum. Ich war einfach nur erschöpft.

»Wie kannst du dich nur mit diesen Leuten abgeben?«, fragte ich Fabian. Nach diesem Abend hatte ich keine Energie mehr, um über Kira zu diskutieren. Wenn ich das Gespräch über sie nur lange genug hinauszögerte, würde er vielleicht nicht mehr daran denken; also hatte ich ein anderes Thema zur Sprache gebracht, das ihn ablenken würde.

»Sie unterstützen unsere Arbeit.« Fabian hielt inne und drehte sich zu mir um; er war gerade damit beschäftigt, seine Manschettenknöpfe und die Krawattennadel zu entfernen und in eine Schachtel auf der Frisierkommode zu legen. Er hatte die Kommode vor einigen Jahren zusammen mit mir dort für mich aufgebaut, aber die Vorstellung, auf einem Hocker vor einem Spiegel zu sitzen, war mir fremd. Ich streifte meine billigen Armreife ab, hängte sie an den verschnörkelten Schmuckhalter auf der Kommode und griff nach hinten, um meinen Reißverschluss zu öffnen – meine Muskeln schmerzten, und auf meiner Schulter breitete sich ein blauer Fleck aus.

»Deine Arbeit? Du sagst das, als hättet ihr irgendeinen wichtigen Auftrag, aber soweit ich weiß, ist das Omega-Kabinett nur ein Haufen frustrierter Intellektueller, die nicht mit der Zeit gehen.«

»Wenn *mit der Zeit gehen* bedeutet, dass wir wie früher selbstgefällig unsere Freiheit an die technologische Tyrannei von Wirtschaftsunternehmen verraten, dann ja, dann wollen wir nicht mit der Zeit gehen.«

»Aber diese Technologien haben so viel Potenzial, Fabi ...«

»Potenzial, das immer wieder missbraucht wird. Das passiert nun mal, wenn man uneingeschränkte Macht hat.«

Ich setzte mich auf die Bettkante und versuchte einzulenken, denn ich wollte, dass er mich verstand und nicht wie eine dumme Schülerin behandelte. »Ich habe gestern in Green Valley etwas gesehen, das mir vor Augen geführt hat, wie wir uns mithilfe der Technologie weiterentwickeln können. Solange Leute wie Daniel Jameson in der Partei tätig sind, stellt ihr euch dem Fortschritt entgegen. Er will die Sklaverei wieder einführen und dass alle nach den Gesetzen seiner Kirche leben.«

Fabian seufzte und schüttelte den Kopf. »Die Sache ist etwas komplizierter.«

»Du fühlst dich in seiner Gegenwart nicht wohl, das weiß ich, Fabe.«

Er ging darauf nicht ein und wandte sich dem Spiegel über der Frisierkommode zu. »Lass uns jetzt nicht darüber reden. Es war ein langer Abend, und du bist bestimmt müde.«

Der bockige Teenager in mir wollte ihn anbrüllen – *Sag mir nicht, wann ich müde bin* –, aber ich konnte mich beherrschen. So funktionierte unsere Beziehung, oder? Ich *war* der temperamentvolle Teenager und Fabian der besonnene Vater. Darum liebte ich ihn, oder genauer gesagt, darum brauchte ich ihn. Er schürzte die Lippen und betrachtete mich im Spiegel. Er wollte heute Abend keinen Teenager in seiner Wohnung haben, er wollte das Gefühl haben, ein gebildeter Erwachsener in einer erwachsenen Welt zu sein. Ich bin ebenfalls ein angesehener Experte, sagte ich mir, und im selben Augenblick fiel mir Davids Äußerung ein: Ich bin hier eine wichtige Persönlichkeit. Wir alle – jeder Einzelne von uns – produzierten uns vor einem imaginären Publikum. Man konnte uns zwar die sozialen Netzwerke wegnehmen, aber unser Wille, uns mit anderen zu messen und zu vergleichen, unser Wunsch nach Anerkennung blieben bestehen.

»Ja, ich bin müde«, sagte ich.

Ich nahm eine Dusche und legte mich ins Bett, setzte meine Schlafmaske auf und schmiegte mich mit dem Rücken an Fabians Körper, während er noch etwas las. Ich wollte mich lediglich ein wenig ausruhen und die Ohren offen halten, falls das Telefon klingelte. Als ich wieder wach wurde, hatte ich das Gefühl, kaum die Augen zugemacht zu haben, aber es war inzwischen halb zwei. Im Zimmer war es dunkel, und Fabian lag leise schnarchend neben mir.

Durch meinen Kopf jagte eine Abfolge virtueller Bilder, die sich mit Bildern der Realität vermischten, während ich kurz davor war, erneut einzuschlafen. Doch ich kämpfte dagegen an und setzte mich auf; meine Knochen taten immer noch weh. Offensichtlich hatte ich mir eine Erkältung eingefangen. Während ich ins Arbeitszimmer trottete, drehte ich mich noch einmal um und schaute zu Fabian, der ausgestreckt in einem Streifen Licht lag, der schräg zwischen den Vorhängen hindurchfiel. Er wirkte jetzt ganz und gar verletzlich und war nichts weiter als ein Körper. Nachdem ich die Tür des Arbeitszimmers geschlossen hatte, leerte ich meine Tasche und schaltete den tragbaren Monitor ein, den ich von Sentinel angefordert hatte. Ich kam mir wie eine Verräterin vor, weil ich das Gerät mit nach Hause gebracht hatte, als würde ich unser Bett mit einem Liebhaber teilen. Fabian durfte davon nichts erfahren.

In Vidal Barretts Wohnzimmer rührte sich nichts, und ich rief die anderen Kameras auf. Er lag mit verschränkten Armen auf dem Rücken in seinem Bett, während eines seiner bloßen Beine und die nackten Schultern unter der Steppecke hervorragten. Über den Nachttisch verstreut lagen mehrere Bücher sowie eine Brille, daneben stand ein Becher mit Wasser. An einem Stuhl in der Ecke hing seine Kleidung.

Das Mädchen lag in seinem Zimmer auf der oberen Matratze. Plötzlich, als wäre sie durch irgendetwas aufgeschreckt worden, warf sie sich mit rudernden Armen und Beinen auf die andere Seite und richtete den Blick direkt auf die Stelle in der Deckenleiste, wo ich die fiberoptische Kamera angebracht hatte. Ich wusste zwar, dass sie meine Gegenwart nicht spüren konnte, aber für einen Moment starrte sie mir mit Augen, die durch den Infrarot-Sensor ausdruckslos und glasig wirkten, mitten ins Gesicht. Schließlich sank sie wieder zurück, rollte sich unter der Decke zusammen und lag erneut reglos da.

Im Flur ertönte ein Knarzen, und für einen Moment war ich zwischen beiden Wohnungen hin- und hergerissen und vor Verwirrung wie erstarrt. Als Fabian die Tür öffnete, schaffte ich es gerade noch, den Monitor unter einem Stapel Papiere zu verstecken

»Alles in Ordnung?«, fragte er und blinzelte mich schlaftrunken an.

»Ja, tut mir leid«, sagte ich und blätterte mit demonstrativer Beiläufigkeit in den Unterlagen. »Ich kann nicht schlafen.«

Er runzelte die Stirn und kratzte sich am Hinterkopf, von dem Büschel seines silbergrauen Haars abstanden.

»Ich wollte versuchen, ein bisschen zu arbeiten«, sagte ich, »aber ich bin hundemüde.«

»Komm wieder ins Bett«, sagte er. »Versuch zu schlafen.«

»Ich kann nicht. Ich würde dich nur wecken. Ich glaube, ich geh mal vor die Tür und schnappe etwas frische Luft, wenn du nichts dagegen hast.«

Er zuckte mit den Achseln. »Was sollte ich dagegen haben?« Natürlich hatte er etwas dagegen. »Ich wünschte nur, du würdest ...« Er verstummte.

»Was?«

»Nichts. Vergiss es.« Er drehte sich um und schloss die Tür des Arbeitszimmers hinter sich.

Diesmal erkannte mich Officer Prentice wieder, als ich die Gasse betrat, und winkte mich durch. »Detective Martinez ist in der Bäckerei.«

»Was? Warum ist er ...« Als ich die Gasse hinunterschaute, sah ich, dass sich vor Cubbingtons Hintereingang eine Menschenmenge versammelt hatte. Außerdem standen dort weitere Streifenpolzisten und zwei Forensiker. Im Innern der Bäckerei zuckte mehrmals hintereinander ein Blitzlicht auf und erleuchtete das verkrustete Fenster. Schließlich trat Maya mit zwei Beuteln voller Beweisstücke ins Freie und warf mir, als sie mich erkannte, zu meiner Beunruhigung einen deprimierten Blick zu.

»Er ist da drin«, sagte sie.

Im Hinterzimmer roch es immer noch nach Hefe, Dampf und warmem Brot. Im hellen Licht der Scheinwerfer, die die Forensiker aufgestellt hatten, waberte Mehlstaub umher, und als ein Fotograf sich an mir vorbeischob, um eine Aufnahme aus einem anderen Blickwinkel zu machen, wirbelten Schwaden davon durch den Raum.

Wusch. Ein erneuter Blitz.

Jordan kauerte über der Leiche und durchsuchte mit einer schmalen Zange die Taschen des Jungen. Er hatte gerade zur Hälfte eine Baseball-Karte aus einer Kaugummipackung gezogen, als er mich bemerkte. Er drehte sich um und sah mich traurig an. »Ich habe dich nicht angefordert. Warum bist du hier?«

»Weiß nicht. Ich war ... gerade in der Gegend. Ich wusste nicht, dass hier schon wieder was passiert ist.«

Ich konnte an seinem Gesicht ablesen, dass er es in Erwägung zog, mich von einem seiner Streifenpolizisten vor die Tür setzen zu lassen, aber dann seufzte er bloß. Wir waren immer noch Freunde, auch wenn er mich inzwischen für eine dubiose Spionin hielt. »Jemand hat dem Jungen neue Sachen angezogen, aber es sind nicht seine eigenen. Die Jeans ist zu groß, und die Schuhe sind zu klein. Siehst du? Man hat es nicht mal geschafft, ihm den einen Turnschuh richtig anzuziehen.«

Außerdem hatte man dem Jungen Gesicht und Haare gewaschen. Sie waren immer noch feucht.

»Wonach riecht es hier?«, fragte ich.

»Man hat ihn mit Deo eingesprüht«, sagte Jordan. »Es ist wirklich grausam, auf diese Weise zu sterben.«

III

12

Vidal Barrett verquirlte ein paar Eier und schüttete sie in eine Pfanne. Da er die Butter nicht lange genug erwärmt hatte, fingen sie nicht an zu schäumen. Er machte ein finsteres Gesicht, als sich die Masse nur langsam erhitzte und erstarrte, dann kratzte er sie mit dem Pfannenwender heraus. Das würde es auch tun.

Er musste sich immer noch daran gewöhnen, dass er jetzt für einen weiteren Menschen zu sorgen hatte. Als Sofie noch ein kleines Kind war, hatte er Dierdra die Hausarbeit überlassen, während er sich als verantwortungsvoller und pflichtbewusster Familienvater jeden Morgen in seinen Anzug schwang, um seinem Broterwerb nachzugehen. Irgendwann hatten sie sich getrennt, und Dierdras findiger Anwalt hatte erfolgreich geltend gemacht, dass Vidal seine Tochter vernachlässigte, und dessen Arbeitsnachweise und die Zahl der von ihm bearbeiteten Fälle im betreffenden Zeitraum als Beweise dafür angeführt, sodass man Dierdra das alleinige Sorgerecht zusprach. Mit der Zeit wuchs Sofie zu einem witzigen, intelligenten und warmherzigen Mädchen heran. Bis Dierdra schließlich verschwand und einfach krepierte.

Vidal schob die Pfanne von der Platte und starrte auf die tröpfelnde Kaffeemaschine, unter der Sofies Becher stand. Er hob die Arme über den Kopf, dass seine Gelenke knackten, und nachdem er halbherzig die verordneten Übungen ausgeführt hatte, indem er ein paarmal den Kopf kreisen ließ, brachte er den Becher in Sofies Zimmer.

Sie lag zusammengerollt auf der oberen Matratze des Stockbetts, das er nach der Trennung von Dierdra in der naiven Annahme gekauft hatte, dass Sofie es öfter benutzen würde als die paar Male, wenn Dierdra einen Babysitter benötigte, weil sie abends ausging. Jetzt, wo Sofie dauerhaft bei ihm wohnte, hätte er ihr ein richtiges Bett kaufen sollen, aber sie erklärte, es sei schon okay. Sie fand es ziemlich bequem, und es erinnerte sie an zu Hause. Offenbar fühlte sie sich in seiner Wohnung sicher, und ihr kleines Bett war wie ein Nest in einer geschützten Höhle. Die Wohnung sei ruhig und friedlich, meinte sie, und man werde hier nicht gestört.

Sofie war letzte Nacht lange unterwegs gewesen und hatte die letzte Kinderleiche entsorgt. Vidal stand da und fragte sich, ob er sie überhaupt wecken oder ob sie heute die Schule schwänzen sollte. Aber als ihr der Kaffeeduft in die Nase stieg, rollte sie sich von der Wand in seine Richtung. Sie lächelte und hatte ein Auge halb geöffnet. Mein Gott, sie hatte keinerlei Ähnlichkeit mit ihrer Mutter. Wo kam dieser Engel bloß her? Sie streckte einen Arm unter der Decke hervor und forderte ihn mit einer Geste auf, ihr den Becher zu reichen. Vidal gab ihn ihr und kratzte sich am Kopf.

»Hast du überhaupt geschlafen, mein Schatz?«

»Genug«, sagte sie und drückte sich nach oben gegen die Wand, dann blinzelte sie sich den Schlaf aus den Augen und nahm einen großen Schluck von dem Kaffee.

»Hat dich jemand gesehen?«

»Ich glaub nicht.«

»Wir müssen uns was überlegen. Wir können dort keine weitere Leiche deponieren.«

»Ich weiß.«

Vidal betrachtete seine Tochter, die unglaublich ruhig und pragmatisch wirkte, während er fieberhaft gegen die Panik in seinem Brustkorb ankämpfte. Wie konntest du deine Tochter nur in diese Sache reinziehen, brüllte eine Stimme in seinem Kopf. Es war nicht seine eigene Stimme; es war die Stimme der Gesellschaft oder des Anstands oder die Stimme von Dierdra oder sonst irgendwas. Nachdem Sofie bei ihm eingezogen war, weil sie sonst niemanden hatte, wusste er, dass er vor ihr keine Geheimnisse haben würde, und als sie erfuhr, was er tat, wollte sie dabei helfen. In Vidals Augen war seine Tochter eine erwachsene Frau, eine Partnerin, und seine einzige Aufgabe bestand darin, sich um ihre Erziehung zu kümmern und sie zu beschützen, und nicht darin, sie von dem abzubringen, was sie tun wollte. Immer vorausgesetzt, dass sie dabei nicht zu Schaden kam. Er glaubte, dass die Sache mit den Kindern sie von Dierdras Tod ablenkte und davon abhielt, sich selbst etwas anzutun. Wer wusste schon, was im Kopf eines sechzehnjährigen Mädchens vor sich ging? Und tatsächlich schien sie durch die Aktion aufzublühen, statt um ihre eigenen düsteren Gedanken zu kreisen.

Die Aktion. Sie war völlig aus dem Ruder gelaufen, und ihnen drohten ernsthafte Schwierigkeiten. Das Einzige, was sie momentan davor bewahrte, war die Tatsache, dass die Kinder aus Green Valley stammten. Vidal wusste von seiner Anwaltstätigkeit, dass die Enklave für die Gerichte und Strafverfolgungsbehörden ein blinder Fleck war. Die Leute, die in Green Valley geblieben waren, ihre Schutzbefohlenen und Kinder waren für die Justiz praktisch unsichtbar. Einige seiner Fälle hatten die völlige Gleichgültigkeit des Staates gegenüber den Angelegenheiten hinter der Mauer offenbart. Vor acht Jahren, nachdem man Green Valley von der Außenwelt abgeschottet hatte, hatte er noch öfter Fälle von dort übernommen. Dabei ging es um Familien, die plötzlich getrennt wurden, Verträge, die aufgrund von ein paar Metern Beton gebrochen wurden, ausstehende Scheidungsverfahren und anhängige Strafsachen. Die Verfahren wurden alle eingestellt und die Akten vernichtet, nachdem Zeroth die Polizei und Richter geschmiert hatte. Obwohl es in den letzten Jahren kaum noch Fälle gab, verfügte Jamie Egus immer noch über einen gut gefüllten Bestechungsfonds – daher war es nicht möglich, alte Verfahren wieder aufzurollen oder neue Prozesse anzustrengen. Also hatte Vidal sich an die veränderten Bedingungen angepasst und mit seinem Import-Export-Handel, den er nebenher betrieb, Profit daraus geschlagen. Bisher war dies ein einträgliches Geschäft gewesen – hey, seit er die Rolle des Familienvaters übernommen hatte, war das Leben richtig teuer geworden war. Außerdem hatte er Sofie für die Sache eingespannt, damit ihre alten Wunden verheilten.

Was für eine Scheiße.

Sofie hatte inzwischen ihren Kaffee geleert und starrte schon seit einer Weile aus dem Fenster. Vidal dachte, ihr Gespräch sei beendet, und er wollte schon aufstehen und in die Küche zurückgehen, als sie erneut das Wort ergriff. »Rainbow und ich haben ihn gewaschen und ihm andere Sachen angezogen.«

»Wem?«

»Cisco. Dem Jungen«, sagte sie für den Fall, dass Vidal es vergessen hatte. »Wir dachten, das wäre eine … nette, respektvolle Geste.« Als Vidal nicht antwortete und sie nur stirnrunzelnd anstarrte, sagte sie: »Glaubst du, das ist ein Problem? War das ein Fehler?«

Doch Vidal hatte aus einem anderen Grund die Stirn gerunzelt, vielleicht weil er spürte, wie es ihm das Herz brach. »Nein. Das war … das war nett.«

Sofie nickte.

»Gehst du heute zur Schule?«

Sie zuckte mit den Achseln. »Wenn nicht, dann muss ich den Stoff nachholen. Außerdem«, verkündete sie plötzlich mit der Stimme eines Radiomoderators, »ist heute Thunderous Thursday. Da gibt's in der Cafeteria Chili. Yeah.« Der Widerspruch zwischen ihrem aufgesetzten, heiteren Tonfall und ihrem zutiefst nachdenklichen Blick beunruhigte ihn. Wenn sie so eine überzeugende Schauspielerin war, woher wusste er dann, wann seine Tochter sie selbst war? Du kannst ihr vertrauen, ermahnte er sich. Halt die Klappe. Hör auf, dir Sorgen zu machen.

»Na gut, ich hab jedenfalls frisches Rührei für dich.«

»Super.«

»Ich mache dir auch gern ein paar Sandwiches, wenn dir das lieber ist.«

Sie lachte, und seine Sorgen verflüchtigten sich. »Ist okay, Dad. Geht schon in Ordnung.«

Vidal lehnte sich in den Autositz zurück und beobachtete, wie Sofie auf den Schulhof lief und zwischen mehreren Gruppen von Schülern hindurchmarschierte. Gott, hatte er die Highschool gehasst. Er konnte sich nicht vorstellen, wie es einem Mädchen, das vor Kurzem seine Mutter verloren hatte, dort erging. Sobald man das geringste Zeichen von Schwäche zeigte, fielen diese Tiere über einen her, um einen zu verprügeln und auf den schmutzigen Asphalt zu drücken. Sofie blieb bei einer Gruppe Jugendlicher stehen, zog ihre Kapuze herunter und umarmte die anderen. Sie strich sich das Haar aus dem Gesicht und lachte. Die Schüler waren alle im selben Stil gekleidet und schienen in Ordnung zu sein; ihre Haare waren an einzelnen Stellen gefärbt und ausrasiert, einige trugen Piercings im Gesicht, und die meisten hatten strahlend weiße Zähne. Statt seine Tochter anzuspucken, machten sie Platz und hießen sie in ihrer Mitte willkommen.

Vidal beobachtete sie tief in seinen Sitz gekauert, als würde Sofie dann nicht merken, dass sein Wagen immer noch fünfzig Meter vom Tor entfernt vor der Schule stand. Er wollte sich nur vergewissern, dass seine Tochter glücklich war und dass es ihr gut ging. Noch immer rechnete er damit, dass sie unter der Situation irgendwann zusammenbrach. Seine Tochter war unglaublich tapfer und ertrug ihre Trauer mit so viel Würde. Jeden Morgen musterte er sie besorgt, aber jeden Morgen hatte sie ihr Trauma einen weiteren Tag hinter sich gelassen. Irgendwie stand sie das alles durch.

Schließlich fuhr er zu der Mauer und parkte den Wagen in einem ungenutzten Abwasserkanal vor dem Verbindungsbüro. Als er zum Heck lief, um seine Aktentasche wegzuschließen, fiel ihm ein, dass erst vor ein paar Stunden ein weiteres totes Kind in diesem Kofferraum transportiert worden war. Auf der Matte lag fein säuberlich gefaltet die Decke, in die Sofie es gewickelt hatte. Wie das erste Kind war Cisco so dünn gewesen, dass sie ihn problemlos alleine tragen konnte. Sie brauchte dabei keine Hilfe.

Diese verdammte Mauer war wie ein Eisberg, der mit seiner eisigen, abgestandenen Luft allem, was sich in seinem Schatten aufhielt, jedes Leben raubte. Vidal eilte durch den Schatten und drückte auf die Klingel der Bürotür. Mit der für Gina üblichen Verzögerung ertönte der Türsummer. Vidal drückte sie auf, hielt dann jedoch inne. Jedes Mal, wenn er das Büro betrat, musste er all seine Kraft zusammennehmen, und jedes Mal fiel es ihm schwerer. Sein Körper sträubte sich gegen die elektronischen Parasiten, sein Verstand rebellierte gegen das verdammte Hexenwerk, das er ihm aufnötigte. Mit verkrampftem Rücken starrte er wehmütig in das diesige, graue Licht über dem Brachland vor der Tür. Aber er war hier, um Geschäfte zu machen – gute Geschäfte! – und sich mit einem Kunden zu treffen. Jamie Egus konnte ihn schließlich nicht einfach in seinem Büro aufsuchen, sich mit ihm auf die Terrasse setzen und in der Sonne einen Kaffee trinken. Oder doch? Wer wusste schon, wer Jamie Egus wirklich war, was hinter all den Videospielen überhaupt noch von ihm existierte.

»Mach bitte die Tür zu, Vidal«, blaffte Gina. »Das Licht bringt mich noch um.«

»Was denn für Licht?«, fragte er, während er eintrat und die Tür schloss.

»Man hat mich in einen Vampir verwandelt«, rief Gina, als hätte sie zu viele Schauerromane gelesen. »Und jetzt bin ich mit Martin als Untote in diesem Zwischenreich gefangen. Oh, weh mir.« Sie drückte ihren Handrücken gegen ihre Stirn.

»Wie geht es Martin?«

»Er ist tot.«

»Oh, das tut mir leid.« Martin war der Verbindungsmann, der an der Seite von Gina gearbeitet hatte. Soweit Vidal wusste, hatte er in der Testphase von Zeroth ebenfalls einen Schaden davongetragen, und man hatte ihn zur Entschädigung auf Teilzeitbasis in dieses Büro versetzt, wo er sich um den Papierkram kümmerte. Früher war er offensichtlich gern verreist, denn all die exotischen Einrichtungsgegenstände hier stammten von ihm, von Reisen in der realen Welt, bevor er sich in einen virtuellen Odysseus verwandelt hatte. Die beiden schienen auf den ersten Blick nicht viel gemeinsam zu haben: die temperamentvolle, labile, verzweifelte Gina und dieser altmodische, gebeugte, verschrobene kleine Mann. Dennoch hatten die beiden lange Zeit zusammengearbeitet.

»Glücklicherweise habe ich noch seine Konfigurationsdaten, und sie generieren eine Simulation für mich, damit ich nicht völlig den Verstand verliere«, sagte Gina.

»Was ist ihm zugestoßen?«

Gina neigte ihren Kopf zur Seite, als würde sie ein paar Informationen empfangen, die sie zu Martin angefordert hatte. Doch Vidal wusste, dass sie in Green Valley die letzte Person war, die so etwas tun würde – sie hatte eine Allergie gegen technische Geräte oder so was in der Art. »Weißt du, ich glaube, es war eine natürliche Todesursache.«

»Hm«, sagte Vidal, »das gibt es nur noch selten. Schön für ihn, schätze ich. Kommst du denn hier zurecht? So ganz alleine ...«

Sie warf ihm einen finsteren Blick zu, presste die Lippen aufeinander und schwieg für einen Moment. Dann atmete sie aus. »Du willst also den Wizard sehen?«

»Ja.«

»Gut, du kennst ja den Ablauf.« Sie deutete mit dem Kopf auf den Umkleideraum. »Ich weiß allerdings nicht, warum du es nicht einfach drinlässt. Das würde uns eine Menge Arbeit ersparen.«

Vidal schnaubte. »Auf keinen Fall.«

13

Mit dem I wirkte das Zeroth-Gelände stets sonnig und grün, aber Vidal hatte sich nie an dieses Körpergefühl gewöhnt: dass er über den kalten Beton einer dunklen Lagerhalle marschierte, während er das weiche Erdreich unter seinen Füßen spürte, ihm der intensive Duft des frisch gewässerten Rasens in die Nase stieg und er das warme Sonnenlicht auf der Haut fühlte. Seine Mutter hätte das alles als Teufelswerk bezeichnet. Aber sie war neuen Dingen gegenüber nie aufgeschlossen gewesen. Jedes Mal, wenn Vidal diesen Ort aufsuchte, überkam ihn tief in seinem Innern eine irrationale Angst. Er betrat dann eilig die Enklave, brachte zügig sein Geschäft über die Bühne und machte sich schleunigst wieder aus dem Staub.

Vidal lief durch die Parkanlage vor Zeroths Hauptsitz und überquerte bei einer von Birken gesäumten Lichtung eine Brücke in schlichtem japanischen Stil. Mehrere grün und violett schimmernde Enten schwammen in vorgegebenen Bahnen auf dem Teich zu seiner Linken, und ein Koikarpfen zog auf der anderen Seite der Brücke weitläufig seine Runden. In der realen Welt würde man viel Geld für diese Tiere bezahlen, dachte Vidal, während sich ein Birkenblatt anmutig von einem Zweig löste und formvollendet auf dem Wasser landete, worauf sich die Oberfläche sanft kräuselte.

Das flache Bürogebäude von Zeroth schmiegte sich an eine

kleine Gruppe Bäume; eine derart naturnahe Gestaltung konnte man sich nur leisten, wenn man über viel Kapital verfügte. Der Platz davor wurde inzwischen nicht mehr genutzt. Ein paar Jahre vor der Wende waren die Geschäftspartner mit ihren Lamborghinis und Maseratis vor dem Eingang im Kreis herumkutschiert, um die Softwareentwickler im Gebäude zu motivieren und anzuspornen: Eines Tages könntest *du* in diesem Wagen sitzen. Doch dann beschloss Jamie Egus kurzerhand, auf die Gefühle der Bevölkerung Rücksicht zu nehmen – bevor diese der Bevölkerung überhaupt bewusst wurden –, verbannte sämtliche Autos aus Green Valley und stellte jedem ein umweltfreundliches Transportmittel zur Verfügung – sofern er eingetragenes Mitglied bei Zeroth war. Was auf alle Leute zutraf, die hier wohnten. Welche Fahrzeuge fuhren jetzt auf dem Platz vor? Vidal wusste, dass unter dieser zwanzig Jahre alten Projektion von Green Valley das Grauen lauerte, aber er war nicht hergekommen, um sich darüber Gedanken zu machen.

Bring das Geschäft über die Bühne, und sieh zu, dass du wieder verschwindest, sagte er sich, während er die Bilder aus seinem Kopf vertrieb – oder half ihm das I dabei? – und das eisige Gefühl der Furcht darüber, was in Wirklichkeit unter seinen Füßen knirschte.

Die Eingangshalle war in einem matten Weiß gestrichen und ganz aus Glas, und die Sonne tauchte zusammen mit den Farben der natürlichen Umgebung den dreistöckigen Raum in ein prächtiges, changierendes Licht. Im Innern war es herrlich warm, wie in einer Fruchtblase.

Die hübsche Frau hinter dem Empfangstresen, die ein enges Etuikleid trug, lächelte Vidal an. Da sie nicht real war, warf er ihr lediglich einen kurzen Blick zu. Er betrachtete sich im Spiegel, der hinter ihm angebracht war, und richtete sein Haar. Er benutzte denselben Avatar wie immer. Bei seinem zweiten Besuch hatte er Stunden damit verbracht, ihn nach seinen Vorstellungen zu gestalten, damals schien ihm das noch wichtig. Der Avatar war mit einer idealisierten Version seines eigenen Gesichts ausgestattet – die Nase war etwas kleiner, und er hatte die Augenringe entfernen und die Pockennarben, Hautunreinheiten und struppigen Haare glätten lassen. Er drückte seinen Daumen auf den Scanner, um sich anzumelden, obwohl das eigentlich nicht nötig war, und nahm den Besucherausweis entgegen. Die Empfangsdame erhob sich von ihrem Platz und führte ihn zu der unauffälligen Sicherheitsabsperrung am Ende der Eingangshalle. Vidal beobachtete, wie sie auf ihren Stilettos wieder zurücklief und wie sich dabei ihre Beinmuskeln und ihr Hintern unter dem Stoff bewegten.

Nun, er hatte stets nur *vermutet*, dass sie nicht real war.

Wie es sich wohl anfühlte, hier drin Sex zu haben? Entweder ließ er keine Wünsche offen, oder es war nur eine müde, schlecht programmierte Nummer, die einen warmen Körper aus Fleisch und Blut nicht ersetzen konnte.

Als die Frau wieder auf ihrem Stuhl Platz nahm, lief Vidal bereits durch ein Großraumbüro voller Angestellter, stieg eine breite Treppe hinauf und marschierte im Obergeschoss einen Gang mit Gemälden und Oberlichtern entlang. Vorbei an den Räumen der Unterwizard mit getönten Milchglasscheiben steuerte er auf das Büro am Ende des Flurs zu, die Höhle des Chefwizards höchstpersönlich. Bevor er es jedoch erreichte, spürte er ein Zupfen an der Schulter.

Als er sich umdrehte, sah er einen Avatar mit einer Bugs-Bunny-Maske, der die Hand in die Höhe hielt – *stopp*.

»Hallo«, sagte Vidal in einem unbestimmt höflichen Tonfall und hoffte, dass sein Avatar ihn akkurat wiedergab. »Kommen Sie auch zu dem Meeting?«

»Nein. Ich muss mit Ihnen reden«, sagte Bugs, und sein Gesicht verzerrte sich dabei auf unnatürliche Weise, ohne dass sich die Lippen um die Mundöffnung bewegten. »Oder haben Sie was dagegen?«

»Nein.«

Bugs führte Vidal durch eine gläserne Schiebetür in eine Halle mit Oberlichtern. Dort waren mehrere Palmen kunstvoll um eine japanische Brücke gruppiert, die über einen Tümpel mit Zierkarpfen führte.

Bugs sah sich um und hielt Ausschau nach anderen Personen. »Wir haben vier weitere potenzielle Kandidaten lokalisiert.« Auf Vidals persönliche ID wurden die Daten übermittelt, zusammen mit den Koordinaten und einigen Informationen. »Hier, hier und hier.«

»Würden Sie mir mal erklären«, sagte Vidal, »wie zum Teufel Sie hier reingekommen sind?«

»Ah«, sagte Bugs. »Hören Sie, Barrett. Warum sterben immer noch Kinder?«

»Das ist der Entzug«, knurrte er. »Es ist schlimmer, als wir angenommen haben. Nachdem Rainbow das alles überstanden hatte, dachten wir, wir hätten eine Lösung für das Problem gefunden. Aber offensichtlich war das eine Ausnahme. Gestern haben wir ein weiteres Kind verloren. Einen Jungen.«

»Ich weiß.«

»Dann wissen Sie ja auch, dass wir unser Bestes geben.«

Und dann passierte etwas mit Bugs' Gummimaske, das Vidal eine Heidenangst einjagte. Er leckte sich auf aberwitzige Weise über die Lippen, während der Rest des Gesichts sich nicht bewegte. Er war halb Cartoonfigur und halb real. Verdammt, das war alles nicht echt, was auch immer zum Teufel es war. »Sie dürfen sie nicht länger da draußen entsorgen«, sagte er. »Das erregt zu viel Aufmerksamkeit.«

Habe ich Sofie in Schwierigkeiten gebracht?, fragte sich Vidal. Als Anwalt war er es gewohnt, in den Gesichtern von Menschen zu lesen, und er musterte Bugs' ausdruckslose aufgemalte Augen, die sich nach hinten verdrehten und in den Höhlen verschwanden.

»Sie müssen die Leichen in Zukunft restlos beseitigen.«

Vidal starrte länger in die Augenhöhlen der Maske, als er ertragen konnte, und versuchte, in der Leere etwas zu erkennen – bis er schließlich das Gleichgewicht verlor und das Gefühl hatte, mitten ins Nichts zu stürzen. Rasch wandte er den Blick ab und nickte. »In Ordnung. Wird nicht noch mal vorkommen.«

Vor der verschlossenen Tür von Egus' Büro mit den getönten Scheiben meldete sich Vidal bei dessen persönlicher Assistentin an, die er nie zuvor gesehen hatte. Ihrer zweckmäßigen Kleidung nach zu urteilen, handelte es sich möglicherweise um den Avatar einer realen Person. Sie trug Freizeithosen, Schuhe mit flachen Absätzen und einen dünnen, weichen smaragdgrünen Pullover. Sie schaute in einen altmodischen analogen Terminkalender, dann hob sie den Kopf und warf einen Blick über seine Schulter, wo David Sterling den Gang herunterkam.

»Hey, David. Nimmst du auch an dem Meeting teil?«

»Ja«, sagte David in einem ausweichenden Tonfall. »Jamie hat mich darum gebeten.«

Vidal presste die Lippen aufeinander. Sterling, der verglichen mit dem faszinierenden, verrückten Egus eine kleinkarierte, langweilige Schlaftablette war, wurde hin und wieder zu den Besprechungen gebeten. Warum auch immer. Vielleicht um ihm ein Gefühl von Verantwortung zu geben, denn er war offiziell immer noch einer der Geschäftsführer von Zeroth, und soweit Vidal wusste, gab es in der Marketingabteilung nicht viel zu tun; außerdem wurden kaum neue Produkte entwickelt. Die Frau führte sie ins Büro und folgte ihnen mit einem Tablet in der Hand in den Raum. Die Tür schloss sich automatisch hinter ihnen, und Vidal betrachtete Egus' breiten Schreibtisch, auf dem sich lediglich zwei schmale, elegante Bildschirme, ein Eingabestift und ein Tablet befanden. Egus war noch nicht da, also nahm Vidal auf einem der bequemen Besucherstühle Platz, der sich mit seinen luxuriösen Kunstlederpolstern und seinem ergonomischen Stahlgestell perfekt an seinen Körper schmiegte.

Hinter Egus' Stuhl erstreckte sich ein breites Fenster, durch das man einen Blick auf diesen Sektor von Green Valley hatte, so wie er früher mal um diese Jahreszeit ausgesehen hatte. Die Bäume auf den Hügeln, die bereits eine herbstliche Färbung angenommen hatten, zeichneten sich vor dem blauen Himmel braun ab, und die rot und gelb leuchtenden Blätter kräuselten sich im Wind. Vidal drehte sich mit seinem Stuhl herum und schaute zu David hoch, der sich immer noch nicht gesetzt hatte und in der Mitte des Raums neben der Assistentin verharrte, die aussah, als wollte sie eine Kaffeebestellung entgegennehmen. Vidal aß oder trank nie etwas, wenn er in Green Valley war.

»Warum gibt es das hier alles überhaupt?«, fragte er beiläufig, an niemand Bestimmtes gerichtet.

»Was meinst du?«, fragte David.

»Das hier. Die Besprechungszimmer und Büros, die Empfangsdame und die Leute da draußen. Er könnte bei seinen Meetings genauso gut auf einem riesigen Pilz sitzen und Opium rauchen. Warum arbeitet er in einem Bürogebäude, obwohl ihm alle Möglichkeiten offenstehen?«

Mit seiner Antwort gab David Sterling mehr preis, als Vidal erwartet hatte. »Das alles ist real. Dieses Gebäude, das Gelände, Green Valley« – Sterling sprach jetzt wie bei einer Produkteinführung, und seine Stimme unterschied sich stark von seinem üblichen einförmigen Tonfall – »er hat das alles erschaffen, bevor sich die Menschen gegen ihn gewandt haben. Unsere Umgebung ist real – Jamie hat sie gebaut. Das ist sein Vermächtnis, und er will es bewahren.«

»Er will weiterhin daran glauben, dass es real ist«, ergänzte die Assistentin hinter ihnen. Vidal drehte sich um und sah, wie sie mit entrücktem Blick durch das Fenster auf die Hügel schaute. »Er will nicht, dass das alles verschwindet.«

»Ich frage mich, ob es ihm fehlt.« Vidal deutete auf das Fenster.

»Mir nicht«, sagte die Assistentin, lief um den Schreibtisch und setzte sich auf Egus' Stuhl. Dann drehte sie sich halb zum Fenster um und zeigte nach draußen. »Da draußen ist alles noch da, und hier drin auch«, sagte sie und tippte sich gegen die Stirn.

Vidal richtete sich auf, verärgert darüber, dass man ihm einen so kindischen Streich gespielt hatte. Für einen Moment vergaß er seine Manieren und weigerte sich, diesem außergewöhnlichen Mann die Ehre zu erweisen, aber dann fiel ihm wieder ein, dass er hier war, um Geschäfte zu machen, und er stand auf. »Oh, äh, Mr. Egus. Schön, Sie zu sehen.« Er streckte die Hand aus, und als Egus mit weichen, schmalen Frauenfingern danach griff, nahm David auf dem Stuhl neben ihm Platz und grinste über sein Unbehagen.

Egus setzte sich wieder auf ihren – seinen – Stuhl. »Ich probiere gerade was Neues aus«, sagte er und wand sich wie ein aufgewecktes Kind, das sich langweilte, auf dem Stuhl hin und her. »Wie Sie gerade sagten, warum sollte ich mich irgendwelchen Beschränkungen unterwerfen? Aber genau darum geht es hier. Wir loten die Grenzen der Kommunikation aus. Wir revolutionieren unser Verständnis von Identität. Nicht wahr, David?«

»Ja, ganz genau«, stieß Sterling, der jetzt wieder in seine monotone Sprechweise verfiel, unterwürfig hervor.

»Wir wollen uns nicht auf traditionelle Art und Weise beschränken lassen, aber das ist noch lange kein Grund, um jeden Tag auf Wolken durch die Gegend zu schweben, auf Pilzen zu hocken oder mit Delfinen in einer Seifenblase zu schwimmen. Ich liebe dieses Büro. Ich habe es immer geliebt. Wir haben es mit Liebe, Bedacht und Respekt gestaltet. Darum bleibe ich hier.«

»Verstehe«, sagte Vidal.

»Vielleicht fühlen Sie sich wohler, wenn ich meinen Körper wechsle?« Er verwandelte sich in den jüngeren Jamie Egus, den alle Welt vor zwanzig Jahren auf den Titelseiten der Zeitschriften gesehen hatte, den Mann mit dem lindgrünen Kapuzenshirt und der Jeans, die er damals getragen hatte. »Oder wie wär's damit?« Schlagartig wurde er zwei Jahrzehnte älter; seine Haare waren jetzt fast grau, sehr viel länger und akkurat zerzaust, und er hatte einen gepflegten, grau melierten Ziegenbart.

»Es macht mir nichts aus, Sir«, sagte Vidal. »Ich fühle mich keineswegs unwohl.« In Wirklichkeit ist es mir scheißegal, dachte er. Erledigen wir endlich den Papierkram.

Egus – die Version, die seiner gegenwärtigen Erscheinung wahrscheinlich am nächsten kam – lehnte sich zurück und stützte das Kinn auf die aneinandergelegten Finger. Seine Augen waren ausdrucksvoller als die der meisten Avatare. Aber sie gaben vielleicht auch zu viel preis, denn sein intelligenter, prüfender Blick wich immer wieder einem Ausdruck dumpfer Selbstvergessenheit. Doch dann fiel Vidal ein, dass hier nichts dem Zufall überlassen blieb. Obwohl Egus' Reich in sich zusammengebrochen war und er krampfhaft an den Überresten festhielt, war er immer noch jener Mann, der die Welt mit Zustimmung der Bevölkerung im Handstreich übernommen hatte.

»Sie haben die Kopien der neuen Verträge also bekommen«, sagte Vidal, der sie vor ein paar Tagen in Gina Orbans Büro gescannt und vor dort aus weitergeleitet hatte. »Ich brauche nur Ihre Unterschrift, damit die Verträge um weitere sechs Monate verlängert werden und ich die Lieferanten weiterhin bezahlen kann.«

»Und für Ihre Provision natürlich«, sagte Egus.

Vidal nickte und lächelte, obwohl er innerlich brodelte. Seine Provision war Teil der Geschäftsvereinbarung. Das sollte Egus eigentlich wissen. Warum erwähnte er überhaupt, dass Vidal bei dem Geschäft Geld verdiente? Das verstand sich schließlich von selbst – es sei denn, Egus wollte damit andeuten, dass Vidal unzulässige Gewinne erzielte. Vielleicht war es ein Zeichen für die wachsende Verzweiflung in Green Valley, dass Egus sich zum ersten Mal in seinem Leben Sorgen um die Finanzen machte.

»Sind die Farmer immer noch mit von der Partie?«, fragte

Egus. »Ich habe gehört, dass draußen Dürre herrscht. Sind die Farmer überhaupt noch in der Lage, uns neben ihren anderen Kunden mit Nahrungsmitteln zu versorgen?«

»Die Farmer, die ich unter Vertrag genommen habe, beliefern ausschließlich Green Valley.«

»Selbst bei Dürre?«

»Ja, Sir.«

»Gut. Sind Sie sicher, dass die Lebensmittel keine tierischen Abfallprodukte enthalten? Dass keiner von ihnen die Gesetze umgeht? Ich werde mich nicht an diesen abscheulichen Auswüchsen beteiligen.«

»Ja, Sir.«

Egus rief das Dokument auf seinem Bildschirm auf. »Sie werden bemerkt haben, dass unser Bedarf an Lebensmitteln und Material zurückgegangen ist. Wie ich sehe, haben Sie das in den neuen Verträgen berücksichtigt. Sehr gut.«

Vidal hatte festgestellt, dass die Nachfrage nach Lebensmitteln um dreißig Prozent und die nach anderen Materialien um fünfzig Prozent gesunken war. Die Listen mit den Bestellungen waren zusammengestrichen worden, und ihm war klar, dass sie ihre Geschäftsbeziehung bald beenden würden. »Mr. Egus …«

»Was haben Sie auf dem Herzen?«

»Wir müssen über eine Ausstiegsstrategie sprechen. Da das Auftragsvolumen immer weiter zurückgeht, könnte es schwierig werden, die Farmer exklusiv an Green Valley zu binden. Wollen Sie die Verträge vielleicht kündigen?«

»Sie wollen also das sinkende Schiff verlassen? Und sich woanders nach zahlungskräftigen Kunden umsehen?«

»Das wollte ich nicht damit sagen, Sir. Ich beliefere Sie gerne, solange Bedarf besteht. Ich frage mich nur, wie lange das noch der Fall sein wird.« Es ärgerte Vidal, dass man ihn für einen Verräter hielt, aber auch diesmal hielt er den Mund. Nach allem, was er gesehen hatte, war Green Valley schon vor langer Zeit den Bach runtergegangen, und Egus wahrte lediglich den Anschein, dass es noch in irgendeiner Form funktionierte. Vidal biss sich auf die Zunge und rief sich in Erinnerung, worum es hier wirklich ging. Er war nicht egoistisch; er musste schlicht an die Zukunft seiner Tochter denken. »Vielleicht ändern sich Ihre Pläne.«

Egus nickte bedächtig, und für einen Moment verfinsterte sich sein Blick. »Dann werde ich es Sie wissen lassen.« Selbst die freundliche Stimme des alten Wizards, für die er sich entschieden hatte, konnte den eisigen, scharfen Tonfall seiner Worte nicht überdecken.

»Sind Sie sicher«, fragte Vidal wie jedes Mal, wenn sie sich trafen, »dass man uns hier drin nicht belauschen kann? Dass die Polizei von Stanton, die NSA, die Behörden, wer auch immer, nicht jeden Ihrer Schritte und jedes Ihrer Gespräche überwachen?«

Egus stieß ein verächtliches Lachen aus. »Es ist völlig ausgeschlossen, dass diese Trottel unsere Verschlüsselungsprogramme knacken.«

»Sie sind sich da ziemlich sicher«, sagte Vidal. Vielleicht zu sicher, dachte er.

»Leute wie ich haben sämtliche Codes programmiert, die diese Behörden je für ihr Überwachungssystem benutzt haben. Wir sind die Einzigen, die wissen, wie sie funktionieren.«

»Glauben Sie etwa, diese Leute haben auch nur die geringste Ahnung?«, ereiferte sich David jetzt ebenfalls. »*Wir* haben das alles hier erschaffen. Und dann haben *sie* es zerstört. Wir überprüfen jeden Tag, ob wir irgendwelche fremden Signale empfangen, so wie die Menschheit den Himmel nach intelligentem Leben absucht, aber dort draußen ist nichts. Diese Leute haben alles zerstört und leben lieber wie Höhlenmenschen. Glauben Sie etwa, diese Neandertaler sind auch nur dazu in der Lage, mit zwei Stöcken Feuer zu machen?«

Vidal erwiderte nichts, während Sterling und Egus sich selbst beweihräucherten. Bestimmt kannten sie die Wahrheit – ihnen konnte einfach nicht entgangen sein, was unter dem Dach aus Green Valley geworden war –, aber dieses Wissen war unter einer dicken Schicht aus Realitätsverweigerung und Selbsttäuschung begraben. Er wechselte das Thema.

»Sind Sie mit der Zusammenstellung der Nahrungsmittel noch zufrieden? Kriegen Sie alles, was Sie brauchen?«

»Wir kommen über die Runden.«

Das taten sie keineswegs, nach allem, was Vidal gesehen hatte. Aber da er das wachsende Verlangen verspürte, die Sache möglichst schnell über die Bühne zu bringen, hielt er erneut den Mund. »Wunderbar. Dann fehlt nur noch Ihre Unterschrift.«

Egus nahm seinen Eingabestift und unterzeichnete die elektronischen Dokumente. »Wir sehen uns bestimmt bald wieder, Mr. Barrett. Spätestens, wenn Ihnen das Geld ausgeht.«

Vidal erhob sich von seinem Platz und ging wortlos zur Tür. Er hatte endgültig genug von diesem Scheiß.

»Einen Moment«, sagte eine Frauenstimme. Egus hatte sich wieder in die Assistentin verwandelt. Sie trat hinter Vidal, und er konnte ihr Shampoo und den Zitrusduft ihres Deos riechen. Sie legte ihm die Hand auf die Schulter, beugte sich zu seinem Nacken vor und wärmte mit ihrem Atem seine

Haut, während sie mit ihm sprach. »Sie werden beschattet. Dort draußen.« Sie deutete mit dem Finger auf das Fenster mit der künstlichen Landschaft, aber Vidal wusste, was sie meinte: hinter der Mauer.

»Was?«, fragte er irritiert.

»Sie werden von der Polizei überwacht. Mit primitiven elektronischen Geräten. Als hätten wir das Jahr 1984.«

Vidal befreite sich aus ihrer Umklammerung und drehte sich zu ihr um. »Nein, Sie täuschen sich. So was tut die Polizei nicht mehr. Davon haben wir uns verabschiedet« – er deutete mit einer ausladenden Geste seiner Hand auf die Simulation – »von diesem ganzen Mist.«

Egus stieß ein amüsiertes Kichern hervor. Normalerweise mochte es Vidal, wenn er die Frauen auf diese Weise zum Lachen brachte. »Sie tut es sehr wohl. Sie *werden* überwacht.« Egus wandte sich an David. »Du möchtest vielleicht wissen, wer es auf ihn abgesehen hat. Es ist deine Frau, David.«

»Woher weißt du das?«

»Wir haben ihr einen Kontrollsender implantiert.«

14

Als Vidal zurück in die Stadt fuhr und einen Blick in den Rückspiegel warf, konnte er in dem sterilen Schatten der Mauer keinerlei Bewegung ausmachen. Er blähte die Backen und atmete aus, um sein Unbehagen zu vertreiben. Entweder war Egus völlig paranoid, oder er sagte die Wahrheit. Es war völlig unbedenklich gewesen, die Kinder hinter Egus' Rücken nach draußen zu schaffen und Sterlings Tochter aus dessen Wohnung zu entführen – zumindest hatte er das geglaubt. Sobald er sie auf die andere Seite der Mauer gebracht hatte, konnte man ihn nicht mehr verfolgen – zumindest hatte er das geglaubt. Aber falls Sterlings Frau ihn hier in der realen Welt beschattete, sah die Sache anders aus – sie hatte mehr zu verlieren als die richtigen Spione und würde ihre Tochter wohlbehalten zurückbekommen wollen. Egus hatte gesagt, dass sie ihn *überwachte*, und dieses Wort aus seinem (künstlichen) Mund bedeutete, dass sie Zugang zu elektronischen Überwachungsgeräten hatte. Ob das nun stimmte oder nicht, er musste auf seinen Notfallplan zurückgreifen.

Vidal öffnete das hohe Maschendrahttor, das in die Gasse zu dem kleinen Grundstück hinter dem Gebäude mit seinem Büro führte, stieg wieder in den Wagen und parkte. Auf der anderen Straßenseite vor seinem Eingang hatte er einen uniformierten Streifenpolizisten entdeckt, und auch wenn man in diesem Teil der Stadt nur selten einen Streifenpolizisten sah, war das nichts Ungewöhnliches. Normalerweise ließ Vidal sich von der Paranoia seiner Mitmenschen nicht anstecken, aber angesichts der Vorstellung, dass er Sofie womöglich in Schwierigkeiten gebracht hatte, gefror ihm das Blut in den Adern. Während er die Gasse verließ und in die Ocean Street bog, ließ er seinen Blick über die Gehwege wandern. Es dauerte einen Moment, bis er ihn entdeckt hatte; einen Block entfernt stand ein Streifenpolizist und starrte teilnahmslos in das Schaufenster einer Drogerie.

Scheiße, Egus hatte die Wahrheit gesagt.

In seiner Naivität hatte Vidal geglaubt, dass die Cops keine Zeit damit verschwendeten, sich um die toten Kinder aus Green Valley zu kümmern. Es war Sofies Idee gewesen, das Mädchen in der Bäckerei zu deponieren. Die Kleine hatte ihr irgendwas von ihrer Familie erzählt. Vidal wünschte, er hätte sich gründlicher um die Angelegenheit gekümmert und das Mädchen einfach in den Kanal geworfen. Aber angesichts Sofies liebenswürdiger, mitfühlender Art war er damit einverstanden gewesen, den Kindern auf bescheidene Weise die letzte Ehre zu erweisen. Beim Anblick des Cops jedoch, der jetzt vor einem Kebabimbiss auf und ab schlenderte, wurde ihm klar, dass das ein Fehler gewesen war. Sie mussten in Zukunft darauf verzichten.

Er öffnete das Sicherheitsschloss an der Eingangstür und trat ein. *Barrett & Sanders, Familienrecht.* Falls jemand nachfragte, konnte er immer behaupten, dass es sich bei Sanders um einen verstorbenen Onkel handelte. In Wirklichkeit hatte er nie existiert. Vidal hatte geglaubt, dass seine Klienten einem zweifelhaften Ein-Personen-Unternehmen weder ihre Ersparnisse überlassen noch ihr Vertrauen schenken würden – und dass ein Büro mit zwei Namen eher wie eine Kanzlei wirkte. Zur Eröffnung des Büros hatte Dierdra ihn mit der Tafel überrascht, die das Logo der Kanzlei, einen gelben Hahn, zeigte. Damals liebte sie ihn noch und bedachte ihn mit derartigen Aufmerksamkeiten. Der gelbe Hahn, der unbeugsame Gallier, bezog sich auf einen Witz, den sie ständig machten, nachdem sie gerade zusammengekommen waren. Die Tafel, die direkt neben dem Schild hinter dem Empfangstresen angebracht war, zauberte ihm jedes Mal ein Lächeln ins Gesicht, und selbst jetzt wurde ihm ein wenig warm ums Herz. Er hatte etwas aus sich gemacht und viele Jahre von der Beziehung zu Dierdra profitiert, und die Tafel war ein Symbol dafür.

Die drei Klienten im Wartezimmer waren ebenfalls dankbar für seine Bemühungen. Er gab sein Bestes für sie – was mehr war, als sie normalerweise vom Rechtssystem erwarten durften –, und er würde sie nicht hintergehen; darum fand er seine halblegalen Geschäfte vollkommen gerechtfertigt. Er hatte niemandem damit schaden wollen.

»Guten Tag, Tertia«, sagte er zu seiner Anwaltsgehilfin am Empfangstresen. Dann lächelte er dem alten Ehepaar zu, das schon auf ihn wartete und im Angesicht des mächtigen Arms des Gesetzes vor Ehrfurcht wie erstarrt auf seinen Stühlen hockte. Man hatte ihren siebenjährigen Enkel Peter dabei erwischt, wie er die Rohrpostbehälter beobachtet hatte, die durch die durchsichtigen Röhren jagten, die er nur zum Spaß installiert hatte. »Tut mir leid, ich bin spät dran, Mr. und Mrs. Alvarez. Peter, hol dir was zu trinken, dann fangen wir an.«

Als Sofie am späten Nachmittag an Vidals Tür klopfte, schob er gerade einen Behälter mit Dokumenten zu drei Fällen in die Rohrpost zum Zivilgericht. Tertia stand auf, um sie hereinzulassen, und Vidal bat sie in sein Büro und schloss die Tür hinter sich.

»Einen Kaffee, mein Schatz?«, fragte er.

»Nö. Was gibt's, Dad?«

»Hör zu, Sofe, du kannst nicht mehr herkommen. Du musst nach der Schule direkt nach Hause gehen.«

»Warum?«

Vidal hätte sie gerne angelogen, um sie zu schützen, doch er hatte ihr versprochen, stets ehrlich zu ihr zu sein. »Die Polizei beobachtet uns.«

Sie richtete sich auf, drehte sich um und starrte auf die Tür, als könnte sie durch sie hindurchschauen. Ihr Gesicht versteinerte, und während Vidal an die virtuellen Masken in Green Valley dachte, betrachtete er das Gesicht seiner Tochter aus Fleisch und Blut und wusste genau, was sie fühlte: Trotz, Stolz, Trauer und Wut. »Und?«, sagte sie mit einem Achselzucken. »Lass sie ruhig.« Sie hob die Stimme, um zu zeigen, dass sie keine Angst hatte; als könnte die Polizei sie hören, oder als glaubte sie, man würde sie abhören. Aber was wusste sie schon über Wanzen? Vor der Wende war sie noch ein kleines Kind gewesen.

»Ich wollte dich nicht in die Sache reinziehen, und du musst sofort damit aufhören.«

Sie funkelte ihn herausfordernd an und grinste spöttisch über diesen demütigenden Versuch, seine elterliche Autorität auszuspielen. Herrgott, wie sollte er sie nur davon abhalten, zu tun, was sie wollte? Falls sie Ärger bekam, wäre das seine Schuld. Er hatte nur dann eine Chance, wenn er mit ihr offen und ehrlich wie mit einer Erwachsenen redete.

»Tut mir leid. Um die Wahrheit zu sagen, ich dachte, dass die Polizei die Kinder einfach ignoriert. Bisher haben sie die

Geevees immer wie Luft behandelt. Ich habe keine Ahnung, was du über die Geschichte von Green Valley weißt, aber die Bürger in Stanton und im ganzen Land waren stinksauer, als Zeroth Green Valley von der Außenwelt abgeschottet hat. Man hat diese Leute als Betrüger und Spione entlarvt, und so kam es zur Wende. Trotzdem durften sie ihre schicken Büros und ihren hübschen kleinen Vorort behalten, eine Mauer errichten und ihre eigenen Gesetze machen. Als wären sie was Besseres, als müssten sie sich nicht an unsere Regeln halten. Die Leute tobten vor Wut: Wenn es nach ihnen gegangen wäre, hätten sie Green Valley gewaltsam geräumt und die Häuser dort in Besitz genommen.« Vidal lehnte sich zurück und nahm einen Schluck von seinem Kaffee. »Doch was Zeroth tat, war alles legal. Man hatte das Unternehmen keiner Straftat für schuldig befunden. Es war von Anfang an als eigenständiger Stadtrat registriert gewesen, und die Leute hatten das Recht, ihre Stadt so zu verwalten, wie sie das für richtig hielten.«

»Aber sie haben diese riesige Mauer und das Dach errichtet«, sagte Sofie. »Dafür brauchten sie doch bestimmt eine Sondergenehmigung?«

Das Mädchen hatte jedes seiner Worte verstanden. Es ist blitzgescheit, dachte Vidal voller Stolz. Vielleicht würde Sofie irgendwann sein Sanders werden. »Ja, das ist ein weiterer Aspekt. Die Firma verfügte nach wie vor über eine Menge Geld und hat es benutzt, um ihr Vorhaben weiter voranzutreiben, so wie sie Jahre zuvor damit die Anerkennung als eigenständige Gemeinde beschleunigt hatte. Der Bürgermeister, die Stadträte und die Polizeiführung – sie hatten alle ein Interesse daran, nichts zu unternehmen und Green Valley sich selbst zu überlassen. Ich bin sicher, dass sie immer noch

Schmiergelder kassieren. Aber das lässt sich natürlich nicht beweisen. Darum überrascht es mich, dass sich jetzt jemand für die Kinder interessiert. Offiziell existieren sie gar nicht, und sie leben bestimmt nicht in Stantons Zuständigkeitsbereich. Warum sollten die Behörden also jetzt diese bequeme Haltung aufgeben?«

»Vielleicht weil die Kinder in Stantons Zuständigkeitsbereich gefunden wurden.«

»Ich weiß nicht. Bevor Green Valley vollständig von der Außenwelt abgeschottet wurde, sind immer einige der Geevees nach Stanton gekommen, um Vorräte zu kaufen und ihre Familien zu besuchen. Sie wurden angegriffen und ausgeraubt, und zwei von ihnen wurden sogar ermordet. Da haben die Cops keinen Finger gerührt. Sie fühlten sich dafür nicht zuständig.« Er hielt inne und überlegte, was sich seitdem verändert hatte. »Diese Kinder existieren eigentlich gar nicht«, wiederholte er. »Sollten die Cops, aus welchen Gründen auch immer, Ermittlungen anstellen und herausfinden, dass ihr Tod die Folge einer Straftat ist, haben sie es mit einem Verbrechen ohne Opfer zu tun. Warum sollten sie ihrer Liste mit ungelösten Todesfällen diese ... Geister hinzufügen? Das ist es, was ich nicht verstehe.«

Sofie runzelte die Stirn und nickte.

»Irgendwas muss vorgefallen sein«, sagte Vidal. »Etwas, das die Lage verkompliziert hat.«

In diesem Moment ertönte ein dumpfer Schlag gegen die Decke, gefolgt von einem gedämpften Schrei. Sofie sprang von ihrem Stuhl auf und wollte zur Tür laufen.

»Nicht, Sofe. Du musst dich da raushalten.«

»Ist mir egal«, sagte sie und marschierte aus dem Zimmer.

Vidal folgte ihr durch den Flur in den hinteren Bereich des

Büros. Er vermied es, zu brüllen oder zu rennen, denn er wollte ihr vor den Klienten keine Szene machen. Sie eilten an der Toilette und Kochnische vorbei zu der verriegelten Stahltür, die zur Hintertreppe führte. Vidal hatte sie türkis gestrichen, damit sie neben den Lehmziegeln nicht ganz so deplatziert wirkte. Sofie öffnete mit ihrem Schlüssel die Tür, und im selben Moment purzelte ein halb nacktes, dürres kleines Mädchen ins Büro und warf Vidal zu Boden. Er knallte mit dem Kopf gegen einen Aktenschrank aus Metall und unterdrückte seinen Schmerz, als Rainbow und Sofie an ihm vorbeistürmten, dem Mädchen hinterher, das sich im Empfangsbereich die Seele aus dem Leib schrie. Vidal rappelte sich auf und näherte sich vorsichtig dem Ort des Geschehens, nicht ohne dem Paar mittleren Alters im Wartebereich ein beruhigendes Lächeln zuzuwerfen. Es handelte sich um den Scheidungsfall Williams, und die beiden hatten sich, ohne es zu merken, dicht aneinandergeschmiegt. Ferdi hielt Melissas Oberschenkel umklammert, während sie sich bei ihrem Ehemann eingehakt hatte. Es gibt nichts Besseres als den markerschütternden Schrei einer Todesfee, um einen Ehestreit zu schlichten, dachte Vidal beiläufig.

Er blieb stehen und beobachtete, wie die beiden älteren Mädchen neben dem verängstigen Kind mit ausgestreckten Armen in die Hocke gingen, um es hochzuheben. Er wusste, dass ein erwachsener Mann wie er die letzte Person war, die dieses Kind besänftigen konnte, und überließ den beiden Mädchen diese Aufgabe. Sie nahmen das Kind in die Arme, worauf es sich allmählich beruhigte. Anscheinend machte es Sofie nichts aus, dass das Kind ihren Pullover mit Rotz und Tränen verschmierte und das schmutzige Haar darin vergrub.

Dieses Kind war der Grund dafür, dass Sofie ihm unbedingt

helfen wollte. Der Grund dafür, dass sie ihm helfen *musste*. Und der Beweis dafür, dass das, was sie getan hatten, richtig war.

Schließlich hatte sich das Mädchen wieder so weit beruhigt, dass es zur Treppe zurücklaufen konnte. Rainbow, die ihm folgte, sagte: »Ich werde dich nicht zwingen. Versprochen. Ich warte, bist du so weit bist.« Melissa und Ferdi waren inzwischen wieder ein Stück voneinander abgerückt, und Vidal packte Sofie am Kragen, als sie an ihm vorbeikam.

»Was ist passiert?«

»Rainbow hat versucht, sie zu duschen.«

»Herrgott. Wie hat die Kleine es durch die Sicherheitstür oben geschafft?«

Sofie und Rainbow tauschten schuldbewusste Blicke aus. »Wir haben sie aus Versehen offen gelassen«, gestand Sofie. »Soll ich immer noch nach Hause gehen?«

Schlagartig wurde Vidal klar, was zu tun war. Er hätte nicht so lange damit warten sollen. »Allerdings.« Er warf einen Blick auf seine Uhr. Es war kurz vor vier. »Wir sollten jetzt beide nach Hause gehen.«

IV

15

»Ich weiß nicht, was du noch von mir willst«, sagte Jordan. Sein Adamsapfel hüpfte in die Höhe, während er an seiner Zigarette zog und den Rauch wie Sauerstoff einatmete. Eine dicke Gewitterwolke verdunkelte den Himmel, sodass es heute früher dämmerte als sonst und die Lichter gegenüber der Dachterrasse des Reviers, auf der wir standen, uns entgegenfunkelten. Der Wind wirbelte den Rauch, den Jordan in die Luft blies, zusammen mit etwas Staub und ein paar Taubenfedern durch die Luft. »Ich habe vor Barretts Büro einen Streifenpolzisten postiert, und meine Vorgesetzten sitzen mir bereits im Nacken und wollen wissen, was das soll. Ich kann unsere Ressourcen nicht damit verplempern, wegen eines unregistrierten Kindes zu ermitteln.«

»Sie sind tot, Jordan«, sagte ich. »Ihr habt bereits ein weiteres totes Kind gefunden. Es geht dabei nicht nur um mich und meine Familie. Um meine persönlichen Interessen.«

Er warf mir einen traurigen Blick zu, der sagte: Aber sicher doch. Jordan konnte mich mal am Arsch lecken. Leider hatte er recht. Inzwischen hatte ich mehr denn je ein persönliches Interesse an der Sache. Plötzlich spürte ich die Last all der Jahre, in denen ich meinen lange zurückliegenden Entschluss ignoriert hatte. Ich war überzeugt gewesen, dass ich die richtige Entscheidung getroffen hatte, und hatte David und Green Valley unsere Tochter anvertraut. Aber es sah ganz so aus, als wäre das ein schrecklicher Fehler gewesen. Wahrscheinlich war meine Tochter, wie diese toten Kinder, unterernährt und krank und würde als Nächste in der Leichenhalle landen. Ich konnte nicht behaupten, dass in mir plötzlich Mutterinstinkte erwacht waren, aber ich war auch keine Soziopathin – bei dem Gedanken an eine tote Kira gefror mir das Blut in den Adern.

Ich schaute Jordan ins Gesicht und versuchte herauszufinden, was er wirklich dachte. Ich wollte nicht glauben, dass ich die einzige Person in der Stadt war, die sich für diese wie aus dem Nichts aufgetauchten Kinder interessierte. Würden die Kinder aus Stanton stammen, aus North Harbour oder Sunset Drive – bei Claymarket sähe es schon wieder anders aus –, hätten der Polizeipräsident und der Bürgermeister höchstpersönlich in Gummistiefeln die Abwasserkanäle nach Hinweisen abgesucht. Inzwischen wusste ich immerhin, wer die Kinder durch die Gegend kutschierte, auch wenn ich noch keine Beweise dafür hatte, dass diese Leute für ihren Tod verantwortlich waren. Eigentlich hätte man meinen sollen, dass Jordan froh war, endlich eine Spur zu haben, aber stattdessen zuckte er nur mit den Schultern.

»Ich muss überzeugende Gründe vorbringen, warum Barrett ein Verdächtiger ist«, sagte er, denn er wollte sich nur zu gerne dieser unangenehmen Situation entziehen – so wie ich damals, als Kira noch ein winziges Baby war. »Bisher habe ich nichts in der Hand. Wir haben in seiner Wohnung keine Beweise gefunden. Wir wissen nur, dass er ein verantwortungsvoller Vater mit einem soliden Lebenswandel ist.«

»Ich *weiß*, dass er der Täter ist. Ich habe nur noch keine Ahnung, wie er es anstellt. Aber es gibt Beweise. Kannst du mir nicht einfach vertrauen, Jordan?«

Er wandte mir sein hageres Gesicht zu, und in der Dämmerung und im Schein der nach hinten geneigten Scheinwerfer, die das Dach beleuchteten, wirkten seine Augenringe noch dunkler als sonst. »Ehrlich gesagt, ich weiß nicht, ob ich das noch kann«, erwiderte er traurig, und seine Worte verletzten mich.

Die Wahrheit verflüchtigte sich so schnell wie das Tageslicht. Bald wurde es dunkel, und ich würde Kira nicht rechtzeitig finden. Also beschloss ich, Jordan zu erzählen, was ich herausgefunden hatte; sollte mir Sentinel deswegen mit Konsequenzen drohen, würde ich mich darum kümmern, wenn es so weit war. »Okay, ich werde dir erzählen, was ich weiß. Damit du begreifst, dass ich nicht verrückt bin und einen persönlichen Rachefeldzug führe.« Ich beschrieb ihm die Aufnahmen von dem Wagen, die ich gesehen hatte, und von der Person, die das Kind in der Bäckerei deponiert hatte. Ich erzählte ihm, dass ich eine Liste mit sämtlichen grauen, vier Jahre alten Toyota Camrys aufgerufen und Barretts Privatadresse und Büroanschrift ermittelt hatte. Und dass das Logo der Kanzlei Barrett & Sanders ein gelber Hahn war. »Genau das hat David mir gezeigt, als ich in Green Valley war. Der Entführer hat ihn am Tatort zurückgelassen.«

»Er hat einen *Hahn* zurückgelassen?«

»Sozusagen. Den elektronischen Fingerabdruck einer alten digitalen Visitenkarte. Ist schwer zu erklären.«

Er schüttelte den Kopf, drückte seine Zigarette aus und blies den Rauch von seinem letzten Zug in die Luft, den mir der Wind ins Gesicht wehte. »Du hast die Privatsphäre dieser Leute verletzt.«

Ich hatte allmählich genug von seiner Verbohrtheit. Warum wollte er nicht begreifen? »Das nennt man Polizeiarbeit, schon vergessen? Früher war es die Aufgabe der Polizei, Verbrecher aufzuspüren.«

»Aber nicht die Leute auszuspionieren, indem man die Bürgerrechte verletzt. Das ist vorbei. Das war früher, in den unseligen Zeiten. Und wir wollen bestimmt nicht wieder damit anfangen.«

»Herrgott noch mal«, seufzte ich. »Gib's doch zu: Mit dieser Beweiskette wäre er für dich zumindest ein Verdächtiger, jemand, den man überprüfen sollte.«

Jordan steckte sich eine weitere Zigarette an und schirmte mit den Schultern und seinen schlanken Fingern die Flamme ab.

»So ist es doch, oder?«, hakte ich nach.

Er presste seine Lippen zu einem angedeuteten Lächeln zusammen. »Ja.« Ich ahnte, dass er tief in seinem Innern beeindruckt oder neidisch war. Wäre er betrunken gewesen, hätte er garantiert zugegeben, dass er gerne über Sentinels Ressourcen verfügen würde. Aber in nüchternem Zustand hätte er das nie ausgesprochen, als Polizeibeamter, der dem öffentlichen Frieden verpflichtet war.

»Und?«

»Und was?«

»Stellst du für die Schule des Mädchens einen Streifenpolzisten ab und lässt die Wohnung rund um die Uhr überwachen? Und kann ich in der Kanzlei ein paar Kameras anbringen?«

Er schüttelte den Kopf. »Ich werde dir nicht dabei helfen, in sein Büro einzubrechen und es zu verwanzen. Außerdem ist es eine unzulässige Verletzung der Privatsphäre, seine Wohnung rund um die Uhr zu überwachen. Du hast nichts weiter als ein paar Videoaufnahmen, die offiziell nicht existieren, und eine ›digitale Visitenkarte‹, die du niemandem zeigen kannst.«

Ich marschierte auf die andere Seite der Terrasse, während ich mit den Zähnen knirschte und die Fäuste ballte, sodass sich die Nägel tief in meine Handflächen bohrten. »Ich find's wirklich toll, dass du dich plötzlich als Paragrafenreiter aufspielst«, knurrte ich. Er warf mir einen warnenden Blick zu, und ich begriff, dass ich zu weit gegangen war. »Tut mir leid. Vergiss es«, sagte ich und lief Richtung Treppenhaustür. Ich hatte es vermasselt. Wenn er mir nicht half, half mir niemand. Das war's.

»Halt«, sagte er, und ich drehte mich um. »Du hast mich falsch verstanden. Ich bin in dieser Sache auf deiner Seite. Mich beschäftigt das ebenfalls. Ich will ebenfalls wissen, wer diese Kinder getötet hat. Glaubst du etwa, es macht mir Spaß, Fotos von toten Kindern zu machen und dann zu den Akten zu legen, als hätten sie niemals existiert? Es gibt dort oben Leute« – er deutete in die Höhe und meinte damit die Führungsetage der Polizei und Stadtverwaltung, auch wenn er auf nichts weiter als die violetten, wabernden Gewitterwolken zeigte, sodass es schien, als würde er von einer urzeitlichen, allmächtigen Gottheit sprechen –, »denen diese Sache vollkommen egal ist und die stinksauer werden, wenn man sich um Angelegenheiten kümmert, von denen man die Finger lassen sollte.« Wie zur Bestätigung zuckte in der Nähe ein Blitz auf, und aus einer Wolke ergossen sich dicke Regentropfen. Jordan eilte hinter mir ins Treppenhaus und sagte auf dem ersten Absatz mit leiser Stimme: »Ich glaube nicht, dass ein guter Detective die Leute ausspioniert und in seinem bequemen Büro voreilige Schlüsse zieht. Auf diese Weise findet man nicht die Wahrheit heraus. Ich werde morgen einen

Streifenbeamten für die Schule abstellen, und wir können uns mal umhören. Aber wir müssen vorsichtig sein.«

Er warf seinen Zigarettenkippe auf den Boden und trat sie aus, dann blickte er mir in die Augen: »In Ordnung?«

»In Ordnung«, sagte ich. »Danke.«

16

»Du hast es also geschafft«, sagte Fabian. Er kam aus der Küche und wischte sich an einem Geschirrtuch die Hände ab, während ich die Wohnung betrat.

Für einen Moment glaubte ich, dass er eine sarkastische Bemerkung gemacht hatte, weil er wegen des Streits gestern Abend noch sauer war, und erklärte abwehrend: »Ich musste den Regen abwarten. Es hat –«

Aber er trat auf mich zu und gab mir einen zärtlichen Kuss auf die Wange. Seine Hand wanderte in meinen Nacken, und er zog mich für einen Moment zu sich heran. »Schön, dich zu sehen«, sagte er. »Nimm dir was von dem Wein, wenn du so weit bist. Ich koche gerade Pasta.«

Ich war froh, dass er das Eis zwischen uns gebrochen hatte; ich wollte mich heute Abend nicht streiten. Überhaupt musste ich ein paar Gänge runterschalten, da mein Verstand seit Davids Anruf unablässig am Rand seiner Leistungsfähigkeit arbeitete. Nachdem ich geduscht und bequemere Sachen angezogen hatte, setzte ich mich zu Fabian an den Küchentresen. Ich kippte das Glas Wein, das er mir eingegossen hatte, in einem Zug herunter und schenkte mir nach. Dann stocherte ich mit meiner Gabel in den frischen Kräutern auf der Pasta herum, aber ich brachte keinen Bissen herunter. Wie auch? Wie konnte ich in dieser luxuriösen, schicken Küche sitzen, während Kira, ganz auf sich gestellt und verängstigt, vergeblich auf Hilfe wartete, weil Jordans Team sie nicht rechtzeitig fand. Oder noch schlimmer ... aus meiner Brust stieg ein Schluchzen empor, und ich schob meinen Teller fort und verbarg mein Gesicht vor Fabians Blicken.

»Es geht dir nicht gut«, sagte er.

»Nein«, sagte ich. »Tut mir leid, Fabe.«

»Bitte«, sagte er. »Das muss dir doch nicht leidtun.« Er sah mich schweigend an und wartete, dass ich ihm mein Herz ausschüttete.

»Ich war wegen der Sache mit Kira wirklich mit mir im Reinen. Was ich gesagt habe, war die Wahrheit. Ich wusste, dass ich die richtige Entscheidung getroffen hatte.« Ich suchte in seinem Gesicht nach Bestätigung.

»Ich glaub dir«, sagte er.

»Ich wollte sie nicht hierherbringen, in deine Wohnung. Und jetzt ... ist sie verschwunden, und ich dachte, die Sache würde sich irgendwie von alleine aufklären. Ich dachte, ich kann mich darauf verlassen, dass David, die Polizei, Zeroth oder wer auch immer sie findet. Ich hab nicht im Traum daran gedacht, dass ich mich selbst darum kümmern muss. Sie ist immer noch verschwunden, und ich fühle mich so verdammt hilflos.«

»Kannst du sonst noch irgendwas tun? Musst du einen bestimmten Ort aufsuchen? Soll ich dich irgendwohin begleiten?«

Obwohl Fabian in diesem Moment ganz der perfekte, einfühlsame Liebhaber war, konnte ich ihm nicht die Wahrheit erzählen. Ich wusste einfach nicht, ob ich ihm mehr bedeutete als seine Prinzipien. »Ich kann nichts weiter tun, als zu warten. Jordan lässt ein paar fähige Beamte nach ihr suchen. Sie haben eine Spur, aber ich kann hier bloß sitzen und warten, bis er mich anruft und mir mitteilt, dass man sie gefunden hat. Die ganze Zeit denke ich, dass ich noch mehr unternehmen müsste, aber es gibt nichts weiter. Ich kann meiner Tochter nicht helfen, Fabian. Weißt du, wie sich das anfühlt?«

»Nein.«

Ich stand auf, und der Hocker kratzte über die Fliesen und schwankte leicht hin und her. »Ich kann einfach nicht hier sitzen und deine großartige Pasta essen, während ich so tue, als ob alles in Ordnung wäre. Ich wünschte, es wäre so, aber das ist es nicht.«

»Ist schon okay«, sagte er und schenkte mir von dem Wein nach.

Ich lag neben Fabian im Bett und wartete darauf, dass er einschlief. Offensichtlich dämmerte ich irgendwann ebenfalls weg, denn als ich zu mir kam, war es bereits drei Uhr nachts. Sofort war mein Kopf von einem heillosen Lärm erfüllt. Es war, als würde ich in einer anderen Zeitzone leben, als wäre helllichter Tag, und für einen Moment musste ich an all die Menschen denken, die Tausende von Kilometern entfernt gerade beim Frühstück saßen und durchs Fenster den Sonnenaufgang betrachteten. Ich konnte mich nicht erinnern, wann ich zum letzten Mal durchgeschlafen hatte. Das würde mir erst wieder gelingen, wenn das hier vorbei war.

Das Bett war unglaublich bequem, und ich lag für ein paar Minuten benommen da, während ich gegen all die Zahlen und Fakten ankämpfte, die durch meinen Kopf geisterten, und versuchte, wieder einzuschlafen. Aber die Mohairdecke, die Fabian hochgezogen hatte, kitzelte mir in der Nase, sodass ich schließlich aufstand. Nachdem ich gepinkelt hatte, schloss ich mich erneut im Arbeitszimmer ein. Wenn ich schon nicht schlafen konnte, würde ich wenigstens anderen Menschen dabei zusehen.

Ich rief auf meinem Monitor die verschiedenen Kameras auf und stellte meine Kopfhörer leise, dann lehnte ich mich in meinem Stuhl zurück. Vidal und Sofie Barrett taten, was normale Bürger um drei Uhr morgens eben so tun, und die beiden zu beobachten, war wie eine Meditation. Zum ersten Mal in dieser Woche kam ich dazu, über das nachzudenken, was ich gesehen hatte, und nach und nach verarbeitete mein Verstand all die Informationen. Für mehrere Stunden sah ich den beiden beim Schlafen zu und bewegte mich nur, um mich bequemer hinzusetzen. Es begann bereits zu dämmern, als ich es endlich bemerkte.

Ich hämmerte gegen Jordans Tür. Mit Trainingshose und Bademantel bekleidet öffnete er mir schließlich. Als er mich erkannte, trat er zurück und schob die Tür weiter auf.

»Was'n los?«, nuschelte er.

Er hob die Arme und rieb sich mit den Handballen über Gesicht und Augen, sodass sich der Bademantel ein Stück öffnete und mein Blick auf seine knochige, spärlich behaarte Brust fiel. Er machte ein finsteres Gesicht und zog den Mantel wieder zu, dann schlurfte er den kurzen Flur zurück und ließ die Tür offen, damit ich ihm folgen konnte.

Ich war nie zuvor in seiner Wohnung gewesen. Sie stank nach Zigaretten und Käse. Der Flur führte in eine winzige Wohnküche mit einem Fenster ohne Vorhänge, durch das man auf die Rückseite eines anderen Häuserblocks schaute. Ich warf einen Blick in sein Schlafzimmer auf ein leicht zerwühltes schmales Doppelbett, das direkt neben einem Schreibtisch voller ordentlich gestapelter Unterlagen stand. Die Wohnung war ungefähr so groß wie jene, in der ich aufgewachsen war, aber immerhin befand sie sich in einem anständigen Gebäude und in einer besseren Gegend als Claymarket. Dennoch hatte ich ein schlechtes Gewissen, dass ich aus meiner Fünf-Sterne-Unterkunft hergeeilt war, um Jordan aus dem Bett zu prügeln.

»Tut mir leid«, sagte ich, während er ein Kleiderbündel an mir vorbei ins Badezimmer trug. »Ich habe gewartet, bis ich dachte, du wärst wach.« Diese kleine Lüge und meine Entschuldigung kamen mir mühelos über die Lippen. Ich wollte die Wogen wieder glätten, um mir zu beweisen, dass ich normalerweise nicht so rücksichtslos war. Dass ich wusste, was sich gehörte, auch wenn ich mich nicht so verhielt.

Er nickte mir wortlos zu.

»Ich hab was rausgefunden, und es ist wichtig. Du musst mich begleiten, wir dürfen keine Zeit verlieren. Vielleicht ist es schon zu spät.«

Wir marschierten am Portier vorbei zum Treppenabsatz hinauf, und ich gab Jordan ein Zeichen, stehen zu bleiben. Ich fand, es könne nicht schaden, das Tablet aus meiner Tasche zu holen und einen Blick auf die Überwachungsbilder zu werfen. Vidal und Sofie lagen immer noch im Bett. Aber zur Sicherheit liefen wir auf Zehenspitzen weiter den Flur entlang. Als wir um die Ecke des Treppenabsatzes bogen, trafen wir auf eine Nachbarin, die so früh schon auf den Beinen war und gerade ihre Tür abschloss. Ich wich Richtung Wand zurück und versuchte, einen unverdächtigen Eindruck zu machen, doch Jordan, der in seinem Anzug die nötige Autorität ausstrahlte, marschierte einfach weiter und nickte ihr zu. Die Frau warf einen irritierten Blick herüber und stellte, wie sich das für eine brave Bürgerin gehörte, keine Fragen.

Als wir Barretts Tür erreichten, schaute ich erneut auf das Tablet – die beiden lagen immer noch im Bett. Jordan zog seine Pistole aus dem Halfter, bevor er endlich ebenfalls einen Blick auf die Überwachungsbilder warf. Ich musste grinsen – es war wie ein kleiner moralischer Sieg. Doch er verzog keine Miene, während er mit der Faust gegen die Tür hämmerte. »Polizei!«

Als außer dem Echo des Klopfens hinter der Tür nichts zu hören war, sah ich meine Vermutung bestätigt. Ich schaltete das Tablet aus und verstaute es in meiner Umhängetasche. »Sie sind nicht zu Hause«, stellte ich fest.

»Aber dein Tablet …«, flüsterte Jordan, die Pistole immer noch im Anschlag. »Es zeigt doch, wie die beiden in ihrer Wohnung im Bett liegen.«

Ich schüttelte den Kopf. »Wir kommen zu spät.«

Diesmal bestand Jordan darauf, sich auf legalem Wege Zugang zur Wohnung zu verschaffen. Es dauerte eine Weile, bis er den Portier dazu gebracht hatte, den Vermieter anzurufen, und vierzig Minuten später kreuzte dessen Bevollmächtigter mit den Schlüsseln im Gebäude auf. Der kleine Mann wartete an der Tür, während wir die Wohnung durchsuchten. Sie sah fast genauso aus wie bei unserem letzten Besuch, nur dass das Geschirr gespült und weggeräumt worden war und man das Obst und Gemüse aus dem Kühlschrank mitgenommen hatte. In den Kleiderschränken fehlten ein paar Sachen, und die Zahnbürsten und einige Hygenieartikel waren zusammen mit Sofie und Vidal Barrett verschwunden.

In Vidals Zimmer, wo der Mann mit den Schlüsseln uns nicht sehen konnte, zeigte ich Jordan erneut das Tablet. Noch immer konnte man darauf erkennen, dass Vidal und Sofie tief und fest schliefen; von uns beiden dagegen war nichts zu sehen. »Was ist los mit dem Ding?«, fragte Jordan und tat so, als wüsste er nicht, was passiert war. »Kannst du zum jetzigen Zeitpunkt vorspulen?«

»Das sind die Live-Bilder. Er hat die Aufnahme geloopt.«

»Du hast es die ganze Zeit gewusst.«

»Ja. Aber ich hatte gehofft, dass wir sie erwischen, bevor sie sich aus dem Staub machen. Darum habe ich dich so früh geweckt.«

»Woher wusstest du das bloß?«

Als ich es zu Hause zum ersten Mal bemerkt hatte, hatte ich die Aufnahme ein paar Minuten zurückgespult. Und dann konnte ich es schließlich sehen – einen kurzen Lichtschein an den Rändern von Sofies Vorhängen und dreißig Sekunden später zwei Blitze. Sofie setzte sich für eine Sekunde auf, dann legte sie sich wieder hin und schlief weiter. Ich spulte die Aufnahme erneut zurück und drehte den Ton lauter, sodass ich den Donner hören konnte. Dann warf ich einen Blick aus dem Fenster, auf den klaren, violetten Himmel, an dem die Sterne im Licht der aufgehenden Sonne langsam verblassten. Es war keine einzige Wolke zu sehen; das Gewitter von letzter Nacht hatte sich inzwischen verzogen.

Anschließend spulte ich mehrere Stunden Material durch. Es dauerte eine Weile, bis ich bei dieser Geschwindigkeit die einzelnen Blitze ausmachen konnte. Aber drei Stunden und zehn Minuten sowie sechs Stunden und zwanzig Minuten zuvor wurde ich schließlich fündig. Es war derselbe Rhythmus: ein Grollen, gefolgt von zwei Blitzen. Sofie setzte sich auf und legte sich wieder hin.

»Sie wussten, dass wir sie überwachen«, knurrte Jordan.

Wir. Das verbuchte ich als Erfolg.

»Ja.« Ich schaute zu der Stelle in der Deckenleiste, wo ich die versteckten Kameras angebracht hatte, und dann zu Jordan. »Jemand muss ihnen einen Tipp gegeben haben.«

17

Ich wusste nicht, ob Jordan ein schlechtes Gewissen hatte oder ob ihm die vergessenen Kinder tatsächlich am Herzen lagen, jedenfalls stürzte er sich voller Eifer in die Ermittlungen. Uns beiden war klar, dass es immer schwerer werden würde, etwas über das Schicksal der Kinder herauszufinden, je länger Barrett von der Bildfläche verschwunden war. Jordan legte für den heutigen Tag all seine anderen Fälle auf Eis und war bereit, sich vom Captain eine Standpauke einzuhandeln, weil er seine Dienstzeit damit verbrachte, einer Filing-Supervisorin bei einem Fall zu helfen, der offiziell gar nicht existierte.

Wir fuhren direkt zu Barretts Büro, das sich in einem Mietshaus am Rand von Claymarket befand, zwei Blocks von der Wohnung meiner Kindheit entfernt. Im Gegensatz zu dort konnte man an dem Gebäude den Wandel der Stadt sehr viel deutlicher ablesen. Man hatte das Mauerwerk mit Säure gereinigt und neu verfugt und die Bürofenster im Erdgeschoss mit Holzrahmen versehen. Auf demselben Abschnitt der Ocean Street befanden sich ein uralter Waschsalon namens Suds Ease, zu dem meine Mutter und ich unsere Sachen gebracht hatten, wenn die Waschmaschine im Keller unseres Mietshauses mal wieder kaputt war, sowie ein Süßigkeitenladen namens Sweet Times, der schon immer dort gewesen war. Ich stellte fest, dass sie inzwischen »Hausgemachte Bonbons und Kaugummis aus eigener Herstellung« im Angebot hatten, die fünfmal so viel kosteten wie im Supermarkt. Zwischen den beiden Geschäften lag ein teurer Friseursalon, der mich an die Main Street in Green Valley erinnerte.

Während Jordan Sofies Schule observierte, stand ich mit Berna Danielewski, der Streifenpolizistin der Nachtschicht, am Tresen vor dem Fenster des Diners, das sich gegenüber Barretts Büro befand. Ihr war nichts Ungewöhnliches aufgefallen, und Vidal Barrett hatte das Gebäude auch nicht betreten. Wir beobachteten, wie Barretts Empfangsdame um zwanzig nach acht das Büro aufschloss und mehrere Angestellte mit ihren Kindern zur Schule eilten, bevor sie den Bus bestiegen.

»Sie sind schon lange bei der Polizei, Officer?«, sagte ich. Danielewski sah aus wie siebzig, obwohl sie die Sechzig, das gesetzliche Rentenalter, bestimmt noch nicht erreicht hatte. Nach all den Jahren im Streifendienst hatte sie eine gebückte Haltung angenommen, und ihre fahle Haut hing schlaff an ihr herunter. Sie zuckte zusammen, als sie sich auf einen Hocker am Tresen setzte, und ich fragte mich, warum sie immer noch eine Uniform trug und es nicht zum Detective geschafft hatte oder im Büro arbeitete. Natürlich konnte ich sie das nicht fragen.

Sie nickte und behielt das Gebäude gegenüber weiter im Auge. »Ich gehe bald in Rente.«

»Sind Sie Ihr ganzes Leben ein Cop gewesen?«

Sie sah mich für einen Moment an und zuckte dann mit den Schultern. »Als Kind noch nicht.«

»Aber vor und während der Wende haben Sie als Streifenpolizistin gearbeitet?«

»Sicher.«

»Man triff nur selten so jemanden, wissen Sie. Obwohl die Wende ja gar nicht so lange her ist. Aber so viele Leute haben danach ihren Job verloren und einen neuen Beruf ergriffen. Man weiß kaum noch, wie es damals war, als wäre es verboten, sich an diese Menschen zu erinnern.«

»Wahrscheinlich habe ich Ihnen damals auf Ihrer Uni eine Ladung Pfefferspray verpasst.«

Ich musste lachen. »Ja. Ich gehörte an der Uni zwar nicht gerade zu den Unruhestiftern, trotzdem hätte ich mir nicht träumen lassen, dass ich mal für die Polizei arbeiten würde.« In den letzten zwanzig Jahren hatte sich so viel verändert – und dann auch wieder nicht. Eine Form des Protests war einfach durch eine andere ersetzt worden. Officer Danielewskis Leben wäre ohne die Auswirkungen der Wende genauso anstrengend gewesen. Claymarket war immer noch wie früher; die Menschen hier strampelten sich ab und fristeten ein armseliges, beschwerliches Dasein. Vielleicht hatte sich die Gesellschaft doch nicht weiterentwickelt. Auf einmal sehnte ich mich nach Zeroths falschen Versprechungen – wenigstens verfolgte das Unternehmen eine eigene Zukunftsvision.

Plötzlich begann Officer Danielewski zu prusten und riss mich aus meinen Gedanken. Für einen Moment glaubte ich, sie bekäme keine Luft mehr, bis mir klar wurde, dass sie lachte. »Ich weiß, dass Sie nicht *richtig* zu uns gehören.«

»Wie kommen Sie darauf?« Ich wollte es unbedingt wissen und war selbst überrascht, wie wichtig mir das war. Ich wollte wissen, was die anderen über mich dachten. Ich wollte einen Blick in den magischen Spiegel werfen, doch diesen Gefallen tat Danielewski mir nicht. Sie schüttelte nur den Kopf und leerte, die Augen auf Barretts Büro gerichtet, ihren Kaffeebecher.

Ich ließ meinen Blick über den vierstöckigen schlichten Ziegelsteinkasten wandern. In den Fenstern des Erdgeschosses wurden die Jalousien hochgezogen und die Lichter eingeschaltet, aber in den drei Stockwerken darüber rührte sich nichts. Die dichten Vorhänge waren immer noch geschlossen. Um die Beamtin mit meinen herausragenden detektivischen Fähigkeiten zu beeindrucken, sagte ich: »Bestimmt wohnt oder arbeitet dort jemand. Finden Sie es nicht verdächtig, dass sich dort absolut nichts rührt?« *Absolut nichts ...* Es war mir selbst peinlich. Neben dieser aufrichtigen Frau alten Schlags aus Claymarket wirkte ich, mit meinem privilegierten Dasein in Fabians Wohnung im Museum District, wie eine billige Angeberin. Natürlich durchschaute jemand wie sie eine Person wie mich, oder jene Person, die aus mir geworden war.

»Vielleicht hat es auch gar nichts zu bedeuten.«

In diesem Moment traf Officer Danielewskis Ablösung ein. Der Beamte bezog vor dem Fenster des Diners Position, und Danielewski rutschte vom Hocker und humpelte mit einem Nicken in meine Richtung nach draußen. Ich schaute ihr hinterher und kam mir wie eine Hochstaplerin vor. Wäre es nicht wunderbar, wenn wir auch im richtigen Leben unsere Avatare wechseln könnten? dachte ich. Allerdings hätte ich dann nicht gewusst, wer zum Teufel ich überhaupt sein wollte.

Zu meiner Erleichterung kreuzte wenig später Jordan im Diner auf und riss mich aus meinen trüben Gedanken. »Auf geht's, Detective Lucie«, sagte er. Seine schlechte Laune von vorhin war offensichtlich verflogen. Wahrscheinlich hatten seine morgendlichen Aufputschmittel endlich angefangen zu wirken. »Die Tochter ist heute nicht in der Schule erschienen. Auf uns wartet Arbeit.«

Unsere erste Maßnahme bestand darin, die Straße zu überqueren. Jordan rüttelte an der Tür der Kanzlei, bis die Empfangsdame mit finsterem Blick durch die Glasscheibe spähte. Ich bemerkte das Stahlgitter hinter dem Holzrahmen und die Sicherheitsfolie auf der Doppelverglasung. Offensichtlich hatte das moderne, beschauliche Leben noch nicht in alle Bereiche von Claymarket Einzug gehalten.

»Haben Sie einen Termin?«, fragte die Empfangsdame, während sie zu ihrem Tresen ging, um einen Blick in den großformatigen Terminkalender zu werfen. Das Büro der Kanzlei war ordentlich, sauber und unpersönlich eingerichtet, als hätte Vidal irgendjemanden beauftragt, die Möbel auszusuchen, und selbst keinen weiteren Blick darauf geworfen. Eine Vase voller Zweige, die auf dem Aktenschrank im Empfang stand, war mit staubigen Spinnweben überzogen. Offensichtlich wurde der Reinigungsservice nicht dafür bezahlt, dieses überflüssige Dekorationsstück zu säubern. An der fliederfarbenen Wand hinter dem Tresen war ein Schild mit dem Logo der Kanzlei befestigt: ein gelber Hahn. Es war derselbe vorlaute Gockel wie auf der Karte, die David in Kiras Zimmer gefunden hatte.

Jordan stellte uns beide der Frau vor, die darauf erklärte, dass ihr Name Tertia Pineira sei und dass sie seit der Eröffnung des Büros vor einigen Jahren für Barret & Sanders arbeite.

»Mr. Barrett ist noch nicht da«, sagte sie.

Jordan warf einen Blick auf die Uhr an der Wand. »Kommt er immer so spät?«

»Nein«, sagte sie. »Normalerweise ist er vor mir im Büro.« Sie hielt inne, als ihr klar wurde, dass sie ihren Arbeitgeber womöglich in Schwierigkeiten brachte. »Aber er hat häufig einen Termin und kommt erst danach hierher.«

»Hat er Ihnen denn gesagt, dass er heute Morgen einen Termin hat? Gibt es einen Eintrag?«, fragte Jordan und beugte sich mit seinem langen Oberkörper über den Empfangstresen zum Terminkalender vor.

Während er sich mit der Empfangsdame unterhielt, begann eines meiner Beine zu zittern, und ich musterte es irritiert, als würde es einem anderen Menschen gehören. Gleichzeitig verspürte ich eine Woge der Panik, und meine Brust füllte sich mit Blei. »Wir verschwenden hier nur unsere Zeit, Jordan«, sagte ich. »Hier kommen wir nicht weiter.«

Aber er schien mich nicht zu hören und plauderte weiter mit der Frau, obwohl sie keine brauchbaren Informationen für uns hatte. Mein Blick wanderte zu dem Logo mit dem Hahn, und wenn es sich nicht so albern angehört hätte, hätte ich schwören können, dass er mit mir redete. »Fahren wir in Urlaub?«, fragte er.

Während meine Brust von einer schmerzhaften Gänsehaut überzogen wurde, stolperte ich weg vom Empfangstresen, vorbei an einer Stuhlreihe im Wartebereich, einen schmalen Seitengang hinunter, in dem ein Schild mit der Aufschrift »Toiletten« hing. Vielleicht wollte mein Bein dorthin. Bei dem Gedanken daran wurde mir schlecht. Der bittere Kaffee aus dem Diner vermischte sich in meinem rumorenden Magen mit Gallenflüssigkeit. Auf meiner Stirn brach mir der kalte Schweiß aus, und in meinem Mund sammelte sich Spucke.

Ich wandte mich der Toilettentür zu, aber mein rechtes Bein beförderte mich gegen meinen Willen weiter den Flur hinunter, auf eine schwere, mit Stahlnieten besetzte, türkisfarbene Tür zu. Das Bein blieb davor stehen, und das Zittern wanderte von meinem rechten Knie hoch in meine Arme, während die Neuronen in meinem Kopf zu zucken begannen. Ich musste fort von hier, aber ich konnte mich nicht bewegen. Mein Körper hatte mich hierhergeführt, und mir blieb nichts anderes übrig, als abzuwarten.

Es dauerte nicht lang, dann verschwand plötzlich alles um mich herum, und da waren nur noch meine zuckenden Muskeln, die türkisfarbene Tür und der vibrierende Rand meines Blickfelds.

Hinter der Tür stürzte der Schafbock die Treppe herunter, und das Klappern seiner Hufe auf dem Beton klang wie Schüsse.

Er schlug mit den Beinen aus, die Tür krachte in meine Richtung, und ich konnte seine schmalen, gelben Augen sehen und seine widerlich verdrehten Hörner. Sein stinkender Atem schlug mir ins Gesicht, bevor er mich über den Haufen rannte und zu Boden schleuderte, sodass ich mit der Schulter gegen einen Abfalleimer knallte. Im Fallen erhaschte ich einen Blick ins Treppenhaus, auf ein Paar kleiner, nackter Füße, die durch das Geländer ragten. Über die Zehen lief Blut und folgte langsam dem Schafbock, bis der graue Schleier vor meinen Augen so dicht wurde, dass ich nichts mehr erkennen konnte.

Als ich es endlich schaffte, mich gegen die Wand zu lehnen und die Augen zu öffnen, war die türkisfarbene Tür wieder geschlossen und das Blut auf dem Boden verschwunden. Aber meine Schulter pulsierte noch immer, mir drehte sich der Magen um, und meine Rückenmuskeln hatten sich verkrampft.

»Wo bist du gewesen?«, rief Jordan, und ich richtete mich mit aller Kraft wieder auf. Ich wollte nicht, dass er mich noch einmal in diesem Zustand sah. Aber es war zu spät. Obwohl es mir gelungen war, wieder aufzustehen, lehnte ich immer noch benommen an der Wand, und wahrscheinlich war mein Gesicht genauso blass und feucht, wie es sich anfühlte. Denn als Jordan zu mir trat, während die Empfangsdame ein paar Schritte hinter ihm herbeieilte, murmelte er: »Schon wieder?« Ich war froh, dass er vor der Frau kein Drama daraus machte.

»Ich sehe mich nur mal um, wenn Sie nichts dagegen haben«, brachte ich hervor und strich meine Jacke glatt. »Wo führt diese Tür hin?«

»Zu den Wohnungen im Stock darüber, aber sie ist immer verschlossen«, sagte Tertia und starrte mich mit riesengroßen Augen an.

»Wer wohnt dort?«, fragte Jordan.

»Irgendwelche Mieter.«

Er wartete einen Moment, doch sie sagte nichts weiter. »Wie kommen sie in ihre Wohnungen?«

»Durch den Hintereingang«, sagte sie.

»Würden Sie uns den mal zeigen?«

Tertia führte uns durch das Büro hinaus auf die Ocean Street und weiter in die Zufahrt seitlich des Gebäudes, wo sie vor einem unkrautüberwucherten Grundstück stehen blieb. Der Zugang wurde durch ein hohes Maschendrahttor versperrt, auf dessen Oberseite eine Stacheldrahtrolle befestigt war.

»Da kommt man nicht so leicht rein«, meinte Jordan.

»Die Mieter haben selbstverständlich Schlüssel für die Vorhängeschlösser«, sagte Tertia in einem leicht empörten Tonfall; offenbar hatte sie Gefallen an ihrer Lügengeschichte gefunden. Sie deutete auf die zwei schweren Ketten, mit denen der Zaun gesichert war.

»Hat Mr. Barrett auch Schlüssel dafür?«, fragte Jordan.

»Ja, natürlich. Er parkt seinen Wagen hier. Wenn er im Büro ist.«

Jordan trat an den Zaun und schob seine Finger durch die Maschen, während er zu den Fenstern der Mietwohnungen hinaufspähte, die von hier aus genauso ausgestorben wirkten wie von vorne. »Das Haus ist sehr ruhig. Wie viele Leute leben hier?«

Tertia zuckte mit den Achseln. »Keine Ahnung. Ich muss zurück zum Empfang.«

»Sicher. Nur zu.«

Ich schaute ihr hinterher und wusste, dass Jordan ihr die Geschichte ebenfalls nicht abkaufte. In diesem Moment zuckte in einem der Fenster im zweiten Stock etwas auf. Aber als ich nach oben schaute, war dort nichts mehr zu sehen. Vielleicht war es eine Taube oder eine Katze gewesen, wer wusste das schon? Dank des Verkehrslärms von der Ocean Street konnte man hier in der Gasse nicht das geringste Geräusch hören. Der Gestank von Dieselabgasen, Pisse und schmutzigen Abwasserkanälen vermischte sich mit den Essensgerüchen aus der Gegend und der Kühlflüssigkeit der Klimaanlagen, die sich auf der Rückseite von jedem Gebäude hier in der Stadt befanden. »Wir sollten versuchen, ins Haus zu kommen, oder?«

»Dafür brauchen wir einen triftigen Grund«, sagte er. »Und einen amtlichen Durchsuchungsbeschluss.«

Also machten wir uns daran, die Gegend abzuklappern, und fragten die Ladenbesitzer und Gastwirte, wann sie Vidal zum letzten Mal gesehen hatten und ob er ein kleines Kind bei sich gehabt hatte – nein, *nicht* seine Tochter, jüngere Kinder, die vielleicht ein wenig schmutzig wirkten, mit Sachen, die ihnen nicht richtig passten. Wir zeigten ihnen unsere

Fotos und wollten wissen, ob Vidal oder Sofie Barrett neue Kleidung gekauft hatten? Turnschuhe und Haarspangen, wie auf den Bildern? Ob jemand etwas von vermissten Kindern gehört hatte oder Kindern, die umgezogen waren?

Den ersten Hinweis bekamen wir im Bayview Bookstore, wo Sofie mehrere reduzierte Kinderbücher gekauft hatte. Der Verkäufer erkannte sie auf dem Bild wieder und erinnerte sich an sie, weil sie »rattenscharf« ausgesehen habe. »Sie wissen schon, dass sie erst sechzehn ist, oder?«, sagte Jordan und warf ihm einen vernichtenden Blick zu, worauf der Typ hinter der Kasse ganz kleinlaut wurde.

Der Geschäftsführer des Supermarkts hingegen konnte uns nicht weiterhelfen: »Hier kaufen eine Menge Leute jede Menge Zeug ein.«

»Du weißt doch noch, wie das war, Jordan, oder?«, sagte ich, während wir das Sicherheitstor des Ladens hinter uns klirrend ins Schloss warfen und die Straße hinaufliefen.

»Was meinst du?« Jordan blieb stehen und schirmte mit seinem Körper eine Zigarette ab, um sie erneut anzustecken. Eine alte Frau mit einem Einkaufswagen kam an uns vorbei und schnalzte vorwurfsvoll mit der Zunge. Wahrscheinlich weil Jordan sich dabei über die Fischauslage eines Gemischtwarenladens beugte.

»Als es noch Videoüberwachung gab. Wünschst du dir das nicht auch manchmal zurück?«

»Hör mir bloß auf damit«, seufzte er, den Mund voller Qualm.

»Stell dir vor, wir könnten die Bänder zurückspulen und ein Foto von Barrett ausdrucken. Hey, weißt du noch, computergesteuerte Lagerbuchhaltung und Kreditkartenauszüge? Man konnte genau sehen, was zu einem bestimmten Zeitpunkt an einer bestimmten Kasse gekauft und womit es bezahlt wurde. Man bekam Name, Adresse, sämtliche nützlichen Informationen.«

»Hör auf, hab ich gesagt.«

»Wie lautet noch mal das Sprichwort? Wir haben das Kind mit dem Bade ausgeschüttet.«

Jordan warf mir einen stechenden Blick zu und senkte die Stimme: »Sag so was nicht.« Er blies eine Rauchwolke in die Luft.

»Warum nicht? Dies ist doch ein freies Land, oder? Haben all die ahnungslosen Bürger nicht genau dafür gekämpft?« Manchmal dachte ich, es war weniger ein Kampf und mehr eine Demontage gewesen. Es ist sehr viel leichter, etwas niederzureißen, als etwas aufzubauen. Sehr viel leichter, die Vergangenheit wiederaufleben zu lassen, als sich weiterzuentwickeln. »Für ihre Freiheit?«

Jordan machte ein finsteres Gesicht. Ich versaute ihm gerade die Zigarettenpause, also hörte ich auf und lief weiter.

Schließlich holte er mich ein und marschierte neben mir her. »Das Baby war tot, Lucie. Die Geheimdienstleute, die Wirtschaftsführer, all die Leute, denen wir es anvertraut hatten – sie haben es umgebracht«, sagte er und trat seine Kippe aus, bevor er das Sweet Times betrat. »Und *dann* haben wir es ausgeschüttet.«

Die Glocke läutete, und ein Mann trat aus der Küche hinter dem Tresen und wischte sich die Hände an einer gestreiften Schürze ab. Sein Vollbart war mit Klecksen einer grünen Masse besprenkelt. Ich hatte das Gefühl, als hätte ich eine Theaterkulisse betreten, doch der warme, süßliche Geruch im Laden war sehr real. Auf den Arbeitsflächen standen mehrere Bonbonmaschinen, die wie Nudelmaschinen aus Messing aussahen. Selbst in Claymarket pries man den Kunden jetzt hausgemachte Produkte an, als ob das was ganz Neues wäre. *Aus eigener Herstellung.*

Jordan zeigte dem Mann die Bilder von Sofie und Vidal und fragte, ob ihm irgendetwas aufgefallen sei.

Der Mann hob eine Brille vor die Augen, beugte sich umständlich über den Tresen und warf einen Blick auf die Fotos.

»Wollen Sie sie vielleicht in die Hand nehmen?«, fragte Jordan.

»Tut mir leid, meine Hände sind ganz klebrig. Aber das Mädchen kommt mir bekannt vor. Ich kann mich an sie erinnern, weil das ziemlich viele Süßigkeiten für sie alleine waren. Ja, ja. Es waren ... zwei Pfund Gummischlangen und eine große Schachtel Geleebohnen.«

»Sind Sie sicher, dass sie es war?«, fragte Jordan.

»Ich kann's nicht beschwören. Zu mir kommen eine Menge Kinder.«

Der Kassierer in der Red Cross Pharmacy konnte sich erinnern, dass Sofie ein paar Haargummis und eine Menge Schmerzmittel gekauft hatte. »Ich weiß das noch, weil sie außerdem Kinderhustensaft und mehrere Packungen Paracetamol eingepackt hat. Ich habe ihr erklärt, dass das Medikament für Kinder unter sechs nicht geeignet ist. Aber sie sagte, das wüsste sie. Sie machte ein so trauriges Gesicht, dass mir plötzlich wieder einfiel, wer sie war. Die Tochter von dem Anwalt – ihre Mutter ist erst vor Kurzem gestorben. Glauben Sie, dass sie jüngere Geschwister hat und sich um sie kümmern muss? Das würde erklären, warum sie lauter Sachen für kleine Mädchen gekauft hat ... Außerdem zwei Packungen Schlüpfer mit Ponys drauf und Jungenunterwäsche mit Cowboys und Zügen, dazu Haarspangen und Kindershampoo. Ich habe mich gefragt, wofür sie das alles braucht, denn ich fand das irgendwie merkwürdig, wissen Sie. Aber jetzt, mein Gott, mir kommen gleich die Tränen. Das arme Kind.«

»Du weißt, was das zu bedeuten hat, Jordan«, murmelte ich beim Verlassen der Apotheke.

»Ja«, sagte er. »Sie halten noch andere Kinder gefangen.«

»Damit haben wir einen hinreichenden Verdacht. Wir dürfen keine Zeit mehr verlieren.«

Ich fuhr mit Jordans Wagen zurück zum Revier und eilte in das Büro von Sentinel.

»Kommen Sie mit«, forderte Barbra mich auf, die wutentbrannt aus ihrem Büro gestürzt kam, wo sie mit ein paar wichtig aussehenden Leuten eine Besprechung abhielt. Sie stürmte zu mir ins Gemeinschaftsbüro und schob mich in den Flur, der zu den Toiletten führte. »Ich habe Ihnen *vor zwei Tagen* eine Sondergenehmigung erteilt, an Ihrem Fall zu arbeiten, während wir auf die Daten warten. Dann habe ich Sie zurückbeordert. Ich will, dass Sie sich ganz auf Ihre Aufgabe konzentrieren.«

»Tut mir leid, aber dieser Fall mit den Kindern ...« Ich benutzte dieses Wort bewusst, um an ihre Gefühle zu appellieren. »Der Verdächtige ist geflohen.«

Tatsächlich entspannte sich ihr Gesicht wieder – sie hatte meinen Köder geschluckt –, und ihre Hauptsorge galt jetzt nicht mehr dem Verstoß gegen die Vorschriften.

»Wir glauben, dass er noch mehr Kinder gefangen hält«, sagte ich. »Es werden weitere Kinder sterben.«

Ihr Kiefer verkrampfte sich, während sie darauf wartete, dass ich fortfuhr, und ich konnte förmlich sehen, wie es in ihrem Kopf anfing zu arbeiten.

»Mit jeder Minute, die er auf freiem Fuß bleibt, entfernt er sich weiter, und die Kinder sind in großer Gefahr. Ich habe zusammen mit einem Kollegen von der Kriminalpolizei verschiedene Leute befragt, aber das ist eine verdammt zeitraubende Angelegenheit. Und wir erfahren sowieso nur, was wir schon wissen.« Ich hielt inne und nahm all meinen Mut zusammen. »Wissen Sie, was ich wirklich brauche?«

Sie nickte. Ja, das wusste sie. Aber sie sagte: »Die Kinder stammen aus Green Valley, nicht wahr?«

Ich erstarrte. »Aber das sind Kinder, Barbra!« Es war mir egal, dass ich meine Vorgesetzte anschrie. Ich sah nur noch das kleine, bleiche Gesicht des Jungen vor mir, für den sich niemand zuständig gefühlt hatte. Vielleicht wäre er eines Tages Dirigent, Präsident oder Astronaut geworden, aber man hatte ihn getötet, und niemand war daran interessiert, für Gerechtigkeit zu sorgen. Ich wusste, dass mit jeder weiteren Stunde, die verstrich, auch Kiras Tod immer näher rückte. Meine Augen brannten, und in meinem Kopf vermischte sich Kiras Gesicht mit dem von David und meinem eigenen. »Es ist mir egal, wo sie herkommen. Das sind Kinder. Wir müssen sie retten, Herrgott noch mal!«

Als sich der rote Schleier vor meinen Augen lüftete, sah ich, dass Barbra beschwichtigend die Hände in die Höhe hielt. »Ich hab's kapiert, aber hören Sie auf zu brüllen, Lucie.« Sie wartete, bis ich ein paarmal tief Luft geholt hatte, dann sagte sie fast im Flüsterton: »Sie kennen genauso gut wie ich die offizielle Haltung bezüglich der Leute aus Green Valley. Sie fallen nicht in unseren Zuständigkeitsbereich. Es gibt eine ... Sonderregelung, die die Zuständigkeitsgrenzen eindeutig festlegt. Allerdings glaube ich, dass uns die toten Kinder in Stanton, egal wo sie herstammen, sehr wohl etwas angehen.«

Ich nickte und versuchte, mir mein Erstaunen über ihr

Zugeständnis, das an Verrat grenzte, nicht anmerken zu lassen.

»Ich weiß, dass Sie die Live-Daten des Verdächtigen haben wollen«, fuhr Barbra fort, »aber gehen wir noch einen Schritt weiter. Wir müssen die Einsatzmöglichkeiten der Hardware testen, deren Funktionen wir mithilfe der neuen Datenströme erweitert haben, und der Fall eignet sich offensichtlich bestens für einen Testlauf.«

Ich folgte ihr zu den Labors, wo Schindler mir eine kleine Schachtel mit der Linse gab, die ich aus Green Valley herausgeschmuggelt hatte, und mir erklärte, wie seine Leute sie modifiziert hatten.

»Wir wollen sie heute um fünf wieder zurückhaben«, sagte Barbra. »Und wehe, Sie bauen noch mal Scheiße.«

18

Es war beschämend, wie leicht es mir gelang, Vidal und Sofie aufzuspüren. Ich hatte ein schlechtes Gewissen, als mir die von Sentinel modifizierte Linse in meinem Sichtfeld Vidals verschlungene Fluchtroute und die aktuelle Position seines Autos anzeigte. Es stand offensichtlich in der Scheune einer Farm auf der anderen Seite von Green Valley. Obwohl ich ständig von Evolution und Fortschritt sprach und insgeheim glaubte, dass die Wende unsere Spezies all ihrer Möglichkeiten beraubt hatte, kam ich mir jetzt wie ein unerbittliches Raubtier vor, das sich seiner ahnungslosen Beute näherte. Vidal war eine gewitzte Spitzmaus, die in ihr Versteck gekrabbelt war, wo die anderen Mäuse sie nicht finden konnten. Aber ich war eine Mischung aus Hai, Adler und Leopard und mit den Informationen unzähliger Überwachungsgeräte vernetzt, und gegen diese Technologie hatten all die gerissenen kleinen Spitzmäuse – die Bürger Stantons – keine Chance.

Wie auch immer, ich durfte mich von meinen liberalen Ansichten nicht aufhalten lassen. Zwar konnte ich mir kaum vorstellen, dass ein Mädchen im Teenageralter, das für andere Kinder glänzende Haargummis und Unterwäsche mit Ponymuster kaufte, eine Mörderin war oder mit einem Mörder gemeinsame Sache machte, doch was wusste ich schon? Vidal Barrett kannte Kiras Aufenthaltsort, und das war das Einzige, was momentan zählte.

Ich raste mit dem Wagen Richtung Osten, Richtung Farm, verfolgt von dem Schafbock und angetrieben von der Erinnerung an jenen Moment, als ich Kira, in einem Tragetuch auf Davids Brust selig schlummernd, das letzte Mal gesehen hatte. Ich hatte sie nicht mal geweckt, um mich zu verabschieden. Die beiden bildeten eine Einheit, David war Kiras Kokon. Bis heute wollte ich nicht akzeptieren, dass ich dieses hübsche, glückliche Kind in meinem Körper getragen hatte. Dennoch sorgte mein dringendes Verlangen, sie aufzuspüren, jetzt dafür, dass ich mit dem Fuß aufs Gaspedal drückte.

Ich hatte die Mauer von Green Valley bereits zur Hälfte umrundet, als ich mich fragte, ob ich Jordan hätte bitten sollen, mich zu begleiten. Aber dafür war es jetzt zu spät. Selbst wenn es mir gelingen sollte, ein Münztelefon zu finden und von einer Polizeistreife Jordans Aufenthaltsort zu erfahren, selbst wenn er hier rausfuhr, um mir zu helfen – ja selbst wenn er es hinnahm, dass auf meine Netzhaut Live-Informationen der Überwachungsgeräte projiziert wurden –, würden wir die Farm nicht rechtzeitig erreichen. Barbra hatte keinen Witz gemacht, als sie sagte, dass sie die Linse um fünf wieder zurückhaben wolle. Sollte ich mich nicht daran halten, würde man mich nicht nur feuern. Man konnte mich dann wegen des Diebstahls von Geheimobjekten, Spionage und Hochverrats anklagen.

Außerdem war heute der zweite Freitag im Monat. Mein gemeinsamer Abend mit Fabian. Ich hatte ihm versprochen, um acht am Museum zu sein. Bereits vor Monaten hatten wir einen Tisch im *Mythos* reserviert, und sollte ich heute Abend dort nicht auftauchen, konnte ich mehr als nur meinen Job verlieren. Ich musste zugeben, dass ein Teil von mir, eine leise eifersüchtige Stimme in meinem Kopf, es Kira verübelte, dass sie sich gerade jetzt in mein Leben gedrängt hatte und drohte, den Zustand zerbrechlicher Zufriedenheit, den ich mit Fabian erreicht hatte, zu gefährden. Ich war angespannt, hin- und hergerissen zwischen meinem Zuhause, meiner Liebe und meinen Dienstpflichten.

Als ich Green Valley endlich umrundet hatte, verlief die Straße vor mir durch eine atemberaubende Landschaft, durch ein weitläufiges Tal, das zu beiden Seiten von eisgrauen Bergen begrenzt wurde. Über das fruchtbare Erdreich verteilt erstreckten sich mehrere Farmen mit Obstplantagen und Feldern sowie ein paar vereinzelte Weideflächen. Vor den Eingängen vieler Farmen hingen hübsche Schilder für die Gästehäuser, die sich bei den Wochenendausflüglern und Touristen großer Beliebtheit erfreuten. Wenn sie diese Straße entlangfuhren, waren sie wahrscheinlich genauso erleichtert wie ich, dass sie der düsteren Anziehungskraft von Green Valleys gewaltiger Mauer entkommen waren.

Das I lotste mich am letzten der malerischen Grundstücke vorbei und wies mich an, auf eine Schotterpiste zu biegen, die zu einem schattigen Plätzchen zwischen den Hügeln führte. Dort standen, verborgen vor den Blicken der Feriengäste, dicht gedrängt mehrere Lagerhallen und Hütten. Ein paar Hundert Meter von der Stelle entfernt, die auf der Karte mit einem Pfeil markiert war, kam ich knirschend zum Stehen. Dort konnte man mich von den anonymen grauen Lagergebäuden und den dahinterliegenden Werkhallen aus nicht sehen. Ich warf einen Blick auf meine Uhr. Es war inzwischen halb drei; ich musste mich wirklich beeilen.

Ich rief die Datei des Grundstücks auf und überflog die Informationen darin. Während ich nach unten scrollte, projizierte das I den Text auf einen dunklen Hintergrund. Das

Grundstück gehörte einem Mann namens Roger Basson, dem alleinigen Eigentümer der Misty Vale Farms. Der breite Streifen Land mit gemischter Vegetation wäre beinahe der Gemeinde überschrieben worden, weil Basson den Zahlungsverpflichtungen eines Förderkredits nicht nachgekommen war. Doch dank einer Beteiligung der Blank Slate Holding vor sechs Jahren war sein Unternehmen gerettet worden. Aus Misty Vales und Bassons Steuererklärungen und Verträgen ging hervor, dass er in den vergangenen sechs Jahren seine einzigen Einkünfte aus einer lukrativen Liefervereinbarungen über »diverse Verbrauchsgüter« bezog, für die vierteljährlich von einem Konto der Blank Slate Holding eine Summe überwiesen wurde. Obwohl die Unterlagen absichtlich vage formuliert waren, schien alles legal zu sein und seine Richtigkeit zu haben.

Laut der Sentinel-Akte über Basson hatte er keine Vorstrafen und war trotz der abgewendeten Insolvenz immer noch kreditwürdig. Er hatte die *Stanton Times,* die *Farmer's Weekly* und *Men's Choice* abonniert und besaß Rabattmarkenheftchen für den Homepride-Supermarkt und für Builder's Mart. Er war unverheiratet, hatte jedoch mit einer Frau namens Naomi Reiffel zusammengelebt, die inzwischen verstorben war. Außerdem war er ein eingetragenes Mitglied der Regierungspartei. So weit war alles sauber. Falls nötig, konnte ich bestimmt etwas finden, um ihn zu kompromittieren, doch dafür hatte ich jetzt keine Zeit.

Ich überprüfte die anderen Geschäftsbeziehungen der Blank Slate Holding und stellte fest, dass sechs weitere Farmer im Tal und ein Holzlager im Hinterland sowie zwei Firmen für Industriezubehör in Racino die Holding exklusiv mit Verbrauchsgütern belieferten. Allerdings gingen nur bei zwei der

Unternehmen Zahlungen ein, und sie waren sehr viel geringer als im Vorjahr. Als ich versuchte, Informationen zu den Eigentumsverhältnissen der Holding aufzurufen, wurde ich auf zwei weitere Beteiligungsgesellschaften verwiesen. Allerdings wurde nur ein fehlerhaftes Dokument zu einem Unternehmen namens Girded Cloud CC angezeigt. Während meiner kurzen Recherche hatte ich mich so daran gewöhnt, direkt die benötigten Informationen zu erhalten, dass ich mich ärgerte, weil ich plötzlich an einen toten Punkt gekommen war. Aber ich hatte keine Zeit, weitere Nachforschungen anzustellen; außerdem war ich sicher, dass aus den Quellen von Sentinel hervorging, für wen Basson arbeitete.

Ich stieg aus dem Zivilfahrzeug der Polizei und vergewisserte mich, dass man es von den Gebäuden auf dem Grundstück aus nicht sehen konnte, obwohl ich wusste, dass eine Frau in Stadtkleidung, die inmitten der ländlichen Hügel über eine Industriestraße schlenderte, direkt ins Auge fiel. Während ich an einem langen Lattenzaun entlanglief, bemerkte ich, wie ein ramponierter weißer Lkw von einer der Lagerhallen zurücksetzte und im Sand ächzend wendete, bevor er durch das Tor fuhr. Ich versteckte mich hinter einem Baum, aktivierte im I die Aufnahmefunktion, als der Wagen an mir vorbeirollte, und zoomte auf das Nummernschild und das Gesicht des Fahrers.

Einen Moment später trat aus einem Fertighaus neben dem Zaun ein Mann und schob das Tor zu. Nachdem er wieder im Gebäude verschwunden war, ließ ich meinen Blick über das Grundstück wandern, um zu sehen, ob sich sonst irgendwo etwas rührte. Aus zwei hohen Schornsteinen am hinteren Ende der Lagerhalle stieg weißer Rauch auf, und eine Windbö, die den Berghang herabwehte, vertrieb die mehligen

Ausdünstungen, sodass man das Gras und den Matsch der gepflügten Felder neben der Straße riechen konnte.

Ich aktivierte den Infrarot- und Wärmebildmodus des I und konnte in einer Scheune hinter der Lagerhalle vier erwachsene Personen erkennen, in der Halle drei weitere. Die Wärmebildkamera zeigte keinerlei Anzeichen für Kinder – jedenfalls keine lebenden. Die Magnetresonanzfunktion gab die Schatten von zwei Pick-ups, drei Lkw und einem Pkw wieder, bei dem es sich offensichtlich um einen Toyota Camry handelte. Er stand in der hinteren Ecke des Grundstücks, und um einen direkten Blick auf den Wagen zu werfen, musste ich an dem Tor, dem Wachhäuschen und der benachbarten Auffahrt vorbei. Nachdem ich berechnet hatte, wie lange das dauern würde – das I gab eine geschätzte Zeit von dreizehn Minuten an –, dachte ich daran, zu meinem Wagen zurückzulaufen und die Auffahrt zur nächsten Farm hinaufzufahren. Aber falls ich dort auf ein verschlossenes Tor traf, musste ich wieder umdrehen und würde auch nicht weniger Verdacht erregen, als wenn ich in meinen Stadtschuhen an dem Wachhäuschen vorbeimarschierte.

Während ich noch überlegte, welches die bessere von zwei schlechten Möglichkeiten war, ertönte in der Ferne ein Bellen, und ich sah, wie ein kleiner, struppiger weißer Hund aus dem dunklen Eingang der Scheune gerannt kam, Männchen machte, sich dann auf den Hintern setzte und aufgeregt kläffte. Im nächsten Moment flog ein Tennisball durch die Luft, der Hund rannte los und stürzte sich auf den Ball, sodass eine Staubwolke aufwirbelte. Kurz darauf trat Sofie Barrett ins Freie. Sie rief nach dem Hund und klopfte sich mit der Hand auf den Oberschenkel. Ich zuckte zusammen, als das I in meinem Ohr ihre Stimme bis zu mir übertrug: *Hierher, Pika. Du*

Süße. Braves Mädchen. Eine neutrale Computerstimme vermischte sich mit der von Sofie und verschmolz mit ihr. Es dauerte einen Moment, bis ich begriff, dass das Gerät jetzt, wo das Mädchen in Sichtweite war, die weit entfernten akustischen Signale mit einer Software zum Lippenlesen abglich, um nahezu in Echtzeit wiederzugeben, was sie sagte.

Der Hund brachte den Ball zurück und stürzte jedes Mal, wenn Sofie die Hand danach ausstreckte, davon. Schließlich bückte sie sich und packte den Hund, kraulte ihm den Kopf und gab ihm einen Kuss, bevor sie erneut den Ball warf.

Ich sah auf der Infrarot-Wiedergabe, wie die beiden anderen, erwachsenen Personen in der Scheune herumliefen, alle paar Meter in die Hocke gingen und die Arme ausbreiteten, offenbar um das Gebäude systematisch zu vermessen. Immer wieder kamen sie zusammen und warfen einen Blick in ein Notizbuch oder auf einen Grundriss, bevor sie sich erneut trennten und einzelne Abschnitte an der Wand der Scheune vermaßen. Schließlich lief eine der Personen von der Mitte des Gebäudes zum Eingang. Ich folgte mit dem Blick dem Umriss zur Vorderseite, bis ich die Person mit eigenen Augen sehen konnte, als sie nach draußen trat und stehen blieb.

»... bringe dir in der nächsten Stunde den Generator vorbei, dann kannst du loslegen«, sagte der Mann zu der Wärmesignatur, die jetzt direkt an der Türschwelle stand. Er verstummte und lauschte der anderen Person. »Ja, das ist eine Menge Arbeit.«

Der zweite Umriss näherte sich jetzt dem Eingang und trat ins Freie, worauf das I die Gesichtszüge der Person erfasste und sofort eine Übereinstimmung mit dem Bild von Roger Basson aus der Sentinel-Datei feststellte. Das modifizierte I registrierte die Schallwellen und seine Mimik und berechnete eine digitale Stimme für ihn. »... absolut sicher«, sagte er. »Das ist völlig ausgeschlossen.«

»Ich weiß«, sagte Vidal. »*Eigentlich* dürften sie sie nicht finden. *Eigentlich* ist das nicht möglich. Aber nur, wenn sie sich an ihre eigenen Regeln halten. Und das tun sie nicht.«

»Woher weißt du das?«

»Egus hat mir gesagt, dass ich beschattet werde.«

Mein Bauch verkrampfte sich, und ich erstarrte, als wären seine Worte direkt an mich gerichtet.

»Mein Gott«, sagte Basson, hob den Arm und fuhr sich mit der Hand über die Stirn, sodass das Signal für einen Moment unterbrochen wurde. »Das würde ... Vertrauensbruch. Wenn das rauskommt ...« Als er sich über den Mund wischte, wurde das Signal erneut gestört. Gegen diese instinktive Verlegenheitsgeste konnte selbst die neuste Technik nichts ausrichten.

»Ja. Absolut. Meine Kontaktperson vor Ort ist sich hundertprozentig sicher, dass die Polizei von Stanton mich nicht beschattet und wegen der Kinder nicht ermittelt. Genau wie wir gehofft hatten. Ich habe keine Ahnung, ob Egus irgendwelche Spielchen mit mir treibt oder was die Person, die mich angeblich beschattet, von mir will. Nach allem, was meine Kontaktperson weiß, ist das auf jeden Fall kein offizieller Einsatz. Trotzdem müssen wir sie von hier fortschaffen. Das ist allerdings ziemlich riskant. Darum müssen wir erst das WLAN installieren und zum Laufen bringen, bevor wir sie woanders hinbringen.«

Basson ging zurück in die Scheune, wo er nicht zu hören war, und verwandelte sich wieder in eine infrarote Gestalt. Er deutete auf irgendetwas hinter sich in der Lagerhalle.

»Danke«, sagte Vidal. »Du bist mir wirklich eine große Hilfe.

Wir müssen uns beeilen.« Er wandte sich von der Tür ab und beobachtete seine Tochter. Ich wechselte ein wenig meine Position, damit man mich nicht sehen konnte. Ich war zwar zu weit entfernt, um seinen Gesichtsausdruck zu erkennen, aber in meiner lebhaften Fantasie malte ich mir aus, was er gerade fühlte. Ich wusste, es war idiotisch, doch ich bekam feuchte Augen, als ich sah, wie er Sofie betrachtete, dieser Mann mit silbergrauem Haar, der nur Augen für dieses Mädchen hatte. Dieser Mann, der für seine Tochter sein Leben ändern und ihr jederzeit zur Seite stehen würde.

Es war lächerlich, aber als ich auf sein faltiges, wachsames und freundliches Gesicht zoomte, wusste ich, dass er ein guter Vater und wahrscheinlich auch ein guter Mensch war. Er stand mit leicht gekrümmten Armen da und beobachtete lächelnd, wie Sofie mit dem Hund herumtollte.

Schließlich kam ich wieder zu Sinnen. In Wirklichkeit wusste ich absolut nichts über diesen Mann, außer dass mit seinem Wagen mitten in der Nacht tote Kinder zu einer Bäckerei in Claymarket transportiert wurden und er den Behörden absichtlich aus dem Weg ging. Ich schob meine Gefühle beiseite. Ich hatte, was ich brauchte, und das musste fürs Erste genügen.

Als ich mich, Vidal immer noch im Blick, zum Wagen umdrehte, bemerkte er offensichtlich die leichte Bewegung, und obwohl er weit entfernt war und sich nur auf seinen Instinkt und nicht auf eine teure Überwachungsausrüstung verlassen konnte, fuhr er herum und schaute in meine Richtung. Mir direkt in die Augen. Mir war klar, dass er mich nicht genau sehen konnte, da ich zur Hälfte vom Schatten der Bäume und dem Zaun verdeckt wurde. Und meine Pupillen konnte er aus dieser Entfernung schon gar nicht erkennen. Dennoch hätte ich schwören können, dass er mir direkt in die Augen starrte, während ich wie eine Maus, die von einem Raubtier fixiert wurde, im Gras verharrte und versuchte, ruhig zu atmen.

Zehn Sekunden verstrichen, fünfzehn. Schließlich runzelte Vidal Barrett die Stirn und wandte sich mit einem Seufzen wieder seiner Tochter zu.

V

19

Drei Monate zuvor hätte Vidal sich vielleicht aus dem Staub gemacht und, obwohl er keine Chance hatte, nur zum Spaß mit der Ermittlerin seine Spielchen gespielt. Es wäre amüsant gewesen, ihr möglichst lange aus dem Weg zu gehen, auch wenn sie über eine Technologie verfügte, die eine staatliche Agentin eigentlich nicht benutzen durfte.

Vor drei Monaten, als Dierdra noch lebte, hätte er das vielleicht getan. Aber jetzt musste er dafür sorgen, dass Sofie am Montag wieder zur Schule ging. Er konnte sie nicht durch die Natur kutschieren und Räuber und Gendarm spielen und die Kinder aus Green Valley sich selbst überlassen. Die vierundzwanzig Stunden Vorsprung, die er sich mit der geloopten Videoaufnahme vor Davids Frau verschafft hatte – seiner Exfrau, wie David angesichts Vidals Verwirrung erklärt hatte –, hatten genügt, um mit Basson den Notfallplan vorzubereiten, ohne dass man ihn zum Verhör aufs Revier brachte und er Sofie in der Wohnung alleine lassen musste.

Er schickte Bugs Bunny eine Nachricht, worauf dieser ihm Lucie Sterlings aktuellen Aufenthaltsort mitteilte, ließ Sofie zum Abschied mit dem Hund noch eine Runde raufen und verfrachtete sie dann in den Wagen.

»Ich wünschte, wir könnten hier draußen leben, Dad«, sagte sie, als sie vom Hof fuhren.

»Ehrlich? Wir sind hier am Ende der Welt.« Er merkte, wie

Sofie ein langes Gesicht machte, und verfluchte sich selbst. Auf diese Weise verpassten Eltern den Wünschen ihrer Kinder einen Dämpfer, bevor diese ihnen überhaupt bewusst wurden – er lernte wirklich schnell. Keine Ausflüchte, sagte er sich. Keine Spielchen. Das hatte er sich geschworen, als Sofie erneut in sein Leben getreten war. »Warum gefällt es dir hier?«, fragte er jetzt in einem anderen Tonfall.

Sofie betrachtete ihre Hände, von deren abgekauten Fingernägeln der Lack abblätterte; sie waren mit Hundespeichel und Dreck beschmiert. »Kann ich nicht so genau sagen. Man ist hier so weit weg von allem.«

Für fünf Minuten fuhren sie schweigend weiter, und je länger die Stille andauerte, desto unerträglicher wurde sie, sodass Vidal schließlich das Wort ergriff. »Du magst den Hund, was?«

Keine Antwort. Sofie starrte aus dem Fenster, auf die bedrohlichen Berge und die beleuchteten Schilder der Obstplantagen, die wie Glühwürmchen in der Dunkelheit vorbeisausten.

»Wie hieß er noch mal? Pookie?«

Sofie prustete vor Lachen. »Pika. Es ist eine sie. Sie war echt süß.«

»Du hättest auch gerne einen Hund, oder?«, sagte er, als er einen Lkw überholte. »Wir könnten in eine Wohnung mit Garten ziehen, mit einem niedlichen Hund wie Pika. Das wäre doch toll.«

Aus den Augenwinkeln bemerkte er, wie Sofie sich in seine Richtung drehte, und er warf einen kurzen Blick auf ihr Gesicht, als die Straße vor ihm frei war. Auf der Gegenfahrbahn brauste ein Wagen vorbei und erleuchtete ihre Gesichtszüge. Sie bedachte ihn mit einem derart mitleidigen Blick, dass er beinahe auf den Randstreifen gebrettert wäre. »Was ist los?«, fragte er.

»Dad, ich ... also ... Ich werde nicht ewig bei dir wohnen. Ich weiß nicht mal, wo ich nächstes Jahr sein werde, geschweige denn in zehn Jahren, wenn dieser Hund immer noch da ist.« Sie blickte ihm direkt in die Augen. »Echt, Dad, schau mich nicht so an.«

»Wie denn?«

»Du weißt schon. So hilfsbedürftig. So verloren.« Vidal richtete den Blick wieder auf die Straße, denn es war momentan schon schwer genug, sich aufs Fahren zu konzentrieren. Er hörte, wie Sofie schniefte. »Du hast mir geholfen, und dafür bin ich dir dankbar. Aber ich bin nicht mehr das fünfjährige Mädchen, das du verlassen hast. Ich bin nicht mehr dein Baby, und du kannst nicht von mir erwarten, dass ich für immer bei dir bleibe.«

Ich habe dich nicht verlassen, ich habe das nie gewollt, hätte er ihr am liebsten gesagt, aber er nickte bloß. Er umklammerte das Lenkrad mit beiden Händen und starrte auf die Straße, während am Horizont die dunkle, graue Fata Morgana von Green Valley auftauchte.

Als sie schließlich Stanton erreichten, setzte Vidal Sofie zusammen mit Rainbow vor ihrer Unterkunft ab, parkte um die Ecke von Lucie Sterlings Wohnung und wartete in einer dunklen Häusernische darauf, dass sie dort aufkreuzte. Auf der Hauptstraße des Museum District, wo der Verkehr nur langsam vorwärtskam, luden mehrere Autos Fahrgäste mit Anzügen und Halstüchern ab, während andere Bewohner in Grüppchen von ihrem Restaurantbesuch, einer Vernissage oder einem Theaterbesuch zurückkehrten. Die stattlichen

Wohnungen der Apartmentblocks neben Vidal tauchten den Gehweg in ein strahlendes gelbes Licht und warteten auf die Ankunft ihrer Bewohner.

Es war kurz vor elf, als die beiden vor einem Nachbarblock aus einem Taxi stiegen. Lucie, die ein schwarzes Kleid und Stöckelschuhe trug und einen violetten Schal vor der Brust umklammert hielt, verließ als Erste den Wagen. Es war nicht besonders kalt; aus dem Landesinneren wehte ein warmer Wind herüber. Ihr finsterer Blick und ihr verkrampfter Rücken verrieten, dass ihr nicht das Wetter zu schaffen machte, sondern ihr Partner im Taxi. Auch ohne Bugs Bunnys Informationen konnte Vidal den Mann als Fabian Tadic identifizieren. Er war ein bekannter Streiter für das Recht auf Privatsphäre und hatte so viele Sammelklagen gegen alteingesessene Unternehmen eingereicht, dass jeder Anwalt in Stanton seinen Namen kannte. Barrett & Sanders hatte sich vor Jahren um einen Platz in einem seiner Anwaltsteams beworben. In seiner Naivität hatte Vidal damals geglaubt, dass Fabian Tadic sich tatsächlich mit einer unbedeutenden Kanzlei wie seiner abgeben würde. Die Leute von Omega, die selbst ernannten Hüter der Wende, jene einflussreichen Lobbyisten, die dafür sorgten, dass die Stadtverwaltung nicht vom rechten Weg abkam, verkehrten jedoch nur mit den wichtigen Leuten. Vidal war ein wenig überrascht gewesen, als er herausfand, dass Lucie Sterling, die gegen die Bürger von Stanton verbotene Technologien einsetzte, mit Tadic zusammen war. Andererseits hatte er häufig die Erfahrung gemacht, dass besonders einflussreiche Leute bei der Auswahl ihrer Mitstreiter am wenigsten Skrupel kannten.

Wusste Tadic, dass Lucie Sterling wie in den unseligen alten Zeiten als Cyberspionin unterwegs war? Falls ja, war er ein elender Heuchler. Falls nicht ... Vidal hätte nur zu gern bei den beiden Mäuschen gespielt.

Genau dazu ergab sich jetzt die Gelegenheit. Er kauerte sich in den Schatten und belauschte die beiden, während sie sich der Eingangstür von Tadics Apartmenthaus näherten. Lucie lief zwei Schritte vorneweg und versuchte Tadic, der auf ihren Rücken einredete, zu entkommen. Da sie offensichtlich nur selten Stöckelschuhe trug, wackelten ihre Knöchel bedrohlich hin und her.

»Du warst heute Abend gar nicht richtig da«, sagte Tadic. »Die ganze Woche hast du nach irgendwelchen Vorwänden gesucht, um irgendwo anders zu sein. Du bist herumgeschlichen ...«

Bei diesen Worten blieb Lucie stehen und drehte sich wütend zu ihm um. Sie wollte etwas erwidern, aber in diesem Moment knickte einer ihrer Absätze um, und sie verdrehte sich den Fuß. Sie verzog das Gesicht, doch als Tadic die Hand ausstreckte, um sie zu stützen, schlug sie seinen Arm fort. »*Herumgeschlichen?* Das denkst du also über mich?«

Hat er etwa einen wunden Punkt berührt, Lucie?, dachte Vidal.

Der verärgerte Tadic holte sie wieder ein, und die beiden traten durch die Glastür in die helle, marmorverkleidete Eingangshalle des Gebäudes. Dort herrschte an diesem geschäftigen Freitagabend reges Treiben, und Lucie und Tadic waren so in ihren Streit vertieft, dass Vidal ihnen im Abstand von einigen Metern folgen konnte, ohne dass sie ihn bemerkten. Er postierte sich neben einem Topf mit einer Birkenfeige gegenüber den Aufzügen. Da er wie ein Mann aus der Mittelschicht gekleidet war, schenkte ihm der Portier keine Beachtung. Er war sowieso gerade damit beschäftigt, fünf lärmende

Studenten, die auf dem Weg zu einer Party waren, in das Gästebuch einzutragen.

Lucie starrte mit zusammengepressten Zähnen zur Stockwerkanzeige des Aufzugs hinauf. Aber Tadic war noch nicht fertig. »Willst du lieber woanders sein?« Sie antwortete nicht und drehte sich auch nicht um. Ein Mann wie Tadic mochte es nicht, wenn man ihn ignorierte. »Denn das frage ich mich so langsam.« Er hatte jetzt die Stimme gesenkt, wenn auch nur ein wenig – denn was er zu sagen hatte, sollte ruhig jeder hören. Er wollte seine schmutzige Wäsche in aller Öffentlichkeit waschen. »Ich habe mich die ganze Woche gefragt, ob du womöglich eine Affäre hast. Um drei Uhr morgens warst du nie zu Hause.« Jetzt wandte Lucie sich um, aber bevor sie etwas sagen konnte, fuhr er fort. »Ich *weiß*, dass du keine Affäre hast. Du würdest dich nie auf so was einlassen, nicht wahr?« Lucie hatte eine unnachgiebige Haltung eingenommen, und es schien, als würde sie Tadic gleich eine Ohrfeige verpassen, ihn beschimpfen oder einfach stehen lassen. Aber erneut kam er ihr zuvor. Am meisten entsetzte Vidal, dass sie ihn einfach weiterreden und sich von ihm demütigen ließ. »Du haust in meiner Wohnung wie ein verdammter Geist.«

Offensichtlich hatte er einen empfindlichen Punkt getroffen, denn plötzlich sackte Lucie in sich zusammen, bevor sie die Arme ausbreitete und ihm einen flehenden Blick zuwarf. »Ich habe dir doch gesagt, was los ist. Das war die Wahrheit, Fabian.«

Mit einem höhnischen Grinsen wandte Tadic sich von ihr ab. Dabei wanderte sein Blick in Vidals Richtung, ohne dass er ihn bemerkte. Die Studenten hielten höflich Abstand, verfolgten das Geschehen jedoch ebenfalls mit Interesse. »Ich glaube dir nicht, Lucie. Bisher hast du dich einen Scheiß für Kira interessiert.« Lucie schüttelte den Kopf und trat zwei Schritte von Tadic fort, als hätte er ihr einen Schlag versetzt. »Erst seit du die Möglichkeit hattest, Green Valley aufzusuchen, hat sich das geändert. Hab ich recht?«

»Leck mich doch am Arsch«, erwiderte sie und lief Richtung Straße.

»Ist das alles, Lucie?«

Sie konnte offenbar gar nicht schnell genug wegkommen und eilte auf ihren Stöckelschuhen aus dem Gebäude. Tadic stand immer noch vor dem Aufzug und schaute jetzt zur Stockwerkanzeige hinauf. Seine Kiefermuskeln bewegten sich hin und her, während der kurze Rausch des Sieges allmählich verflog.

Vidal folgte Lucie aus der Eingangshalle. Draußen zog sie die Schuhe aus und lief barfuß weiter. Sie war bereits einen Block entfernt. Vidal rannte los, um sie einzuholen. Als sie seine Schritte hörte, fuhr sie mit grimmiger Miene herum, um Tadic eine weitere Beschimpfung an den Kopf zu werfen. Ihr Gesicht erstarrte, bevor sich Verwirrung darauf spiegelte und sie ihn schließlich wütend anfunkelte.

»Sie haben nach mir gesucht?«, sagte er.

»Ich glaube, Sie wissen schon, warum«, zischte sie.

»Ach ja?«

»Ich bin nicht in der Stimmung für irgendwelche Spielchen. Ich weiß, was Sie getan haben, und ich will jetzt sofort wissen: Wo haben Sie die anderen Kinder versteckt?«

Vidal verspürte eine Woge der Erleichterung. Wenn sie das nicht wusste, wusste sie gar nichts. Sie stellte demnach auf gut Glück Nachforschungen an, und sie arbeitete allein. Wie vermutet, interessierte sich weder die Polizei von Stanton noch die Abteilung für verdeckte Ermittlungen für ihn. Er hatte den Ausgang der Ereignisse also selbst in der Hand. »Ich möchte Ihnen etwas zeigen«, sagte er.

20

Vidal warf einen Blick auf die Uhr am Armaturenbrett, während sie zu seiner Kanzlei fuhren. Es war inzwischen nach drei. Die Kinder würden momentan offline sein, aber das war okay.

Weiß der Himmel, worüber Lucie und Tadic sich unterhalten hatten, als sie in die Wohnung zurückgekehrt war, aber Vidal hatte in einem Kebabimbiss in Claymarket so lange warten müssen, dass er sich völlig überfressen hatte und die Speisekarte auf der beleuchteten Plexiglasscheibe auswendig kannte. Er beschloss, für das Montagsangebot - Hühnchendöner und Pommes frites - mit Sofie noch einmal herzukommen. Gerade als er dachte, dass Lucie nicht mehr auftauchen würde, war sie, eingehüllt in warme Freizeitkleidung und mit angemessenem Schuhwerk, endlich aufgekreuzt.

»Hören Sie, Lucie«, sagte er, die Augen auf die Straße gerichtet. Die Bremsen des Toyotas waren ziemlich schwergängig, auf den Reifen war kaum Profil, und die Bewohner von Claymarket hatten die Angewohnheit, von den dunklen Gehwegen auf die neblige Straße zu wanken. »Haben Sie was dagegen, wenn ich Sie Lucie nenne und nicht *Special Agent*?«

Sie richtete ihren Blick von den verbarrikadierten Geschäftsfassaden, die in der nebligen Dunkelheit vorbeiwischten, auf Vidal. »Nur zu, *Vidal*.« Obwohl ihre Stimme voller beißendem Sarkasmus war, gefiel es ihm, wie sie seinen Namen aussprach. Nämlich wie seine Großmutter – mit einem weichen D und einem lang gezogenen A. Er stellte sich vor, wie sie ihm seinen Namen ins Ohr flüsterte, indem sie das »I« mit spitzer Zunge kurz hervorstieß und dann auf dem zweiten, langen Vokal verweilte. Natürlich war das ein unangemessener Gedanke angesichts der Ereignisse der letzten paar Tage und bestätigte Sofies Äußerung von vorhin – er sollte endlich anfangen zu leben und sich nicht irgendwelchen Fantasievorstellungen über eine fremde Frau hingeben, die neben ihm in einem feuchten Auto saß und nach Orange Spice duftete.

»Da wir keine Geheimnisse mehr voreinander haben, muss ich Ihnen was erzählen«, sagte er.

»Ach ja?«

»Der Grund dafür, dass ich Sie mit zu mir nehme und Ihnen alles über meine Geschäftspraktiken erzähle, die übrigens vollkommen im Einklang mit dem Gesetz stehen, was man von Ihren Aktivitäten nicht gerade behaupten kann –«

Sie verdrehte die Augen. »Mein Gott, kommen Sie zur Sache.«

»Dafür gibt es einen einzigen Grund. Ich will, dass Sie aufhören, meine Tochter zu belästigen. Sie hat eine Menge durchgemacht, und sie sollte ein normales Leben führen, ohne dass irgendwelche Schnüffler sie im Schlaf oder auf dem Schulweg beobachten. Sie ist nicht blöd. Im Gegenteil, sie ist die intelligenteste Person, die ich kenne, und sie bekommt das alles mit. Irgendwann wird sie sich fragen, ob sie ihrem moralischen Kompass noch trauen kann. Das darf nicht passieren, jetzt nicht und auch nicht irgendwann in der Zukunft. Sie hat ein sehr viel feineres Gespür als die dreckigen Mistkerle, die in dieser Stadt für Recht und Ordnung sorgen, Sie und mich eingeschlossen. Haben Sie mich verstanden?« Er musste

Lucie zugutehalten, dass sie weder grinste noch mit den Achseln zuckte, weder aufstöhnte noch eine sarkastische Bemerkung machte. Stattdessen nickte sie bloß. Inzwischen hatte Vidal an einer roten Ampel gestoppt und starrte auf den Regen, der an der Windschutzscheibe herunterlief. Als die Tropfen im Schein der Ampel grün aufleuchteten, warf er Lucie einen Blick zu und fuhr los. »Sie begreifen am besten, was ich tue, wenn ich es Ihnen zeige, obwohl ich weiß, dass die meisten unserer Freunde bei der Polizei es nicht verstehen würden. Aber aus irgendeinem Grund glaube ich, dass ich Ihnen vertrauen kann. Ich denke nicht, dass Sie eine von *denen* sind, falls Sie verstehen ...«

»Ich will nur die Wahrheit wissen. Ich habe ebenfalls ein persönliches Interesse an der Sache.«

Vidal bog in die Durchfahrt neben dem Gebäude, in dem Barrett & Sanders residierte, zog die Handbremse und sah nach, ob am Ende der dunklen Gasse ein paar verwahrloste Jugendliche herumlungerten. Aber es regnete, und sie hatten sich mit ihren Haschpfeifen an einen wärmeren Ort verzogen. Vidal stieg aus. Von dem nassen Asphalt stieg der Gestank von Öl, Pisse und altem Bier auf. Er entfernte die Ketten am Maschendrahtzaun, der das Grundstück auf der Rückseite umgab, stieg wieder ein und parkte den Wagen.

Lucie beugte sich zu ihrer Tasche hinunter und zog ein Tablet heraus, ein glänzendes, schickes kleines Teil, ein Nachfolgemodell jener Geräte, die Vidal aus der Zeit vor der Wende kannte. Es leuchtete in ihren Händen wie ein Fenster zum Universum, als sie es einschaltete und mehrere Befehle eintippte. Es war gefährlich und leichtsinnig, das in seinem Beisein zu tun – immerhin wurde er mehrerer Morde verdächtigt –, doch er begriff, dass ihr das egal war. Denn sie hatte nicht vor, Beweise gegen ihn zu sammeln. In dieser Hinsicht hatte sie jedenfalls die Wahrheit gesagt: Sie hatte ein persönliches Interesse an der Sache und führte keine offizielle Ermittlung durch. Momentan hatten er und Sofie von der Polizei nichts zu befürchten.

Schweigend verfolgte Vidal aus den Augenwinkeln, wie Lucies Finger über den Bildschirm wanderten: Auf diese Weise hatte sie ihn und Sofie gestern also überwacht. Vidal wurde bang ums Herz, als er sah, wie mühelos sie sich Einblick in das Gebäude verschaffte, und war froh, dass sie keine Kameras in seinem Büro oder in den Räumen darüber angebracht hatte.

»Wonach suchen Sie?«, fragte er.

»Ich überprüfe das Gebäude. Damit ich weiß, dass Sie mich nicht in eine Falle locken. Ich hab keine Lust, irgendwelchen Schlägertypen in die Arme zu laufen.«

Vidal musste lachen. Schlägertypen. »Und was sagt Ihr Gerät?«

»So weit alles in Ordnung. Im Gebäude ist niemand.«

Er beobachtete, wie sie eine Überwachungsaufnahme, offensichtlich eine Infrarotaufnahme, abschwenkte, und stellte erleichtert fest, dass sein Schutzschild funktionierte. Die Isolationsplatten und der Störsender dienten eigentlich dazu, das Gebäude vor Egus' neugierigen Blicken zu schützen – umso besser, wenn sie auch gegen die Cops halfen. Mit Lucie Sterling konnte er fertigwerden, aber nicht mit einer ganzen Mannschaft von Schnüfflern, die Zugang zu Aufnahmen aus seinem Büro hatten. Das wäre etwas ganz anderes.

Schließlich schaltete Lucie das Tablet wieder aus und stopfte es in ihre Tasche. Dann spähte sie zu den abgedunkelten Fenstern auf der Rückseite des Gebäudes hinauf, und für einen bedrückenden Moment saßen sie reglos da. Lucie wollte die Wahrheit erfahren; für Zweifel war es jetzt zu spät.

Schließlich öffnete sie die Beifahrertür. »Auf geht's«, sagte sie.

Wortlos beobachtete er, wie sie aus dem Wagen in den dichten Nebel trat, der vom Meer herüberwehte.

Vidal schloss das Tor hinter ihnen ab, und sie liefen nebeneinander zurück zur Ocean Street. Als er die Vordertür des Büros öffnete, bemerkte er, wie Lucie einen Blick über die Schulter zu den dunklen Fenstern auf der anderen Straßenseite warf. Er wusste, dass dort einer der Streifenpolzisten ihren Blick erwiderte. Vielleicht die stoische alte Beamtin, die die Nachtschicht übernommen hatte, weil sie keine Familie hatte und zu Hause nur eine leere Wohnung und ein einsamer Lebensabend auf sie warteten. Vidal würde es in ein oder zwei Jahrzehnten ähnlich ergehen, falls er es nicht schaffte, weiterhin engen Kontakt zu Sofie zu halten.

Er schob den Türriegel hinter sich zu, und Lucie marschierte durch den Empfangsbereich und das Wartezimmer direkt bis zur Treppenhaustür.

»Kann ich Ihnen irgendwas anbieten?«, rief er ihr hinterher, um ihr dezent zu verstehen zu geben, dass dies sein Büro war und sie etwas mehr Respekt zeigen sollte. Er trat hinter den Empfangstresen, schaltete den Wasserkocher an und füllte einen Löffel Pulverkaffee in seinen Becher. Auf seinem Zettelspießer steckte ein gelbes Kärtchen von Tertia, das das Datum von gestern trug: *Polizei hat Fragen gestellt. Habe sie reingelassen. Eine Beamtin hat sich für die Tür interessiert.* Knapp und nüchtern auf den Punkt gebracht, typisch Tertia. »Möchten Sie einen Kaffee? Oder einen Keks?«

»Nein«, sagte Lucie. »Zeigen Sie mir jetzt, weswegen Sie

mich hergebracht haben. Es sollte sich besser lohnen. Andernfalls kann ich nicht verhindern, dass die Polizei offiziell Ermittlungen gegen Sie aufnimmt.« Das war nur eine leere Drohung. Ihre brüchige Stimme und ihre ausdruckslosen Gesichtszüge verrieten Vidal, dass sie selbst nicht daran glaubte. Außer ihr interessierte sich in Stanton sonst niemand wirklich für diese Kinder. Er wartete, bis das Wasser kochte, und überlegte, ob er sie gleich wieder vor die Tür setzen sollte. Doch während sie hinter ihm auf und ab ging, rief er sich in Erinnerung, dass sie genauso ihre persönlichen Gründe dafür hatte, die Wahrheit zu erfahren, wie er dafür, sich jemandem anzuvertrauen. Endlich interessierte sich jemand für das Schicksal dieser Kinder; vielleicht konnte er sie auf seine Seite ziehen. Er wusste zwar nicht, wie sie reagieren würde, aber er glaubte, dass er über eine gute Menschenkenntnis verfügte und ihr trauen konnte. Sonst hätte er sie nicht hergebracht. Denn er war vor allem auf die Sicherheit der Kinder bedacht.

»In Ordnung«, sagte er, drehte sich um, nahm seinen Kaffeebecher und stopfte sich einen Keks in den Mund. Er bot Lucie ebenfalls einen an, worauf sie nur die Zähne fletschte.

Vidal brachte sie zur Tür, schloss sie auf und schaltete die trübe Treppenhausbeleuchtung ein. Vorsichtig folgte sie ihm nach oben, wo er die Sicherheitstür öffnete – zum Glück hatten die Kinder daran gedacht, sie zu verriegeln –, und ließ Lucie hinein. Nachdem er wieder abgeschlossen hatte, führte er sie in einen Flur, der ihm in Begleitung seiner Besucherin noch schmuddeliger vorkam als sonst.

»Es sieht nicht aus wie –« Sie verstummte, als sie sah, wie die kleine Rainbow aus einer Tür trat und wie eine höfliche Gastgeberin mit auf dem Rücken verschränkten Händen stehen blieb.

Vidal hatte das vierstöckige Gebäude als Teil einer Konkursmasse zu einem Spottpreis erworben und all sein Geld dafür ausgegeben, das Erdgeschoss zu renovieren und dort ein Büro einzurichten, das seiner Kanzlei ausreichend Platz bot. Die oberen drei Stockwerke hatte er mehr oder weniger in ihrem ursprünglichen Zustand belassen. Er wollte sich um sie kümmern, wenn er seine Schäfchen im Trockenen hatte. Das alte Mietshaus mit den schäbigen Einzimmerwohnungen, die sich auf jeder Etage ein Badezimmer, eine Waschküche und eine Küche teilten, war unverändert geblieben. Die Jahre waren wie im Flug vergangen, bis er hier oben für sein Vorhaben plötzlich weitere Umbaumaßnahmen durchführen musste. Inzwischen waren die verschlissenen, schmutzigen Matratzen und die knarzenden Holzdielen mit einer dicken Staubschicht überzogen, die Glühbirnen gelb angelaufen und die Fensterriegel mit einer rostigen Salzkruste bedeckt. Außerdem hatten die Insekten die Wände hinter den Tapeten zerfressen. Dies war kein Ort, an dem Kinder sich heimisch fühlen konnten. Dennoch schien Rainbow an diesem düsteren Ort aufzublühen und brachte die abgestandene Luft auf ihre sanfte, behutsame Weise wieder zum Zirkulieren.

Lucie drehte sich um und starrte das Mädchen an. Ihre sauberen schwarzen Haare waren mit zwei glänzenden Gummibändern zu Zöpfen zusammengeknotet, die über das neue violette Kapuzenshirt auf die gebügelte Jeans hinunterhingen. Die Zehennägel der nackten Füße, mit denen das Mädchen auf den ausgetretenen Holzbrettern stand, waren mit erdbeerfarbenem Glitzerlack überzogen. Der karg eingerichtete Raum hinter ihm – mit nichts weiter als einem Bett, einem Schreibtisch und einem Stuhl – wurde von zwei Nachttischlampen in einen warmen, gelben Schein getaucht, der bis in die höhlenartige Dunkelheit im Rest des Stockwerks vordrang. Im Gegensatz zu den anderen Kindern mochte Rainbow das Licht. Ihr Fenster war das einzige auf der Rückseite des Gebäudes, das mit Vorhängen verdunkelt war statt mit einem Sperrholzbrett.

»Das ist Rainbow«, sagte Vidal. »Sie ist der Grund dafür, warum wir nicht aufgeben.«

»Hallo«, sagte das Mädchen, ohne Lucie ins Gesicht zu blicken.

»Wie kommt es, dass ich sie mit der Wärmebildkamera nicht gesehen habe?«, fragte Lucie. »Sind noch weitere Kinder hier?«

»Nein«, log Vidal. Jetzt war noch nicht der richtige Zeitpunkt, ihr die Wahrheit zu sagen.

Lucie seufzte – ob aus Enttäuschung oder vor Erleichterung, konnte Vidal nicht sagen. Sie drehte sich um und sah Rainbow zum ersten Mal richtig an. »Wie alt bist du?«, fragte Lucie schließlich. Dieselbe Frage hatte Vidal ihr auch als Erstes gestellt. Ihrer Größe nach zu urteilen, musste sie neun oder zehn sein, aber das stoische Selbstbewusstsein, das sie ausstrahlte, und ihre offene, direkte Art standen in beunruhigendem Widerspruch dazu. Als Vidal sie bei sich aufgenommen hatte, hatte sie noch unheimlicher gewirkt. Ihre Haut war trocken und fleckig wie die einer alten Frau gewesen. Zum Glück war sie inzwischen wieder weicher, und ihre Wangen leuchteten rosig.

Rainbow warf Vidal einen Blick zu, und er nickte. »Ist schon okay. Lucie ist eine … Freundin. Sag es ihr, Schätzchen. Es ist in Ordnung.«

»Ich bin fünfzehn.«

»Oh«, sagte Lucie.

»Sofie hat gesagt, dass ich hier draußen nicht wie fünfzehn aussehe. In Green Valley war ich ... Ich schätze, da konnte ich so alt sein, wie ich wollte.«

»Fehlt es dir? Willst du wieder zurück?«

»Nein«, sagte Rainbow und warf Vidal einen verzweifelten Blick zu. Bevor Lucie Rainbow irgendetwas einreden konnte, unterbrach er sie.

»Bist du so weit? Können wir sie gleich anschließen?«, fragte er. Er lief in Rainbows Zimmer und ging in die Hocke, um die Relay-Server und den Router dort zu überprüfen. Die Lämpchen flackerten rhythmisch, und ihre Farbe wechselte munter zwischen Orange, Rot und Grün.

»Wo haben Sie die ganze Ausrüstung her?«, fragte Lucie. »Was haben Sie damit vor?«

»Das werden Sie in ein paar Minuten sehen. Sie verstehen es sehr viel besser, wenn wir es Ihnen zeigen.«

Rainbow warf einen Blick in ihr Zimmer, wo auf dem Nachttisch ein Wecker mit Klappzahlen stand. »Wir schließen sie um vier Uhr wieder an, oder?« Sie zuckte nervös, als hätte sie Angst, irgendwas falsch verstanden zu haben.

»Ganz genau, Schätzchen. Alles ist vorbereitet.« Vidal sah, wie Lucie auf die Geräte starrte und mit dem Blick den Kabeln folgte, die an der Fußleiste entlang und nach oben in die Zimmerecken verliefen. Sie konnte sich offensichtlich keinen Reim darauf machen und dachte, die beiden würden über die Router reden. »Du machst das großartig.«

Rainbow senkte den Blick und lächelte verlegen, dann wandte sie sich wieder ihrem Frühstück zu – oder ihrem Mitternachtssnack, was auch immer. Das Mädchen aß eine Menge, um die Mangelernährung der letzten Jahre wieder wettzumachen. Aber da ihre Zähne und das Zahnfleisch schwer gelitten hatten, konnte sie immer noch keine feste Nahrung zu sich nehmen.

»Wir lassen dich jetzt in Ruhe«, sagte Vidal zu Rainbow.

Während sie sich zum Gehen wandten, zog sie ihr Kapuzenshirt aus und warf es aufs Bett. Plötzlich blieb Lucie wie angewurzelt stehen. »Wo hast du das T-Shirt her?«

Rainbow runzelte die Stirn. »Meine Mutter hat es für mich gemacht. Sie stellt ihre eigenen Sachen her.«

Vidal hatte dem T-Shirt bisher kaum Beachtung geschenkt. Er war davon ausgegangen, dass Sofie es gekauft hatte und es sich um ein cooles, modisches T-Shirt handelte, wie es viele Teenager trugen. Aber als er es jetzt betrachtete, fiel ihm auf, dass es stärker abgenutzt war als die neuen Kleidungsstücke aus dem Supermarkt. Es war am Hals ein wenig ausgefranst, und offensichtlich handelte es sich um Handarbeit. Auf einem hellen kirschroten Untergrund prangte ein merkwürdig trotzig wirkender Pandabär. Er bestand aus schimmernden, münzgroßen Punkten, die wie Fischschuppen oder Pailletten flächendeckend angebracht waren.

»Ist deine Mutter eine Künstlerin?«, fragte Lucie. »In Green Valley? Lebt sie in den Randbezirken?«

»Ja«, sagte Rainbow, und ihre Stimme klang auf einmal ziemlich jung. »Haben Sie sie getroffen?«

»Ich glaub schon.«

Für einen Moment standen alle drei reglos da. Lucie musterte Rainbow, die vor sich in die Luft starrte, bis Vidal sich schließlich genötigt sah, das Schweigen zu durchbrechen. »Ich gehe mit Lucie nur kurz nach oben, und dann kommen wir wieder runter und helfen dir, okay?«

Rainbow nickte und machte sich über den Rest ihres Frühstücks her, während Vidal Richtung Treppenhaus marschierte.

»Einen Moment, Vidal«, sagte Lucie, und er blieb in der dichten Dunkelheit des Treppenabsatzes stehen. »Dieses Mädchen stammt aus Green Valley. Sagen Sie mir die Wahrheit: Sind noch mehr Kinder hier?« Ihr Gesicht strahlte eine trügerische Gelassenheit aus, und Vidal wusste, dass sie ihm die Leviten lesen würde, wenn sie ihn bei einer Lüge erwischte.

»Ja«, gab er zu. »Ich bringe Sie jetzt zu ihnen.«

Doch Lucie hatte sich schon an ihm vorbeigeschoben und rannte die Treppe hinauf. Als sie die schwere Sicherheitstür aus Metall am oberen Treppenabsatz erreichte, rüttelte sie daran. »Öffnen Sie sofort diese Tür.«

»Halt«, sagte er mit sanfter Stimme, während er hinter ihr die Treppe hinaufstieg und langsam die Hände hob. »Sie müssen leise bleiben. Und Sie dürfen sie nicht anrempeln oder anstoßen. Ich werde Sie jetzt reinlassen, aber Sie müssen mir versprechen, dass Sie leise bleiben. Okay?«

Lucie holte tief Luft; ihr Gesicht schimmerte in dem schwachen Licht, und er konnte sehen, wie sich ihr ganzer Körper vor Anspannung verkrampfte. Aber sie versuchte, sich zusammenzureißen, während sie ihre Kuriertasche wie einen Schild oder eine Waffe an die Brust presste. »Ich hab doch vorhin das Gebäude gescannt«, murmelte sie. »Es war keine Wärmesignatur zu sehen, keinerlei Anzeichen für irgendwelche Bewohner.« Sie hielt inne. »Nicht mal das Mädchen im Stockwerk unten.«

Vidal nickte. »Weil hier alles isoliert ist.« Er schloss die Tür auf und führte Lucie zum hinteren Ende der Wohnung. Er war schon so oft hier oben gewesen, dass er sich inzwischen daran gewöhnt hatte. Aber als ihnen aus der Wohnung ein seifiger Geruch entgegenschlug und Lucie zurückwich und würgte, fiel ihm wieder ein, dass es hier nicht besonders sauber war. »Geben Sie nicht uns die Schuld«, sagte er, während er sie den Flur hinunterführte. »Die Kinder wollen nicht, dass wir die Fenster öffnen. Sie mögen keine frische Luft. Sie werden sehen.«

»Warum ist es hier so dunkel?« Der schwache, orangefarbene Schein der Lampen wurde von der dichten Dunkelheit verschluckt.

»Sie mögen auch kein Licht.« Er schaltete die kleine Taschenlampe an seinem Schlüsselbund an und brabbelte einfach weiter. Denn die Verhältnisse hier oben jagten ihm selbst eine Scheißangst ein. »Na ja, es ist nicht so, dass sie es nicht mögen, sie sind es nur nicht gewohnt. Sie fürchten sich davor. Wir versuchen, sie allmählich an ein normales Leben zu gewöhnen. An frische Luft und Licht und an saubere Klamotten. Außerdem versuchen wir, sie dazu zu bringen, sich zu waschen. Aber das ist eine mühsame Angelegenheit. Mühsamer, als wir dachten.«

Lucie lief den Flur hinunter und folgte dem schmalen Strahl der Stiftlampe, der die Dunkelheit zerschnitt. »Wie viele sind es?«

»Derzeit noch neun. Wir betreiben hier für die Kinder ein kleines, privates Netzwerk des Is. Sie würden sonst an den Entzugserscheinungen sterben. Aber wir versuchen, sie allmählich zu entwöhnen. Es ist ein langwieriger Prozess, und wir versuchen, ihnen zunächst beizubringen, wenigstens für einen kurzen Zeitraum ohne das Signal zu schlafen. Darum behält Rainbow immer die Uhr im Auge. Nur dank ihrer Unterstützung sind wir in der Lage, ihnen zu helfen.«

Lucie schüttelte den Kopf. »Zeigen Sie mir die Kinder. Ich will sie alle sehen.«

Es gab nichts mehr zu tun oder zu sagen. Vidal wusste, dass es ein grauenvoller Anblick war, egal, wie ausführlich er ihr alles erklärte. Nichts würde sie darauf vorbereiten, so wenig wie er darauf vorbereitet war, jedes Mal, wenn er nach den Kindern schaute. Darum war es so wichtig, dass Agent Lucie Sterling begriff, was er hier mit den Kindern tat und warum sie ihn nicht davon abhalten durfte. Er konnte es nicht riskieren, dass man sie wieder an diesen unheimlichen Ort zurückbrachte.

Er zeigte ihr die Räume, in denen sich jeweils zwei Kinder eine Matratze teilten. Die Fenster waren mit Brettern verbarrikadiert, denn der schwache orange Schein der Notbeleuchtung in den Fluren war das einzige Licht, das sie ertrugen. Sie klammerten sich an ihre zerfetzte Kleidung, die sie schon in Green Valley getragen hatten, oder an ein schmutziges Spielzeug, und wenn sie sonst nichts hatten, klammerten sie sich aneinander fest. Zu Vidals Überraschung lief Lucie direkt auf jedes der Betten zu, ging daneben in die Hocke und musterte die geschundenen Gesichter der Kinder, als würde sie nach etwas suchen.

Sie redete sanft auf die Kinder ein, aber die starrten mit ihren furchterregenden, weit aufgerissenen Augen, die sie nie schlossen, nur vor sich hin. Die Kinder redeten auch nicht mit ihm, aber manchmal, wenn sie nicht wussten, dass er vor ihrer Tür stand, hörte er, wie sie sich etwas zumurmelten. Es klang weniger wie Sprache, sondern mehr wie ein Lied, das auf einer verkratzten Platte am Meeresgrund abgespielt wurde. Wie ein rhythmisches, zischendes Knistern, das aus ihrer Kehle drang und sie mehr zu besänftigen schien als die losen Kleiderfetzen, die sie nicht ausziehen wollten, oder die mechanischen, schaukelnden Bewegungen ihrer

Körper. Man hatte ihnen den Stecker gezogen, sie waren außer Betrieb.

Im dritten Zimmer, mit zwei weiteren Kindern, fing Lucie an zu weinen und nach jemandem zu rufen, aber nicht nach ihm. »Wo bist du?« Als sie merkte, dass er ihr folgte, stürzte sie auf ihn zu. »Sie liegen alle im Sterben. Sie haben nicht die geringste Ahnung, was Sie hier tun.« Vidal trat rückwärts aus dem Zimmer in den Flur. »Sie haben nicht die geringste Ahnung«, zischte sie, ganz leise, aus Respekt vor dem himmelschreienden Unrecht, das hier geschah. Aber ihre angespannte Stimme brachte ihre Wut umso deutlicher zum Ausdruck. Vidal knallte mit dem Rücken gegen die Wand, doch Lucie folgte ihm und presste ihre Handfläche gegen seinen Körper, als wollte sie ihn einfach durch die Wand drücken. »Sie müssen sie zurückbringen.«

»Nein«, sagte eine Stimme hinter ihr. Es war die Stimme eines Mädchens, und in dieser kurzen Silbe kam seine ganze Lebenserfahrung zum Ausdruck. Vidal warf einen Blick über Lucies Schulter. Es war das kleine Mädchen mit dem verfilzten Haar, das Sofie Merida nannte. Wer wusste schon, was ihr richtiger Name war. Es war das erste Mal, dass Vidal die Kleine sprechen hörte. Sie war wach, lief herum und redete, ohne dass sie mit den Geräten verbunden war. Das war ein gutes Zeichen.

Lucie drehte sich zu der Stimme hinter sich um, und als Vidal sie zusammen mit dem Mädchen dort stehen sah, begriff er plötzlich: Lucie Sterling hatte nach ihrer Tochter gesucht. Vidal hatte die ganze Zeit die Tochter dieser Frau gefangen gehalten.

Lucie stieß nur eine einzelne Silbe hervor, nicht laut, es war kein Schrei, nur ein gedämpftes Stöhnen: *Kee.*

Und in diesem Moment spürte Vidal, mehr als dass er es hörte, wie die Luft von einem elektrischen Summen erfüllt wurde. Offensichtlich war es jetzt vier Uhr, und Rainbow hatte die Geräte angeschaltet.

Das kleine Mädchen erstarrte, während es mit dem Netzwerk verbunden und von unzähligen Reizen gleichzeitig überflutet wurde. Es rang nach Luft, die Augen unnatürlich weit aufgerissen.

Lucie fiel nach vorn und streckte die Hände nach Merida aus, aber die Knie sackten unter ihr weg, sodass sie der Länge nach zu Boden fiel und dabei mit Brust, Kinn und Ellbogen auf die gesplitterten Holzdielen krachte.

Die Geräte fuhren hoch, und Merida wurde von einer Woge elektronischer Impulse erfasst, bevor sie schließlich ausatmete und sich wieder beruhigte. Neugierig betrachtete sie die Frau, die sich am Boden vor Schmerzen krümmte und keuchend auf das dunkle Ende des Flurs deutete. »Er ist hier!«, brachte sie klar und deutlich hervor, während sie nach Luft rang. »Lauf, Kira. Verschwinde.« Sie hatte die Arme immer noch nach dem kleinen Mädchen ausgestreckt.

VI

21

Ich setzte mich gegen Vidal zur Wehr, der mich von Kira fortzog und die Treppe hinunterzerrte, aber das plötzliche Auftauchen des Schafbocks hatte mich zu sehr geschwächt. Ich schlug immer noch auf ihn ein und brüllte, dass ich zu meiner Tochter wolle, als wir das mittlere Stockwerk erreichten und Rainbow Vidal einen Gegenstand in die Hand drückte. Ich hatte ihm nichts mehr entgegenzusetzen, und er brachte mich ins Erdgeschoss und schlug die schwere Stahltür hinter uns zu.

Plötzlich war alles wieder vorbei.

Der Schafbock war fort. Sobald ich den Wirkungsbereich von Vidals I verlassen hatte, war er aus meinen Hirnwindungen verschwunden.

»Wir müssen den Kontrollchip aus Ihrem Körper entfernen«, sagte Vidal und drückte mir einen Elektrostab gegen den Rücken. »Aber das tut's fürs Erste auch.« Ich spürte, wie sich von meiner Wirbelsäule aus eine Vibration und ein Kribbeln ausbreiteten, und hätte schwören können, dass in meinem Gehirn Rauchschwaden umherwaberten. Danach führte mich Vidal zurück ins Treppenhaus und schlug erneut die Tür hinter uns zu.

Jetzt, wo meine elektronische Panik verflogen war und der Schafbock keine Kontrolle mehr über meinen Körper hatte, kam ich rasch wieder zu Kräften und rannte die Treppe hinauf, dorthin, wo ich Kira gesehen hatte. Vidal hielt mich nicht zurück. Als ich an den Schlafzimmern vorbeilief, sah ich die Kinder, die mit dem I verbunden waren. Sie hockten mit entspannten, friedlichen Gesichtern auf ihren Matratzen und starrten vor sich in die Luft. Anders als noch vor einer Minute stöhnten oder wälzten sie sich nicht mehr unruhig hin und her. Im letzten Zimmer richtete Rainbow Kira, die fügsam wie eine Puppe auf ihrer Matratze lag, ein wenig auf.

»Sie ist jetzt woanders«, sagte Rainbow.

»Vor einer Minute stand sie noch da«, sagte ich, »und hat mit mir geredet.«

»Ja«, sagte Rainbow. »Es geht ihr langsam besser. Aber jetzt ist sie woanders.«

Vidal trat zu mir. »Ich kann es hier nicht entfernen. Außerdem fürchte ich, dass man Sie bereits geortet hat.«

»Ich bleibe bei ihr«, sagte ich.

Vidal runzelte die Stirn, und sein Blick wanderte zwischen mir und Kira hin und her. Schließlich sagte er: »Ich hatte keine Ahnung. Ehrlich.«

»Sie ist Meridas Mutter«, sagte Rainbow.

»Sie heißt Kira«, sagte ich, trat ans Bett, setzte mich auf den Rand der Matratze und strich Kira das Haar aus der Stirn, das genauso schwarz war wie das von David. Meine Bewegungen kamen mir steif und unnatürlich vor. Ich wusste nicht, wie man sich als Mutter verhielt, was ich mit meinen unbändigen Beschützerinstinkten anfangen sollte. Kira zeigte zwar keine Reaktion auf meine Berührungen, aber sie atmete tief und gleichmäßig.

»Was ...«, begann Vidal, doch dann verkniff er sich die Frage. »Also«, sagte er schließlich und fuhr sich durchs Haar, »Sie wollen bestimmt eine Erklärung hören, oder?«

»Ja«, sagte ich. Die wütende Mutter in mir wollte auf ihn losgehen und ihn am Kragen packen, ihn gegen die Wand schleudern und fragen, was zum Teufel er mit meiner Tochter angestellt hatte. Aber ich hockte bloß da und hielt Kiras leblose Hand. Statt einer herumbrüllenden Löwenmutter brauchte Kira jetzt Ruhe und Zeit, um wieder gesund zu werden.

»Okay, also«, begann Vidal behutsam und mit leiser Stimme, »es sieht zwar schlimm aus, aber zunächst sollten Sie wissen, dass wir versuchen, ihnen zu helfen. Das hier ist zweifellos das Beste, was wir für diese Kinder tun können.«

»Sie meinen, sie zu entführen?«, sagte ich in einem ruhigen, drohenden Tonfall. »Sie von ihren Eltern und ihrem Zuhause zu trennen?«

»Nein. Wir haben sie befreit. Gerettet. Es geht ihnen dort nicht gut. Dieser Ort macht sie krank, sie sind dort nicht sicher. Darum habe ich einen Plan ausgearbeitet, sie wieder in die Gesellschaft einzugliedern.«

»Und diese Entscheidung haben Sie ganz alleine getroffen? Diese Kinder ihren Familien zu entreißen?«

»Nein, nicht ganz allein. Es sind noch andere Personen beteiligt.«

»Wer?«

»Personen, die nur das Beste für sie wollen.«

»Und warum sterben die Kinder dann?«

Vidal senkte den Blick und hielt inne; er wusste, dass ich mich mit einer Ausrede nicht zufriedengeben würde. Als er einen tiefen Seufzer ausstieß, begriff ich, dass er mir nichts vorspielte. »Sie sind durch den Aufenthalt dort so stark geschädigt worden ... es fällt ihnen furchtbar schwer, sich an die neue Umgebung zu gewöhnen, vor allem denjenigen, die dort geboren wurden. Der Fraß, den man ihnen dort vorsetzt, ist für Kinder im Wachstum nicht geeignet. Ich wünschte, wir wüssten, wie wir ihnen noch besser helfen können. Dieser Ort ist völlig krank. Darum habe ich Sie hergebracht. Darum musste ich die Kinder jemandem zeigen, der sich für sie interessiert. Ich wollte, dass Sie sehen, was mit ihnen geschieht, und verstehen, warum man sie dort rausholen muss.«

»Trotzdem sollten sie nicht hier sein«, sagte ich und musterte die schäbige Zimmereinrichtung. »Diese Kinder gehören nach Hause. Sie müssen sie wieder nach Green Valley bringen.«

»Das kann ich nicht, Lucie. Sie können und werden nicht wieder zurückgehen.«

Rainbow, die uns von einer Ecke des Zimmers aus stumm zugehört hatte, meldete sich jetzt zu Wort. »Es geht ihr langsam besser«, sagte sie, und ihr Blick wanderte zwischen Vidal und mir hin und her. Sie hatte Tränen in den Augen. »Es geht uns allen schon besser. Bitte.«

»Aber bestimmt«, sagte ich, »fühlt ihr euch zu Hause wohler als hier. Auch wenn es dort ein wenig anders ist.«

»Nein«, sagte sie. »Wir geben uns so viel Mühe«, fügte sie flehend hinzu, als würde ich über ihre Zukunft entscheiden. »Sie darf das nicht tun, bitte«, sagte sie zu Vidal.

»Ich schätze, es gibt nur eine Möglichkeit, Ihnen das begreiflich zu machen«, erklärte Vidal.

22

»Das wird jetzt etwas unangenehm.«

Ich hatte diese Worte in der letzten Woche schon zu oft gehört. Wir befanden uns im Laderaum eines Lieferwagens von Misty Vale, inmitten festgezurrter Paletten, auf denen sich Hundertfünfzig-Liter-Fässer voller Kartoffelstärke für Green Valley türmten. Roger Basson von der Farm hatte uns mit seinem Lkw abgeholt. Er war ein dicker, rotgesichtiger Mann mit einem schmalen Haarkranz und noch schmaleren Lippen. Er war wortlos aus dem Führerhaus gesprungen und hatte mir und Vidal nach einem kurzen Seitenblick die Heckklappe geöffnet. Während der Fahrt zur Laderampe von Green Valley am hinteren Ende der Mauer hatte ich mich allmählich an den widerlichen Gestank der Lebensmittel gewöhnt. Jetzt lag ich mit dem Gesicht nach unten auf dem kratzigen Teppich der Ladefläche und lauschte dem Rumpeln des Lkws und dem Quietschen der festgezurrten Ladung. Der billige Teppich roch wie das Laken eines pubertierenden Jungen, und mich fröstelte, als Vidal neben mir in die Hocke ging und ein Metallköfferchen mit elektronischen Geräten öffnete.

Er hatte mich davon überzeugt, dass Rainbow und Sofie sich um Kira kümmern würden und ich sowieso nichts für sie tun konnte, da sie den ganzen Tag über in ein künstliches digitales Koma versetzt und das I erst spät in der Nacht abgeschaltet wurde. »In ein paar Stunden wissen Sie alles, was Sie wissen müssen«, hatte Vidal gesagt. Da ich unbedingt die Wahrheit erfahren wollte und aus irgendeinem unerfindlichen Grund bereit war, Rainbow und Sofie das Leben meiner Tochter anzuvertrauen, befand ich mich jetzt auf dem Weg nach Green Valley.

Eigentlich hätte ich Jordan mitteilen sollen, dass ich Kira gefunden hatte und wo ich hinfuhr. Aber dafür war es jetzt zu spät. Ich würde ihn nach meiner Rückkehr informieren. Es war Samstag und noch vor Sonnenaufgang, und ich hoffte, dass er tief und fest schlief oder eine Frau bei sich hatte, die er in irgendeiner Bar aufgelesen hatte. Ich hatte lediglich versucht, Fabian von Vidals Telefon aus zu erreichen. Aber er war nicht drangegangen, und ich hatte meinen Auftragsdienst angerufen. Fabian hatte weder meine Nummer gewählt noch eine Nachricht hinterlassen, und ich bat den Mitarbeiter, ihn über meinen Anruf zu informieren.

Ich musste Vidal zugutehalten, dass er versuchte, möglichst behutsam vorzugehen. Zunächst betupfte er die frisch verheilten Einstichlöcher von Gina Orbans Eingriff auf meiner Haut mit etwas Alkohol. Als er mir dann jedoch einen Gegenstand, der sich wie ein Schraubenzieher anfühlte, ins Kreuz bohrte, wurde ich von einem stechenden Schmerz durchzuckt und konnte mich nicht mehr bewegen. Vidal hatte sich über mich gebeugt und einen meiner Arme zwischen seine Knie geklemmt.

Ich lasse einen Anwalt mit einem Schraubenzieher in meinem Rückenmark herumstochern, dachte ich finster. Verzweifelt versuchte ich, die Muskeln in meiner Kehle dazu zu bringen, ihn anzubrüllen, aber er kam mir zuvor: »Keine Angst. Dieser Zustand ist nur vorübergehend. Ich füge Ihnen keine bleibenden Schäden zu.« Er hielt einen kleinen Stift in mein Sichtfeld, der wie die Kürette eines Zahnarztes mit einer Pinzette an der Spitze aussah. Der Lkw wurde erneut durchgeschüttelt. »Etwas anderes benutze ich nicht. Es ist nicht so schlimm, wie es sich anfühlt. Außerdem mache ich das nicht zum ersten Mal.«

Ich schloss die Augen und drückte mein Gesicht gegen den rauen Teppich, während der Lkw ruckelnd der Straße folgte. Ich presste die Kiefer zusammen und wünschte mir, ich hätte etwas zum Draufbeißen; ich wollte mir lieber nicht ausmalen, was passierte, wenn der Lkw im falschen Moment einen Schlenker machte.

Vidal nahm sich jetzt den mittleren Abschnitt meiner Wirbelsäule vor und sagte: »Hmm, okay.« Indem ich mich auf das nachlassende Pulsieren in meinem Kreuz konzentrierte, gelang es mir, den neuerlichen Schmerz halbwegs zu ignorieren. *Mein Gott, bringen wir's endlich hinter uns.*

»Sie müssen ja wirklich wichtig sein«, sagte er nach ein oder zwei Minuten gut gelaunt, dann begann er an der dritten Stelle, in meinem Nacken, herumzustochern. Stöhnend fragte ich ihn, was er damit meinte. »Die haben Ihnen gleich drei Kontrollchips implantiert, obwohl einer völlig gereicht hätte. Offensichtlich hatten sie Angst, dass Ihnen jemand dabei hilft, sie zu entfernen.«

Als er fertig war, rieb er die Wunden mit einem Desinfektionsmittel ein und klebte kleine, runde Pflaster darauf. Er reichte mir eine billige blaugrüne Wolldecke und drehte sich zur Seite, als ich mich aufrappelte und mir die Decke über die Schultern legte. Sie war weich und duftete nach Blumenparfüm. Ich tastete nach hinten und rieb über die Pflaster, die in gleichmäßigen Abständen auf meiner Wirbelsäule klebten, während die Wunden darunter heftig pulsierten und brannten.

»Was heißt das?«, fragte ich. »Wie genau funktionieren diese Dinger?«

Er drehte sich wieder zu mir um und hielt mir einen Tupfer hin, auf dem drei winzige Metallscheiben lagen, die an Pailletten erinnerten. Sie waren mit Blut beschmiert und voller gelblicher Flecken, über deren Herkunft ich mir lieber nicht den Kopf zerbrach. Für einen Moment fühlte ich mich schutzlos und verspürte ein Gefühl der Scham. Aber dann sagte ich mir trotzig, dass ich schon darüber hinwegkommen würde.

»Das sind Chips mit Funkerkennung. Sie funktionieren wie die Geräte, mit denen die Leute früher ihre Haustiere aufgespürt haben. Erinnern Sie sich?« Ich nickte. »Allerdings sind sie sehr viel effektiver. Darum muss man sich nach jedem Besuch genau untersuchen.«

»Sie sagen das, als ob man das wissen müsste. Als ob die Leute Green Valley alle naselang einen Besuch abstatten würden.«

»Gina muss sie Ihnen implantiert haben, als sie das I angebracht hat. Wahrscheinlich auf Anweisung von Egus.«

»Sie kennen Gina Orban?«, fragte ich.

»Sicher«, sagte er mit einem Achselzucken. »Sie ist dort die Kontaktperson.«

»Es ist schon merkwürdig. Das Büro wirkt so armselig. Obwohl dort nicht viel los ist, gibt es doch bestimmt genug Besucher, um etwas mehr Personal abzustellen.«

Vidal runzelte die Stirn und machte ein finsteres, fast mitleidiges Gesicht. Er murmelte etwas, und nach einer Pause sagte er: »Offensichtlich hat Egus Sie nach Ihrem Besuch in Green Valley überwacht.«

»Ist das der einzige Zweck dieser Dinger?«, fragte ich.

»Nein«, sagte er, beugte sich über einen großen Seesack und nahm etwas heraus, das wie ein Hemd in einem Plastikbeutel aussah. »Die Chips sind mit Green Valleys Netzwerk verbunden und beeinflussen wie eine limitierte Version des Is die physiologischen Prozesse in Ihrem Körper.«

Mein Magen verkrampfte sich, und mir wurde übel. »Sie meinen, diese Dinger kontrollieren meine Gefühle und meine emotionalen Reaktionen? War etwa meine Panik eben das erste echte Gefühl, das ich seit meinem Aufenthalt in Green Valley hatte?«

»Das wissen wir nicht«, sagte er. »Diese kleinen Dinger sind wahrscheinlich nicht imstande, Ihre Gefühlslage vollständig zu kontrollieren.«

»Wer ist ›wir‹, Vidal? Wer sind diese Leute, die für meine Tochter nur das Beste wollen?«

Er ging darauf nicht ein, also stellte ich ihm ein paar Fragen, die er mir wahrscheinlich beantworten würde. »Kann es sein, dass diese Chips Halluzinationen bei mir ausgelöst haben?«, fragte ich.

Er warf einen vorsichtigen Blick auf eine Stelle direkt hinter meiner Schulter, als könnte er dort den Schafbock sehen, als wüsste er genau, wovon ich sprach. »Ja«, sagte er. »Wahrscheinlich schon.«

»Verstehe«, sagte ich.

»Sie haben wahrscheinlich einen schwarzen Schafbock gesehen, oder?«

Das versetzte mir einen Stoß, und plötzlich war ich hellwach. »Woher ... Was hat es damit auf sich?«

»In Zeroths kranker Vision ist das eine Art Green-Valley-Cop. Er rückt den Besuchern auf die Pelle, damit sie sich an die Regeln halten. Den Leuten von Zeroth sind Regeln sehr wichtig. Auch wenn Sie das vielleicht überrascht.«

»Nein. Überhaupt nicht.«

Ich rief mir in Erinnerung, dass ich über Vidal nicht das Geringste wusste – genauso gut konnte *er* für alles, was passiert war, verantwortlich sein. Womöglich hatte er mir gerade einen anderen Chip implantiert und tat nur so, als würde er mir helfen. Aber ich hatte auch bisher nicht zugelassen, dass diese Art von diffuser Paranoia Besitz von mir ergriff. Wenn ich niemandem mehr traute und mich nicht auf meine Instinkte verließ, konnte ich mich gleich in meiner Wohnung verkriechen und warten, bis man mich dort aufspürte. Gestern Nacht, bei Rainbow und den Kindern, war ich überzeugt gewesen, dass er ihnen half, und jetzt war ich davon überzeugt, dass er mir helfen würde, die Wahrheit über Kira herauszufinden.

»Hören Sie, Vidal«, sagte ich. »Ist das I in der Lage, Dinge zu ... materialisieren?«

Er war gerade damit beschäftigt, einen kleinen Behälter in eine Art Futteral aus Bleigummi zu packen, und hielt plötzlich inne. Nach einem Moment hatte er sich wieder gefasst und sagte: »Es gab Gerüchte, dass Zeroth vor der Wende an so was gearbeitet hat. Das wäre der Heilige Gral gewesen. Aber es ist ihnen nicht gelungen, etwas Derartiges zu entwickeln.«

»Tja, ich glaube doch. Denn ich habe den Schafbock in der realen Welt gesehen, nicht nur eine Projektion oder irgendwelche Nachbilder.«

»Außerhalb von Green Valley?«

Ich nickte.

»Ausgeschlossen. Davon war Zeroth noch weit entfernt. Selbst im Wirkungsbereich des Is. Sie waren nicht in der Lage, an irgendeinem beliebigen Ort irgendwelche Dinge erscheinen zu lassen. Dafür waren sie auf die entsprechende Infrastruktur angewiesen.«

»Aber ich habe ihn gesehen. Er war real und hat mich angegriffen.« Ich schob die Decke von meiner Schulter und zeigte ihm den Bluterguss.

»Das kann nicht sein«, sagte er. »Es handelt sich um eine biodigitale Projektion, wie alles im Wirkungsbereich des Is. Die Projektionen werden über die Kontrollchips empfangen. Und glauben Sie mir, diese Dinge können unglaublich real wirken.« Während er das sagte, schaute er mich nicht an. Entweder hatte er Angst, einer Verrückten in die Augen zu blicken, oder aber, mir direkt ins Gesicht zu lügen.

Ich antwortete nicht. Es hatte sich zwar unglaublich real *angefühlt*, aber was er sagte, leuchtete ein. Das Netzwerk in Vidals Büro hatte offensichtlich dafür gesorgt, dass ich den Schafbock außerhalb von Green Valley gesehen hatte, das war alles. Obwohl ich froh war, dass es dafür eine vernünftige Erklärung gab, gefiel es mir nicht, dass ich mir wegen des Is wie eine Vollidiotin vorkam.

»Jetzt werden Sie Ihren Aufpasser jedenfalls nicht mehr sehen«, sagte Vidal, warf die drei Metallsender scheppernd in den kleinen Behälter und verschloss ihn sorgfältig. Dann öffnete er vorsichtig den Plastikbeutel und zog ein gefaltetes marineblaues Kleidungsstück heraus. Es handelte sich um ein langärmeliges Kapuzenshirt aus dünnem Stoff, das wie ein Thermo-Unterhemd aussah. Als Vidal es auseinanderfaltete, kam ein Gewirr aus Drähten zum Vorschein. »Als Nächstes«, sagte er und reichte mir das Shirt, »verbinden wir Sie mit unserem Interface. Es handelt sich um eine sichere Version, die Open-Source-Version, wenn Sie so wollen.«

Am liebsten hätte ich ihn aufgefordert, umzudrehen und mich nach Stanton zurückzufahren, denn ich wollte nicht, dass jemals wieder irgendwer etwas an meinem Körper anbrachte. Aber ich musste wissen, ob Vidal die Wahrheit sagte. Ob Kira und die anderen Kinder in Green Valley oder bei uns besser aufgehoben waren. Und es gab nur eine Möglichkeit, das herauszufinden.

Vidal wandte sich diskret von mir ab. Das hätte er sich auch sparen können, da er sowieso schon in meinem Körper herumgestochert und ein paar blutige Chips entfernt hatte. Ich ließ die Decke fallen und zog das Shirt über. An Oberarmen und Brust saß es ein wenig locker. Während ich die Drähte an der Hinterseite herauszupfte und die eng anliegende Kapuze über den Kopf zog, fragte ich mich, wer außer mir das Shirt schon getragen hatte. Hatte Sofie Vidal nach Green Valley begleitet? »Ich empfange damit also wie mit den Implantaten die Signale des Is?«

»Mehr oder weniger«, sagte er, während er die Kabel entwirrte, die über die Rückseite des Shirts zu meinem Kopf führten, und die Transponder in die Zapfen steckte. »Es gibt ein paar Unterschiede. Zum einen wird nichts in Ihren Körper eingeführt. Das heißt, Sie können es jederzeit abnehmen oder ausschalten. Zum anderen verfügt es über keine Aversionskontrolle.«

»Warum tragen wir es dann überhaupt? Warum gehen wir nicht ohne Interface da rein?«

»Weil Sie sehen wollen, was die Leute dort sehen«, sagte er.

»Ach ja, natürlich.«

Er hörte auf, an den Kabeln herumzufummeln, und schaute mir direkt ins Gesicht, während sein Blick zwischen meinen Augen und meinem Mund wanderte. »Denken Sie daran, Lucie, ich bringe Sie heute nach Green Valley, um Ihnen zu zeigen, wie es wirklich ist. Denn Sie haben mich darum gebeten. Eigentlich sollte das niemand zu Gesicht bekommen. Nur durch die Simulation des Is ist dieser Ort ... erträglich«, sagte Vidal, als der Lkw das Tempo drosselte und ich das Knirschen von Kies unter uns hören konnte. Vidal zog den Reißverschluss seiner eigenen elektronischen Weste zu. »Ich bin bereit, wenn Sie es sind. Und denken Sie daran, Sie müssen das nicht tun.«

»Machen wir uns an die Arbeit«, sagte ich, stand auf und lief zur Heckklappe des Lkws.

»Halt«, sagte Vidal. »Wir können da nicht einfach reinspazieren. Wir müssen uns hier drin verstecken.« Er hob die rote Abdeckung eines weißen Plastikcontainers an, der an die Wäschewagen in einem Krankenhaus erinnerte und an der Wand des Lkws festgeschnallt war. Er zog sich zur Hälfte über den Rand, bevor er sich zu mir umdrehte. »Brauchen Sie Hilfe?«

Ich schob mich an ihm vorbei, schwang mich in den Behälter und kauerte mich auf den Boden. Immerhin war er sauber.

»Dachte ich mir«, sagte Vidal und zwängte sich neben mich in den Container. »Normalerweise bin ich allein. Tut mir leid.« Ich spähte durch eines der kleinen Löcher unterhalb des Containergriffs und versuchte, Vidal keine Beachtung zu schenken, der sich hinter mir stöhnend hin und her bewegte und dicht an mich gedrängt versuchte, in dem engen Behälter Platz zu finden.

Der Lkw setzte zurück und kam schließlich zum Stehen, dann wurde die Heckklappe geöffnet. Von draußen fiel grelles Licht ins Innere und blendete mich, obwohl sich hinter der Klappe nur ein verschwommener Streifen feuchter, grauer Morgendämmerung erstreckte.

»Sie sind ein guter Mensch, Roger«, sagte Vidal.

»Ja, aber wir beide wissen, dass ich das nicht für mein Seelenheil tue«, sagte Basson grinsend und klopfte auf seine Tasche.

»Trotzdem«, sagte Vidal.

Es dauerte einen Moment, bis sich meine Augen an das Licht gewöhnt hatten und ich Green Valleys Lieferanteneingang auf der windgepeitschten Seite der Mauer erkennen konnte, der mit unscheinbaren Metallrollos verriegelt war. Abgesehen von ein paar Rostflecken, Beulen und notdürftigen Reparaturmaßnahmen, war das einzig Auffällige hier ein verblasstes Schild in der unteren Ecke des Rollos, auf dem in Zeroths Schrift DS-793 A-F stand.

Basson kletterte eine Leiter an der Mauer hoch, die zu einem Betonvorsprung auf Brusthöhe führte, und tippte in das Tastenfeld neben dem Rollo einen Code ein, um es hochzulassen. Zwei Sekunden später drang ein penetranter Abfallgeruch bis zu uns in den Container. »Mein Gott«, brachte ich würgend hervor.

»Ja«, sagte Vidal. »Ich schalte jetzt Ihr Interface ein.« Er drehte an einem kleinen Knopf in meinem Nacken unterhalb der Kapuze, und der Gestank wurde durch den künstlichen Geruch nach Kräutern und Regen ersetzt.

Basson ließ die Ladeklappe herunter und trat an unseren Rollbehälter. Er sprach kein Wort, sondern machte ein nichtssagendes, mürrisches Gesicht, damit die Personen, die den Lieferanteneingang überwachten, keinen Verdacht schöpften – er war nichts weiter als ein Farmer, der seine Waren anlieferte.

»Unten bleiben«, flüsterte Vidal, als Basson die Riemen über dem Wagen löste, die Rollen entriegelte und uns ruckelnd rückwärts auf den mit Rostflecken überzogenen, schmutzigen Betonboden der Lieferbucht schob.

Allerdings fühlte er sich weicher und welliger an als Beton. Ja, wir wurden über den verlassenen Kiesweg in der überwucherten Ecke eines Parks geschoben. Durch eine Öse des Rollbehälters erkannte ich eine Gruppe Birken, deren Blätter im warmen Sonnenlicht flirrten. Neben einer Fläche mit Sommerflieder und Farnkraut kamen wir schließlich zum Stehen. Und dann waren wir allein. Vidal stieß die Abdeckung auf und kletterte aus dem Behälter, während ich mich aufrichtete und umschaute. Vidals Avatar war ein Soldat mit Plastikhaut, kupferfarbenem Haar und überdimensionalen Muskeln, der hawaiianische Freizeitklamotten trug – ich wusste nicht, ob er sich einen Spaß machte oder eine Wunschvorstellung auslebte. Wie im Display des Is lief im Innern meines Auges ein Text durch mein Sichtfeld. Obwohl mein Körper wusste, dass ich immer noch auf dem Betonboden der Lieferbucht stand, spürte ich unter meinen Füßen das weiche Erdreich. Mir stieg der Duft von zerdrückten Blättern und Frühlingsblumen in die Nase, und vor meinem Gesicht schwirrten ein paar emsige Wespen und Hummeln herum.

Als ich sah und hörte, wie direkt hinter den Sträuchern mehrere Personen die Straße entlangliefen, geriet mein Gehirn aus dem Takt. Ein Schwall Gallenflüssigkeit ergoss sich in meinen Magen, und ich hustete und würgte. Diese Leute wirkten zwar real, waren es aber nicht, und ich hatte das Gefühl, als würde ich eine Schar Geister beobachten. Ich krümmte mich und erbrach meinen gesamten Mageninhalt in die Holzspäne unter den Sträuchern.

»Unser Interface verfügt über keine Aversionskontrolle«, bemerkte Vidal, der ein paar Meter entfernt diskret auf Abstand blieb, »darum ist es nicht so angenehm wie das von Zeroth. Dafür weiß keiner, dass Sie hier sind, solange er Sie nicht buchstäblich mit eigenen Augen in der wirklichen Welt sieht. Und die Mühe macht sich keiner. Die Leute hier sind ziemlich bequem geworden, weil ihnen das I alles abnimmt.«

Ich blieb, die Hände auf den Knien, vornübergebeugt hocken und musterte Vidal mit geröteten, brennenden Augen. Ich hatte mich so heftig übergeben, dass ein paar Äderchen geplatzt waren.

»Die Aversionskontrolle ist ein fester Bestandteil ihres biometrischen Überwachungssystems«, fuhr er fort, »es registriert sämtliche Bewegungen, Gefühlsregungen und Impulse der Bewohner, darum –«

»Ja, ich weiß«, unterbrach ich ihn heiser, wischte mir mit der Hand den Mund ab und rappelte mich zitternd auf. »Und für meine persönliche Freiheit nehme ich ein wenig Übelkeit gerne in Kauf. Gehen wir. Sie wollten mir doch was zeigen.«

Er zuckte mit seinen klobigen Schultern. »Okay. Gewöhnen wir uns erst mal an die Umgebung und suchen einen vertrauten Ort auf.« Er marschierte wie ein Roboter durch das Gestrüpp, über kleine Setzlinge hinweg und zwischen belaubten Äste hindurch, als ob sie nicht existierten. Und das taten sie ja auch nicht. Doch während ich ihm folgte, schnellten die Äste zurück und bohrten sich in meine Haut, als wären sie real. »Da lang geht's zum Marktplatz. Es ist sicherer, wenn wir dort unser Interface ausschalten. Es ist ... Es ist einfach besser.«

»So langsam gewöhne ich mich daran«, sagte ich. »Ich glaube, ich hab das Schlimmste überstanden.«

»Es gibt eine ganze Reihe von Aversionsreaktionen.« Er trat hinter mich und berührte den in die Kapuze eingenähten Plastikschalter, der mit einem Transponder an meiner Halswirbelsäule verbunden war. »Fühlen Sie das hier?« Ich griff nach hinten, und er legte meine Hand auf den Knopf. »Sie müssen ihn nur ein Stück im Uhrzeigersinn drehen, dann wird die Verbindung unterbrochen. Das ist angenehmer, als sich von Zeroth die Seele rauben zu lassen, nicht wahr? Nur an dieser Stelle hier würde ich das nicht tun.«

Nach ein paar weiteren Schritten trat er durch das Blattwerk auf einen Weg, über den eine durchtrainierte Joggerin lief. Sie trug einen violetten Trainingsanzug und einen kleinen giftgrünen Player am Arm. Zu unserer Linken rannte ein Kleinkind mit einem Bündel Weidenästen hinter einer Ente her, während seine gestresste Mutter den beiden in kurzem Abstand wachsam folgte. Waren diese Leute real oder nur Teil des Programms? Ich konnte dem perversen Verlangen nicht widerstehen, es zu überprüfen. Trotz Vidals Warnung drohte hier offensichtlich keine Gefahr. Ich drehte an dem Knopf.

Alles um mich herum verschwand. Mein Magen sauste mir bis unter die Kinnlade, als hätte man mich in einen Fahrstuhl teleportiert, der ungebremst in die Tiefe stürzte. Meine Knie zitterten, und ich schloss die Augen, um nicht hinzufallen. Als ich wieder festen Boden unter den Füßen spürte, schaute ich mich um. Neben mir befand sich eine höhlenartige, staubige Lieferbucht, in der sich Holzpaletten stapelten sowie die Hundertfünfzig-Liter-Fässer, die ich im Lkw von Misty Vale gesehen hatte. Der Rest der Oberfläche war mit riesigen, vermoderten Müllbergen übersät, unter denen sich in großen Lachen Flüssigkeit gesammelt hatte. Ich stand auf einer Mülldeponie, nur dass es hier kein Erdreich gab, in dem die Abfälle verrotten konnten. Die Abfallberge verloren sich nach einigen Metern in der Dunkelheit. Es war völlig still, und erst jetzt wurde mir klar, dass das Vogelgezwitscher, das Summen der Insekten, das Klappern der Fahrräder und Elektrowagen im Park und das Kreischen der spielenden Kinder verstummt waren. Es war eine kalte, sterile Stille, die nur von dem unnatürlichen Echo meiner Schritte und meines keuchenden Atems durchbrochen wurde. Der künstliche Geruch nach Kräutern und Erde war verflogen, und der Mief der mit Kartoffelstärke gefüllten Fässer wurde von dem penetranten, süßlichen Gestank unzähliger vergammelter Tierkadaver überlagert. Als ich herumfuhr, um nach dem Tor der Lieferbucht Ausschau zu halten, stolperte ich über einen massiven, elastischen Gegenstand, und ich hätte schwören können, dass unter meinem Stiefel etwas knirschte. Ich zwang mich, nicht nach unten zu schauen, und eilte zurück zu Vidal. Zu dem Vidal aus Fleisch und Blut, der neben einer staubbedeckten Plastikfolie und mehreren durcheinandergewürfelten Kartons stand, die sich neben dem Tor des Ladebereichs stapelten.

Da ich keine Lust hatte, mich erneut zu übergeben, griff ich, ohne dem Rascheln zwischen den Müllbergen Beachtung zu schenken, in meinen Nacken, schloss die Augen und drehte an dem Knopf, worauf sich erneut ein angenehmer Geruch verbreitete. Erst als sich der faulige Gestank vollständig verflüchtigt hatte, öffnete ich wieder die Augen und sah vor mir ein sonnenbeschienenes Wäldchen voller Schmetterlinge, und GI Vidal, der mich beobachtete. Mein Display zeigte Uhrzeit und Temperatur an und teilte mir mit, dass ich keine Nachricht und auch keine Likes hatte.

»Was für ein Scheißort«, stieß ich hervor.

23

Ich war nicht sicher, ob Vidal mich absichtlich zurückließ, aber als wir uns den vertrauten Umrissen des Marktplatzes näherten, verschwand er plötzlich. Ich hatte ihn nicht die ganze Zeit im Auge behalten, darum wusste ich nicht genau, wann es passiert war.

Wahrscheinlich spielte er irgendein Machospielchen mit mir, wie ein grausamer Vater, der sein Kind ins kalte Wasser wirft, damit es schwimmen lernt. Nachdem ich ein paar Minuten unter den Avataren und virtuellen Gestalten auf dem Platz nach ihm Ausschau gehalten hatte, suchte ich in der Kontaktliste des Interface nach ihm. Er war im Namensverzeichnis nicht aufgeführt. Mir war klar, dass ich ihn nicht finden würde, wenn er es nicht wollte, und ich hatte nicht vor, hier auszuharren und auf ihn zu warten. Also rief ich stattdessen David an, um ihm mitzuteilen, dass ich unsere Tochter gefunden hatte.

Ich wähle Davids Nummer, dachte ich, während ich mit den Augen seinen Namen eingab und sein Bild anklickte, so wie Zeroth uns das vor all den Jahren beigebracht hatte. In Green Valley gab es keine Wählscheiben oder Ziffern, und obwohl es albern war, sehnte ich mich auf einmal nach Fabians grünem Plastiktelefon mit der analogen Wählscheibe, nach den Ziffern unter den Plastikkreisen, die von der Null bis zur Eins immer stärker abgenutzt waren, nach dem Surren des Rotors, das sich wie das Schnurren einer Katze anhörte, nach der Einbuchtung für den Fingeranschlag, nach der Doppelschleife im Spiralkabel und danach, wie das Freizeichen nach dem Abheben des Hörers signalisierte, dass der Apparat funktionierte. Die Hörmuschel roch nach Fabians Duftwasser und die Sprechmuschel nach dem Pfefferminz- und Orangengeschmack seines Atems.

Die künstlichen Gerüche in Green Valley waren nur ein fader, dürftiger Sinneseindruck, der die Wirklichkeit überdeckte. Damit waren keine Erinnerungen verbunden, sie waren nur ein geisterhafter Abglanz dessen, wofür sie standen. Als der grüne Leuchtkreis der Anruffunktion, der das Bild von Davids Avatar umgab, zu blinken begann, stellte ich mir vor, dass er sich ebenfalls in einen Geist verwandelt hatte, der ohne jede Bindung und ohne jeden Halt umhertrieb. Ich fragte mich, ob er die unwiderrufliche Entscheidung, die er vor langer Zeit getroffen hatte, bereute, ob er davon träumte, dass man ihn, wie die Kinder in dem Versteck, von hier fortbrachte und wieder in die Gesellschaft eingliederte.

Das Bild von Davids Avatar blinkte im Rhythmus des digitalen Ruftons, bevor er schließlich rot aufleuchtete. *Anrufversuch gescheitert*, sagte Claras elektronische Stimme in mein Ohr, ohne mir die Möglichkeit zu geben, eine Nachricht zu hinterlassen oder um einen Rückruf zu bitten. Im I gab es keine *gescheiterten* Anrufversuche; das Wort »scheitern« existierte für Zeroth nicht. Vor Jahren hatte ich mal einen Artikel über den Wortschatz des Unternehmens gelesen, in dem Jamie Egus und sein Kommunikationschef erklärten, dass »wir durch unsere Wortwahl eine positive Haltung fördern können«. Ich konnte mich noch wortwörtlich an die Formulierung erinnern, denn in den Wochen darauf war sie im Büro zu einem Running Gag geworden. Irgendjemand hatte sogar ein großes Poster angefertigt, mit einem fuchsroten Kätzchen in einem Kaffeebecher und der Aufschrift »Leckt mich am Arsch«, und darunter stand mit buntem Filzstift in einer verschnörkelten Handschrift »Fördere durch deine Wortwahl eine positive Haltung«.

Die Computerstimme hatte dieses ungewohnte Wort unverblümt ausgesprochen, und, wie mir schien, nicht ohne eine gewisse Schadenfreude und Genugtuung. Technologiefirmen vermittelten ihren Endverbrauchern stets die Illusion der Entscheidungsfreiheit, doch jetzt ließ Clara mir keine Wahl. Als ob die Stimme wüsste, dass ich mir unrechtmäßig Zugang verschafft und keinen Anspruch auf dieselben Plattitüden wie die zahlenden Kunden hatte.

Aber die Stimme konnte das nicht wissen, hatte Vidal mir versichert. Die Alternative allerdings ... Hatte man David etwa vom System getrennt? Würde er das überhaupt überleben?

Ich eilte über den Marktplatz in Richtung seines Hauses und versuchte dabei noch drei weitere Male, ihn anzurufen. Ich schob mich an den Avataren vorbei und folgte, durch mir unbekannte Seitenstraßen, dem Pfeil auf der Karte zu seiner Adresse, während am Himmel schwere, graue Gewitterwolken aufzogen. Seltsam. Von schlechtem Wetter war in Zeroths Katalogen nie die Rede gewesen.

Der Pfeil führte mich einen schmalen Fußweg entlang, der auf der Rückseite zweier Häuserzeilen verlief. Während ich darauf weiterrannte, hatte mein nachgebautes I offenbar Probleme, Schritt zu halten, und zeigte anstatt des Weges einen blanken Lattenzaun und einige Meter vor mir mehrere ausladende Sträucher, die aus einem unscharfen, braungrünen

Fleck hervorragten. Der feste Gehweg aus Asphalt wurde uneben und löchrig, bis er nachgab und sich in eine zerfurchte Schlammfläche verwandelte. Diese Strecke wurde von Vidals I erzeugt, und ich wusste, dass ich besser umkehrte, aber der blinkende Stern, der Davids Haus anzeigte, war auf der Karte nicht mehr weit entfernt. Ich redete mir ein, dass es sich um eine Abkürzung handelte, und eilte weiter. Der Weg wurde jetzt noch schmaler und führte mich zwischen einem Gartenzaun und tief hängenden Zweigen hindurch. Als er so dicht zugewuchert war, dass es nicht mehr weiterging, blieb ich schließlich stehen, und mit rasender Geschwindigkeit wurden die fehlenden Details der Umgebung angezeigt. Ich drückte mich gegen die Hecke, dort, wo sie über den Weg reichte. Als dabei an meinen Armen einige Spinnweben hängen blieben, sagte ich mir, dass nichts von dem, was das I generierte, mich beißen oder vergiften konnte, und schob meinen Kopf und meine Schultern, so weit ich konnte, in das Gestrüpp. Um an sein Ende zu gelangen – so viel war zu erkennen –, musste ich mich zum Boden durcharbeiten und durch ein Heckenstück von etwa zehn Metern krabbeln.

Oder ich konnte umkehren. Doch als ich mich aus meiner hockenden Position in der Hecke erhob und umdrehte, war der Weg hinter mir ebenfalls überwuchert. Ich trat zwei Schritte in die Richtung, aus der ich gekommen war, und Claras Stimme sagte in mein Ohr, *Keine Route zum Zielort gefunden. Kehren Sie um, wo das möglich ist.*

Ich wandte mich erneut um und verließ mich jetzt ganz auf den blinkenden Stern über Davids Haus. Ich klickte mit den Augen auf *Erneuter Versuch*, während ich mich hinkniete und unter der Hecke durch den matschigen Tunnel krabbelte. Davids Bild mit dem Leuchtkreis für die Anruffunktion, das die ganze Zeit ein paar Meter vor mir in der Luft schwebte, trieb mich weiter vorwärts, weiter durch den Tunnel, der vielleicht von einem Hund, von Kindern oder einem kleinen Tier stammte. Jedenfalls nicht von der künstlichen Intelligenz eines geistesgestörten Geschäftsmanns. Während ich weiterkrabbelte, bohrten sich spitze Steine in meine Knie, und der Matsch zwischen meinen Fingern machte ein schmatzendes Geräusch. »Das hier ist nicht real, das hier ist nicht real«, murmelte ich synchron zu dem Leuchtkreis, der um Davids Bild herum blinkte. »Ich krabble bloß über den trockenen Boden einer Lagerhalle.«

Es war nicht hilfreich, darüber nachzudenken, was real war und was nicht, darüber, womit der Boden dieses Betongewölbes bedeckt war, in dem seit acht Jahren dreitausend Menschen eingesperrt waren und vor dessen einziger Tür, durch die man sie mit irgendeinem Schweinefraß belieferte, sich ein vermoderter Müllberg türmte.

Der Tunnel schien kein Ende zu nehmen, und Davids Bild wich stets aufs Neue vor mir zurück. Das Gestrüpp wurde immer dichter, obwohl es sich eigentlich langsam hätte lichten müssen, und die Stiche der Brombeersträucher und Brennnesseln – sie sind nicht real, Lucie – brannten auf meiner Haut, sodass sich meine Muskeln verkrampften. In den künstlichen Geruch nach frischer Erde, der von dem Matsch aufstieg, mischte sich der Gestank von Scheiße und Fäulnis. Angetrieben vom rhythmischen Blinken des Leuchtkreises und den Einblendungen *Anrufversuch gescheitert* und *Erneuter Versuch*, schob ich mich unaufhörlich weiter, während Davids künstliches Gesicht immer wieder vor mir zurückwich.

Auf einmal zersprang das Bild, der Kreis leuchtete grün auf und hörte auf zu blinken. *Verbindung hergestellt.*

»Was wollen Sie?«

»Da…«

»Sie sind verdammt hartnäckig, wissen Sie das?«

Ich richtete mich halb auf und fand eine Stelle, an der ich mich auf die Fersen hocken konnte. Diesmal wurde David nicht von einer Videoaufnahme ersetzt. »Spreche ich mit Eloise?«

»Mit wem sonst?«

»David«, sagte ich und biss auf die Zähne wie jemand, der eine Stunde lang in der Warteschleife gesteckt hatte und dem Telefonisten im Callcenter am liebsten die Meinung gesagt hätte, aber nicht wollte, dass er auflegte. »Ich versuche, David zu erreichen.«

»Er ist nicht hier.«

»Was soll das heißen? Das ist seine persönliche Nummer … oder User ID oder wie ihr das nennt.«

Eloise seufzte. »Er ist in einer Besprechung. Sie ist streng vertraulich, und er ist nicht zu erreichen.«

»Mit wem? Worüber?«, fragte ich, als würde ich dann mehr verstehen.

»Mit den Wizards.«

»Warum nehmen *Sie* dann seine Anrufe entgegen?«

»Weil Sie es immer wieder versucht haben. Ich war beschäftigt, aber ständig blinkte Ihr Name hier auf – *Lucie Lucie Lucie*. Die von nirgendwo anruft. Wirklich faszinierend. Oder auch nicht. Je nach Standpunkt. Normalerweise hätte ich mir nicht die Mühe gemacht dranzugehen, aber nachdem Sie es zwanzig, hundert, tausend Mal versucht hatten, war mir klar, dass Sie nicht lockerlassen würden. Also, was wollen Sie, Lucie Lucie Lucie?«

»Ich muss David sehen.«

»Er ist bald zurück. Vielleicht.« Ich konnte förmlich hören, wie sie mit den Achseln zuckte. »Kommen Sie vorbei.«

»Genau das ist mein Problem. Ich habe mich verlaufen. Die Karte hat mich ...«

»Die Karte? Sie folgen der Karte? Obwohl Sie sich unrechtmäßig Zutritt verschafft haben? Herrgott.«

Ich holte tief Luft, denn wenn ich Eloise gesagt hätte, was mir auf der Zunge lag, blieb ich womöglich für immer in diesem imaginären Schließmuskel gefangen, oder bis Green Valley der Strom ausging. Dann fiel mir der Aus-Schalter an meinem Interface ein. Ich konnte jederzeit die Verbindung trennen. Aber als ich mein Gewicht verlagerte und der Matsch durch meine Finger rann und unter meine Nägel drang, begriff ich, dass ich dafür nicht bereit war. Außerdem wäre ich womöglich nicht in der Lage, auf eigene Faust in der Dunkelheit David oder Vidal aufzuspüren. »Können Sie mir helfen?«, fragte ich.

»Na, geht doch. Wieso fällt es uns nur so schwer, diese Worte über die Lippen zu bringen?«

Ich bohrte meine Faust in meinen Oberschenkel, aber diesmal konnte ich mich nicht beherrschen. »Mein Gott, Eloise, hören Sie auf, so ein Arschloch zu sein. Würden Sie mir einfach sagen, wie ich zu Ihrem Hause komme, ohne die Karte zu benutzen? Ich lebe nicht in diesem bescheuerten Dreckloch, ich kenne die Regeln hier nicht, und sie sind mir scheißegal. Ich will bloß David sehen, wenn das okay für Sie ist.«

Sie stieß ein kurzes Prusten hervor; offensichtlich war sie beeindruckt. »Okay, hier kommt ein kleiner Wegweiser. Außer uns kann ihn keiner sehen. Folgen Sie ihm, okay? Ich räume ein wenig den Weg für Sie frei. Warten Sie einen Moment.«

Ohne ein weiteres Wort beendete sie das Gespräch, und ein paar Sekunden später verschwanden das Gestrüpp, der Zaun und der Matsch und wurden durch einen gelben Ziegelsteinweg ersetzt, der unter einem blauen Himmel durch ein cartoonartiges Schlaraffenland voller Süßigkeiten führte. Vor mir schwebte in kurzer Entfernung ein Diamant, um den sich ein Neonschild mit dem blinkenden Schriftzug »Lucie Lucie Lucie« und einem Pfeil schlängelte.

Zu meiner Linken knabberte ein Einhorn an einem Marshmallow-Strauch.

24

Offensichtlich hatte Eloise sich bei ihrem Bemühen um visuelle Ironie ein wenig verausgabt, oder sie hatte keine Lust mehr, mich weiter zu provozieren, denn der Weg aus Cartoon-Bonbons, den sie erschaffen hatte, verschwand gleich darauf wieder und wurde durch die vertraute Vorortkulisse Green Valleys ersetzt. Vielleicht hatte sie auch ihr Zimmer verlassen, um sich ein weiteres Bier zu holen. Ich fragte mich, ob man mithilfe des Is von virtuellem Alkohol betrunken werden konnte. War es möglich, dass man eine Flasche Kartoffelpampe trank und davon einen Rausch bekam? Aber vielleicht hatte Eloise ja auch Zugang zu einem Vorrat echten Alkohols – das traute ich ihr durchaus zu. Seit Urzeiten hatten die Menschen es selbst unter widrigsten Umständen geschafft, aus organischen Substanzen Alkohol zu brauen. Ich verspürte Lust auf einen Drink, aber vor allem sehnte ich mich danach, mit Fabian in seiner Wohnung auf dem Sofa ein Glas Rotwein zu trinken, eingehüllt in einen wohligen Schleier und empfänglich für seine Berührung. Ich dachte an mein Zuhause, das mir plötzlich unerreichbar schien, obwohl ich in der wirklichen Welt nicht einmal fünfzehn Kilometer von dieser warmen Wohnung und diesem Mann, der mir Halt gab, entfernt war. Ich wünschte, ich hätte Davids Stimme nie wieder gehört, nie sein Gesicht in dem des kleinen Mädchens aus dem Versteck wiedererkannt, und wäre nie mehr an meine frühere Dummheit erinnert worden. Dann hätte ich all die toten, unsichtbaren Kinder selbstgefällig und gleichgültig ihrem Schicksal überlassen können.

An diesem sterilen, oberflächlichen Ort konnte ich meinen Wunsch nach Nähe, Verlangen, Schmerz und Reue besonders stark spüren. Das bedeutete, dass Vidals Interface funktionierte und keine Nano-Puffer meine Gefühle unterdrückten, dass ich gleichzeitig mit dem I verbunden und unabhängig davon war. Das würde mich vermutlich vor den schlimmsten Auswirkungen der Aversion schützen.

Andererseits bot mir der Anblick der vertrauten Gehwege mit den Rasenbegrenzungen und der weißen Holzhäuser mit ihren üppigen Vorgärten keinerlei Trost. Denn inzwischen wusste ich, dass sich all das unter dem Einfluss einer bösartigen Vorstellungskraft in einen wahnwitzigen, albtraumhaften Tunnel verwandeln konnte, in ein Labyrinth, das die Wizards erschaffen hatten, um die Geschöpfe, die hier in der Falle saßen, zu quälen. Der Boden unter meinen Füßen war unsicheres Terrain und konnte jeden Augenblick nachgeben. Tief im Innern meines Schädels und in meiner Magengrube verspürte ich ein Pochen, als ich von einer Art seelischer Reisekrankheit befallen wurde. Ich sehnte mich nach festem, *echtem* Asphalt unter meinen Füßen und griff nach dem Knopf in meinem Nacken. Doch erneut konnte ich mich nicht dazu durchringen, die Verbindung zu trennen. Denn dann könnte ich auch Eloise' Wegweiser nicht mehr sehen, der immer noch – inzwischen etwas dezenter als vorhin – über Davids Haus schwebte. Und vor allem hatte ich Angst davor, was ich stattdessen sehen würde.

Also lief ich weiter. Meine schlurfenden Schritte auf dem Gehweg waren unglaublich laut und hallten von den Wänden der Häuser wider, die sich wie die stummen Zeugen einer Gräueltat nach vorne neigten. Das war eine merkwürdige Vorstellung, hier inmitten der reglosen Bäume und gepflegten Blumen dieser Musterstraße. Wie viele Menschen lebten in diesen Straßen? Und wo steckten sie überhaupt? Hatten sie sich alle wie Eloise in ihren Häusern verkrochen und waren mit ihren Geräten verbunden? Oder waren sie ganz woanders?

Die Stille war jetzt allgegenwärtig, und ich zuckte zusammen, als ein hellblauer Vogel vor mir über den Weg sauste, gefolgt von zwei weiteren, die in einem hohen, mit Louisianamoos behangenen Ahornbaum gesessen hatten. Der Vogel flog die Straße hinunter und auf die andere Seite, wo die Farbe seines Gefieders mit einer Hortensie verschmolz, die vor einem erstaunlich heruntergekommenen Haus stand. Dann blitzte erneut etwas auf, drei, fünf, acht weitere blaue Gebilde – bis sie in einem blauen Schwarm vor mir lautlos über den Weg sausten. Wie Heuschrecken, dachte ich für einen Moment, während sich der Schwarm in meine Richtung ausdehnte. Die blauen Gebilde schwirrten an meinem Gesicht vorbei und um mich herum, drehten sich und schillerten in bunten Farben. Sie bewegten sich so schnell, dass man sie nicht richtig erfassen konnte, strömten wie ein Schwarm Papierfische zusammen und glitten an mir vorbei. Während sie durch die Luft schossen, erzeugten sie ein kaum hörbares Wispern. Ich musste angestrengt lauschen, um die Stimme zu hören, die durch das Rascheln und Zischen an mein Ohr drang. Gleichzeitig spürte ich ein Kribbeln auf der Haut, als würde eine winzige Daunenfeder über meine Gliedmaßen wandern. »Du willst etwas fühlen, doch es ist niemand hier, um dich zu berühren.«

Plötzlich verharrten die blauen Gebilde mitten in der Luft und fielen zu Boden, wo sie reglos liegen blieben. Sie waren jetzt nur noch ein paar federartige Flocken, die an zerriebene Schmetterlingsflügel erinnerten. Die königs-, kobalt-, indigo- und schwarzblauen Gebilde bedeckten sämtliche Oberflächen. Das Flüstern verstummte, es kehrte wieder Stille ein, und die Farbe verblasste.

Es war weniger das Geräusch ihrer schlurfenden Schritte, das mich auf die Frau aufmerksam machte, sondern das Gefühl, dass ich beobachtet wurde – sehr viel eindringlicher als von den Häusern oder den Strippenziehern hinter dem I. In der reglosen Luft war das Gefühl, von einem warmblütigen, intelligenten Wesen beobachtet zu werden, dermaßen intensiv, dass ich es fast körperlich spüren konnte, als würde es den leeren Raum zwischen uns zum Vibrieren bringen. Als ich nach links schaute, sah ich die Frau bewegungslos vor dem heruntergekommenen Haus stehen, dessen rostige Verkleidung in einem verblassten Sanitärgrün gestrichen war. Beim Anblick der fleckigen, bleichen Farbe musste ich an die Leichenhalle denken, in der ich das erste kleine Mädchen zu Gesicht bekommen hatte. Das Haus bot einen beschämenden Kontrast zu den üppigen, vorbildlichen Nachbargrundstücken. Von der Hecke und den Sträuchern im Vorgarten waren nur noch ein paar Zweige übrig, die aus der grauen, vertrockneten Erde emporragten, und anstelle des Rasens waren nur einige verdorrte Grasstoppeln zu erkennen, blass wie Maden, die in der Dunkelheit zwischen ein paar unermüdlichen Unkrautbüscheln auf ein entferntes Licht zukrabbeln.

Die Frau verharrte reglos auf der obersten Stufe der verwitterten Veranda, von der die Farbe abblätterte, und als das I registrierte, dass ich den Blick auf das vermoderte Holz richtete, stieg mir ein feuchter Fäulnisgeruch in die Nase – glücklicherweise nicht der Gestank verwester Tiere. In einer zertrümmerten Lampe auf der Veranda flackerte ein trübes, braunes Licht, vor dem sich die Umrisse der Künstlerin immer wieder als Silhouette abzeichneten. Wie beim letzten Mal trug sie ein langes Kleid, das bis über ihre Füße reichte. Es schimmerte in einem glänzenden Blauton, der offenbar ihre Stimmung widerspiegelte. Ihr langes, von grauen Strähnen durchzogenes Haar hing offen bis auf ihren Rücken hinunter.

»Willkommen in meinem Haus«, sagte sie.

Ich rang mir ein Lächeln ab und fragte mich zum ersten Mal, was für einen Körper Vidals Interface mir verpasst hatte und wie ich damit auf andere Menschen wirkte. »Ich habe Ihre Tochter gesehen«, sagte ich. Ich wusste nicht, wie ich das Thema schonender zur Sprache bringen sollte, obwohl mir klar war, wie heikel es war, an diesem Ort mit jemandem eine Unterhaltung zu führen. Aber ich hatte keine Zeit, lange um den heißen Brei herumzureden.

Die Frau runzelte die Stirn, und die Farbe sickerte, als hätte man einen Eimer ausgeschüttet, aus ihrem Kleid. Es war jetzt nicht mehr blau, sondern vollkommen grau. *Aschgrau*, dachte ich, während die Farbe, die sich neben der Frau gesammelt hatte, von einem Windstoß davongewirbelt wurde. »Meine Tochter ist fort«, sagte sie, und ihr sanfter, würdevoller Gesichtsausdruck verwandelte sich in eine müde, erschöpfte, faltige Maske. Nein, keine Maske, dachte ich. Das ist ihr wahres Gesicht, vor mir steht eine trauernde Mutter. »Ich glaube, sie ist tot«, fügte sie hinzu, während ihre Knie nachgaben und sie zu Boden sank. Mit gebeugtem Kopf krümmte sie sich über ihren leeren Schoß.

Ich trat zu ihr und ging in die Hocke. Obwohl ich Angst

hatte, sie zu berühren, tat ich es trotzdem, und unter dem Stoff aus Sackleinen fühlte sie sich wie ein echter Mensch an, fest und gleichzeitig weich, warm und gleichzeitig kalt, als läge sie im Sterben. »Nein«, sagte ich. »Ihre Tochter ist nicht tot. Ich habe sie gestern gesehen. Sie lebt, und sie ist ein sehr tapferes Mädchen. Sie trug das Hemd, das Sie für sie gemacht haben. Mit einem Panda aus Punkten. Ich habe mich an die Punkte erinnert, die Sie mir bei unserer letzten Begegnung gezeigt haben.«

Die Künstlerin schaute hoch. Die schwarze Iris ihrer Augen war gelb umrandet, ihre Lider rot gefärbt. »Wo ist sie?«

»Draußen. In Stanton. Sie wissen doch, wo das ist, oder?«

Sie nickte. »Sie lebt?«

»Und sie tut Gutes. Sie sorgt dafür, dass die anderen Kinder aus Green Valley überleben.«

Sie schaute auf ihre verschränkten Arme und das unsichtbare Bündel, das sie darin hielt. »Gut. Bringen Sie sie nicht wieder zurück. Dies ist kein Ort für Kinder. Hier sollte überhaupt niemand leben.«

»Warum gehen Sie nicht von hier fort?«, fragte ich. »Rainbow weiß, wie man die Leute entwöhnt. Sie kann Ihnen helfen.«

»Ich kann weder hier noch dort leben«, sagte sie. »Es gibt keinen Ort für Menschen wie uns.« *Uns?* Ich öffnete den Mund, um zu fragen, ob sie damit auch mich meinte, verstummte jedoch, als ihr Kleid aus Sackleinen sich um ihren Oberkörper schlang und ihre Arme immer fester nach hinten zog. Das laute Knacken ihrer Gelenke hallte durch die reglose Luft, bis sie in einer Zwangsjacke gefangen war. Mit ausdruckslosem Blick starrte sie mich an, während aus ihrem Mundwinkel ein Faden Spucke über ihre Unterlippe lief. Er rann an ihrem Kinn herunter, zog sich in die Länge und tropfte auf den verdorrten Boden, wo er in das tote Erdreich sickerte. Als ich meinen Blick erneut auf die Frau richtete, hing das Kleid wieder lose an ihr herunter. »Ich kann nicht«, erklärte sie noch einmal.

Ich stand auf. Was sollte ich sonst noch sagen? »Falls Sie es sich doch noch anders überlegen, können Sie mit ihr Kontakt aufnehmen. Denken Sie darüber nach. Wir können Sie an einen sicheren Ort bringen. Rainbow ist wirklich unglaublich. Sie können stolz auf sie sein.«

Die Künstlerin warf mir einen leeren Blick zu, und ich begriff, dass das Gespräch beendet war. Ich nickte ihr zu und folgte weiter Eloises Wegweiser.

25

Davids Haus sah noch genauso aus wie bei meinem letzten Besuch. Der gepflegte Bungalow im Kolonialstil fügte sich nahtlos in den dezenten Luxus der Nachbarhäuser ein. Das Louisianamoos und die subtropischen Pflanzen gediehen prächtig. Alles schien unverändert, seit man Green Valley vor zwanzig Jahren errichtet hatte. Jene umweltfreundliche, friedliche Kleinstadt, die den Bewohnern als Arbeitsstätte dienen sollte, sobald Zeroth sie mit seiner Technologie von den Fesseln der Schwerindustrie und der Mühsal ihres Pendlerdaseins befreit hatte. Das war eine verlockende Vorstellung gewesen, und ich hielt dem Unternehmen zugute, dass es den Mut und die Zuversicht aufgebracht hatte, diese hoffnungsvolle Vision zu realisieren, auch wenn sie sich inzwischen in ihr Gegenteil verkehrt hatte.

Obwohl mir die Straße bereits vertraut war, bereiteten mir die unbelebten Fenster, die zu mir herüberstarrten, Unbehagen. Inzwischen spürte ich die Leere dahinter. Es war, als würde ich durch ein Foto von Green Valley laufen, wie es früher mal existiert hatte. Unter meinen Füßen und in der toten Luft, die mich umgab, befand sich das wahre Green Valley. Dennoch hatte ich Angst, einen Blick darauf zu werfen. Ohne die Aversionskontrolle konnte ich mich des Gefühls nicht erwehren, dass die Häuser ringsum alle verlassen waren, dass dort, wo die tüchtigen und hoffnungsvollen Bewohner, die

Pioniere eines grenzenlosen virtuellen Reichs, früher gelebt hatten, nichts als kalte Leere herrschte. Ich hätte mich ein wenig wohler gefühlt, wenn ich einen Jogger oder Radfahrer, wie sie auf dem Marktplatz oder im Park generiert wurden, gesehen oder das Bellen eines Hundes gehört hätte. Aber es schien fast so, als ob sich die Simulation in diesem Randbezirk keine Mühe gab, mich zu beeindrucken. Der Himmel hatte eine düstere, gelbgraue Färbung angenommen, und außer meinem Keuchen und meinen Schritten, die über den Asphalt hallten, waren nur das ächzende Knarzen der Äste und ein lautes, rhythmisches Klopfen auf Holz zu hören. Pochkäfer, dachte ich und fragte mich, ob Eloise, Gina Orban, Vidal oder Jamie Egus höchstpersönlich diese makabre Show für mich abzogen.

Ich lief die Verandastufen hinauf, und während meine Hand über das Holzgeländer glitt, bohrte sich zwischen Daumen und Zeigefinger ein Splitter in meine Haut. Ich riss die Hand fort, drehte mich um und stocherte in dem trüben Licht, so gut es ging, in der pulsierenden Wunde herum, bis ich die Stelle mit dem dunklen Splitter gefunden hatte. Ich schob meinen Daumennagel unter das spitze Ende und zog das Holzstück vorsichtig heraus, worauf aus dem Loch ein Bluttropfen hervorquoll. Ich leckte ihn ab, ging zur Haustür und klopfte.

Durch meine Berührung öffnete sich die Tür einen Spaltbreit. Also stieß ich sie ganz auf und lief durch den Eingangsbereich in das Wohnzimmer, das ich bereits kannte. Dies war immer noch Davids Zuhause, hier hatte ich ihn vor vier Tagen getroffen. Für einen trügerischen Moment fand ich Trost und Halt in der gewohnten Umgebung und entspannte meine Schultern. Doch dann bemerkte ich auf einer Ecke des Couchtisches den grünen Keramikteller mit dem Käsesandwich samt den drei vollkommen halbkreisförmigen Bissabdrücken und dem Tomatenblatt auf dem Tellerrand. Außerdem die getigerte Socke, die mitten auf dem makellosen taubengrauen Teppich lag, und daneben den rot-blauen Holzlaster und die vier Bauklötze mit den Buchstaben Z, K, A, S.

Ein eiskalter Schauer, der von Vidals Interface nicht unterdrückt wurde, erfasste meinen Körper. »Hallo? Eloise? David?«

Als Antwort erhielt ich nichts weiter als ein Rauschen. Ich trat ein paar Schritte weiter in das Wohnzimmer dieses Musterhauses, beugte mich vor und begutachtete den Laster. Ich stellte ihn auf seine klobigen Räder und rollte ihn über den Teppich, und als ich ihn in das dichte Gewebe drückte, konnte ich das glatte Holz unter meinen Fingern fühlen. Hatte Kira mit diesem Laster gespielt? Er fühlte sich echt an. Ich nahm den Klotz mit dem K und drehte ihn in der Hand hin und her – auf allen sechs Seiten prangte ein K. Die anderen Klötze waren jeweils nur mit einem Z, einem A und einem S beschriftet. Um die Simulation zu testen und ihre Illusion zu entlarven, warf ich die Klötze in den Laderaum des Lasters und bemühte mich, dabei besonders viel Lärm zu machen. Ich rechnete fast damit, dass sie lautlos darin verschwinden würden, weil sie nicht real waren. Aber sie gaben ein lautes Klappern von sich. Den Klotz mit dem K hielt ich immer noch in der Hand, und ich musterte ihn nachdenklich. Kira, mit ihrem länglichen Gesicht. Sie war der Grund dafür, dass ich hier war. Vielleicht.

Ich warf den Klotz ebenfalls in den Laster und hörte, wie sein Echo in der Stille verhallte.

Dann ein plötzlicher Windzug und ein Schrei.

Von einem Kind.

Ein spitzer Schrei, gefolgt von einem weiteren, dann Gelächter.

Als hätte man an einem Radio einen anderen Sender eingestellt, hallte durch das Haus der Lärm spielender Kinder. Ich stand auf und lief durch das Wohnzimmer in die weitläufige, offene Küche, die mit rostfreiem Stahl, poliertem Granit und makellosen cremefarbenen Bodenfliesen ausgestattet war.

Der Lärm der spielenden Kinder war jetzt deutlicher zu hören, als würden sie sich im Garten hinter der Glastür aufhalten. Aber auf der in Nebel gehüllten, gepflegten Rasenfläche, die von einem frisch lackierten Lattenzaun umgeben war, konnte ich niemanden entdecken. In diesem Moment ertönten ein Knall und ein Schrei, gefolgt von hastigen Schritten und einem dumpfen Schlag. Die Kinder liefen direkt an mir vorbei; direkt durch mich *hindurch*. Ein platzender Ballon. Erneut mehrere Kinderschreie. Obwohl niemand hier war, gefror mir das Blut in den Adern.

Ich hätte das Ganze als die verrückte Spielerei eines Programmierers abtun können, aber instinktiv wusste ich, dass ich von Geistern umgeben war. Mir brach am ganzen Körper der kalte Schweiß aus. Plötzlich wollte ich auf keinen Fall mehr in die Küche und eilte durch das Wohnzimmer in den Flur und weiter Richtung Haustür. Ich würde mich erst sicher fühlen, wenn –

»Lucie.«

Auf dem mittleren Treppenabsatz stand Eloise, im Körper eines nackten Mannes so wie bei meinem letzten Besuch. Seine kränkliche, blasse, gelb gesprenkelte Haut war an einigen Stellen von drahtigen Haarbüscheln bedeckt, seine Rippen traten hervor, und sein Geschlecht war in sich zusammengeschrumpft. In gewisser Weise war der ungeschönte

Anblick dieses fleckigen Körpers das Vertrauenswürdigste, was ich heute gesehen hatte. Ich musterte ihn eine Weile lang und spürte, wie die Geister das Weite suchten, dann warf ich einen Blick über die Schulter ins Wohnzimmer. Der Spielzeuglaster, den ich aufgerichtet hatte, lag wieder auf der Seite, und die Holzklötze waren über den Boden verstreut. Z, K, A, S.

Als ich mich erneut zu Eloise umdrehte, kam der Mann die Treppe herunter und bedeckte mit der rechten Hand züchtig sein Geschlechtsteil.

»Danke für die Wegbeschreibung. Ich war in einer Art Dickicht gefangen.«

»Ja«, sagte Eloise, lief um mich herum und führte mich zu dem merkwürdigen Raum, in dem ich sie bei meinem letzten Besuch angetroffen hatte. »So was kommt vor.« Ich betrachtete die schlaffe Haut am Hintern des Mannes. Seine Wirbelsäule und die Schulterknochen zeichneten sich deutlich ab.

Der Mann trat in das Zimmer, und ich dachte, ich würde gleich die farbenprächtige Wiese mit dem Einhorn, aus dem sich ein Regenbogen ergoss, zu sehen bekommen, aber als ich ihm folgte, erschien Eloise plötzlich als Frau vor mir. Sie trug eine Jeans und ein schlichtes grünes T-Shirt und hatte ihre grau melierten Haare zu einem losen Pferdeschwanz nach hinten gebunden. Sie saß inmitten eines kleinen Arbeitszimmers mit marineblauem Teppichboden auf einem Bürostuhl hinter einem schmucklosen weißen Schreibtisch. Sind Sie das?, wollte ich fragen.

Sie deutete auf einen Stuhl vor dem Tisch. Obwohl meine Beine müde waren, blieb ich stehen. »Können Sie mir sagen, wo David ist? Ich muss mit ihm reden.«

»Kann ich Ihnen was zu trinken anbieten? Oder irgendwas anderes?«, sagte sie.

»Nein«, sagte ich. »Wo ist David?«

»Das habe ich Ihnen bereits gesagt. In einer Besprechung. Warum sind Sie hier, Lucie? Ich kann ja verstehen, wenn jemand Green Valley zum Vergnügen einen einmaligen Besuch abstattet, um sich als Tourist alles mal anzuschauen. Nur warum sollte man ein weiteres Mal hierherkommen? Nehmen Sie's mir nicht krumm, aber Sie gehören nicht hierher und sollten nach Hause gehen.«

Ich trat auf sie zu. »Ich muss ihm was Wichtiges wegen seiner Tochter sagen.«

»Welcher?«

Das liegt am I, sagte ich mir. Das I hat sie so abgestumpft. Ich muss behutsam vorgehen, sonst finde ich David nie. »Kira natürlich.«

»Oh, Kira«, sagte sie. »Ja, sie ist ebenfalls verschwunden.«

Ihre Stimme hatte diesen unverbindlichen, gleichgültigen Tonfall angenommen, den ich auch von David kannte. Unvermittelt schlug ich mit der Hand auf den Schreibtisch, damit sie wieder zu Sinnen kam. Ich hatte David meine Tochter anvertraut. Und *Eloise.* »Kira ist das kleine Mädchen, um das Sie sich wie um Ihre eigene Tochter gekümmert haben, Eloise. Sie müssen sich an sie erinnern, oder sie bleibt für immer verschwunden. Sie haben keine anderen Töchter.«

»Hat David Ihnen das erzählt? Dass wir nur eine Tochter haben?«

»Wovon reden Sie?«

»Von den Drillingen. Hat er Ihnen gesagt, dass sie nur eine Simulation sind? Eine Animation?«, keuchte sie mit ihrer verkümmerten Stimme und hustete. »Ein primitives Unterprogramm? Hat er Ihnen das erzählt?«

»Ja, ich –«

Sie stieß ihren Stuhl zurück und stand auf, packte mich am Arm und zerrte mich aus dem Büro.

»Lassen Sie mich los«, sagte ich. »Nehmen Sie Ihre Hände weg.« Doch sie zog mich die Treppe hinauf, und ich ließ es geschehen. Sie brachte mich in das Schlafzimmer, das David mir gezeigt hatte, das Schlafzimmer, aus dem Kira entführt worden war. Die Drillinge saßen nicht an ihrem Tisch. Stattdessen lagen dort drei Blätter mit drei identischen Zeichnungen – von einem schwarzen Schafbock mit gelben Augen, der kopfüber an einem Haken hing, während aus einer Schnittwunde in seinem Hals Blut hervorsprudelte.

»Ich habe versucht, Verständnis für ihn aufzubringen«, sagte Eloise, als sie sah, wie ich vor den Bildern zurückschreckte. »Ich habe versucht, ihm seine Nachlässigkeiten, seine unentschuldbaren Verfehlungen zu verzeihen, denn ich bin ebenfalls nachlässig gewesen. Wir waren beide so in der Simulation gefangen, dass wir sie haben sterben lassen. Danach habe ich ihm Zeit gegeben, seine Trauer zu verarbeiten. Ich weiß, dass Trauer einen Menschen völlig aus der Bahn werfen kann. Aber er ist verschwunden, Lucie, an einen Ort, von dem ich ihn nicht zurückholen kann.« Sie blieb vor dem Bett stehen, dessen zerknüllte Laken mit Schweißflecken übersät waren, und drehte sich zu mir um. »Wenn Sie sich an unsere Kinder erinnern wollen, erinnern Sie sich an alle von ihnen.«

Sie griff mir blitzschnell in den Nacken, packte zu und zog den Stecker.

Ein fauliger Gestank schlug mir entgegen, und ich wich zurück, während die Welt um mich herum in Dunkelheit versank; die Geräusche des alltäglichen Lebens verstummten und wurden durch ein leises, gleichmäßiges Tropfen in der Ecke des Zimmers ersetzt. Ich hatte die Augen geschlossen, um dem plötzlichen Ansturm von Sinneseindrücken zu entkommen. Mein Verstand war damit überfordert, mögliche neue Gefahren zu verarbeiten oder das Tropfen und das klagende Stöhnen, das vom Boden zu mir empordrang, zu lokalisieren und einzuordnen. Instinktiv wollte ich mir die Ohren zuhalten und mich wie ein Embryo zusammenrollen, um all das auszublenden, bis ich bereit war, mich nach und nach der Situation zu stellen. Aber trotz meines verkrampfen Rückens und meiner zitternden Knie blieb ich stehen. Nicht weil ich so mutig war – ich hatte einfach nur schreckliche Angst, in das hineinzufallen, was den Boden bedeckte. Denn ich konnte spüren, wie er unter meinem Gewicht nachgab und sich bewegte und etwas Klebriges schmatzend an meinem Körper zerrte, während ich zurückwich.

Neben meinem Ohr war ein verzweifeltes Krächzen zu hören. »Das hier will er nicht wahrhaben. Das hier will er vergessen.« Ihre Stimme zitterte, und als ich mich nicht rührte, blaffte sie: »Öffnen Sie verdammt noch mal die Augen, Lucie!«

Und das tat ich. Gott steh mir bei.

Als sich die Dunkelheit langsam lichtete, sah ich sie, die drei schwarzen, aufgedunsenen kleinen Leichen, die fein säuberlich aufgereiht auf dem Boden lagen, halb verschmolzen mit der verschimmelten Bettdecke.

26

Ich drehte mich um und rannte los, während Eloise hinter mir herrief: »Sie heißen Zara, Anya und Sabine. Setzen Sie sie ebenfalls auf Ihre Liste der vergessenen Kinder.«

Aber ich hörte ihr nicht zu. Ich taumelte die eingestürzte Treppe hinunter und stolperte dabei über den zerfressenen, verdreckten Teppich, sodass ich auf allen vieren landete und mich überschlug. Das Holz gab unter mir nach, und mehrere Latten des Geländers brachen heraus, als ich mit Kopf und Schultern dagegenknallte.

Ohne irgendwelche Schmerzen zu empfinden, stürzte ich weiter und warf einen flüchtigen Blick auf den mit Müll übersäten Boden des Wohnzimmers. Der Teppich war mit Schimmel und Tierblut überzogen. Durch die gesplitterten, beschmierten Glasscheiben der Küchentür konnte ich die blassen Ranken einer Efeupflanze erkennen, die sich durch die Scherben nach den schwachen braunen Lichtpunkten der Lampen ausstreckten. Draußen, hinter den Fenstern, war es dunkel wie in einer Höhle.

Ich riss die Haustür auf, das verrostete Scharnier auf der Oberseite brach heraus, und ein Stück Holz riss aus dem Rahmen. Ich rannte nach draußen, über das dunkle Kiesbett und die abgestorbenen Äste, die von Davids echtem Garten noch übrig waren, und weiter auf die Straße.

Die Straße war immer noch eine Straße. Allerdings war sie

voller Schlaglöcher und Risse, und der Rinnstein wurde von schwarzem Schlamm überflutet. Doch der feste Untergrund dieser vertrauten Straße, die alle fünfzig Schritte vom trüben braunen Schein einer Laterne erleuchtet wurde, beruhigte mich, und ich hörte auf zu keuchen und holte ein paarmal tief Luft. Ich musste mein I wieder einschalten und mit Vidal Kontakt aufnehmen, damit er mich hier rausbrachte.

Während ich der Schwelle in der Mitte der Straße dorthin folgte, wo ich das Stadtzentrum vermutete, fingerte ich an dem Schalter in meinem Nacken herum und versuchte, meine Umgebung möglichst auszublenden. Mit dem elektronischen Kapuzenshirt, das Vidal mir gegeben hatte, bedeckte ich Mund und Nase. Doch ich bekam keine Luft mehr, sodass mir nichts anderes übrig blieb, als den fauligen Gestank weiter einzuatmen. Ich fummelte immer noch an dem Knopf herum, aber das blöde Ding ließ sich nicht drehen. Dann konnte ich die Drähte fühlen. Zwei dünne Enden, die an mir herunterbaumelten. Und schließlich das zertrümmerte Gehäuse des Schalters. In diesem Moment wusste ich, dass ich in Green Valley schutzlos auf mich allein gestellt war.

Ich sank an einem halbwegs sauberen Straßenabschnitt auf die Knie und kämpfte gegen den Anblick der verwesten, gedemütigten kleinen Mädchen an, die immer noch auf ihrem geschmolzenen Bett lagen. Mit einem körperlichen Kraftakt vertrieb ich das Bild aus meinem Kopf, bis ich wieder ruhig atmen konnte.

Reiß dich zusammen, Lucie. Du brauchst einen Plan.

In einem entfernten Winkel meines Gehirns erinnerte ich mich daran, dass dies mein Job war – ich war dafür ausgebildet, riesige Informationsmengen zu analysieren und zu ordnen und daraus Modelle und Strategien zu entwickeln. Ich würde nicht mitten auf einer dunklen Straße zusammenbrechen und anfangen, hilflos zu schreien.

Aber ich konnte die Anwesenheit der dreitausend Einwohner spüren. *Du brauchst einen Plan, Lucie!*

Zwei Dinge kamen mir in den Sinn. Ich konnte immer weiter geradeaus laufen, bis ich an die Mauer kam, und dort nach einem Ausgang suchen. Das war in der giftigen Luft unter dieser Glasglocke allerdings leichter gesagt als getan. Doch Eloise war nach acht Jahren immer noch am Leben und David auch. Die Luft wirkte also nicht sofort tödlich. Weiter durch die Dunkelheit zu stolpern war jedoch nur Plan B. Plan A war, den Knopf des Interface zu reparieren, es wieder einzuschalten und Vidal zu finden oder Eloise oder *irgendjemanden*, der mich aus Green Valley herausbringen konnte – wenn es nicht anders ging, würde ich mich sogar Gina Orban anvertrauen. Aber zunächst brauchte ich eine Lichtquelle, um den Schaden zu begutachten.

Jede dritte Laterne tauchte die Straße vor mir, wie die Notfallbeleuchtung im Flur eines Bürogebäudes, in ein schwaches schwefelgelbes Licht. Und genau darum handelte es sich – um die alte Notfallbeleuchtung, die von den solarbetriebenen Batterien mit Strom versorgt wurde, die man beim Bau der Anlage standardmäßig installiert hatte. Da die Bewohner in der Welt des Is lebten, wollte Zeroth keine Energie für richtige Straßenlaternen verschwenden. Für Eindringlinge, die offline waren, war Green Valley nicht ausgelegt. Dummerweise war das Licht der Notbeleuchtung zu trübe, um die Drähte zu untersuchen. Also lief ich weiter und starrte in die körnige Dunkelheit links und rechts von mir. Ich ließ meinen Blick über die Umrisse der verlassenen Häuser wandern und über die spindeldürren Finger der abgestorbenen

Bäume, die sich in einer letzten Anstrengung nach dem schmutzigen Himmel streckten. Wenn das I in der Lage war, meinen Verstand mit einer Abfolge elektrischer Impulse zu kontrollieren, konnte ich das selbst bestimmt auch. Während ich mit dem I verbunden gewesen war, hatte ich keine ernsthaften Schäden erlitten, also würde mir auch jetzt nichts passieren.

Doch als neben mir etwas raschelnd vorbeihuschte, stockte mir der Atem. Das war nur irgendwas Kleines, sagte ich mir, während ich durch das vertrocknete Gestrüpp auf einen flackernden braunen Lichtpunkt starrte. Mittlerweile konnte ich in der Dunkelheit weitere Einzelheiten erkennen. Ich sah einen ehemals gepflegten Weg, der zu einem ehemals gepflegten Haus führte. Inzwischen hatten die Sträucher den Garten überwuchert und waren abgestorben; vor der Veranda bildeten sie mit ihren knorrigen Ästen eine Art Wall. Am Boden war ein schmaler Tunnel in die Zweige gehackt worden – das Haus wurde also von jemandem oder etwas bewohnt, in jedem Fall von einem Lebewesen.

Ich fragte mich, welche Gefahr mir drohte von dem, was sich womöglich durch die schmale Lücke zwischen den Ästen zwängte. Doch mein dringendes Bedürfnis, den Schalter an Vidals Interface zu reparieren, war größer, und ich beugte mich zu der vertrockneten Hecke hinunter und kroch in den Durchgang, bevor ich mir allzu sehr den Kopf darüber zerbrechen konnte, was zwischen diesen dunklen Ästen oder dahinter hauste. Wie eine Motte bewegte ich mich auf das blinkende Licht zu.

Diesmal spielte mir der hölzerne Tunnel keinen Streich; er war tatsächlich so groß, wie er wirkte. Ich bahnte mir meinen Weg durch dichte Spinnweben und strich mir die klebrigen

Fäden aus den Haaren und von der Haut, bevor ich nach ein, zwei Metern auf der anderen Seite wieder herauskam. Ich war jetzt nur noch drei Schritte von der eingestürzten Veranda entfernt und blieb davor stehen. Ich spürte das Betondach von Green Valley über mir und schöpfte neuen Mut – der künstliche Himmel, der simulierte Wind und die unechten Farben waren ja inzwischen verschwunden. Was auch immer aus diesem Ort und seinen Bewohnern geworden war, ich sah Green Valley jetzt, wie es wirklich war. Es war räumlich begrenzt.

Ich stieg die drei knarzenden Stufen zur Veranda hinauf. An die grün gestrichene Tür war ein Symbol aus Zweigen genagelt. Ich schenkte ihm weiter keine Beachtung und trat ins Innere. Den Blick starr nach vorn gerichtet, steuerte ich auf das erleuchtete Wohnzimmer zu. Währenddessen öffnete ich den Reißverschluss meines Kapuzenshirts und ließ es von meinen Schultern gleiten, um die Drähte begutachten zu können, sobald ich das Licht erreicht hatte. Auf der Schwelle zum Wohnzimmer blieb ich einen Moment stehen. Das Wort *Salon* schoss mir durch den Kopf, wie der Widerhall eines Albtraums, der vor hundert Jahren erschaffen worden war. *Komm in meinen Salon ...* skandierten die Stimmen mehrerer toter Kinder in meinem Kopf. Die Stimmen dreier Stieftöchter. In einem aus Zweigen angefertigten Altar, der auf einem Couchtisch stand, funkelte das Licht, das ich von draußen gesehen hatte. In dem Gebilde befanden sich Dutzende von Notleuchten, die im Wechsel braun, schwefelgelb und ockerfarben aufflackerten, während sie versuchten, alle dieselbe verborgene Energiequelle anzuzapfen.

Es war das hellste Licht, auf das ich bisher gestoßen war, seit Eloise meine Verbindung unterbrochen hatte, und während ich mir sagte, dass ich nicht abergläubisch war, ging ich neben dem Altar in die Hocke und zog das Oberteil ganz aus.

Mir fiel auf, dass die Lampen in einem bestimmten Muster aufleuchteten, und ich folgte mit dem kaputten Schalter dem Licht, während es durch den Altar wanderte. Das Plastikgehäuse des Schalters war zerbrochen, und aus den Rissen ragten mehrere gezackte Metallspitzen und die blanken Enden von vier schmalen Drähten. Selbst wenn ich das passende Werkzeug gehabt hätte, um die Drähte zu isolieren und mit dem Stromkreis zu verlöten, hätte ich nicht gewusst, welcher Draht wohin gehörte. Damit hatte sich Plan A also erledigt.

Trotz der Umgebung draußen wirkte der Raum mit dem Altar friedlich und sicher. Wahrscheinlich war das auch die Absicht des Künstlers. Zu gerne wäre ich noch ein wenig geblieben, nur ein paar Minuten, bis mich jemand fand. Es war eine tröstliche Vorstellung, sich auszuruhen und all diese Ängste für eine Weile nicht mehr zu spüren. Ich war hundemüde; seit Tagen hatte ich kaum geschlafen. Ich brauchte nur eine kurze Verschnaufpause. Schließlich war ich jetzt in der realen Welt. Hier war ich doch sicher, oder? Das imaginäre Monster, dieser Aufpasser, konnte mich hier nicht aufspüren, und er war das Einzige gewesen, wovor ich mich in Green Valley hatte fürchten müssen. Inzwischen hatte ich mich an die kalte Luft in dem Zimmer gewöhnt, und wenn ich mich auf den Boden legte, konnte ich vielleicht den dicken, warmen, weichen Teppich spüren, der dort einmal gelegen hatte.

In diesem Moment krabbelte etwas mit hakenförmigen Füßen meinen Rücken hinauf.

Ich schnellte in die Höhe. Plötzlich war ich hellwach und schlug mit den Händen und dem Kapuzenshirt auf meinen

Körper ein. Schließlich fielen mehrere schwarze Flecken zu Boden und huschten in die dunklen Ecken des Zimmers davon.

Offensichtlich war die abgestandene Luft in den stickigen Winkeln des Hauses durch meine plötzliche Bewegung mit dem Kapuzenshirt aufgewirbelt worden. Denn durch eine Tür am Ende des Raums waberte ein fauliger Gestank zu mir herüber, gefolgt vom Geräusch knarzender Dielenbretter. Zeit für Plan B. Hastig streifte ich mir das Shirt über, zog den Reißverschluss zu und rannte in den Eingangsbereich, wo ich einem Hund direkt vor die Füße lief. Das Fell des alten Retrievers war struppig und verfilzt. Seine Nackenhaare hatten sich aufgerichtet, und zwischen den gefletschten Zähnen klemmte irgendetwas Graues. Er stieß ein tiefes, lautes Knurren hervor, das die Luft erzittern ließ und die hohlen Holzwände zum Schwingen brachte. Das Haus war lebendig und hungrig, und ich steckte tief in seinem Schlund.

Der Hund wich nicht von der Stelle. Er hatte die Vorderbeine fest auf den Boden gestemmt und den Schwanz eingezogen, und ich begriff, dass er sich vor mir genauso fürchtete wie ich mich vor ihm. Es gab nichts Schlimmeres als einen verängstigten, ausgehungerten Gegner. Mir schossen alle möglichen Volksweisheiten durch den Kopf: Retriever sind freundliche Hunde, und sie beißen nicht – darauf hatte ich mich als Kind immer verlassen, wenn ich alleine durch Stanton und seine verwahrlosten Parks gestreift war. Aber wie alles andere auch hatte sich der Hund in Green Valley verändert. Bau dich vor ihm auf, mach Lärm, klettere auf einen Baum oder geh vorsichtig um ihn herum. Keiner dieser Ratschläge schien jetzt hilfreich. Also – rührte ich mich nicht von der Stelle. Wenn ich den Hund in Ruhe ließ, verschwand er vielleicht einfach wieder.

Und genau das tat er. Allmählich beruhigte er sich und wandte sich langsam zum Flur um, der tiefer ins Haus hineinführte. Als jedoch von der Treppe ein kaum hörbares Knacken ertönte, spitzte er die Ohren, neigte den Körper in die Richtung des Geräusches und stieß erneut ein tiefes Knurren hervor. Ich stand noch immer mit erhobenen Händen in der Tür zum Wohnzimmer und rührte mich nicht. Bevor ich es überhaupt richtig mitbekam, bewegte sich etwas auf der Treppe, und es breitete sich ein übler Gestank aus. Ein großer schwarzer Umriss stürzte sich blitzschnell auf den Retriever, und das Knurren schwoll, begleitet von einem widerlichen Geruch, in einem Ausbruch nackter Gier zu einem ohrenbetäubenden Lärm an. Bevor ich zur Seite treten konnte, stürmten die beiden Hunde an mir vorbei quer durch das Zimmer mit dem Altar. Meine Beine sackten unter mir weg, und ich knallte mit Händen und Ellbogen auf den Boden. Das Holz splitterte, aber die scharfen Kanten verschwanden unter einer Schicht aus Schimmel und Abfall, Relikte des Teppichs, der hier früher gelegen hatte.

Das Kläffen und Jaulen der kämpfenden Hunde, das durch das Holzhaus hallte, entfernte sich langsam. Ich holte tief Luft und rollte mich in die Sitzposition. Dann sah ich, was der Retriever im Maul gehalten und fallen gelassen hatte. Im Licht des Altars konnte ich an den drei Fingern die fleckige Haut erkennen.

27

Plan B, Lucie. Plan B.

Das ist doch nur logisch, oder? Du befindest dich in der realen Welt, mit realen Ausmaßen. Du musst nur so lange laufen, bis du auf die Mauer triffst, und dort nach einem Ausgang suchen.

Hier drin kann dir nichts passieren. Schlimmer kann es nicht kommen.

Plan B, Lucie. Lauf weiter. Green Valley hat nur einen Durchmesser von fünf Kilometern.

Ich blieb erst wieder stehen, als ich an ein Pförtnerhäuschen kam, das ich sofort wiedererkannte. Das Schild mit dem stilisierten Z des Logos und dem Firmenschriftzug in hellen Pastellfarben, das an dem geschwungenen Backsteingebäude hing, war noch genauso blitzeblank wie in den zwanzig Jahre alten Katalogen und Fernsehreportagen. Zeroths Eingangstor zum Gelände von Green Valley war das allgegenwärtige Symbol für eine moderne, verantwortungsbewusste und umweltfreundliche Firmenpolitik gewesen, und in dem hellen Scheinwerferlicht wirkte es jetzt wie eine Tankstelle auf einer nächtlichen Straße.

Während sich mein Atem allmählich beruhigte, lief ich auf das Häuschen zu und rechnete fast damit, dort einen Wachmann anzutreffen. Als wäre das verfaulte Ödland, das es umgab, die eigentliche Illusion. Obwohl in dem Häuschen

Licht brannte und die Fenster frisch geputzt waren, war dort niemand. Auf dem Schreibtisch standen keine Bildschirme, und darauf lagen auch keine Akten. Ich entdeckte lediglich die roten LED-Lichter der Kameras, die in sämtlichen Bereichen des Gebäudes angebracht waren.

Ich konnte den Blick der Kameras in meinem Rücken spüren, während ich den hellen Gartenlichtern zu beiden Seiten einer Auffahrt folgte, die zu einem flachen Gebäude auf einem gepflegten Hügel führte. Aus den Fensterreihen des Gebäudes drang ein warmer gelber Schein. Es sah noch genauso aus wie auf den alten Erinnerungsfotos der Touristen, als wäre Zeroths Firmengelände immun gegen den Müll, der sich an seinem Fuß angesammelt hatte.

Während ich auf den Haupteingang zusteuerte, bemerkte ich, wie sich hinter der Fensterreihe im oberen Stockwerk etwas bewegte. Ich blieb wie angewurzelt stehen. Doch als ich genauer hinschaute, rührte sich nichts mehr. Ich dachte daran, den Hügel wieder hinunterzusteigen, das Gelände zu verlassen und weiter Richtung Mauer zu laufen. Doch die Sicherheit, die das helle, warme Licht suggerierte, war verführerisch. Falls dort irgendjemand war, konnte ich ihn zur Rede stellen. Das war sehr viel besser, als in die Dunkelheit zurückzukehren, wo nichts als der Tod auf mich wartete.

Das rote Auge eines Sensors begann zu blinken, worauf sich die Eingangstüren, wie in den Bürogebäuden vor der Wende, selbsttätig öffneten. Die Bürger hatten sich nie Gedanken darüber gemacht, welchen Preis sie für diese einfache Annehmlichkeit zahlten, während die Server ihre Bewegungen und Gefühlsregungen speicherten. Ich fragte mich, ob mich tief im Innern des Gebäudes in einem Sicherheitsbüro irgendjemand beobachtete oder ob Zeroths Computer meine Daten digitalisierten, um sie später zu analysieren und zu ordnen. Ich konnte förmlich spüren, wie das Unternehmen seine klebrigen Finger nach mir ausstreckte und das rote, starre Auge des Bewegungssensors über meinen Körper glitt und durch meine Haut drang.

Auf dem glatten, glänzenden Marmorboden in der weitläufigen, eleganten Eingangshalle spiegelten sich die emporragenden Schatten dreier riesiger insektenartiger Umrisse: In der Mitte der Halle, neben dem geschwungenen Empfangstresen, standen drei abgestorbene Palmen. An der Wand hinter dem Tresen prangte immer noch das kühne Firmenmotto. *Zeroth: Besser als die Nummer eins*. Aber wie die Oberfläche des Tresens, das Metallgeländer, die Treppe und die Sitzgruppen in der Eingangshalle – wie alles über Bodenhöhe – waren die Buchstaben verblasst und schmutzig und mit einer dicken Staubschicht überzogen. Aus einer Ecke drang ein jämmerliches mechanisches Brummen, wie von einer Wespe, die in einem Marmeladenglas gefangen war. Außerdem konnte ich aus einem entfernten Lautsprecher das dumpfe Dröhnen einer Stimme hören.

Ich richtete den Blick auf den glänzenden Boden, und für einen Moment wollte ich glauben, dass ich wieder an einem ganz normalen Ort war, an einem Ort, wo es keine Betten voller verwester Leichen gab und keine Hunde, die den Müll nach Körperteilen durchstöberten. Für einen Moment befand ich mich in einem nichtssagenden luxuriösen Bürokomplex, weit weg von Schimmel, Fäulnis und Tod. Aber die Illusion wurde zunichtegemacht, als ich eine gewundene Spur matschiger Fußabdrücke entdeckte, die von der Eingangstür direkt zu der breiten, ausladenden Treppe zum Zwischengeschoss führte. Irgendjemand hatte den Matsch an einigen Stellen aufgewischt. Während ich dem fernen Dröhnen der Stimme lauschte, folgte ich den Fußabdrücken die Treppe hinauf und weiter nach rechts, wo weitere Spuren zusammenliefen und den Teppich mit Matsch überzogen hatten. Ein breiter Flur führte zu einer Flügeltür mit der Aufschrift »Auditorium der Erfinder«.

Als ich mich der Tür näherte, konnte ich aus den Lautsprechern die gedämpfte Stimme eines Mannes hören, der eine Rede hielt: »... innovativen Produkte, die wir in dieser Saison auf den Markt bringen. Das Comsec-Team hat siebzehn Monate lang an diesem Projekt gearbeitet, und ich bin mir sicher, dass euch das Ergebnis genauso begeistern wird wie mich. David wird uns mehr darüber erzählen.«

Als ich so leise wie möglich durch die Tür trat und mich mit dem Rücken an die Wand zu meiner Rechten lehnte, schlug mir ein penetranter Gestank entgegen. Das Auditorium war mit etwa zwanzig langen Sitzreihen bestückt, und der Raum war dunkel. Auf die Wand hinter der Bühne wurde das Bild eines rechteckigen Geräts aus Metall projiziert, das vor dem Zeroth-Logo schwebte. In der Dunkelheit konnte ich die Silhouetten mehrerer Personen ausmachen, die, verteilt über die vorderen Sitzreihen, in der Mitte des Auditoriums Platz genommen hatten. Während David ans Rednerpult trat, humpelte ein alter Mann mit weißem Bart in Jeans und einer hellbraunen Freizeitjacke von der Bühne und setzte sich auf einen frei stehenden Stuhl. Trotz seiner wuchernden Gesichtsbehaarung und obwohl er inzwischen zehn Jahre älter war, erkannte ich in ihm Jamie Egus wieder.

Zum ersten Mal seit Jahren bekam ich Davids echten Körper zu Gesicht, und mir fiel auf, wie sehr er seinem Avatar ähnelte und wie wenig dem Mann, den ich einmal geliebt hatte.

Dies war der David, den er nach seinem Umzug aus Stanton erschaffen hatte, der David, den ich aus den Zeitschriften kannte. Sein Name und seine Gesichtszüge waren mir zwar vertraut, aber seine Geschäftskleidung, seine Berufsbezeichnung und sein unverwandter arroganter Blick in die Kamera waren mir fremd.

David ergriff jetzt das Wort. Voller Selbstbewusstsein sprach er in das Mikrofon und begann, einer erprobten Dramaturgie folgend, seine Rede. Dies war David Sterling, der jüngste Geschäftsführer in der Geschichte von Zeroth, der Überflieger aus Stanton. Ein riesiges Bild seines makellosen Gesichts, das glatter und sauberer war als der Rest von Green Valley, wurde auf die Leinwand hinter ihm projiziert. Es bewegte sich um ein Vielfaches vergrößert hin und her, während er mit den Armen gestikulierte. Der Klang seiner Stimme zog mich in seinen Bann, und ich nahm Platz und lauschte seinen Worten. Ich glaubte, was er sagte, auch wenn ich nichts davon verstand. Und das, obwohl ich mir wirklich Mühe gab.

Zunächst dachte ich, es läge daran, dass ich all die Fachausdrücke und technischen Begriffe nicht kannte, doch als ich mich auf die Abfolge der einzelnen Wörter konzentrierte, merkte ich, dass er schlicht und einfach Unsinn redete.

»Software-Verfechter arbeiten bei Zeroth an dem kompliziertesten. Floribunda-Szenarien, um auszuwählen, dass die Energie des I-Mesh nur bestimmte I-Mesh-Geräte betreibt. Die Zahl weniger als zwölf Abschnitte.«

Je mehr ich mich auf die Wörter konzentrierte, desto weniger Sinn ergaben sie.

»Wo nur zwei des Programms, und in der Vergangenheit, jetzt, und das erste I-Mesh-Gerät, sowie der Test.«

Mein Gehirn verkrampfte sich und verweigerte den Dienst,

genau wie in jenen Momenten, als ich versucht hatte, dem Schafbock ins Gesicht zu schauen. Es gab hier nichts weiter als Chaos und Leere.

Ich wollte nicht länger hinschauen, nicht hinhören. Aber als ich Davids Redeschwall einfach über mich ergehen ließ, ohne zu versuchen, die einzelnen Worte zu verstehen, begann seine Stimme, mich langsam einzulullen.

Dieser Mann hat seine Kinder sterben lassen und sie dann vergessen.

Falls Eloise die Wahrheit sagte.

»Ich weiß, und wir glauben, dass aufrichtig und aus gutem Grund, unter dem Vorwand, etwas zu verheimlichen, die eigentliche Frage lautet: ›Was ist der wahre Kunde, verglichen mit Kenntnissen?‹ Wir haben eine Menge täglicher Verluste aufgegeben.«

Wem würdest du eher glauben? Eloise oder deinem Exmann – hör ihn dir doch nur an, Lucie. Bist du nicht stolz auf ihn?

Du hast sie gesehen, Lucie. Mit deinen eigenen Augen.

So etwas würde er nie tun. Schau ihn dir an. Er hat etwas aus sich gemacht.

»Aber es ist dieses mangelnde Vertrauen in die Zukunft« – er legte eine Pause ein, und ich spürte, wie er den Raum nach mir absuchte, obwohl ich wusste, dass er mich nicht sehen konnte, weil ich nicht an das Interface angeschlossen war – »diejenigen, die unsere Organisation unterwandern und versuchen, unsere Zukunft zu zerstören, für die sich ganze Generationen aufgeopfert haben.« Er redete über mich. Er wusste, dass ich hier war. »Aber diese Leute haben keine Zukunft.«

Ich warf einen Blick auf die Bühne, auf die riesige Projektion von David neben der viel kleineren Ausgabe von ihm am Rednerpult. Schließlich wurde sein Bild ausgeblendet und durch das herumwirbelnde Zeroth-Logo ersetzt. Dann gingen die Lichter an. Jamie Egus hatte sich erhoben und applaudierte in Davids Richtung. Mit einem gewinnenden Lächeln ließ er seinen Blick über die staubigen Sitze wandern, als hätten sich die Zuhörer zu einer Standing Ovation erhoben. David nickte und legte die Hände zusammen, dann breitete er die Arme aus, als wollte er das Publikum umarmen. Zu guter Letzt verbeugte er sich bescheiden und deutete auf Egus, jenen Mann, dem ihr Dank eigentlich gebührte.

Aber es war nichts zu hören, denn der tosende Beifall, den die beiden vernahmen, und die Zuschauer, die sie sahen, wurden über das I direkt in ihre Gehirne eingespeist.

In diesem Moment blieb David stehen und schaute direkt in meine Richtung, dann drehte er sich um und lief zum Bühnenausgang. Ich rannte los, sprang auf die Bühne und stürmte durch den Ausgang, durch den David gerade verschwunden war. Doch dort war nur eine verschlossene Tür. Wider besseres Wissen warf ich einen Blick über die Schulter auf die wenigen, verstreuten Zuhörer, die in ihren ehemals besten Anzügen im Auditorium saßen. Als sich meine Augen schließlich an das schwache Licht gewöhnt hatten, konnte ich ihre Hände erkennen, die adrett gefaltet in ihren Schößen lagen. Und ihre halb angezogenen Schuhe, falls sie inzwischen nicht aufgefressen worden waren. Ich sah ihre strähnigen, verfilzten Haare und ihre verdrehten Köpfe, die auf ihre Körper herabbaumelten. Ihre graue Haut und ihr violettes Fleisch, an den älteren Leichen die blanken Knochen.

»David!«, rief ich, obwohl ich wusste, dass es keinen Zweck

hatte, weil er in seiner Illusion vom wirtschaftlichen Erfolg nur hörte, was er hören wollte. »David!« Ich zerrte an der Klinke, und das ohrenbetäubende Klappern der Tür hallte durch das Auditorium. In diesem Moment ertönte aus der anderen Ecke des Raums ein behäbiges Klatschen.

Klatsch, klatsch, klatsch. Kraftlos und ironisch.

»Ich würde das Gerät kaufen, Sie nicht?« Vidal erhob sich von seinem Platz am Rand der ersten Reihe.

»Wo zum Teufel haben Sie gesteckt? Wo sind Sie gewesen?« Ich ärgerte mich über den erleichterten Tonfall in meiner Stimme.

Vidal schaute zur Rückseite des Auditoriums. »Nein«, murmelte er. Offensichtlich telefonierte er gerade. »Jetzt nicht ... Wie vereinbart ... Alles wird gut.«

Ich warf erneut einen Blick zu der verschlossenen Bühnentür. Die ganze Zeit hatte ich versucht, David ausfindig zu machen, um ihm zu sagen, dass ich unsere Tochter gefunden hatte. Jetzt endlich begriff ich, dass er mich dort, wo er war, nicht hören und mir auch nicht helfen konnte. Vidal, Rainbow und ihre Mutter hatten recht – Kira durfte nicht wieder hierher zurückkehren. Ich musste bei Vidal bleiben; und vor allem musste ich Green Valley verlassen. Vidal würde mich hier rausbringen.

Inzwischen hatte Vidal sein kurzes Telefonat beendet und wandte sich zu mir um. Er warf mir ein entspanntes Grinsen zu, wie das so seine Art war. Doch als ich zu ihm hinübereilte, verdunkelte sich seine Miene, und er stürzte auf mich zu und griff auf die Rückseite meines Kapuzenshirts, wo die Drähte von dem kaputten Schalter herunterbaumelten.

»Was ist damit passiert?« Er trat zurück und musterte mich von oben bis unten. Dann machte sich nacktes Entsetzen auf seinem Gesicht breit. »Ach du Scheiße. Sie sind hier völlig ungeschützt rumgelaufen?«

Ich brachte nur ein Nicken zustande, als mir die Tragweite dessen, was ich gesehen hatte, plötzlich bewusst wurde und mir die Kehle zuschnürte.

»Wie lange?«

»Eine ... ganze Weile. Ziemlich lange. Ich hab nach einem Ausgang gesucht.«

»Wer ist das gewesen? Und warum?«

Ich bewegte mich zum Ausgang des Auditoriums und versuchte, keinen weiteren Blick auf die Leichen zu werfen, die feierlich aufgereiht auf ihren Sitzen saßen. Offensichtlich benutzte jemand, der nicht mit dem I verbunden war, diesen Veranstaltungssaal als Mausoleum. Und warum auch nicht? Diese Ruhestätte war friedlicher als viele andere. Immerhin hatte jemand versucht, diesen Menschen die letzte Ehre zu erweisen. In einem Betonboden kann man keine Toten beerdigen. »Bringen Sie mich einfach hier raus, Vidal.«

Als ich in den Flur trat, der zur Treppe führte, holte er mich schließlich ein. »Ich werde versuchen, es zu reparieren.« Er hielt mich zurück, griff in meinen Nacken und fummelte an dem kaputten Schalter herum. Dann schüttelte er den Kopf und runzelte die Stirn. »Sie haben also ... alles gesehen.« Erneut musterte er mich, als glaubte er, ich könnte jeden Moment explodieren oder in tausend Teile zerspringen, und sein bestürzter Gesichtsausdruck gab mir etwas von meinem Selbstvertrauen zurück. Vielleicht war es nicht weiter verwunderlich, dass ich wer weiß wie lange, erfüllt von Ekel und Panik, schreiend und keuchend durch die Gegend gelaufen war.

»Sie haben mich doch hergebracht, damit ich genau das sehe, oder?«

»Ja. Aber ich wollte, dass Sie nur einen kurzen Blick darauf werfen. Einen kontrollierten Blick. Das hätte gereicht.« Da ich nicht in der Lage war, darauf zu antworten, sagte er: »Oder? Alles in Ordnung, Lucie?«

»Verdammt, wo waren Sie bloß?« Ich wollte Vidal nicht wie ein Teenager die Ohren volljammern und ihn fragen, was mir eigentlich auf der Zunge lag: *Warum haben Sie mich im Stich gelassen?* Wir standen jetzt an dem schmutzigen Geländer und blickten auf die Empfangshalle, in der drei kleine automatische Bohnermaschinen kreuz und quer herumfuhren. Das Geräusch, das sie dabei erzeugten, klang wie das Brummen einer Wespe, die in einem Marmeladenglas gefangen war. »Sie waren plötzlich einfach weg.« Die Roboter prallten sanft gegen Wände und Möbel und wechselten die Richtung, um einen neuen, zufälligen Kurs einzuschlagen.

»Nein.« Er schüttelte energisch den Kopf. »Wir hatten das doch besprochen. Ich dachte, Sie gehen zum Marktplatz, um einen Kaffee zu trinken, oder was auch immer.« Ich versuchte mich an den Moment im Park zu erinnern. Ich war mir ganz sicher, dass ich nichts dergleichen mit ihm vereinbart hatte, während ich mich auf Händen und Knien in die Sträucher übergeben hatte. »So wie jeder normale Mensch das getan hätte«, fuhr er fort. »Ich habe Ihnen gesagt, dass ich eine Besprechung habe und mich anschließend mit Ihnen treffe.« Er warf mir einen finsteren Blick zu und öffnete den Mund, um fortzufahren, als hinter uns im Flur ein dumpfer, lauter Schlag ertönte, der nicht von Reinigungsmaschinen stammen konnte.

Ich zuckte zusammen und warf einen Blick über die Schulter.

»Haben Sie das etwa auch gehört?«, fragte Vidal.

»Natürlich.« Aus einer der Türen zwischen uns und dem Auditorium schob sich langsam ein großer Schatten. »Was ... ist das?«

»Sie hätten das eigentlich nicht hören dürfen. Falls Sie nicht mit dem I verbunden sind.«

»Was *ist* das, Vidal?« Der Schatten trat weiter hervor, und jetzt konnte ich ein Stück schwarzes, verfilztes Fell und ein knorriges, gekrümmtes Horn erkennen. Noch bevor eines der goldenen Schlitzaugen zum Vorschein kam und mich mit seinem Blick durchbohren konnte, stürzte ich bereits die Treppe hinunter. Auf halbem Wege verlor ich auf dem Staub und dem Dreck, der sich im Lauf der Jahre dort angesammelt hatte, das Gleichgewicht, geriet ins Straucheln und verdrehte mir den Knöchel. Aber auch das konnte mich nicht aufhalten. Ich hastete aus dem Gebäude und weiter die Auffahrt hinunter, hinaus in die Dunkelheit. Vidal rannte hinter mir her und redete keuchend weiter auf mich ein, als ob irgendwas davon jetzt noch wichtig gewesen wäre: »Ihre Verbindung wurde getrennt. Sie werden auf meinem Scan nicht angezeigt. Eigentlich dürften Sie ihn also nicht sehen. Sie sind sauber. Ich hab Sie überprüft, als ich Ihnen mein Interface angelegt habe. Sie sind offline!«

»Klappe, Vidal«, brüllte ich. »Bringen Sie uns hier raus.«

Als wir das Pförtnerhäuschen passierten, musste er das Tempo erhöhen, um mit mir Schritt zu halten. »Nicht da lang«, schnaufte er. »Hier.« Er lief unter einer Gruppe abgestorbener Birken hindurch, die vom weichen gelben Schein der Notbeleuchtung an der Straße in ein flirrendes Licht getaucht wurden. Doch plötzlich schob sich der Schatten vor das Licht, und aus dem Fell des Schafbocks waberte der Gestank von Talg und geronnenem Blut hinter uns her. Seine schwarzen Lippen waren mit Schaum bedeckt, und ich hörte das Knirschen seiner löchrigen Zähne, das Knacken von Stöcken und das Schmatzen des Schlamms unter seinen Hufen, während er uns verfolgte.

Hektisch bahnten wir uns unseren Weg durch vertrocknetes Gestrüpp und stürzten auf eine weitere Straße hinaus, und dann wusste ich plötzlich, wo wir waren: auf dem Marktplatz. Sämtliche Geschäfte waren in sich zusammengestürzt und mit Staub überzogen; von den Schildern blätterte die Farbe, die Fenster waren zertrümmert, und in den Rinnsteinen, die mit spärlichen Unkrautbüscheln überwuchert waren, türmten sich Trümmerteile.

Wir rannten durch das hohe, trockene Gras auf dem Platz, und ich ignorierte die umherhuschenden Tierchen und den fauligen Schlamm, der an meinen Stiefeln saugte. Wir kamen an dem Pavillon vorbei, dessen Dach eingestürzt und dessen Geländer zerbröselt war, vorbei an dem baufälligen Spielplatz und dem reglosen Karussell. Irgendetwas, nein, irgendjemand wich vor uns zurück, aber ich sah nicht hin, weil ich Angst hatte, die Aufmerksamkeit des Schafbocks auf sie zu lenken. *Versteck dich*, forderte ich sie in Gedanken auf. *Versteck dich, bis wir dich holen!*

Schließlich hatten wir den Platz überquert und rannten eine der virtuellen Wohnstraßen entlang, und plötzlich drosselte Vidal das Tempo.

»Laufen Sie doch weiter«, brüllte ich und warf einen Blick über die Schulter. »Warum bleiben Sie stehen?«

»Er ist weg«, sagte er und verfiel in Schritttempo, während er sich umschaute. Ich konnte sehen, wie seine Augen zwischen der Simulation des Is und der Realität hin- und herwanderten. »Wir haben ihn abgehängt.«

Hinter uns zeichnete sich noch immer der Schatten ab, er verfolgte uns noch immer. »Nein«, rief ich. »Kommen Sie!«

»Er ist weg, Lucie. Sie haben einen Flashback oder so was in der Art, das ist alles.«

Und genau mit diesem Wort – Flashback – hörte der Schatten auf, sich zu bewegen. Als wäre das Ganze nur ein schlechter Trip gewesen. Mein Verstand wollte unbedingt an eine einfache Erklärung glauben. »Aber ... ich hab ihn gesehen! Er hat uns verfolgt. Und Sie haben ihn auch gesehen.«

»Ja, durch das I«, sagte er mit sanfter Stimme, als würde er mit einem verängstigten Kind reden. »Die Lieferbucht ist ganz in der Nähe. Da lang. Sie haben mehr gesehen als nötig.«

»Hören Sie auf, mich zu bevormunden«, zischte ich. »Ich weiß, was ich gesehen habe. Ich begreife nur nicht, wie Sie in aller Seelenruhe hier reinmarschieren können, um an einer *Besprechung* teilzunehmen. Mit den Freaks, die für all das hier verantwortlich sind, die all diese Menschen haben sterben lassen.« Im Moment war David für mich nichts anderes als ein Freak, ein Mörder. Er hatte mit Egus zusammengearbeitet, um all das zu errichten. Ich trat auf Vidal zu, packte sein Hemd, zusammen mit einem Büschel Haare und etwas Haut, entschlossen, ihm eine Abreibung zu verpassen. Er stand nur mit ausgestreckten Händen geduldig da und wartete. »Sie sind ein Pakt mit dem Teufel eingegangen. Und warum? Um sich steuerfrei was dazuzuverdienen? Sie sind durch und durch verkommen.« Ich stieß ihn fort. Mir wurde klar, dass ich genauso verkommen war wie er, denn ich verdiente meinen Lebensunterhalt damit, wie Zeroth andere Leute auszuspionieren. Ich hatte mich ebenfalls schuldig gemacht.

Vidal wandte sich von mir ab, und ich hasste mich dafür,

dass ich mich schämte, weil ich seine Gefühle verletzt haben könnte. *Er ist ein erwachsener Mann*, sagte ich mir. *Er wird die Wahrheit schon verkraften.*

Wortlos trabte ich auf einer gewundenen Vorstadtstraße hinter ihm her, bis er nach links auf einen schmalen Weg zwischen zwei Häusern bog. Als der Weg noch schmaler wurde, fiel mir der enge Tunnel in der Hecke ein, in dem ich vorhin festgesteckt hatte, und ich fragte mich, ob Vidal mich hier in eine ähnliche Falle lockte. Aber vorhin war ich noch mit dem I verbunden gewesen.

»Könnte es sein, dass ich ihn mir nur eingebildet habe?«, fragte ich Vidal, um das unbehagliche Schweigen zu brechen und herauszufinden, wie sehr ich meinen Mitstreiter verletzt hatte. »Den Schafbock?«

Er lief ein paar Schritte schweigend weiter und ließ mich mit meiner Sorge allein, bis er schließlich nachgab. »Nein, nicht nur, denke ich. So ein Flashback kann ziemlich real wirken. Allerdings bin ich mir sicher, dass ich alle Sender entfernt habe. Es ist also ausgeschlossen, dass Sie ihn tatsächlich gesehen haben.«

Ich fing an, ihm zu glauben; meine Angst war inzwischen wie ein böser Traum verflogen, und ich verspürte vor allem ein Gefühl der Trauer. Als hätte ich die Gedenkstätte eines Ortes besucht, an dem sich vor langer Zeit ein tragisches Unglück ereignet hatte. Die Luft war von einem stickigen, kalten Gestank und alten Geistern erfüllt. Für einen Moment kam es mir so vor, als würden all die Ereignisse dieses Tages schon lange zurückliegen. Ich konnte mir zwar die Bilder der toten Drillinge und des Verfalls erneut ins Gedächtnis rufen, aber ich empfand nichts mehr dabei – mein Hormonvorrat für den heutigen Tag war aufgebraucht. Mein Gehirn hatte das

Kommando übernommen, und seine Körperchemie kontrollierte meine emotionalen Reaktionen genauso wirkungsvoll wie das I.

»Wie konnte das bloß geschehen?«, fragte ich matt.

»Wir haben es geschehen lassen«, sagte Vidal. »Wir alle.«

»Was Sie tun, ist eine gute Sache«, sagte ich, denn davon war ich jetzt überzeugt. »Die Kinder sind die Einzigen, die wir retten können.«

Nach einer Minute trafen wir auf das Ende des schmalen Wegs, und dahinter konnte ich die vertraute Ladebucht aus Beton erkennen. Beim Anblick der Müllberge, die mich beim Betreten von Green Valley vor ein paar Stunden so abgestoßen hatten, verspürte ich ein wohliges Gefühl der Erleichterung. Sie stellten eine Verbindung zu den alltäglichen Abläufen der Zivilisation dar. Wir ließen Green Valley hinter uns.

Vidal trat als Erster durch den Spalt, wandte sich nach rechts und war verschwunden. Ich folgte ihm und lief direkt hinein in die pechschwarze, dichte Dunkelheit.

VII

28

Ich war Gina in der Nähe der Ladebucht direkt in die Arme gelaufen, während Vidal sich wie ein Verräter davongestohlen hatte. Sie hatte so getan, als wäre sie überrascht, mich zu sehen.

»Darum raten wir davon ab, Green Valley mit unerlaubten Geräten einen Besuch abzustatten«, sagte Gina und versuchte, mir ihre flache Hand auf den Rücken zu legen, während sie mich durch den Tunnel führte.

Ich entzog mich ihrer Berührung, denn ich kannte den Weg. Der Tunnel verlief nur in eine Richtung und führte uns in einer sanften Kurve von der Ladebucht fort. Im spärlichen Schein der Neonröhren, die im Abstand von drei Metern angebracht waren, konnte ich erkennen, dass an den Betonwänden des Tunnels, direkt über Kopfhöhe, dicke Kabelstränge verliefen. Dort, wo im Laufe der Jahre der Staub aufgewirbelt oder abgekratzt worden war, schimmerte die Plastikisolierung der Kabel in bunten Farben. Parallel dazu erstreckten sich mehrere Stahlrohre, die an einigen Nahtstellen undicht waren und den hellen Beton und den Boden mit rostigen Schlieren überzogen hatten. Wir liefen am Fuße der Mauer entlang, jener funktionalen Hülle, die für die Bewohner die Illusion von Green Valley weiter aufrechterhielt. Die Menge an persönlichen Daten, die früher durch diese elektronische Hülle gejagt waren, übertraf ohne Zweifel die schlimmsten Befürchtungen sämtlicher Technikgegner in Stanton.

»Aber wir leben immer noch in einem freien Land«, sagte Gina in ihrem ungezwungenen Tonfall, als wäre sie die Letzte, die die strengen Vorschriften verteidigen würde. »Green Valley ist kein Privatgelände. Zumindest das meiste davon. Besucher dürfen kommen und gehen, wann sie wollen. Technische Störungen müssen allerdings fachgerecht behoben werden, sonst ...«

Sie streckte erneut die Hand aus, und obwohl ich wusste, dass das ihre Art war, mich aufzumuntern – ihr war nicht entgangen, in was für einem Zustand ich war –, wich ich ihr aus, blieb stehen und schaute ihr ins Gesicht. Ich hatte mich wie eine Kriegerin vor ihr aufgebaut, und durch die plötzliche Bewegung verkrampften sich die Muskeln unter meinen Rippen und fingen an zu brennen. »Nicht. Fassen Sie mich bloß nicht an.« Ich hatte das Gefühl, als bestünde mein Körper aus Bleistücken, die aneinander scheuerten, während sich die Milchsäure oder das verbrauchte Adrenalin – oder welche giftige Substanz auch immer – in meinen Muskeln in eine dreckige Brühe verwandelte. »Technische Störungen? So nennen Sie das also? Da drinnen ist alles voller Leichen, Gina.«

Sie schüttelte den Kopf und schenkte mir ein routiniertes Lächeln. Doch sie glaubte selbst nicht, was sie sagte. »Nein, Schätzchen. Das ist nur ein Programm. Ein defektes Programm. Eine Illusion.«

»Schwachsinn«, stieß ich hervor, damit sie sich verriet und mir bestätigte, dass sie über die Zustände im Bilde war. »Sie wissen, was ich gesehen habe. Ich habe die Wahrheit gesehen. Ich war mit keinem Interface verbunden – erlaubt oder nicht. Sie *wissen*, wie es dort aussieht. Und darum ziehen Sie diese Nummer ab, stimmt's? Sie wollen nichts damit zu tun haben, es nicht wahrhaben, sich lieber selbst etwas vormachen. Sie können es nicht ertragen, dass Sie die Aufpasserin spielen für« – ich deutete auf die Innenwand des Tunnels, die die zivilisierte Welt von Zeroths Apokalypse trennte, und suchte nach dem passenden Wort – »dieses Elend, diesen Verfall. Dieses entsetzliche Unheil.«

Sie schüttelte mit ausdruckslosem Gesicht den Kopf, drehte sich um und marschierte weiter. »Es handelt sich lediglich um eine Störung«, sagte sie. Konnte es sein, dass Gina sich tatsächlich nur außerhalb des Geländes in diesem Tunnel hier aufhielt? Ich hatte sonst keine andere Erklärung dafür, dass sie derart selbstgefällig auftrat. Da sie gegen das I allergisch war, musste sie beim Betreten von Green Valley gesehen haben, was ich gesehen hatte. Nur wenn sie dieses Grauen nie zu Gesicht bekommen hatte, konnte sie sich einreden, dass es nicht existierte. Die Alternative – dass sie über die Zustände im Innern Bescheid wusste, dass sie den Leuten von außerhalb absichtlich die Wahrheit verschwieg – war zu erschreckend.

Ich musterte ihr Gesicht und suchte in ihren Bewegungen nach einem Anzeichen dafür, dass sie sich ebenfalls schuldig gemacht hatte, aber sie wirkte völlig entspannt und zeigte keinen Anflug von schlechtem Gewissen.

Nach ein paar Minuten schloss sie eine Tür in der Innenwand auf und führte mich, ohne mich dabei zu berühren, in den Umkleideraum, den ich von meinem ersten Besuch bereits kannte. »Ich würde Ihnen gerne wenigstens dabei helfen, sich zu waschen, und Ihnen frische Kleidung geben«, sagte sie und wandte sich einem der Spinde zu.

Aber ich wusste, was sie vorhatte. Ich war von Kopf bis Fuß

mit Dreck beschmiert, und bei einem Teil davon handelte es sich wahrscheinlich um Blut und verwestes Fleisch. Womöglich sogar – ich mochte gar nicht daran denken – um die Überreste von Davids Kindern. »Nein. Lassen Sie mich sofort hier raus.« Ich musste diese Beweise unversehrt von hier fortbringen.

Ich bahnte mir meinen Weg aus dem Umkleideraum, eilte durch ihr gemütliches Büro – mit den folkloristischen Tüchern, den exotischen Keramiken und den batteriebetriebenen, blinkenden Flamingoleuchten – und stemmte mich gegen den Knauf der verschlossenen Glastür, die nach Stanton führte. Gina kam über den ausgebleichten Zeroth-Teppich auf mich zu, während sie mit nachdenklichem Gesicht ihre Hände fast feierlich über den verblassten Mohair-Überwurf ihres Secondhand-Sofas gleiten ließ und ihre unnachgiebig finsteren Augen gelb funkelten. Mir stieg der Gestank von Talg und feuchter, schmutziger Wolle in die Nase, und ich spürte, wie sich der Schafbock nach mir ausstreckte, als Ginas Arm in meine Richtung wanderte.

Und an mir vorbei griff, um die Tür aufzuschließen.

»Dies ist ein freies Land«, wiederholte sie mit einem enttäuschten Seufzen, während ich in die kühle Luft auf der Straße trat, wo ich von einer Plastiktüte, die im Wind durch die Luft wirbelte, begrüßt wurde. Niemand hielt mich auf. Diesmal war da kein dämonischer Schafbock, der mich an den Füßen in die Höhe zog. Ich roch nur das künstliche Erdbeeraroma eines Proteinshakes und die ätherischen Öle, mit denen Gina ihren Körper eingerieben hatte.

29

Ich lief durch die ausgestorbenen Vororte, und auf halbem Weg nach Stanton gelang es mir schließlich, ein Taxi anzuhalten. Das war hier draußen sowieso schon schwer genug, aber die Tatsache, dass meine Haare völlig zerzaust waren und ich von oben bis unten mit Dreck beschmiert war, machte die Sache nicht leichter. Ich war nicht gerade die Art von Fahrgast, die ein Taxifahrer an einem Sonntagmittag durch die Gegend kutschieren wollte. Vielleicht hatte dieser Fahrer nicht so viele Kunden wie seine Kollegen oder einfach nicht so viele Vorurteile. Dennoch schien er erleichtert, als er mich vor dem Polizeirevier in Stanton absetzte und ich ihn tatsächlich bezahlte.

Ich machte mich auf eine Auseinandersetzung mit dem Sicherheitsmann gefasst, denn es war Sonntag und ich durfte das Gebäude außerhalb der Bürozeiten nicht betreten. Doch an der Tür stand ein Wachmann der Wochenendschicht, den ich bisher nur ein- oder zweimal gesehen hatte. Er erkannte mich nicht, und als ich eintrat, blickte er einfach durch mich hindurch und rümpfte nur die Nase. Offensichtlich hielt er mich für das Opfer eines Verbrechens. Ich marschierte durch das Empfangsbüro, wo mir die Beamten, die Zeugenaussagen zu Papier brachten oder sich vor dem Fotokopierer unterhielten, keine Beachtung schenkten, und lief, als wäre ich unsichtbar, weiter die Treppe zum Archiv hinauf.

Ich holte aus meinem Büro den Overall, den ich manchmal trug, wenn wir uns in die Tiefen der Asservatenkammer begaben, sowie die Jacke, die ich vor so langer Zeit über die Rückenlehne meines Stuhls gehängt hatte, dass sie inzwischen gewissermaßen mit dem Polster verwachsen war. Ich zog mich um und stopfte die Kleidungsstücke, die ich in Green Valley getragen hatte, in einen Beutel.

Im Polizeibüro im oberen Stockwerk arbeitete nur die Minimalbesetzung, und zu meiner Enttäuschung stellte ich fest, dass Jordan nicht, vertieft in einen Stapel Akten, auf seinem Stuhl saß. Natürlich, er hatte keinen Grund, heute im Büro zu sein. Wahrscheinlich hockte er in irgendeiner Bar und schaute sich eine Sportübertragung an. Angesichts dieses Bildes alltäglicher Beschaulichkeit erfasste mich eine tiefe Wehmut, und ich bekam plötzlich keine Luft mehr. Einige der Detectives blickten in meine Richtung, als ich stehen blieb und mich an der Trennwand einer Arbeitsnische abstützte, bis sich mein Atem allmählich wieder beruhigte. Sobald ich weiterging, wandten sie sich wieder ihrer Arbeit zu.

Im Empfangsraum von Sentinel, hinter seinem kleinen Tresen, saß Bert Halstrom und löste das Kreuzworträtsel der Sonntagszeitung.

»Europäische Hauptstadt«, sagte er.

»Wie bitte?«

»Sechs Buchstaben. Es ist Sonntag, Ms. Sterling. Es ist keiner da.« Ich konnte förmlich hören, wie seine Augen von der Zeitung in meine Richtung wanderten und mich musterten, mit meinen nackten Füßen, dem blauen Overall und der Cordjacke. Er warf einen Blick auf den durchsichtigen Plastikbeutel mit den verdreckten Kleidungsstücken und schmutzigen Stiefeln, den ich in der Hand hielt.

»Sind Sie sicher?« Ich trat an die Innentür und presste demonstrativ das Ohr dagegen. »Ich kann da drinnen Stimmen hören und Schreibmaschinengeklapper.«

»Die Bürozeiten sind Montag bis Freitag von halb neun bis sechs«, sagte er. »Und Samstag von neun bis eins. Das sollten Sie eigentlich wissen, Ms. Sterling. Das sind die offiziellen Zeiten. Wir halten uns in diesem Büro an die Vorschriften, Ms. Sterling.«

»Hören Sie auf damit, Bert, bitte. Ich muss *sofort* zu Barbra. Es wird sie bestimmt interessieren, was ich hier habe.«

Bert zuckte mit den Achseln. »Ich kann ihr eine Nachricht hinterlassen.«

Ich murmelte einen Fluch. »Sparen Sie sich die Mühe.«

Ich eilte zu Jordans Schreibtisch zurück und hob den Telefonhörer ab. Die anderen Detectives schenkten mir immer noch keine Beachtung. Ich wählte die Nummer von Sentinel, und der Anrufbeantworter sprang an: »Willkommen bei der Polizei von Stanton, Verwaltungsbereich sechzehn. Unsere Öffnungszeiten sind Montag bis Freitag von halb neun bis sechs und Samstag von neun bis eins. Bitte hinterlassen Sie uns außerhalb dieser Zeiten eine Nachricht und Ihre Kontaktdaten.«

»Barbra, hier spricht Lucie Sterling.« Ich warf einen Blick auf die Uhr an der Wand. »Es ist Samstagnachmittag, Viertel vor zwei. Ich habe Beweise aus ... von dort. Es ist wirklich schlimm. Viel schlimmer, als wir gedacht haben.« Ich zögerte, bevor ich hinzufügte: »Ich glaube, dass Sie im Büro sind, und hoffe, dass Sie meine Nachricht hören. Ich werde ein paar Minuten warten. Aber ich muss gleich wieder los.«

Ich hinterließ die Durchwahl von Jordans Apparat, dann nahm ich den Hörer vom Telefon auf dem Tisch gegenüber ab – er gehörte Mary Kwan, einer Beamtin, die für den Kinderschutz zuständig war – und wählte Fabians Nummer. Er ging nicht dran. Vor meinem geistigen Auge sah ich, wie unsere beiden Apparate leicht zeitversetzt klingelten und die reglose Luft in der Wohnung zum Vibrieren brachten. Wo steckte Fabian bloß? Ich rief den Auftragsdienst an, aber ich hatte keine Nachricht. Allmählich begann ich, mir Sorgen zu machen. Hin und wieder, wenn ich mich zu sehr eingeengt fühlte, hatte ich in den letzten sechs Jahren eine Auszeit genommen, um mir etwas Freiraum zu verschaffen. Doch Fabian hatte mir stets irgendwelche Nachrichten hinterlassen – ich hatte nie das Gefühl gehabt, richtig allein zu sein oder genügend Abstand zu haben, um seinem Dunstkreis zu entkommen. In diesen Momenten empfand ich Fabians ständige Gegenwart als erdrückend. Nachdem ich heute jedoch vergeblich versucht hatte, ihn zu erreichen, wurde mir klar, wie tröstlich seine Nachrichten gewesen waren.

Ich hätte runter in mein Büro gehen können, um in der Rohrpost nachzusehen, aber dann fiel mir ein, dass die Rohrpost in der Wohnung ja nicht funktionierte. Außerdem wollte ich neben Jordans Telefon ausharren für den Fall, dass Barbra zurückrief. Ich würde bis zwei Uhr warten, und wenn sie sich bis dahin nicht gemeldet hatte, war sie entweder nicht im Büro oder wollte mich nicht sehen.

Sei nicht albern, schimpfte ich mit mir, wie kannst du so was nur denken. Natürlich wollte sie von den Kindern erfahren und von den Leichen, die sich in Green Valley stapelten. Obwohl es mit Zeroth Absprachen gab und die offiziellen Stellen die Augen vor dem Elend dort verschlossen, erforderte das Ausmaß der Verwüstung eine Reaktion von außen.

In diesem Moment hörte ich klirrende Schritte, und als ich

mich umdrehte, sah ich Bert auf mich zukommen. »Ms. Reeve sagt, dass Sie mir die Sachen aushändigen sollen«, erklärte er und deutete auf den Beutel mit den Kleidungsstücken.

Ich griff danach, um ihn Bert zu geben, hielt dann jedoch inne. Unsere Hände verharrten voreinander in der Luft. Woher wusste ich, dass Barbra ihn geschickt hatte? Genauso gut könnte er für irgendjemand anders aus der oberen Etage arbeiten – vielleicht warf er den Beutel einfach in den Verbrennungsofen. Andererseits ... falls er die Wahrheit sagte, konnte ich den Fall nur vorantreiben, wenn ich Barbra die Beweisstücke aushändigte; ich durfte mich ihr nicht widersetzen.

Ich griff nach dem Beutel. »Mir ist gerade eingefallen ... Die Stiefel werde ich behalten, in Ordnung? Ich kann ja nicht barfuß nach Hause laufen.«

Ich musterte Berts Gesicht; entweder war es ihm egal, oder er war ein guter Schauspieler.

Während ich die Stiefel aus dem Beutel nahm, warf ich einen genaueren Blick auf ihre Profile. Sie waren voller Steine, Matsch, Blut und Schlamm aus Green Valley. Eigentlich musste Barbra sie ebenfalls analysieren lassen – sie musste sämtliche Beweisstücke bekommen, die ich sichergestellt hatte, und zwar sofort.

Ich musterte erneut Berts Gesicht und beschloss, ihm zu trauen. »Schon gut. Ich werde in der Sporthalle schon ein paar Turnschuhe finden.«

»Okey-doke.« Er schnappte sich den Beutel und die Stiefel und schlenderte zurück ins Treppenhaus.

»Berlin«, rief ich ihm hinterher.

Er drehte sich um. »Wie bitte?«

»Das Lösungswort. Berlin.«

Er lächelte. »Natürlich! Sehr gut, Ms. Sterling.«

Ich fühlte mich hin- und hergerissen: Einerseits wollte ich rasch nach Hause, um mich bei Fabian zu entschuldigen, andererseits wollte ich Kira abholen. Als könnte meine verspätete Fürsorge sie mit einem Schlag wieder gesund machen. Ich hatte eine egoistische Entscheidung getroffen und sie in diesem Dreckloch leben lassen. Um jetzt nicht völlig durchzudrehen, hoffte ich, dass sie in all den Jahren, die sie mit dem I verbunden gewesen war, nicht aufgrund einer Störung oder Panne die ungeschönte Realität zu Gesicht bekommen hatte.

Fabian würde sich noch ein wenig gedulden müssen. Erst musste ich Kira sehen. Also rannte ich quer durch Claymarket zu Vidals Versteck.

Als ich die Kanzlei erreichte, war die Eingangstür verschlossen, und die Rollläden waren heruntergelassen. Ich rüttelte am Türknauf und warf einen Blick über die Schulter Richtung Straße. Ich konnte weder Officer Danielewski noch einen anderen Streifenpolizisten entdecken – wahrscheinlich wurde das Haus nicht mehr überwacht. Trotzdem wollte ich die Aufmerksamkeit weder auf mich noch auf das Gebäude lenken. Besonders da ich inzwischen wusste, was es beherbergte.

Ich marschierte die Seitengasse hinunter zum Grundstück auf der Rückseite des Gebäudes. Vidals Wagen stand immer noch da, aber das bedeutete nicht, dass er im Haus war. Denn Basson hatte uns beide heute Morgen nach Green Valley gefahren. *Falls* Vidal jedoch da war, hieß das, dass er mich in Green Valley einfach meinem Schicksal überlassen hatte. Ich nahm eine Handvoll Steine und begann, sie gegen die Fenster im mittleren Stockwerk zu werfen. Nachdem der neunte Stein durch die Luft gesaust war und sich in einer der Scheiben ein Riss gebildet hatte, bewegte sich der Vorhang in Rainbows

Zimmer. Als Vidal sein Gesicht gegen das Fenster presste und zu mir herunterspähte, machte er ein erleichtertes Gesicht, und meine Wut verflüchtigte sich langsam.

Er hob die Hand, um mir zu signalisieren, dass ich unten warten sollte. Eine Minute später trat er zu mir auf den Parkplatz und musterte flüchtig meinen Overall.

»Lucie, Gott sei Dank. Sie hat Ihnen doch nichts implantiert?«

»Sie wussten, dass Gina es war?«

»Ja. Sie hat Ihnen doch keinen Chip implantiert, oder?«, fragte er erneut.

»Nein. Ich habe mich von ihr nicht anfassen lassen … außer … Sie hat mich hier an der Schulter berührt.«

»Sie haben aber keinen Schmerz oder Stich gespürt, oder?«

»Nein. Kann es trotzdem sein, dass sie mit ihrer Hand irgendwas in meinen Körper eingeführt hat?« Ich legte Vidal die flache Hand auf den Rücken, wie Gina es getan hatte, als sie mich durch den Außentunnel von Green Valley geführt hatte.

»Das hätten Sie gespürt. Sie hätten es gemerkt, wenn sie einen weiteren Sender in Ihrem Körper angebracht hätte. Es sei denn, Sie waren bewusstlos. Waren Sie das?«

»Nein.«

»Zu keinem Zeitpunkt?«

»Nein.«

»Okay, dann sind Sie wahrscheinlich sauber. Bei Ihrem letzten Besuch sind wir ja noch einmal mit einem blauen Auge davongekommen, als wir Sie nach oben zu den Kindern gebracht haben, obwohl der Sender noch in Ihrem Körper steckte. Offensichtlich hat man Ihr Signal nicht empfangen. Wenn Egus wüsste, dass wir hier sind, würden seine Leute scharenweise hier einfallen, aber der Verkehr auf der Straße ist völlig normal. Wir haben unfassbares Glück gehabt. Kommen Sie. Beeilen Sie sich, und seien Sie leise.«

Wortlos folgte ich ihm ums Haus herum zur Straße und trat ein. Erst als wir die Treppe hochgelaufen waren und die Sicherheitstür hinter uns geschlossen hatten, atmete ich wieder aus.

»Wie geht es ihr? Wie geht es den Kindern?«

»Ganz gut. Sie sind jetzt online. Heute Nacht wird Rainbow sie wieder abschalten.«

Ich folgte ihm in die nächste Etage und schaute nach Kira, die, wie letzte Nacht, zusammengesackt am Kopfende ihres Bettes lehnte. Aber sie war wach, zumindest in der virtuellen Welt, und bewegte langsam ihren Kopf, während sie etwas betrachtete, dessen Signal in ihre Sehnerven eingespeist wurde. Ein Lächeln huschte über ihr Gesicht, dann runzelte sie die Stirn, und schließlich begann sie zu reden, in einer Sprache, die ich nicht kannte. Es klang wie ein elektronisches Knistern, wie das Rauschen eines Radios ohne Empfang. Ich hatte das Geräusch bereits letzte Nacht gehört. Diese armen Kinder hatten sich in Maschinen verwandelt und kommunizierten mittels digitaler Codes direkt mit dem System.

Wenn ich eine gute Mutter gewesen wäre, hätte ich mich zu ihr gesetzt, während sie in diesem tranceartigen Zustand war. Aber ich war keine gute Mutter und ertrug es nicht, untätig neben ihr zu sitzen, ohne dass ich irgendetwas unternehmen konnte.

»Wann wird die Verbindung wieder getrennt?«

»Von zwei bis vier. Wenn es draußen besonders ruhig ist und sie nicht so vielen Reizen ausgesetzt sind, sind die Kinder entspannter.«

»Kommt sie bis dahin zurecht?«

»Ja.«

»Wenn ich nachher anklopfe, lassen Sie mich dann rein, bevor ich die ganze Nachbarschaft wecke?«

Er spitzte die Lippen und nickte.

30

Mir schossen unzählige Gedanken gleichzeitig durch den Kopf, all die Rechtfertigungen und Argumente, die ich gleich mit Fabian austauschen würde. Ich stellte mir vor, wie er mit herablassender, vorwurfsvoller Miene schweigend auf dem Sofa saß, und steuerte beim Betreten der Wohnung direkt auf das Schlafzimmer zu, ohne einen Blick durch die Wohnzimmertür zu werfen. Verschwitzt und verdreckt, wie ich war, hätte ich ihm nichts entgegenzusetzen gehabt.

Ich streifte meine provisorischen Klamotten ab, duschte und zog meine eigene Kleidung an. Ich kam mir wie ein Ritter vor, der eine Rüstung anlegte, und malte mir aus, wie der leidgeprüfte Fabian im Wohnzimmer hockte und so tat, als würde er lesen, während er auf die Rückkehr der verlorenen Tochter wartete. Es war wie in einer absurden biblischen Szene. Erst als ich in den Türrahmen trat und spürte, wie sich ein kleiner Klumpen in meine Fußsohle bohrte und zerbröselte, bemerkte ich sie.

Auf dem dicken, cremefarbenen Teppich waren deutlich mehrere Abdrücke zu erkennen. Dennoch wollte mein Verstand es für einen Moment nicht wahrhaben, und ich ging in die Hocke, um sie genauer zu begutachten.

Das waren Hufabdrücke.

Ich war zwar kein Farmer, aber ich wusste sofort, dass es sich um die Hufabdrücke eines Schafbocks handelte. Dazwischen, über den Teppich verstreut, lagen mehrere Erdklumpen. Dieser Matsch stammte nicht von einer Farm, sondern aus Green Valley. Er war zwischen den Ritzen seiner Hufe getrocknet oder aus den verfilzten Strähnen seines blutverklebten Fells gerieselt. Schließlich akzeptierte mein Verstand, was ich dort sah.

»Fabian?«, flüsterte ich. Der Schafbock war vielleicht noch in der Wohnung.

Ich stand auf, eilte lautlos der Schmutzspur hinterher und trat ins Wohnzimmer. Das Sofa war leer.

»Fabe?«

Auf dem Boden lag ein Buch – der Roman, den Fabian gerade las – und auf dem Teppich ein umgekipptes Glas. Der Whiskey hatte das Gewebe durchnässt, das Eis war längst geschmolzen.

»Fabian?«, rief ich viel zu laut, während ich auf Zehenspitzen in die Küche schlich. Alles war an seinem Platz und mehr oder weniger so, wie wir es verlassen hatten; in der Spüle standen mehrere Teller und auf dem Tresen zwei Becher. Nichts war verrückt, zertrümmert oder verschüttet worden. Hatte ich mir die Abdrücke etwa wieder nur eingebildet?

Nein. Ich spähte durch die Tür ins Wohnzimmer. Die tiefen Hufabdrücke und die Matschreste, die über den Teppich verteilt waren, zeichneten sich deutlich ab. Falls es sich nicht um eine neuerliche Halluzination handelte, die das I mir vorgaukelte, bildete ich mir das definitiv nicht ein. Während ich der Spur mit dem Blick bis zu der Stelle in der Küche folgte, wo ich stehen geblieben war, stellte ich mir das Furcht einflößende Klappern seiner knochigen Fußballen auf den weißen Fliesen vor und wie sich Fabians Wohnung in den klinischen Schlachthof verwandelte, den der Schafbock mir gezeigt hatte.

Ich umrundete den Tresen, trat aus der Küche und entdeckte auf dem Boden neben der Waschmaschine einen Blutfleck. Mein Verstand und mein Körper waren in äußerster Alarmbereitschaft, und ich kehrte zurück zum Messerblock. Jemand hatte das große Fleischermesser herausgezogen, also musste ich mich mit dem Hackmesser und einem kleineren Schälmesser begnügen.

Ich eilte wieder in den Flur und folgte der Spur ins Arbeitszimmer. Ich war fast erleichtert, als ich dort auf Anzeichen für einen Einbruch stieß: Auf dem Schreibtisch lagen kreuz und quer ein paar aufgeschlagene Bücher, und die Fotos aus der obersten Schublade waren über die Schreibunterlage verteilt. Es war also jemand oder etwas, das tatsächlich existierte, in der Wohnung gewesen. Als ich mich umdrehte, bemerkte ich auf dem Teppichboden neben dem Schreibtisch die Abdrücke nackter Füße – menschliche Fußabdrücke aus blassen Blut- und Lehmflecken – sowie ein paar Schleifspuren.

»*Fabian!* Fabian, wo steckst du?«

Während ich durch die Wohnung eilte, versuchte ich trotz all der Beweise die Wahrheit zu ignorieren. Vielleicht handelte es sich ja nur um einen gewöhnlichen Einbruch; vielleicht trug der Einbrecher komische Schuhe; vielleicht hatte er sich geschnitten, als er mit einem Messer meine Schreibtischschublade aufgebrochen hatte. Vielleicht war Fabian nicht in der Wohnung, als der Einbrecher hier eingedrungen ist, dachte ich. Fabian hat sein eigenes Leben – er hockt nicht hier herum und wartet auf mich, wenn ich unterwegs bin. Er besucht Ausstellungen und Restaurants und unternimmt Spaziergänge. Vielleicht stammt der Matsch aus dem Fluss im Park.

In diesem Moment ertönte ein Klopfen, gefolgt von einem Klirren und einem leisen Schlag, und ich rannte in Richtung der Geräusche. Sie kamen aus dem Gästebadezimmer, das neben dem Eingangsbereich lag. Dort versuchte Fabian gerade, sich mit dem linken Arm am Waschbecken hochzuziehen, während er sich mit der rechten Hand die Stirn hielt.

»Au! Verdammte Scheiße«, sagte er. Beinahe hätte ich gelacht. Aus purer Erleichterung darüber, dass er noch in der Lage war zu fluchen, und weil diese ungewohnten Schimpfworte über seine wohlgeformten Lippen kamen. Unter der Hand, mit der er seinen Kopf umklammerte, quoll Blut hervor.

»Lass mich mal.« Ich befeuchtete einen Waschlappen mit kaltem Wasser und versuchte, seine Hand von der Wunde zu nehmen. Aber er drückte so fest dagegen, als hinge sein Leben davon ab, als würde er sein ganzes Blut verlieren oder als könnte sein Gehirn aus dem Loch purzeln. Als er sie endlich wegnahm, spritzte ihm ein heftiger Schwall Blut über Stirn und Augenbrauen. Es handelte sich allerdings nur um eine oberflächliche Wunde. Die Haut daneben war violett angelaufen und geschwollen, aber sein Schädelknochen schien unversehrt. Ich presste den Waschlappen dagegen, um die Blutung zu stillen, und Fabian zuckte zusammen und setzte sich halbherzig gegen meine Hand zur Wehr.

»Was ist passiert?«, fragte ich.

»Es hört sich verrückt an, aber hier war ...« Ich wartete. Ich musste es aus seinem eigenen Mund hören. *Bitte sag mir, dass du in unserer Wohnung einen schwarzen Schafbock gesehen hast.* Das würde bedeuten, dass ich nicht verrückt war, dass es sich nicht nur um einen Flashback, um ein Nachbild handelte – dass sich Zeroths Manipulationen nicht nur auf meinen Verstand beschränkten. Wenn Fabian dasselbe gesehen hatte wie ich, bedeutete das, dass Zeroth in Stantons Zuständigkeitsbereich Verbrechen beging. Dann konnte niemand mehr behaupten, dass ihn das alles nichts anging.

Aber Fabian schüttelte den Kopf »Nein. Es war dunkel. Ich konnte ihn nicht richtig erkennen.«

»Erzähl schon, Fabe«, sagte ich, darum bemüht, ihn nicht zu beeinflussen. »Was hast du gesehen?«

»Ich könnte schwören, dass ...« Er schüttelte erneut den Kopf, während sein Verstand leugnete, was passiert war. »Ich saß gerade im Wohnzimmer, als jemand die Wohnung betrat. Die Person ist einfach hier reinmarschiert. Es war nicht der geringste Lärm zu hören, von einem Einbruch oder dergleichen. Weißt du, ich dachte, du wärst das. Ich konnte hören, wie die Person im Arbeitszimmer herumlief, so wie du das manchmal tust, um runterzukommen, wenn du dir einen Moment Zeit nimmst, bevor du mich begrüßt.« Ich hatte ein schlechtes Gewissen und lief rot an, weil er so beiläufig mein abweisendes Verhalten erwähnte. Aber Fabian war ganz auf seine Geschichte konzentriert. »Also habe ich einfach gewartet. Doch dann hörte ich, wie etwas zu Boden fiel, und bin aufgestanden. Ich dachte immer noch, dass du das wärst. Wie blöd von mir. Ich habe geglaubt, du hättest einen Wutanfall oder irgendwas in der Art. Dass du deine Wut an der Rohrpost auslässt oder so.« Er stieß ein klägliches Lachen aus. »Also bin ich rübergegangen, und da ... sah ich ihn ...«

»*Was* hast du gesehen? Wie sah er aus?«

Er schaute mir in die Augen, und für einen Moment glaubte ich meinen eigenen flehenden Blick darin zu erkennen: *Ich denke mir das nicht aus; ich bin nicht bekloppt; du musst mir glauben. Es war ein riesiges, beschissenes schwarzes Schaf, das auf den*

Hinterbeinen stand. Ungefähr so groß. Aber zu meiner Enttäuschung sagte er schließlich: »Es war David, Lucie. Er trug einen dunklen Mantel und eine Kapuze. Aber ich bin mir sicher, dass er es war. Er hat sich zu mir umgedreht, als ich das Zimmer betrat. Er sah ziemlich beschissen aus.«

»David? *Hier*?« Ich wurde also nicht von einem Supersoldaten aus dem Cyberspace verfolgt, sondern von meinem besessenen Exmann. Ernüchtert trat ich zurück in den Türrahmen und betrachtete erneut die Abdrücke und Flecken auf dem Teppich. Ich hatte so fest daran glauben wollen. Aber es waren nur Schuhabdrücke. Es handelte sich um nichts weiter als um die Schmutzspur eines gebrochenen Mannes. Dennoch sah ich vor meinem geistigen Auge immer noch die Hufabdrücke, die ich mir in meiner lebhaften Fantasie eingebildet hatte.

»Hat er mit dir gesprochen? Was wollte er?«, fragte ich, während Fabian mir aus dem Badezimmer folgte und die dezente Spur aus Matsch, die sich durch unsere Wohnung zog, begutachtete.

»Ich weiß nicht. Er hat nichts zu mir gesagt. Zuerst hat er mich gar nicht beachtet. Er saß hinter deinem Schreibtisch und hat deine Unterlagen durchgeblättert, als würde er hier wohnen, als wäre er derjenige, der auf deine Rückkehr wartet. Erst als er mich sah, ist er aufgestanden und an mir vorbeigelaufen, das heißt, fast durch mich hindurch, in die Küche. Dort hab ich ... na ja ...«

»Erzähl weiter.«

»Ich bin den ganzen Tag über schon stinksauer gewesen. Ich hab darauf gewartet, dass du endlich nach Hause kommst, Luce. Und es war ja fast so, als hätte er mir mit seinem Eindringen die Erlaubnis erteilt ... Ich habe mir ein Messer aus der Küche geschnappt und ihn damit bedroht. Ich weiß nicht, was schlimmer war: dass er bei uns eingebrochen ist oder dass er mich überhaupt nicht beachtete, dieser ... Geist. Ich war unglaublich wütend. Ich brüllte ihn an und fuchtelte mit dem Messer herum, obwohl ich mir dabei vorkam wie der letzte Vollidiot. Aber er hat mich einfach ignoriert. Und je länger er mich ignorierte, desto wütender wurde ich. Als ich auf ihn zuging, hat er mir einen Schlag verpasst. Er hat nicht mal hingesehen. Es war kein besonders heftiger Schlag, trotzdem bin ich ausgerutscht und habe mir am Küchenschrank den Kopf angeschlagen. Ich bin dann ins Badezimmer gekrabbelt und muss dort für einen Moment das Bewusstsein verloren haben.«

»Oh, Fabe, das tut mir alles so leid.« Sollte Fabian je in eine echte Schlägerei verwickelt werden, würde es genauso ablaufen. Und aus diesem Grund liebte ich ihn. Ich liebte ihn dafür, dass er so wenig zur Gewalt taugte, dass er es nicht mal schaffte, sich richtig zu prügeln. Darum war ich ihm vor all den Jahren sofort verfallen: Nach einem einfühlsamen Mann wie ihm hatte ich mich die ganze Zeit gesehnt. Ich berührte mit meinem Finger seine Hand, mit der er sich die Stirn hielt. »Bist du sicher, dass alles in Ordnung ist?«

»Mir geht's gut«, sagte er. In diesem Moment klingelte im Arbeitszimmer das Telefon.

»Hast du gehört, wie er gegangen ist?«, fragte ich Fabian. »Ist er weg?«

»Ich glaub schon. Ich hab zwar nichts gehört, aber er ist nicht mehr hier.«

Ich ging zum Telefon und nahm den Hörer ab. »Hallo?«

»Mein Anruf kommt zu spät, ich weiß. Er ist verschwunden«, sagte eine Stimme, die so verrauscht war, als hätte sie eine kosmische Distanz zurückgelegt und würde auf dem langen Weg zu mir verzerrt. Aber ich wusste, dass Eloise nur ein paar Kilometer entfernt war.

»Was will er von mir, Eloise?«

»Dasselbe, was Sie wollen. Ich schätze, er will seine Tochter zurück.«

»Aber die Kinder können nicht wieder zurück«, sagte ich. »Es ist vorbei, Eloise. Green Valley ist erledigt. Ein für alle Mal und unwiederbringlich erledigt, verdammt noch mal. Das ist Ihnen doch klar, oder?«

»Ja. Aber denen nicht.«

»Denen? Sie sprechen von Egus, nehme ich an.«

»Er glaubt, dass die Kinder unsere Zukunft sind. So heißt es doch in diesem Song, oder?«

»Und wenn die Kinder Green Valley verlassen«, ergänzte ich und warf Fabian einen Blick zu, der aufmerksam lauschte und dabei vorsichtig das getrocknete Blut an seiner Stirn betastete, »ist Egus zum Scheitern verurteilt. Hab ich recht?«

»Ja. Das würde das Ende seiner Zukunftsvision bedeuten. Damit wären Green Valley und der Traum von Zeroth endgültig gescheitert. Und David denkt genau wie Egus«, fuhr sie fort. »Er ist sogar noch schlimmer als er. Für ihn ist diese Vision wichtiger als die Wahrheit.« Eloise kannte meinen Exmann mindestens so gut wie ich und hatte seinen Charakter mit einem Satz auf den Punkt gebracht. »Sie müssen Kira beschützen.«

»Aber kann er überhaupt außerhalb von Green Valley ... überleben?« Ich musste an die Kinder denken, die von heftigen Entzugserscheinungen heimgesucht wurden.

Eloise prustete vor Lachen. »Natürlich. Bei uns ist es anders als bei den Kindern. Die Erwachsenen hier sind nicht abhängiger als damals die Nutzer draußen. Wir sind daran gewöhnt.« Sie stieß das letzte Wort aus wie einen Fluch.

»Warum erzählen Sie mir das alles überhaupt? Ist das nicht gefährlich? Und warum sind Sie nicht auf Davids Seite?«

Das Rauschen und Knacken schwoll zu einem Pfeifen an, und ich dachte, die Verbindung sei unterbrochen worden, bis ich erneut Eloises Stimme hörte. »Alles, was Sie hier drin gesehen haben, existiert tatsächlich. Lassen Sie sich von denen nichts einreden. Niemand sollte gezwungen werden, auf diese Weise zu leben. Die Erwachsenen hier haben sich bewusst für dieses Leben entschieden, aber nicht die Kinder. Green Valley muss mit uns untergehen. Doch Egus sieht das völlig anders. Vidal hat ihnen erzählt, dass es für die Kinder eine Möglichkeit gibt zu überleben, und Egus denkt *Warum dann nicht hier?* Das dürfen Sie nicht zulassen. Sie wissen jetzt, wie es hier wirklich aussieht.«

»Danke, Eloise«, sagte ich.

»Wenn Egus von unserem Gespräch erfährt, wird er mich um mein letztes bisschen Verstand bringen. Es hat mich gefreut, Sie kennenzulernen, Lucie. Sie scheinen ein netter Mensch zu sein.« Eloises schlichte Worte waren eine echte Wohltat.

31

Als ich diesmal aus dem Wagen stürzte, die Treppe hochrannte und gegen die Tür hämmerte, war Jordan vollständig angezogen. Der Zigarettenrauch, der seine Wohnung erfüllte, war noch dichter als beim letzten Mal. Er trat wortlos zur Seite und ließ mich herein, dann seufzte er tief. Offensichtlich hatte er das Wochenende nicht auf der faulen Haut gelegen und genauso wenig geschlafen wie ich – seine Augenringe wirkten noch dunkler als sonst.

So wie Jordan aussah, fühlte ich mich gerade, und ich war unsagbar erleichtert, als ich seine Wohnung betrat. Hier konnte ich mich geben, wie ich wirklich war. Das wurde mir erst bewusst, als mir plötzlich eine zentnerschwere Last von meinen Schultern genommen wurde. Ich war viel zu zerzaust, dreckig und unbedarft, um mich nahtlos in die elegante Umgebung von Fabians Wohnung einzufügen, in Jordans Wohnung hingegen fiel ich nicht weiter auf. Ich bekam ein schlechtes Gewissen, als ich an Fabian dachte, der draußen im Wagen saß und ungeduldig auf mich wartete.

Ich ging den kurzen, schmalen Flur hinunter und verharrte unschlüssig neben einem klobigen braunen Schlafsofa. Davor stand ein niedriger Couchtisch aus Kunstharz, das Massenprodukt einer Möbelhauskette, der früher mal strahlend weiß gewesen war und durch den Zigarettenrauch eine gelbliche Färbung angenommen hatte und mit Brandflecken und braunen Glasabdrücken übersät war. Über die Tischplatte, zwischen einem Becher, der zu einem Drittel mit kaltem Kaffee gefüllt war, einer Untertasse voller Zigarettenkippen und einer Schüssel, an deren Innenseite Krümel klebten, waren die Fotos toter Kinder verstreut. Jordan betrat hinter mir das Zimmer, räumte das Geschirr vom Tisch und stellte es auf der Arbeitsfläche in der Kochnische ab, dann kam er zurück und klaubte die Akten zusammen. Er ordnete die Fotos und Unterlagen zu akkuraten Stapeln, klappte die Aktenmappen zu und legte seinen Notizblock und seinen Stift auf den Stoß.

Ich hatte Angst, dass ich, egal was ich als Nächstes sagen würde, ihn in seinem Tatendrang bremsen könnte, der ihn veranlasst hatte, sich die alten Akten vorzunehmen und das ganze Wochenende über diesen toten Kindern in die Augen zu blicken. Wenn er sich von mir unter Druck gesetzt fühlte, würde er vielleicht auf stur schalten und mich abblitzen lassen. Darum wartete ich, bis er das Wort ergriff. Währenddessen malte ich mir voller Sorge aus, wie Egus durch den Äther an Kira, die sich im Schlaf unruhig hin und her wälzte, seine Befehle schickte. Und schließlich sprudelte es aus mir heraus, ich konnte mich nicht länger zurückhalten.

»Ich habe mich geirrt«, stieß ich hervor, als würde ich ein Gespräch fortsetzen, das wir gerade geführt hatten, als hätten wir es in den letzten zwanzig Sekunden nicht sorgfältig vermieden, dem anderen in die Augen zu schauen. »Wir dürfen die Kinder nicht zurückbringen.« Ich stürzte über den Teppich auf ihn zu und packte ihn am Arm, als wollte ich ihn aus dem Zimmer zerren.

Er nickte. »Ich weiß.«

Ich eilte zur Eingangstür, und er folgte mir ohne ein weiteres Wort in den Flur und nahm im Vorbeigehen seinen Mantel und das Pistolenhalfter vom Kleiderständer.

Ich warf einen Blick zu Fabian, der den Wagen steuerte. In den letzten drei Tagen war so viel passiert. Er hatte erfahren, dass ich eine Tochter hatte, und war durch mein Verschulden in seiner Wohnung überfallen worden; außerdem hatte er sich meinetwegen große Sorgen gemacht, weil ich vor lauter Angst kein Wort mehr mit ihm gewechselt hatte. Und trotzdem fuhr er mich, seine treulose Geliebte, bereitwillig zu dem Versteck, in dem Kira und die anderen Kinder aus Green Valley in einem elektronischen Schutzraum hausten, dessen bloße Existenz ihm wahrscheinlich zutiefst zuwider war.

In der Abenddämmerung peitschte der eisige Regen gegen die Windschutzscheibe und verzerrte die Lichter aus den Fenstern, die sich auf den schmutzigen Gehwegen spiegelten. Wir fuhren an dem kaputten Neonschild des Eet Mor's zwischen den abgestoßenen Betonsäulen vorbei und an der Seitengasse mit Cubbingtons Bäckerei, aus der ein warmer, gelber Lichtschein drang. Nachdem wir den Süßigkeitenladen und die Drogerie, wo wir die Leute befragt hatten, hinter uns gelassen hatten, forderte Jordan Fabian auf anzuhalten.

»Wir haben noch knapp einen Kilometer, es ist in der Ocean Street ...«, begann ich.

»Sicher, aber nach allem, was du mir erzählt hast, brauchen wir einen richtigen Plan.« Er holte sein Funktelefon aus dem Kofferraum und ging damit zu einem Kasten, der an einem Pfahl in der Gasse hing.

Das, woran ich mich aus jener Nacht am deutlichsten erinnere, ist Jordans Gesichtsausdruck, als er Kira zum ersten Mal zu Gesicht bekam. Reglos stand er mit dem Rücken zu mir da und starrte auf die Matratze, auf der sie geistesabwesend an der bröckelnden Wand des schmuddeligen Zimmers lehnte, während sie mit dem I verbunden war.

Für sehr, sehr lange Zeit herrschte Stille.

Sie zerrte an meiner Wirbelsäule, und schließlich hielt ich es nicht mehr aus.

»Jordan?«, sagte ich und griff behutsam nach seiner Schulter.

Meine Berührung riss ihn aus seiner Versenkung, und er holte tief Luft, bis sich sein nikotinverseuchter Körper vollständig damit gefüllt hatte, dann atmete er wieder aus. Seine Augen waren blutunterlaufen, und seine Wangen, in denen sich das gelbe Licht der trüben Flurbeleuchtung spiegelte, waren vor Wut gerötet. Ich glaube, dass mir erst in diesem Moment, als ich Kira gewissermaßen mit Jordans unvoreingenommenem Blick betrachtete, voll und ganz bewusst wurde, was man ihr Schreckliches angetan hatte.

»Sie sieht aus wie du«, sagte er.

»Nein«, sagte ich abwehrend. »Sie ist Davids ...« Aber als ich sie jetzt mit Jordans Augen sah, konnte ich es nicht länger leugnen. Er hatte recht: Das Mädchen, das dort lag, war meine Tochter. Sie brauchte dringend Hilfe, und ihr Vater würde sie nicht beschützen. Das war jetzt meine Aufgabe.

»Wir werden das wieder in Ordnung bringen«, sagte er. »Genug ist genug.« Er lief durch den Flur im dritten Stock zurück zur Tür, mit so bedächtigen Schritten, als würde er dem Boden unter seinen Füßen nicht trauen. Vidal begleitete ihn nach draußen und schloss das Tor am Treppenabsatz hinter ihm ab.

Aus einem leer stehenden Zimmer, das zur Straße hinaus ging, spähte ich durch eine schmale Lücke zwischen den

Brettern vor dem Fenster und sah, dass Jordan wie ein Mann, der gerade aus einer Trance erwacht war, in die neblige, stürmische Nacht hinauswankte, während die dunklen, leeren Fenster von Verla's Café auf der anderen Straßenseite ihm teilnahmslos hinterherschauten.

Vidal kam wieder nach oben und stopfte die Schlüssel in seine Tasche. »Alles verriegelt. Er kommt hier nicht rein, keine Sorge.«

»Soll ich irgendwas tun?«, fragte ich. »Kann ich irgendwie helfen?«

»Wir haben alles im Griff. Sofe und Rainbow sind ein Superteam. Sie machen das seit Wochen, Nacht für Nacht«, sagte er und runzelte abwehrend die Stirn. Er hätte es lieber gehabt, wenn wir nicht hier gewesen wären, aber er wusste, dass er keine Wahl hatte. »Machen Sie es sich bequem«, sagte er und deutete mit dem Kopf auf Kiras Zimmer, das sich ein Stück den verwahrlosten Flur hinunter befand.

»Sind Sie sicher, dass Zeroth Ihr Signal nicht hacken kann?«, fragte ich. »Dass man den Kindern aus der Ferne nichts antun und in ihre Köpfe eindringen kann?«

»Absolut sicher.« Er hielt seinen Signalanzeiger in die Höhe und tippte auf den Bildschirm. »Solange der Schutzschild intakt bleibt, ist das hier ein in sich geschlossenes System. Auf diese Entfernung kann kein externes Signal zu uns durchdringen.«

Ich persönlich verließ mich mehr auf die zwei massiven Metalltüren zwischen uns und der Straße.

»Behalten Sie das Ding gut im Auge, okay?«, sagte Fabian.

»Mach ich.« Vidal wandte sich ab und verschwand in die Küche, und kurz darauf konnten wir hören, wie er sich leise mit Rainbow und Sofie unterhielt.

Ich holte aus einem leeren Zimmer zwei Hocker, wischte mit der Hand den Staub ab und stellte sie neben Kiras Matratze. »Komm, Fabe.«

Er setzte sich neben mich. »Es ist, als würden wir hier Wache halten.«

»Ich weiß«, sagte ich. Das schwache braune Licht und die abgestandene Luft erinnerten mich an das Gebäude in Green Valley, das man in ein Mausoleum verwandelt hatte. Ich vertrieb den Gedanken daran, bevor ich wieder den Flur dieses verfallenen Gebäudes vor mir sah. »Hier ist sie so viel besser aufgehoben.«

»Du wirst es mir doch irgendwann erzählen, oder?«.

»Was?«

»Wie es in Green Valley war.«

Ich holte tief Luft und seufzte, ohne zu antworten.

»War sie beim letzten Mal auch in diesem Zustand?«, fragte er. »Liegt sie die ganze Zeit im Koma, seit sie Green Valley verlassen hat?«

»Sie liegt nicht im Koma. Sie ist mit dem I verbunden, das heißt mit einer sichereren Version davon. Schau dir mal ihre Augen an.«

Wir beobachteten, wie ihre Lider zitterten, während sie sich durch ihre virtuelle Welt bewegte. Zum ersten Mal, seit das alles begonnen hatte, hatte ich das Gefühl, ich könnte ein wenig verschnaufen. Jordans wütende Reaktion hatte mich davon überzeugt, dass ich endlich jemanden auf meiner Seite hatte und offizielle Maßnahmen ergriffen wurden, dass ich mich ein wenig entspannen konnte und für einen Moment nicht mehr ganz so wachsam sein musste. Fabian und ich saßen vor Kiras Bett wie ein glückliches Paar, das sein schlafendes Kind betrachtete.

Nein. Es war einfach zu absurd.

»Ich kann das nicht, Fabe«, sagte ich.

Er blickte mir ins Gesicht und wartete darauf, dass ich fortfuhr, während er sich mit der Schulter in meine Richtung lehnte und sein Knie gegen meinen Körper drückte.

Ich spürte, wie meine Brust zu brennen begann und meine Augen sich mit heißen Tränen füllten. »Ich kann einfach keine Muttergefühle entwickeln. Ich habe nicht das Bedürfnis, sie zu beschützen, ich empfinde bei ihrem Anblick keine Freude.« Scheiß drauf, ich ließ meinen Tränen freien Lauf. »Dieses süße kleine Mädchen. Kira braucht jemanden, der sich um sie kümmert, jemanden, der sie liebt, aber ich kann das nicht. Ich konnte es damals nicht, und ich kann es auch jetzt nicht.« Fabian berührte mit zwei Fingern mein Bein, während sich mein Gesicht verzerrte und meine Schuldgefühle, all die Verletzungen, verdrängten Gefühle und die Trauer über meine jahrelange Achtlosigkeit aus mir hervorbrachen. »Es war so anstrengend mit ihr, als sie noch ein winziges Baby war. Sie hatte so viele Bedürfnisse, und natürlich war ich für sie da. Ich habe sie gestillt und stundenlang auf dem Arm gehalten, während sie schrie und gar nicht mehr aufhören wollte. Ich habe sie gewaschen und ihre Kleidung gewechselt, sie herumgetragen, sie beruhigt und Bäuerchen machen lassen, aber sie hat die ganze Zeit nur geschrien, als würde sie mich hassen. Ich war so angespannt, während ich meinen verdammten Mutterpflichten nachkam. Anstatt Freude zu empfinden, habe ich mich bloß ständig gefragt, ob ich auch alles richtig mache. Ich konnte nicht mal ihr Lächeln erwidern, Fabe.«

Fabian hob die Hand an mein Gesicht, wischte die Tränen fort und strich mir die Haare aus der Stirn.

»Ich wollte nie Kinder haben. Ich wusste, dass ich kein Händchen dafür habe. Das habe ich David auch gesagt – er wusste also von Anfang an Bescheid –, doch er bestand darauf, und ich bin seinem Wunsch nachgekommen. Natürlich. Man sagt, dass jede Frau ein bisschen Angst davor hat, aber dass die Natur schließlich ihren Lauf nimmt. Sobald das Baby da ist, fühlt es sich völlig normal an, und sie entwickelt Mutterinstinkte ... Also habe ich getan, was David wollte, und mich für sein Baby als Brutkasten hergegeben.«

Fabian tätschelte mein Bein und zog mich zu sich heran, und dann schluchzte ich gegen seine Brust. »Du bist kein Brutkasten«, sagte er.

»Nein. Nein, das bin ich nicht«, sagte ich und ließ von ihm ab. Ich wischte mir übers Gesicht und hörte auf zu weinen. »Nachdem Kira zur Welt gekommen war, konnte ich endlich wieder eine Entscheidung treffen ... Aber sieh sie dir nur an. Ist sie nicht wunderbar? Das, was man ihr angetan hat, hat sie nicht verdient.« Ich riss mich zusammen und setzte mich aufrecht hin. »Niemand, keines dieser Kinder hat das verdient.«

»Nein.«

»Dieser verdammte David. Ich habe ihm vertraut. Er hat sich so gut um sie gekümmert. Er war so spontan, so geduldig und liebevoll – alles, was ich nicht war. Er hat mit ihr gelacht, sie an den Zehen gekitzelt, sein Gesicht in ihren Nacken gedrückt und ihren Babygeruch eingeatmet. Wenn die beiden zusammen waren, spürte ich die Liebe zwischen ihnen, aber ich war davon ausgeschlossen. Als er sie mit nach Green Valley nehmen wollte, habe ich ihm und Zeroth geglaubt, dass meine Tochter dort gut aufgehoben ist.«

»*Alle* haben ihnen vertraut. Diese Leute verkaufen Träume,

das ist ihr Job. Alle sind auf sie hereingefallen, auch weniger leichtgläubige Leute.«

Ich schüttelte den Kopf. »Schau sie dir nur an. Wie konnte ich das bloß zulassen?«

»Mein Gott, das ist nicht deine Schuld. Keiner wusste, dass das passieren würde.«

»Ach nein? Wirklich nicht, Fabe? Du hast es gewusst. Und *er* auch!« Ich deutete auf die Tür, hinter der Vidal irgendeinen neuen Plan ausheckte. »Alle anderen haben einfach weggeschaut, denn das war bequemer.«

»Aber er will doch etwas unternehmen, oder?«

»Bloß warum erst jetzt, warum so spät? Du hast keine Ahnung, wie es da drin aussieht, Fabe. *Er* hat es die ganze Zeit gewusst. Trotzdem versucht er erst jetzt, etwas zu unternehmen. Außerdem handelt er nicht uneigennützig. Das weiß ich.«

Fabian seufzte. »Vielleicht. Doch jetzt geht es nur um sie.« Er deutete auf Kira, die ausgestreckt vor uns lag und mit ihren unsichtbaren Dämonen kämpfte. »Heute Nacht geht es nur um Kira. Vidal hat gesagt, dass sie die Kinder langsam entwöhnen. Dass heute Nacht für einige Zeit die Verbindung getrennt wird.«

»Ja.«

»Dann lass uns für sie da sein.«

Ich nahm Fabians Hand und drückte sie fest, vielleicht sogar ein wenig zu fest. Es war eine verlockende Vorstellung, ihm die Verantwortung zu überlassen oder einfach aufzugeben. Dann hätte ich endlich meine Ruhe.

Offensichtlich erriet Fabian meine Gedanken, denn er sagte: »Niemand kann die Welt ganz allein verändern, Luce. Keiner von uns.«

»Ich hätte nicht gedacht, dass ich das mal aus deinem Munde hören würde. Du wirkst immer so ... tatkräftig. Du und deine Kollegen von Omega.«

Sein Mund verzog sich zu einem Lächeln. »Um grundlegend etwas zu verändern, bedarf es unzähliger kleiner Maßnahmen. Untätigkeit führt irgendwann ins Chaos.«

»Und unsere Maßnahme ist es, hier zu sitzen und nichts zu tun, richtig?«, sagte ich.

Er nickte. »Aber wir sind nicht untätig. Im Gegenteil, gerade tut sich eine ganze Menge.«

»Was meinst du damit?«

»David hat einen Fehler gemacht, als er in meine Wohnung eingebrochen ist«, sagte Fabian leise, mit einem eisigen, unversöhnlichen Unterton in der Stimme, den ich von ihm gar nicht kannte. »Jetzt gibt es Beweise dafür, dass jemand aus Green Valley ein Verbrechen begangen hat. Egus hat sich immer am Rande der Vereinbarungen bewegt, die wir unklugerweise mit Zeroth getroffen haben, aber diesmal hat er eine Grenze überschritten.«

Das hätte mich eigentlich nicht überraschen dürfen. »Damit hast du also endlich einen Vorwand, um dir Zugang zu Green Valley zu verschaffen und Zeroth ein für alle Mal dichtzumachen.«

Fabian erriet meine Gedanken. »Er tut dir leid, oder? Trotz allem, was er getan hat?« Er deutete mit der Hand auf die Türen im Flur, hinter denen die kleinen Körper der kranken Kinder auf ihren dreckigen Matratzen lagen. »Ungeachtet dessen, was er euren Kindern angetan hat?« Er schüttelte den Kopf und stöhnte resigniert auf.

Er hatte recht. Ungeachtet dessen, was ich gesehen hatte, stellte ich mir Jamie Egus als verrückten, traurigen, entmachteten König vor, der sich an die Überreste seines Ruhms klammerte, bis man ihn schließlich tötete. In seinem verwunschenen, eingestürzten Turm hatte er der geballten Macht der Regierungsbehörden und Omegas Führungsriege aus Wirtschaft und Gesellschaft nichts mehr entgegenzusetzen.

Fabians Gesicht lief rot an, als ich ihm nicht widersprach. »Du hast Mitleid mit einem Mann, der sich Zugang zum Privateben der halben Menschheit verschafft hat, der ihre Daten gesammelt, daraus Profit geschlagen und sie an den Meistbietenden verscherbelt hat, ohne dass man ihn dafür rechtlich belangen konnte? Er hätte erst damit aufgehört, wenn er sämtliche Bewohner dieses Planeten unter seiner Kontrolle gehabt hätte!«

Ich grinste spöttisch. »Komm schon, Fabian. Du weißt, dass das nicht stimmt. Egus ist das nicht alleine gewesen.«

»Aber er war maßgeblich daran beteiligt.«

»Dahinter steckte ein ganzes Gesellschaftssystem. Und das hat sich verändert. Aber ist das neue System besser?«

»Ja«, sagte Fabian, und in seinen Augen blitzte jener leidenschaftliche Eifer auf, den er sich sonst für seine Reden aufsparte, derselbe fiebrige Eifer, den David auch bei seinen Produktpräsentationen versprühte. Es war widerlich. »Ja, es ist sehr viel besser.« Woher kam bloß meine Vorliebe für Fanatiker? Ich dachte an Berna Danielewski. Mit ihr wäre ich jetzt gerne einen Kaffee trinken gegangen: mit jemandem, der nicht an seine eigenen Lügen glaubte.

Ich schüttelte den Kopf. »Ich habe keine Ahnung, warum ich ihn verteidige. Natürlich bin ich froh, dass sich jemand der Sache annimmt und diese Kinder beschützt. Schließlich habe ich die Leute angefleht, sich darum zu kümmern. Aber es ist nicht alles so einfach, wie ihr glaubt.«

»Wer?«, fragte Fabian.

»Ihr alle.«

Vidal, der auf einem schmalen Tisch draußen im Flur mehrere Schüsseln abstellte, spähte zu uns herüber, und als Fabian bemerkte, dass er in meine Richtung schaute, rückte er näher an mich heran. Ich war zu erschöpft, um ihn fortzuschieben.

Uns beiden waren die Argumente ausgegangen, und ich betrachtete meine süchtige Tochter, die in ihren Opiumträumen gefangen dalag, während mich die Stille im Gebäude langsam einlullte.

Meine Lider wurden immer schwerer, aber jedes Mal, wenn mir die Augen zufielen, sah ich vor mir den Schafbock, dessen Fell in rauen, blutverschmierten Strähnen an seinem Körper herabhing. Dennoch döste ich mehrmals ein und schreckte wieder hoch. Irgendwann legte Fabian, der offenbar hellwach war, seine Hand an meine Wange und zog mich zu sich heran. Ich lehnte den Kopf gegen seine Schulter und hatte wohl eine Minute tief geschlafen, als ich von einer plötzlichen Veränderung in der Luft geweckt wurde. Rainbow hatte das nachgebaute I abgeschaltet, und ich spürte, wie die geräuschlose Vibration des Signals allmählich verebbte.

Kira wälzte sich hin und her und stemmte sich schließlich nach oben, die Augen auf die körnige Dunkelheit einige Meter vor sich gerichtet. Sie versuchte offenbar, sich zu orientieren. Von allen Seiten stürzte die Wirklichkeit auf sie ein – der Geruch von Kartoffelbrei, den Rainbow im Flur in die Schalen füllte, das Piksen der Matratze, das Kratzen der Armeedecke und das Husten, Schluchzen und Stöhnen der anderen Kinder aus den anderen Zimmern. Mit einer mechanischen Bewegung drehte sie sich zu uns um und versuchte mit ausdruckslosem Gesicht, ihre Eindrücke zu verarbeiten. Ich konnte sehen, wie sie sich anstrengte, im I ein Bild von uns aufzurufen. Als ihr das nicht gelang, verfinsterte sich ihr Gesicht. Doch dann lächelte sie. Offensichtlich hatte sie gelernt, dass ihr nichts passierte, wenn sie freundlich zu den Menschen war. Ihre Mimik wirkte aufgesetzt, und ich begriff, dass sie auf diese Weise mit dem I kommuniziert und ihren Avatar kontrolliert hatte. Ihr Lächeln erinnerte an das übertriebene Grinsen eines Pantomimen auf einer Theaterbühne, aber im trüben Licht dieses kleinen Zimmers, vor diesem winzigen Publikum, wirkte es nur peinlich.

»Hallo, Kira. Alles in Ordnung«, sagte ich mit leiser, besänftigender Stimme, als würde ich mit einem verängstigten Tier reden. Langsam streckte ich die Hand aus und beobachtete ihre Reaktion.

Sie wollte etwas sagen, brachte aber nur ein klägliches Röcheln hervor. Sie schluckte und versuchte es erneut. »Wo bin ich?«, krächzte sie mit ihrer heiseren, verkümmerten Stimme.

Ich warf Fabian einen Hilfe suchenden Blick zu, als könnte er uns sagen, wo wir hier waren, aber er starrte sie nur mit offenem Mund an und runzelte angewidert die Stirn.

In diesem Moment trat Sofie durch die Tür und rettete mich aus der Situation. »Morgen, Schätzchen«, sagte sie. »Hier ist was zu essen. Brauchst du Hilfe?« Ohne eine Antwort abzuwarten, kniete sie sich auf die Matratze und begann, Kira zu füttern. Sie kaute kaum und ließ ihre weit aufgerissenen Augen durch den Raum wandern, als hätte sie in einem Videospiel ein neues Level erreicht und versuchte herauszufinden, was ihre Aufgabe war.

»Sie macht das wirklich gut«, sagte Sofie zu uns. »Sie leistet keinen Widerstand, wenn sie zu sich kommt. Sie hören ja, wie die anderen Kinder reagieren.« Aus den anderen Zimmern entlang des Flurs konnte ich das Würgen, Weinen und Stöhnen der Kinder hören, während Rainbow und Vidal von einem Raum in den nächsten eilten, um diejenigen zu beruhigen, denen es besonders schlecht ging.

Kira aß brav ihren Brei auf, und Sofie wischte ihr mit einem Waschlappen den Mund ab. Die Prozedur wirkte wie eine bizarre, müde Parodie, als wäre Sofie eine Mutter, die ihr Baby fütterte. Während Fabian die beiden anstarrte, hielt er die ganze Zeit mein Knie umklammert. Er drückte immer fester zu und knirschte mit den Zähnen. Ich ließ meinen Blick von Kira zu Fabian wandern, dessen tiefe Abneigung gegen Zeroth sich in ein irrationales Gefühl des Abscheus verwandelt hatte. Schließlich ließ er mich los und stand abrupt auf. »Wir nehmen sie mit«, sagte er, und als weder Sofie noch ich darauf etwas erwiderten, trat er zu Kira und griff brüsk nach ihrer Hand. »Wie nehmen dich mit nach Hause.«

Als ich sah, wie Fabian meine Tochter berührte – wozu ich selbst kaum in der Lage gewesen war –, konnte ich mich nicht länger beherrschen. »Was? Fabian, nicht«, sagte ich leise, weil ich fürchtete, Kira würde in Panik geraten, wenn er ihre Hand festhielt, oder seine laute Stimme könnte sie in ihrem labilen Geisteszustand verstören. Aber das passierte nicht; stattdessen stand sie auf und ließ ihre lebhaften Augen, fast wie ein ganz normales Mädchen, zwischen uns beiden hin und her wandern.

»Wir bringen dich hier raus, Kira.« Fabian schlug jetzt einen ganz anderen Tonfall an, so sanft, dass ich mich schämte. »Wir bringen dich in ein richtiges Zuhause. Du gehörst nicht hierher.« Er wandte sich in meine Richtung. »Wir dürfen nicht zulassen, dass man ihr so etwas antut. Dass man sie hier weiter misshandelt.«

»Aber wir können sie nicht transportieren«, sagte ich verzweifelt. »Sie braucht das I. Wenn wir sie mitnehmen, wird sie krank. Sie muss hierbleiben.« Vidal trat in den Türrahmen und schaute erst zu uns und dann zu Sofie, die immer noch auf dem Bett hockte. Beide betrachteten Kira fasziniert, als wäre sie ein Versuchskaninchen. Hatten sie an den toten Kindern nur deshalb die Entzugserscheinungen beobachtet, um zu sehen, wie belastbar sie waren und was mit ihnen passierte? Ich musste an das Mädchen mit den vorstehenden Hüftknochen in Mayas Leichenfach denken und an die Sammelkarten in der mehlbestäubten Tasche des kleinen Jungen. »Sie muss hierbleiben«, wiederholte ich. *Sonst könnte sie sterben.* Aber diesen Satz brachte ich nicht über die Lippen.

»Die Verbindung wurde getrennt, oder? Es geht ihr gut. Das hat sie doch gesagt.« Fabian deutete auf Sofie.

»Vidal«, flehte ich. »Sagen Sie ihm, was Sie mir gesagt haben.«

Vidal ließ seinen Blick zwischen seinen ungebetenen Gästen und seiner Tochter, die mit einer leeren Schüssel und einem dreckigen Löffel auf einer schmuddeligen Matratze hockte, hin und her wandern. Im Nachbarzimmer ertönte ein Schrei, gefolgt von einem herzzerreißenden Schluchzen. »Ich habe keine Ahnung, was passieren wird, aber ich kann euch nicht aufhalten. Dafür habe ich keine Zeit. Sofe, wir müssen uns um die anderen kümmern.«

»Was willst *du* denn, Kira?«, fragte Fabian, der immer noch ihre Hand hielt.

»Hör auf, bitte«, sagte ich. Kira bekam es jetzt mit der Angst, ihre Augen weiteten sich und füllten sich mit Tränen.

Sie begriff nicht, was gerade mit ihr geschah. Man hatte sie ihrer Familie entrissen und von ihrer Realität abgekoppelt, und jetzt sah sie sich einem streitenden Paar gegenüber.

»Gefällt es dir hier?«, bohrte Fabian nach.

»Nein«, antworte Kira und schüttelte den Kopf. Aus einem Auge rann eine Träne über ihre Wange.

»Dann ist die Sache klar.« Fabian erhob sich und zerrte Kira vom Bett und hinaus in den Flur. »Lassen Sie uns raus, Barrett.«

Während Rainbow an uns vorbei in ein Zimmer eilte, aus dem jämmerliche Schreie drangen, sagte Vidal, ohne sich umzudrehen: »Lass sie raus, Sofie. Und vergiss nicht, wieder abzuschließen, okay?« Doch dann packte ihn offensichtlich sein schlechtes Gewissen, denn er drehte sich noch einmal um und ging in die Hocke, um Kira direkt in die Augen zu blicken. »Ich bin froh, dass du jemanden gefunden hast, der sich um dich kümmert.« Er streckte die Hand aus und strich ihr behutsam das Haar glatt. »Alles wird gut.«

Wir folgten Sofie das dunkle Treppenhaus hinunter, während Fabian immer noch Kiras Hand umklammerte. Sie schaute sich, immer noch gefangen in ihrem düsteren Traum, benommen um. Sofie schloss das Tor am Treppenabsatz auf, und wir liefen nach unten. Ja, wir waren auf dem Weg nach Hause, wir drei, wie eine richtige kleine Familie, und für einen Moment schien es, als könnte diese Illusion Wirklichkeit werden.

Als wir uns der türkisfarbenen Stahltür näherten, legte ich Kira zur Ermunterung sanft die Hand auf den Rücken. Doch ihr Körper erstarrte. Zunächst glaubte ich, dass meine Tochter, die ich verstoßen hatte, meine Berührung zurückwies, aber im nächsten Moment begann sie zu zucken und verkrampfte, während sie wie eine Marionette hin- und hergerissen wurde.

»Irgendwas passiert mit ihr«, sagte ich. »Irgendwas stimmt nicht.« Leise wimmernd und mit verdrehten Augen umklammerte Kira Fabians Hand. Ihr ganzer Körper bebte.

Ich griff nach ihr, und für einen Sekundenbruchteil sah ich, was sie sah. Eigentlich konnte ich das schwarze Loch, das er in den Raum riss, mehr spüren als sehen. Er zeichnete sich nur schemenhaft ab, während er eine verschmierte, undeutliche Rußspur hinterließ und sich nach uns ausstreckte, an uns vorbei, durch die Gitterstäbe des Tors. Seine Ranken schlängelten sich an Fabian und mir vorbei, durch uns hindurch, und verwandelten sich in eine Schlange mit vielen Köpfen, die auf die Zimmer mit den Kindern zukroch.

Dann war er plötzlich verschwunden, und ich sah nur noch ein negatives Nachbild. Kira sank auf die Treppe und rieb sich die Augen, um den Anblick zu vertreiben. Ich ließ mich neben sie fallen, als am oberen Treppenabsatz ein Telefon klingelte. Fabian lief zum Apparat hinauf. Ich legte meinen Arm um Kiras schmale Schultern, zog sie zu mir heran, und sie ließ es geschehen. Ihr zarter, von Leben erfüllter Körper zitterte vor Angst.

Vidal hatte den Anruf inzwischen entgegengenommen, und es war Gemurmel zu hören und kurz darauf Fabians Stimme. »Hallo? ... Ja. Gut.«

Kurz darauf kam Fabian wieder herunter und blieb hinter uns auf der Treppe stehen.

»Wir haben ihn«, sagte er.

VIII

32

Wir waren zeitig zum Gerüst gefahren, um einen Platz direkt am Geländer zu ergattern. In den letzten paar Tagen war die Zuschauermenge so stark angewachsen, dass man um neun oder zehn Uhr morgens vor der Treppe anstehen und sich an den anderen Leuten vorbeidrängeln musste, um etwas zu sehen. Drei Monate nach Egus' und Davids Verhaftung konnten wir den Abriss von Green Valley nicht mehr ungestört verfolgen und die Stadtväter diesen Erfolg nicht mehr allein für sich verbuchen. Inzwischen drängten sich hier Touristen aus aller Welt. Der Stadtrat von Stanton stellte Ticketautomaten auf und errichtete eilig zwei weitere, kostenpflichtige Gerüste, bevor man die Mauer und Green Valley vollständig dem Erdboden gleichmachte und es nichts mehr zu bestaunen gab.

Eigentlich hatte man nicht vorgehabt, den Abriss der Mauer in ein öffentliches Spektakel zu verwandeln – im Gegenteil, in den ersten paar Tagen nach den Verhaftungen schreckte man davor zurück, die Existenz der Mauer überhaupt zuzugeben. Die Stadt hatte riesige Absperrungen aus Sperrholz errichtet, um die Abrissarbeiten abzuschirmen. Aber die Einwohner hatten Löcher in die Absperrung gebohrt und durch die Ritzen gespäht, um einen Blick auf das untergegangene, ehemals unsichtbare Königreich zu erhaschen, das hinter den grauen Schuttbergen zum Vorschein kam. Auf die Schar verwahrloster Überlebender, die in einem Zeltlager der Armee auf der Rasenfläche vor dem Büro behandelt wurden. Schließlich war die Holzabsperrung in sich zusammengefallen und umgekippt.

Aber heute, an diesem Frühsommermorgen, war ich mit Kira allein, während die Sonne, die im Staub rot schimmerte, die lichter werdende Wolkendecke am Horizont durchbrach. Ich zog Kira ihre Mütze tiefer ins Gesicht und vergewisserte mich, dass ihre Sonnenbrille die Augen vollständig bedeckte.

»Alles in Ordnung, Lucie«, stöhnte sie, riss sich von mir los und drehte das Gesicht wie eine Sonnenblume ins Licht. Ich ließ Kira in Ruhe, beobachtete stumm, wie sie die Sonnenstrahlen genoss, während sie für einen Moment zufrieden und unbeschwert dastand. Bei ihrem Anblick wurde ich von stillem Stolz erfüllt.

Kira zupfte vorsichtig an den Fingern ihrer Handschuhe und schaute zu mir hoch, um zu sehen, ob ich sie daran hindern würde. Stattdessen half ich ihr, sie auszuziehen, und verstaute sie in meiner Tasche. »Crem dich mit der Lotion ein, okay?« Kira lächelte, hielt die Hände in die Höhe und drehte sie hin und her, sodass sie in den Sonnenstrahlen wie Toastbrotscheiben rot leuchteten. »Nur ein paar Minuten.« Ich hatte schnell herausgefunden, dass es in den Jahren meiner Abwesenheit bei der Kindererziehung hauptsächlich darum gegangen war, Regeln aufzustellen und für deren Einhaltung zu sorgen.

Dröhnend und klirrend setzten sich die Maschinen in Gang, erhoben ihre hydraulischen Fäuste und droschen auf den nächsten Abschnitt der Betonmauer ein, bis er einstürzte und einzelne Brocken über den Boden kullerten; der Betonstahl verdrehte sich und kreischte auf, als er schließlich seinen Widerstand aufgab. Im Laufe der Wochen hatten wir dabei zugesehen, wie das Loch im Dach immer größer wurde und die Mauer in sich zusammenfiel, bis der Großteil von Green Valley unter freiem Himmel lag. Heute Morgen war es keine Enklave mehr, sondern nur noch eine zerstörte Festung.

Inzwischen strömten die Leute auf das Gerüst, drängelten und schubsten einander herum. Fürs Erste hielt ich noch die Stellung. Doch plötzlich drehte der Wind und blies uns eine Ladung vermoderter Erde von der Baustelle ins Gesicht. Also nahm ich Kira an der Hand und führte sie zum letzten Mal nach Green Valley hinunter. Am Tor des Begrenzungszauns waren lediglich zwei Streifenbeamte postiert – im Gegensatz zum ersten Abend, als vor Zeroths Verbindungsbüro dicht gedrängt mehrere Streifenwagen und Zivilfahrzeuge, eine Militäreinheit und eine mobile Einsatzzentrale standen. Über die Betonhülle waren Lichter hinweggezuckt, und der Lärm des plötzlichen Ansturms hallte davon wider, bevor er vom Nebel verschluckt wurde und im Niemandsland vor der Enklave erstarb. Inzwischen bahnte sich der Wind durch die Löcher in der Wand einen neuen Weg.

Ich zeigte der Streifenbeamtin Kiras Sondergenehmigung und meine Vormundschaftsbescheinigung, und sie ließ uns durch. Sie machte ein finsteres Gesicht, als ihr Kollege eine Gruppe neugieriger junger Abriss-Touristen zurückdrängte, die vergeblich versuchten, sich an der Absperrung vorbeizuschleichen und uns zu folgen. Ein paar Wochen zuvor hatte der *Observer* ein Foto von einem Mann veröffentlicht, der sich vor den Zelten erhängt hatte. Die Schlagzeile über den Selbstmord hatte wilde Spekulationen über die Aktivitäten in den Zelten ausgelöst. Jetzt, wo die Überlebenden wieder in die Gesellschaft eingegliedert wurden, gab es immer mehr Zeugenaussagen darüber, wie viele Menschen in Green Valley gestorben waren. Entweder hatten sie sich das Leben genommen oder waren an den Entzugserscheinungen zugrunde gegangen und an Krankheiten gestorben, die als längst ausgerottet galten; manche hatten auch unwiderruflich den Verstand verloren. Es war keine große Überraschung, dass die Überlebenden nicht besonders gesprächig waren, als sie aus ihrer Gefangenschaft in die Sonne wankten. Aber nach und nach kam mit ihnen auch die Wahrheit ans Licht.

»Da durch?«, fragte ich und deutete auf die Tür des Verbindungsbüros.

Die Streifenbeamtin, die ein Auge auf die Schaulustigen an der Absperrung hatte, nickte.

Die Glastür, die früher der einzige öffentliche Zugang zu Green Valley gewesen war, lag auf dem Boden, nachdem das Einsatzkommando sie vor drei Monaten eingeschlagen hatte, und die Türschwelle war mit Staub, Abfällen und Blättern bedeckt.

Kira klammerte sich fester an meine Hand, als wir das spärlich beleuchtete Büro betraten. »Alles in Ordnung?«, fragte ich, worauf sie nickte und mich weiterzog.

Durch den Eingang waren Dreck und Abfälle auf den Teppich geweht worden, und es hatte hereingeregnet, sodass der staubbedeckte Boden mit Matschflecken übersät war. Aber im hinteren Bereich war der Raum fast noch in demselben Zustand wie bei meinem ersten Besuch. Das ausgebleichte blaugrüne Sofa, die folkloristischen Tücher und kitschigen Dekorationsgegenstände, der schmucke Empfangstresen und Ginas altmodischer Computermonitor waren alle noch an ihrem Platz. Allerdings hatten die Polizei und die Forensiker bei ihren Ermittlungen hier ebenfalls ihre Spuren hinterlassen; abgesehen von der zertrümmerten Eingangstür und einem kaputten Stuhl klebten auf jedem Beweisstück, das nummeriert, fotografiert und erfasst worden war, kleine bunte Punkte: auf den Akten und Büchern, den Teebechern, Gemälden und Wandteppichen und auf den Spritzern am Boden.

Damals war das wichtig gewesen. Doch nun hatten die Polizei und die Forensiker ihre Arbeit in Green Valley erledigt, und man würde die Enklave in Kürze dichtmachen, versteigern, abreißen, sanieren oder dem Erdboden gleichmachen – was auch immer der Käufer damit vorhatte. Ich war wie Fabian und Kiras Therapeutin der Meinung, dass es ihr vielleicht helfen würde, wenn sie Green Valley ein letztes Mal aufsuchte, um mit diesem Kapitel ihres Lebens abzuschließen.

Zuvor hatte ich mich allerdings erkundigt, ob sich ein Kind dort gefahrlos aufhalten könne, und man hatte mir versichert, dass keine Gefahr bestehe. Seit man das Dach aufgerissen hatte, war die Zahl der Krankheitserreger in der Luft auf ein akzeptables Maß zurückgegangen. Bevor die Forensiker die zweite Phase ihrer Arbeit begannen, wurde die Enklave mit Fungiziden und Pestiziden vollgepumpt; sämtliche sterblichen Überreste von Tieren und Menschen waren fachgerecht beseitigt worden.

Aber wie sieht es da drin aus?, hatte ich nachgehakt. Würden Sie mit Ihrem Kind dort reingehen? Darauf hatte mich die Person am Telefon mit einem langen, verächtlichen Schweigen bedacht, bevor sie schließlich sagte: »Andere Überlebende wären dankbar, wenn sie die Gelegenheit dazu hätten.«

Dennoch war ich mir jetzt nicht mehr so sicher, ob ich das

Richtige tat. Mussten wir nicht alle versuchen, Green Valley wie einen bösen Traum zu vergessen, und den Blick nach vorne richten? Ich wusste zwar, dass man den Bereich gesäubert und planiert hatte, aber nun schien ich mich nicht dazu durchringen zu können, weiterzugehen. Als ich den Blick zu Boden richtete, sah ich, dass ich mit meinen Füßen unschlüssig auf einem braunen Fleck im Teppich verharrte.

»Lucie?«, sagte Kira und zog an meinem Ärmel. »Da ist ein großer Mann.«

Mein Herz hämmerte gegen meinen Brustkorb und wäre beinahe herausgehüpft. Doch als ich den Kopf hob, sah ich, dass vor uns die Person stand, mit der wir hier verabredet waren.

»Hi, Jordan«, sagte ich erleichtert. »Danke, dass du gekommen bist.«

Er trat aus dem Umkleideraum hinter dem Büro und gab uns ein Zeichen, ihm zu folgen. »Man hat in der Lagerhalle alle persönlichen Gegenstände eingesammelt, und ich habe hier die Sachen einiger Kinder zusammengetragen. Die Sachen, die noch ... in einem halbwegs guten Zustand waren. Ich weiß nicht, ob etwas von ihr dabei ist oder etwas, das ihr gefällt, oder ob sie ...« Er verstummte, als er merkte, dass Kira direkt zu ihm hochschaute und dem Gespräch lauschte, das er über ihren Kopf hinweg mit mir führte. Also richtete er das Wort direkt an sie: »Willst du dir die Spielsachen mal anschauen?«

»Ja«, rief sie aufgeregt und imitierte überzeugend den Tonfall eines mutigen, gesunden kleinen Mädchens. Aber als Jordan auf die Plastikwannen mit den gereinigten und sterilisierten Spielsachen im Umkleideraum zeigte, zögerte sie und drückte meine Hand. Der Raum war lediglich in das trübe

Licht der Nachtbeleuchtung getaucht, und der Schalter war defekt.

»Können wir mehr Licht machen?«, fragte ich Jordan.

»Ich schau mal nach.« Jordan trat in den Empfangsbereich und ging hinter dem Tresen in die Hocke. Dort fand er den Verteiler, und bald darauf erstrahlte der Raum im Schein der Neonröhren bis in den letzten Winkel in einem klinischen, hellen Licht.

»Besser?«, fragte ich Kira. Sie nickte, und ich ging mit ihr zu den Behältern, in denen die armseligen Habseligkeiten aus dem bruchstückhaften Leben so vieler Kinder lagen. Das Gefühl ihrer kleinen warmen Finger in meiner Hand half mir, meine eigenen Ängste zu vertreiben. Sie lächelte und setzte sich auf die Bank – die Bank, auf der Gina Orban in meinen Körper eingedrungen war. Dann beugte sie sich über die Spielsachen und begann, als könnte sie von etwas gebissen werden, vorsichtig darin herumzuwühlen. Ich fuhr ihr mit der Hand durchs Haar. »Ich bleib dort an der Tür, okay? Und rede mit Jordan. Ich bin sofort bei dir, wenn du mich brauchst.« Sie nickte. Aber sie interessierte sich jetzt mehr für einen Plüschleoparden als für mich. Ich trat zu Jordan und lehnte mich ihm gegenüber in den Türrahmen, sodass ich mich gleichzeitig mit ihm unterhalten und Kira aus dem Augenwinkel beobachten konnte.

»Wie geht es ihr?«, fragte Jordan.

»Gut«, sagte ich. Das war die Kurzfassung.

Die letzten drei Monate waren mir gleichzeitig wie drei Jahre und drei Sekunden vorgekommen. In der Nacht, in der der Schafbock gestorben war – ich stellte ihn mir immer noch als eigenständiges Wesen vor und nicht als die Projektion desjenigen, der ihn geschickt hatte –, hatten Fabian und ich

Kira in ein Taxi verfrachtet und waren direkt mit ihr nach Hause gefahren.

Ja, in jener Nacht war die Wohnung zu meinem Zuhause geworden.

Doch zwei Blocks von Vidals Büro entfernt wurde uns klar, dass wir einen Fehler gemacht hatten. Kira fing an, sich vor Schmerzen zu krümmen und zu würgen. Ihr Körper war so verkrampft, dass sie sich nicht einmal übergeben konnte. Zwischen ihren zusammengepressten Zähnen rann ein schmaler Faden schaumiger Gallenflüssigkeit hervor. Der Fahrer trat auf die Bremse und drehte sich zu uns um. »Weiterfahren!«, brüllte Fabian. Es war, als würde das I Kira an ihren Eingeweiden in seinen Wirkungsbereich zurückzerren. Nachdem wir schließlich die unsichtbare Grenze überquert hatten, bis zu der das Signal aus Green Valley reichte, sackte Kira in sich zusammen und entspannte sich. Endlich war sie frei, und wir dachten, sie hätte es überstanden. Wir brachten sie zum Aufzug – sie konnte sich tatsächlich aus eigener Kraft auf den Beinen halten und musste nicht getragen werden –, und wir dachten, sie hätte es überstanden. Wir setzten sie in die Badewanne und schrubbten den jahrealten Schmutz von ihrem Körper, trockneten sie ab und legten sie in unser Bett, wo sie, eingehüllt in eine warme Decke, duftend und friedlich dalag, und wir dachten, sie hätte es überstanden.

Aber in der Nacht wurde Kira von Träumen heimgesucht. Sie kämpfte dagegen an und schrie, als würde man sie foltern. Damit sie überlebte, brachten wir sie schließlich zurück zu Vidal, zurück in den Schmutz und den Schimmel.

Es dauerte drei weitere schmerzvolle Wochen, sie von dem I zu entwöhnen. Vidal und Sofie suchten hin und wieder das Versteck auf, aber nur Rainbow blieb die ganze Zeit dort. Sie umsorgte die Kinder und redete ihnen gut zu, während sie ihren Entzug durchmachten. Wir hielten uns strikt an Rainbows Zeitplan, trennten Kira für immer längere Phasen vom Netzwerk und unternahmen mit ihr immer ausgedehntere Spaziergänge durch das Viertel, damit sie sich an ihre neue Umgebung gewöhnte. Nach und nach stellten wir ihre Ernährung um, doch ihr Körper setzte sich gegen jeden Bissen zur Wehr – bis er die Nahrung schließlich annahm. In dieser Zeit starben drei weitere Kinder. Diesmal wurden ihre Leichen nicht einfach irgendwo abgeladen, sondern von den zuständigen Stellen zu Maya in die Pathologie gebracht, die sie dort untersuchte, um den anderen Überlebenden zu helfen. Sie leitete ihre Ergebnisse an die Sozialarbeiter, Psychologen und Ärzte weiter, die sich um die Leute aus Green Valley kümmerten. Außer Kira überlebten fünf weitere Kinder, die Vidal gerettet hatte. Allerdings war der Heilungsprozess noch nicht abgeschlossen. Ich hoffte, dass Mayas Untersuchungsergebnisse und das, was die Behörden dank Kira und Dutzender anderer befreiter Kinder aus Green Valley in Erfahrung brachten, dazu beitragen würden, wieder Ordnung in ihr verkorkstes Leben zu bringen.

»Ja, es geht ihr gut.« Ich betrachtete meine Tochter, die leise vor sich hin summte, während sie eine Plastiktomate und den Leoparden miteinander Walzer tanzen ließ. »Sie schlägt sich wirklich wacker.«

Als hätte Kira im Rücken meinen Blick gespürt, hörte sie auf zu spielen und sah zu mir herüber. »Ich mag den Tiger«, sagte sie. »Er kann zwar nicht sprechen, aber ich stelle mir vor, wie er etwas singt.«

»Er ist wirklich hübsch«, sagte ich. Ich musste mich immer noch dazu zwingen, den falschen Vorstellungen, die Kira in

Green Valley aufgeschnappt hatte, nicht ständig zu widersprechen. Ich wollte den Schaden, den man ihr zugefügt hatte, unbedingt wiedergutmachen und den ganzen verdammten Code durch Tatsachen aus dem echten Leben und normale Erziehungsmethoden ersetzen, wie ich das längst hätte tun sollen. Doch ich wusste, dass dies ein langwieriger, mühsamer Prozess war. Mein stures Beharren auf Fakten und dem, was ich für die Wahrheit hielt – mein kompromissloses Bedürfnis, sie umzuerziehen –, musste einfach zurückstehen. Es kam jetzt allein darauf an, dass Kira glücklich war und ein neues Selbstvertrauen entwickelte.

»Es gibt immer noch keine Spur von ihm«, sagte Jordan. »Trotz der größten Suchaktion in der Geschichte der Abteilung.«

Nachdem Kira ihren Entzug erfolgreich beendet und anschließend eine Woche in unserer Wohnung verbracht hatte, suchte ich Vidals Büro auf, um nach den anderen Kindern zu schauen und Rainbow und Sofie als Dankeschön ein Geschenk zu überreichen. Obwohl ich vor Kurzem selbst noch eine junge Frau gewesen war, hatte ich keine Ahnung, was den beiden gefallen könnte. Da sie die Verantwortung für das Überleben dieser Kinder trugen, hatten sie vorzeitig erwachsen werden müssen; sie schienen kaum zu schlafen oder sich eine Verschnaufpause zu gönnen. Schließlich entschied ich mich für ein halbes Dutzend Bücher zu verschiedenen Themen, die sie vielleicht interessierten. Es war eine alberne Geste, und ich war ein wenig verlegen, als wäre *ich* das kleine Mädchen, das die Aufmerksamkeit und das Wohlwollen dieser viel beschäftigten Erwachsenen gewinnen und diese mutigen, idealistischen Frauen beeindrucken wollte. Aber noch ehe ich über die Schwelle von Barrett & Sanders trat, spürte ich, dass das Gebäude leer war. Diesmal war es nicht nötig gewesen, irgendwelche Überwachungsaufnahmen zu loopen oder ein Täuschungsmanöver zu inszenieren; sie waren einfach verschwunden.

Obwohl die Eingangstür nicht abgeschlossen war, hatte jemand die Glasscheibe eingeschlagen. Das Loch war mit braunem Papier überklebt worden, das man gegen den Nebel eingewachst hatte, und es flatterte und raschelte im Wind. Sämtliche Einrichtungsgegenstände – selbst die verzierte Vase mit den Zweigen – waren weg. Nur das Schild hinter dem Tresen hing noch da. Es war mit fettigen Fingerabdrücken übersät, weil offensichtlich jemand versucht hatte, es ohne Werkzeug zu entfernen. Vidals Logo, der gelbe Hahn, war auf dem Müllhaufen seiner Vergangenheit gelandet. Ob er wohl immer noch an seinem alten Leben hing? Oder hatte er sich inzwischen erfolgreich davon verabschiedet? Vermutlich musste man nur weit genug davonlaufen, um seine Vergangenheit hinter sich zu lassen.

»Ich wette, du hättest jetzt gern eine Überwachungsausrüstung, nicht wahr?«, hänselte ich Jordan.

Zu meiner Überraschung seufzte er. »Ja, das hätte ich wirklich gerne.« Seine Resignation war wie das Eingeständnis einer Niederlage, und das machte mich traurig. Dennoch erzählte ich ihm nicht von Misty Vale und Roger Basson. »Ich weiß nicht, ob wir ihn nach all der Zeit noch finden, den anderen –« Er verstummte, als Kira über den Boden rutschte und nach einem weiteren Spielzeug griff.

Ich vermutete, dass Sentinel inzwischen von der Farm wusste. Meine Abteilung hatte mir unbegrenzten Urlaub gewährt, solange ich mich um Kira kümmerte, und so plötzlich, wie die Mitarbeiter von Sentinel in Aktion getreten waren, hatten sie sich auch wieder in ihr verschwiegenes Reich hinter der Tür zurückgezogen. Darum hatte ich keine Ahnung, wie viel sie tatsächlich wussten. Doch ich nahm an, dass sie aufgrund ihrer Befugnisse über alle nötigen Informationen verfügten. Sie würden bald von der Farm erfahren, falls das nicht schon geschehen war. Aber sie mussten diesen Hinweis nicht von mir bekommen. Denn im Grunde wollte ich nicht, dass Vidal gefasst wurde. Sofie, Rainbow und die fünf Kinder waren bei ihm besser aufgehoben. Auf diese Weise fielen sie wenigstens nicht einem brutalen Polizeieinsatz zum Opfer, dessen Folgen irgendwelche überlasteten Sozialarbeiter dann wieder ausbügeln mussten. Ich dachte daran, wie Sofie auf dem staubigen Farmgelände mit Bassons Hund gespielt hatte, und wusste, wie ich mir Kiras Zukunft vorstellte. Sollte sie sich eines Tages nach einem sicheren, friedlichen Ort sehnen, würde ich nicht zulassen, dass ein übereifriger Beamter ihr Leben aufs Neue durcheinanderbrachte. Kiras Wohlergehen war jetzt das Einzige, was für mich zählte

Jordan holte aus der Innentasche seiner Jacke eine zerknitterte Zigarettenpackung und sein Feuerzeug hervor und steckte sich eine an. Er nahm einen tiefen Zug und blies den Rauch aus. Merkwürdig, selbst nach allem, was passiert war, kam mir das in diesem Büro – diesem Rückzugsort, in dem Gina Orban ihre Smoothies geschlürft hatte – respektlos und unangebracht vor. Mit einem süffisanten Grinsen stieß Jordan eine weitere Rauchwolke aus.

»Bei der Suche nach Gina Orban könnten wir schon ein wenig Unterstützung von den Schnüfflern aus deiner Abteilung gebrauchen«, erklärte Jordan und schnippte seine Zigarette Richtung Empfangstresen. »Wir würden sie wirklich gern befragen, um ein paar Dinge zu klären.« In der Nacht, als die Razzia stattfand, hatte Gina Orban sich aus dem Staub gemacht. Eine beachtliche Leistung, wenn man bedachte, dass das Verbindungsbüro von Polizeibeamten und Sentinel-Agenten nur so wimmelte. Eine kleine Tasche hatte ihr gereicht, um mit sämtlichen Dateien von Zeroth in die Dunkelheit zu entkommen. Die Nachforschungen der Polizei hatten zwar Tagebucheinträge und jede Menge Protokolle zutage gefördert, aber einen Großteil der Informationen hatte Gina gelöscht, bevor die Beamten Zugriff auf ihren Computer und ihre Dateien bekamen.

Ich hatte erlebt, wie man Jamie Egus am Tag nach seiner Festnahme dem Haftrichter vorführte, aber von ihm gab es auch keine Antworten. Man hatte Egus im Gefängnis zusammengeschlagen und ihm in einem brutalen Akt der Demütigung Haare und Bart abgeschnitten, sodass sein Schädel mit roten Striemen und Wunden übersät war. Dennoch war er immer noch diese überlebensgroße Figur. Neben ihm wirkte der Richter wie ein Inquisitor, der einen mächtigen Hexenmeister verhörte. Am Ende der Sitzung fragte der Richter schließlich: »Ist es Ihnen je gelungen, einen elektronischen Avatar in physischer Form erscheinen zu lassen?«

Egus setzte sich auf und stieß sein arrogantes, verächtliches Lachen hervor. »Sie meinen eine Materialisation? Glauben Sie etwa, ich wäre hier, wenn ich dazu in der Lage wäre?« Er betrachtete seine gefesselten Hände und schloss die Augen. Am meisten beunruhigte mich, dass er die Frage ernst genommen hatte.

Als man David später bei seiner Anhörung dieselbe Frage stellte, verweigerte er die Aussage. Er schien den Blick in eine ferne Zukunft zu richten; vielleicht stellte er sich vor, wie er den Besuchern einer Rüstungsmesse eine Armee elektronischer Arbeitssklaven anpries, als gingen ihn all unsere kleinlichen moralischen Bedenken überhaupt nichts an.

»Ich könnte mit Barbra und Schindler reden, wenn ich wieder anfange zu arbeiten«, sagte ich. Aber entweder wussten sie bereits, wo Gina sich aufhielt, oder sie würden es nie erfahren. Ersteres war sehr viel wahrscheinlicher.

»Barbra wer?«, fragte Jordan. »Schindler wer? Sie existieren nicht und haben nie existiert.«

Ich lächelte. »Jetzt hast du's kapiert. Ich weiß, dass du mit ihnen zusammengearbeitet hast.«

Er schüttelte den Kopf. »Das war alles nur ein Traum.«

Inzwischen hatte Kira das Interesse an den Spielsachen verloren und stand wieder auf. Ihre zerbrechlichen Knochen knackten, als sie die Arme über den Kopf hob. »Können wir jetzt Mum und Dad besuchen?«

»Ach, Schätzchen«, sagte ich. »Weißt du nicht mehr, was wir besprochen haben? Wir werden zu ihrem Haus gehen, damit du es ein letztes Mal sehen kannst. Aber David und Eloise werden nicht dort sein.«

Der Ausdruck wich aus Kiras Augen, als sie von ihrer Enttäuschung überwältigt wurde. Aber dann versuchte sie, ihre Gefühle zu kontrollieren, und ihre Augen wurden erneut von Leben erfüllt. Es war, als würde das I immer noch ihre Gemütslage steuern. Doch ich wusste, dass das nicht der Fall war. Sie war absolut sauber, und ihre Stimmungen wurden jetzt von einer ganz und gar menschlichen Mischung aus Gefühlen – Hoffnung, Scham, Widerstandskraft, Mut und Liebe – kontrolliert, die ihre organischen Nanoteilchen auf Kiras Rezeptoren abfeuerten.

Ich ging in die Hocke und nahm sie liebevoll und fest in

den Arm, worauf ein Cocktail aus Botenstoffen durch unsere Blutbahnen jagte.

Sie nickte, und dann noch einmal, als sie sich an unser Gespräch erinnerte. »Ja. Ich weiß. Aber wir *werden* sie bald sehen.«

»Ja«, sagte ich, stand auf und nahm ihre Hand. Wir würden David im Gefängnis besuchen und auch einen Blick auf Eloise werfen, die auf ihrer Station mit entrücktem Gesichtsausdruck in die Ferne starrte. Egus – oder David – hatte, wie befürchtet, ihr Hirn in Toast verwandelt, weil Eloise sie verraten hatte. Arme Kira – sie hatte jetzt nur noch mich.

Ich lief ihr hinterher, folgte meiner neunjährigen Tochter durch den Gang nach Green Valley. Dank des Sonnenlichts wuchs dort inzwischen wieder Gras, und an den vertrockneten Bäumen bildeten sich in der frischen Luft erste zarte Triebe. Spatzen, Tauben und Elstern nutzten die reichhaltige Futterstätte, an der sie keine Konkurrenten zu fürchten hatten. Im Tageslicht konnte ich einzelne Bereiche und Wege erkennen, die wir benutzen konnten, ohne uns die Schuhe schmutzig zu machen.

Kira zog mich entschlossen weiter. »Schau, Lucie«, sagte sie. »Da vorne habe ich mit den anderen Mädchen gespielt, wie wir gegen Außerirdische kämpfen, und irgendwo hier haben wir die Schatzkiste vergraben. Und da, da um die Ecke haben sie manchmal Kuchen verkauft. Nicht jeden Tag, aber es gibt einen Kuchentag. Wenn Mum und Dad nichts zu tun haben, gehen sie manchmal mit mir da hin.«

Während wir die Main Street hinunterliefen und den Marktplatz überquerten, lauschte ich ihrer Stimme und stellte mir vor, ich würde alles hier mit Kiras Augen sehen. Ich ließ mich von ihrer Stimme leiten und ignorierte ihr zuliebe die Wahrheit.

IX

33

Vidal benutzte die vorletzte Telefonzelle vor der Grenze, denn die letzte wäre etwas zu auffällig gewesen. Da die Behörden inzwischen überall ihre Augen und Ohren hatten, drückte er sich nur knapp und vage aus.

»Wir sind jetzt da«, sagte er.

»An der Grenze?«, sagte Barbra Reeve. Sie machte sich nicht die Mühe, einen Stimmenverzerrer zu benutzen. Vidal hatte zwar nicht damit gerechnet, dass sie wie Bugs Bunny klang, aber er war trotzdem überrascht, dass sie so leichtsinnig war, auch wenn Green Valley nicht mehr existierte.

»Äh, ja. Sind Sie sicher, dass sie Bescheid wissen?«

»Ja«, sagte Barbra. »Sie können passieren. Seien Sie um Gottes willen nicht so furchtbar paranoid. Alles ist bestens. Die haben es auf die großen Fische abgesehen. Die haben Wichtigeres zu tun.«

»Aber die großen Fische fressen die kleinen«, sagte er. »Abermillionen von ihnen. Um zu überleben.«

Vidal legte auf und marschierte an den Zapfsäulen vorbei zurück zum Lieferwagen, während Sofie mit einer großen Tüte Lebensmittel aus dem Laden über den Vorplatz lief. Sie wusste, wie man die Kinder bei Laune hielt, und wurde ihrer Mutter mit jedem Tag ähnlicher. Die beiden stiegen in den Wagen, und Vidal lächelte ihr zu, um seine Nervosität zu überspielen und den Eindruck zu erwecken, dass sie nichts zu befürchten hatten. Aber es war ein verlegenes, aufgesetztes Lächeln, das spürte er selbst. Mein Gott, er konnte es kaum abwarten, dass das alles endlich vorbei war. Fünf Jahre und dreiundfünfzig Kinder. Nach diesen hier war endgültig Schluss. Er würde wieder ein ganz normales Leben führen, irgendwelche Dokumente unterschreiben und seinen Stempel unter die Tragödien anderer Menschen setzen.

Der Grenzbeamte auf der Seite von Stanton studierte gründlich die Pässe und verglich Sofies Gesicht mit ihrem Foto. Es war nicht mehr aktuell, obwohl es erst ein Jahr alt war. Es zeigte ein Mädchen, aber inzwischen war sie zu einer erwachsenen Frau herangewachsen. Der Mann spähte über Vidals Schulter in den dunklen Lieferwagen, wo Rainbow und die unregistrierten Kinder lautlos auf der Ladefläche lagen. Vielleicht hatte der Beamte sie gesehen, vielleicht auch nicht. Jedenfalls winkte er sie durch, genau wie Barbra es versprochen hatte.

Als sie zum Grenztor auf der anderen Seite des Niemandslands rollten, sahen sie, wie die Wachmänner dort einen schwitzenden Vater abtasteten, dessen siebenköpfige Familie am Bordstein aufgereiht in der Sonne stand. Nach einem flüchtigen Blick winkten sie Vidal und Sofie durch, ohne ihre Fracht genauer zu inspizieren.

Sie hatten es tatsächlich geschafft. Die Kinder auf der Ladefläche konnten sich wieder aufsetzen und ihr Picknick von der Tankstelle genießen. In zwei Stunden würden sie die Anlage erreichen. Die Gegend hier draußen war wunderschön; die trockene, farbenfrohe Landschaft war überall von Leben erfüllt. Irgendwann würde er mit den Mädchen mal einen Ausflug hierher unternehmen.

Die Kinder machten keine großen Umstände, als man sie zu ihren Unterkünften brachte. Die neuen, hübschen, sauberen Räume mit den unbenutzten Möbeln wirkten wie aus einem Katalog für Kinderzimmer im Baukastensystem. Jeder Raum war mit Spielzeug und persönlichen Einrichtungsgegenständen ausgestattet – es gab Blumenvasen, Bücherregale, Teddybären und unterschiedliche Kopfkissenbezüge. Der Mitarbeiter, der sie in eine Liste eintrug, versicherte, dass die Kinder genügend Sonnenlicht und Bewegung sowie anständige Mahlzeiten bekommen würden. Gina schaute vorbei, um sie persönlich zu begrüßen. Sie hatte einen guten Draht zu diesen zerbrechlichen Kindern, und Vidal wusste, dass sie sich liebevoll um sie kümmern, dass es den Kindern gut gehen würde. Es gab keinen Grund, sich zu beschweren.

»Bist du sicher, dass man sich hier anständig um sie kümmert?«, fragte Sofie, als sie davonfuhren.

»Natürlich«, stieß Vidal lachend hervor und hoffte, dass Sofie nicht merkte, was er wirklich dachte. »Schau dich doch nur mal um. Das hier ist ein traumhafter Ort für Kinder. Findest du nicht auch, Rainbow?« Er schaute zu dem Mädchen hinüber, für das er jetzt das Sorgerecht hatte. Es saß vorne im Führerhaus und betrachtete die Landschaft, die an ihnen vorbeisauste.

Erst als Rainbow nicht antwortete, bemerkte Vidal, dass sie weinte. »Ich glaube, dort sind sie am besten aufgehoben«, sagte sie. »Es ist hübsch da.«

»Ich weiß, dass sie dir fehlen werden, Schätzchen, du hast so viel für sie getan. Du hast ihnen das Leben gerettet, das weißt du.« Es ist auf jeden Fall besser, als ihre Leichen in Claymarket zu entsorgen, dachte er. Oder in einem Kanal, wie Barbra Reeve es getan hätte.

Rainbow zuckte mit den Schultern.

»Warum sind sie dort, Dad?«, fragte Sofie. »Wir wollen das wissen. Sind sie dort glücklich? Was haben die mit ihnen vor?«

»Das sind ganz besondere Kinder«, sagte Vidal in einem verzweifelten, übereifrigen Tonfall. Herrgott noch mal, er wollte diese Fragen nicht hören. Er konnte sie selbst kaum beantworten. Aber er musste seine Töchter rasch davon überzeugen, dass er die richtige Entscheidung getroffen hatte – sowohl in moralischer als auch in pragmatischer Hinsicht. In Wirklichkeit hatte er es natürlich wegen des Geldes getan – er hatte diese Kinder als Testpersonen an Sentinel verkauft, die Zeroths Arbeit fortsetzten –, damit er, Sofie und Rainbow keine Zukunftssorgen mehr hatten. Sie besaßen jetzt genug Geld, um tun zu können, was sie wollten, und dem Chaos zu entfliehen, das ausbrechen würde, sobald die Regierungen begannen, mit ihren digitalen Armeen gegen die eigenen Bürger Krieg zu führen. Sie hatten genug Geld, um weit, weit wegzufahren. Und was die Moral betraf ... es würde so oder so passieren. Vidal war klug genug, um zu wissen, dass er den Lauf der Welt nicht aufhalten konnte. Er sorgte dafür, dass diese beiden Mädchen und er eine Zukunft hatten. Er war ihnen ein guter Vater. War das etwa nichts?

Schließlich sagte er: »Sie werden die Technologie zum Wohle der Menschheit einsetzen. Für eine bessere Zukunft. Es geht um die medizinische Versorgung, Medien, Unterhaltungsangebote und Sicherheit... versteht ihr?«

Keines der beiden Mädchen sagte etwas. Entweder durchschauten sie seine Lügen, oder es interessierte sie nicht. Vidal starrte auf die Straße, die sie nach Hause bringen würde, und schluckte einen Schwall Magensäure herunter, der in seinem

Brustkorb brannte. Auf einmal streckte Sofie ihr linkes Bein aus und griff in die Tasche ihrer Jeans. Sie zog einen Gegenstand hervor und drückte auf einen Knopf, der daraufhin zu leuchten begann.

»Was zum –«, sagte Vidal und riss ihr den Gegenstand – einen grünen Schlüsselanhänger aus Plastik mit einem Bildschirm, offensichtlich ein Ortungsgerät – aus der Hand und warf ihn aus dem Fenster. Im Seitenspiegel beobachtete er, wie der Anhänger auf der Straße hinter ihnen in ein Dutzend Stücke zersprang.

»Hey! Warum hast du das getan?«

»Wo hast du das her, Sofie?«

Sofie schlang ihre Arme um den Körper und grinste spöttisch. »Das ist nur ein Spielzeug, Dad.«

»Sie haben es uns gegeben«, sagte Rainbow.

»Wer?«

Sofie wandte das Gesicht ab.

»Habt ihr eine Ahnung, wie gefährlich dieses Ding ist?«

»Mann, du bist so verdammt …« Sofie presste die Lippen zusammen.

Vidal wandte sich Rainbow zu. »Haben sie dir auch eins gegeben?«

Sie schüttelte den Kopf, wich jedoch seinem Blick aus, und während sie aus dem Fenster starrte, färbten sich ihre Wangen langsam dunkelrot.